中国书籍文学馆·散文苑

乡村映像

李雪冰 著

中国书籍出版社
China Book Press

图书在版编目（CIP）数据

乡村映像/李雪冰著.—北京：中国书籍出版社,2017.6
ISBN 978-7-5068-6209-7

Ⅰ.①乡… Ⅱ.①李… Ⅲ.①散文集—中国—当代 Ⅳ.①I267

中国版本图书馆 CIP 数据核字（2017）第 126915 号

乡村映像

李雪冰 著

图书策划	牛　超　崔付建
责任编辑	戎　骞
责任印制	孙马飞　马　芝
出版发行	中国书籍出版社
地　　址	北京市丰台区三路居路 97 号（邮编：100073）
电　　话	（010）52257143（总编室）（010）52257140（发行部）
电子邮箱	eo@chinabp.com.cn
经　　销	全国新华书店
印　　刷	三河市华东印刷有限公司
开　　本	650 毫米 ×940 毫米　1/16
字　　数	510 千字
印　　张	26.25
版　　次	2017 年 9 月第 1 版　2017 年 9 月第 1 次印刷
书　　号	ISBN 978-7-5068-6209-7
定　　价	62.00 元

版权所有　翻印必究

序

李敬泽

"中国书籍文学馆",这听上去像一个场所,在我的想象中,这个场所向所有爱书、爱文学的人开放,不管是白天还是夜晚,人们都可以在这里无所顾忌地读书——"文革"时有一论断叫做"读书无用论",说的是,上学读书皆于人生无益,有那工夫不如做工种地闹革命,这当然是坑死人的谬论。但说到读文学书,我也是主张"读书无用"的,读一本小说、一本诗,肯定是无法经世致用,若先存了一个要有用的心思,那不如不读,免得耽误了自己工夫,还把人家好好的小说、诗给读歪了。怀无用之心,方能读出文学之真趣,文学并不应许任何可以落实的利益,它所能予人的,不过是此心的宽敞、丰富。

实则,"中国书籍文学馆"并非一个场所,它是一套中国当代文学、当代小说的大型丛书。按照规划,这套丛书将主要收录当代名家和一批不那么著名,但颇具实力的作家的长篇小说、中短篇小说集和散文集等。"中国书籍文学馆"收入这批名家和实力作家的作品,就好比一座厅堂架起四梁八柱,这套丛书因此有了规模气象。

现在要说的是"中国书籍文学馆"这批实力派作家,这些人我大多熟悉,有的还是多年朋友。从前他们是各不相干的人,现在,"中国书籍文学馆"把他们放在一起,看到这个名单我忽然觉得,放在一起是有道理的,而且这道理中也显出了编者的眼光和见识。

当代文学,特别是纯文学的传播生态,大抵集中在两端:一端是赫赫有名的名家,十几人而已;另一端则是"新锐"青年。评论界和媒体对这两端都有热情,很舍得言辞和篇幅。而两端之间就颇为寂寞,一批作家不青年了,离庞然大物也还有距离,他们写了很多年,还在继续写下去,处在最难将息的文学中年,他们未能充分地进入公众视野。

但此中确有高手。如果一个作家在青年时期未能引起注意,那么原因大抵有这么几条:

一、他确实没有才华。

二、他的才华需要较长时间凝聚成形,他真正重要的作品尚待写出。

三、他的才华还没有被充分领会。

四、他的运气不佳,或者,由于种种原因,他的写作生涯不够专注不够持续,以至于我们未能看见他、记住他。

也许还能列出几条,仅就这几条而言,除了第一条令人无话可说之外,其他三条都使我们有足够的理由对这些作家深怀期待。实际上,中国当代文学的丰富性、可能性和创造契机,相当程度上就沉着地蕴藏在这些作家的笔下。

这里的每一位作者都是值得关注、值得期待的。"中国书籍文学馆"收录展示这样一批作家,正体现了这套丛书的特色——它可能真的构成一个场所,在这个场所中,我们不仅鉴赏当代文学中那些最为引人注目的成果,而且,我们还怀着发现的惊喜,去寻访当代文学中那相对安静的区域,那里或许是曲径幽处,或许是别有洞天,或许是,众里寻他千百度,蓦然回首,那人却在,灯火阑珊处……

序言：复活生命的维度

李惊涛

李雪冰的散文集《乡村映像》，即将由中国书籍出版社出版。作者让我写篇序言，令我既惶恐，又难以推脱。惶恐的是我虽然从事文艺研究与创作多年，但为本书作序，自觉分量不够；难以推脱是因为我较为了解作者，且书中大部分作品在报刊发表时，我都及时读过，并作过一些点评。既然承蒙看重，我只有勉力为之，写下一点粗浅认识，就教读者方家。

在我看来，《乡村映像》最值得关注之处，是作者书写自己的生命原乡时，能够让时间停下，让空间展开，从而复活了自己留存其间的生命维度。人们的生命，都是有时间长度的；由于生活空间的变化，生命过程遂被切为若干时段。当我们回眸来路，大多希望承载记忆的事物尚在，以此确证生命不虚。但是，逝者如川，不舍昼夜，许多东西渐行渐远，比如乡村文明。这无疑令人伤感。有些回顾乡村的文章，虽然梦绕魂牵，却无从摆脱时间因素的干扰；特别是那些以事件为回忆支点的作品，由于时间始末因素的影响，不得不令回忆走向终结，从而加重了那份伤感。这样的现象，既受霍金"时间箭头"的左右，也与我们的日常经验有关。因为从古至今，从小到大，从生到死，伤逝如斯，无一可逆。即使普鲁斯特的《追忆似水年华》，也没能摆脱时间的魔咒。这使我们很难从生命的现象流程移开目光，渐渐地，也就习惯了对于生命的线性表达。我写作多年，受故事情节的牵制或驱动，着实无法让时间不再"前进"，时常扼腕。然则生命最本质的东西，便会由于时间的"前进"而难以留存。你挽不住时光，也就留不住生命，这是令人纠结的地方。

但是，李雪冰的《乡村映像》让我感到，作者在发展中的文学图谱上，又朝前进了一步。她捐弃了时间叙事的方式，转而从生命的空间维度上做文章；不再借重故事和情节，而是执着地打开多维空间，让时间无法"前进"。这样，读者就能够从容地打量作者童年和少女时代的身影，怎样以全息的影像活跃在那些不同的空间里。其中，有父亲的故乡鲁南郯城，有母亲的故乡苏北赣榆，也有动乱逃难的异乡海州锦屏。继尔，你会看见生命的众多延伸维度：父亲的亲族一脉，母亲的亲族一脉，同胞兄弟姐妹一脉；更远的，是乡邻的同辈乃至长辈一脉。这还没有结束，作者还大量书写了她与村镇中的诸多事物、动物、植物、田园、河流乃至大自然的阴晴圆缺、雨雪风霜之间的密切关系。在那些真切、灵动、细致、温情的文字里，你能够看见民间风情，看见时代印迹，看见贫富世态，看见生活情趣，看见人格胸怀，看见童稚心理……作者的童年际遇和少女情愫，差不多构成了上个世纪60至80年代的少女个人心灵史，其中有喜悦、欢欣，有感恩、忏悔，有童趣、幽默，有羞涩、委屈，有辛酸、沉重，有惊悸、忧惧，有梦想、憧憬……那便是生命的多重维度，是被复活的生命自身。

当然，《乡村映像》的文字表达，语感鲜灵，意境隽永，也颇可称道。作者脉承了中国现代散文传统，文字既有谢冰心的细婉，也有朱自清的生动；但更多的，还是作者自己独有的韵致。这种韵致主要体现在三个方面：第一，作者在写景和状物时，文字里神奇地葆有童年的心理与视角特征，使许多现象和事物仿佛拥有了鲜活的生命。细察起来，一则也许在儿童视野里，那些事物与现象原本都是有生命的；二则作者在童年确实能够读懂小动物的眼神，听懂它们的言语；三则是作者对童年心理印象深刻，以笔力复活了当时的记忆。第二，作者无论写故园，写土地，还是写母亲，对许多情节与场面的处理，大多能让笔墨节制，让文章留白。话不说满，读者就有审美空间；凡是读者能够领悟的，尽量含蓄，留出想象空间，因而许多篇什的结尾，余音袅袅，很见匠心。第三，无论写现象、写事件、写情绪、写感悟，作者都善于通过方言俚语的解构，营造出别致的语感韵味来。方言俚语是文化多样性的基因，其中蕴涵的乡村原始密码，不仅能够给文章带来悠长回味，还具有人类文化学的标本与文献价值。

最后，我想介绍一下本书的作者。《乡村映像》的作者，也许会让读者略感讶异。她是高校教授，同时是公安部第11届"金盾文学奖"长篇小说奖获得者；她是江苏警官学院指纹博物馆馆长，同时是省首届公安优秀女警官；她是学院首届教学名师，同时是省巾帼建功标兵；她有众多课题成果和学术论文，同时还有散文集《梦花落原乡》等行世。

她令我自豪；因为，她是我妹妹，我是她书中几次提到的"三哥"。

我有两个妹妹，长相酷似，曾长期令人难以区分，因为她们是双胞胎。如今，一个已经成为江苏省知名作家，获得过江苏省第8届"五个一工程奖"、第5届"紫金山文学奖"和公安部第11届"金盾文学奖"，名叫李洁冰；另一个，即警界荣誉加身并与她的妹妹共获"金盾文学奖"的本书作者，李雪冰。

两个妹妹如此出众，功不在我。如果追根溯源，父亲首先应当进入视野。他1928年出生，15岁参军，背包里捆扎的稀罕物件，竟然有读私塾时的"文房四宝"。但在八路军的武装工作队里，父亲打仗并不怯阵，敢于冲锋在前，以致过早负伤，成为荣军。父亲博览群书，对我们的青少年时代影响深深，书中多有记述，自不待言。需要同时向读者推重的，是我们的母亲。母亲比父亲小4岁，16岁参加革命，是经典电影里常见的剪着齐耳短发、腰间扎着武装带的妇救会长形象；与父亲婚后，育有三儿三女。说到这里，读者会很快悟到，我们家的情形与一部韩剧的名字相似——《六个孩子》；不消说，生活状况，也与那部韩剧内容相近。在20世纪中后期最艰困的若干年里，我们兄弟姊妹六个不仅一个不少地活了下来，而且除大哥14岁参军，后来成为著名剧作家外，其余五个，全部在恢复高考后五年间考入大学，成为那座县城不多见的佳话。母亲是怎么做到这一切的？她对自己的六个子女特别是本书作者，又具有怎样的渊海影响？书中的"春晖篇"，会让读者读出温暖的答案。

中国散文最优秀的传统，是书写作者的真性情。《乡村映像》中的篇什，不仅是李雪冰对故园、对土地、对母亲的真实情愫的记录，也是她生命维度的真切展示。作者曾向我表示，生如夏花，逝如秋叶；叶落归根，自然是生命的轮回与延续，而回眸过往的生命，除了瞩目远去的故园，还有梦中的朝花夕拾。相信阅读本书，你会看见20世纪60至80年代中国北方的乡村，不仅没有"行走在消逝中"，而且与李雪冰的文字怡然相伴，正款款向你走来。

谨以为序。

2016年3月

（作者系中国作家协会会员，中国计量大学中国文化研究中心主任）

挥之不去的乡村记忆（自序）

三十年多年前，当我在繁华的都市街道上漫步的时候，望着沿街两边花花绿绿的各色店铺，心里涌起一种感觉，城市真好。三十多年过去了，近万个城市生活的日日夜夜，不知怎么的，在内心深处，竟越来越生出一种逃离感。充耳的喧嚣、浑浊的空气、灰突突的建筑，还有，人与人之间说不清道不明的隔膜，时时有窒息的感觉。

梦境深处，竟不断地涌出几十年前乡村生活的情景来。碧透的蓝天，摇曳的麦浪，浓郁的森林掩映下的村庄，还有，飘荡在村庄上空的那一缕缕炊烟，萦绕在耳畔的，那种泥土气息浓厚的乡村言语。更为难忘的，是那些与村人一起怡然自乐的鸡鸭鹅兔，那种源于生命本源的温情，使今天的我，觉得，曾经经历过的那段田园生活，真好。

现在，乡村是回不去了。听说如今的乡村，已不再是当年那个乡村。取代蓬蓬勃勃的田野的，是一家家排放着废水废渣的企业、还有建好的，或是在建的房产，那一栋栋千篇一律的方形门窗，像一只只张开的大嘴，向世人诉着说不尽的欲望。曾经清澈的河水，日渐浑浊,水草在泥糊一样的水里,盘结着,四处蔓延。蓝天在哪里?扬起脸来,看到的,是与城里一样的雾霾。

梦回故乡。故乡只在梦里。但是随着年龄的增长,故乡的影像竟也渐渐模糊起来。似乎那些个人、物、事从来都不曾发生过。心底的深处,竟莫名生出一种恐慌。隐隐感到,是时候了,记下曾经经历过的那些个点点滴滴,那些个鲜活的日子,虽然今天看来有那么一点点苦味;但是,回味的时候,却有一股掩不住的温馨涌出来,给在城市的马路上拖着如灌了铅一样双腿的我以泉水般的滋润,更多的,是前行的力量。

这股力量,与自然有关,有土地有关,与生我、养我的母亲有关,这就是这些文字对于我,对于亲人,还有愿意阅读这本书的读者的意义。

2016 年 3 月于南京

目 录

第一篇　村　野

拐　弯 / 002

俏 / 005

货　郎 / 008

联　营 / 010

地　蛋 / 013

棒　豉 / 016

收　割 / 019

蛙　鸣 / 023

歇　晌 / 025

炊　烟 / 028

油　灯 / 030

青　草 / 032

韭　菜 / 034

花　生 / 036

搂　草 / 039

萝卜地 / 041

白毛风 / 043

瓜干子 / 046

井拔凉 / 049

青口河 / 051

洗　澡 / 054

撅把子 / 056

猪　圈 / 059

风　吼 / 062

草　垛 / 065

锅　屋 / 068

歪勺子 / 071

捉　鱼 / 074

萝卜窖 / 077

煤　炉 / 081

乡　音 / 084

麻　广 / 087

瞎　瘦 / 089

臭　孩 / 092

骂　架 / 095

早　点 / 097

口　福 / 100

公家人 / 103

澡　堂 / 106

红　玲 / 109

散　药 / 112

糖　踠 / 114

雁　阵 / 116

青目官 / 118

姐了猴 / 121

蚊　子 / 123

崖头上 / 126

回到过去 / 129

第二篇　乡　思

一只葫芦 / 134

嘎拉汤 / 137

苹果的旅行 / 140

忌　口 / 143

咸烤鱼 / 146

包饺子 / 148

难得糊涂 / 151

烙　饼 / 153

笑馒头 / 156

裙　子 / 159

愿　望 / 163

一对双 / 167

张老师 / 171

看电影的女孩 / 174

哥俩二人转 / 176

破　案 / 178
护　树 / 181
夜　行 / 184
两间半 / 186
来电了 / 190
搭　车 / 193
过　河 / 195
会飞的鹅 / 197
冰上的"一撮毛" / 201
鸡们物语 / 205
卖　鹅 / 210
瓦盆记 / 213
烫发女孩 / 216
过　节 / 219
暖 / 222
袜子里的电影票 / 225
天空之影 / 228
查　票 / 230
小古书 / 233
藏书记 / 236
年　画 / 238
压岁钱 / 241
小布孩 / 243
美人头 / 245
来　信 / 248
讲故事的哥哥 / 251

风吹过 / 254
恋曲1970 / 257
县里来了杂技团 / 261
小皮鞋 / 264
舅奶奶的故事 / 268
发　髻 / 271
家里来了姨奶奶 / 273
俺舅老 / 276
喝喜酒 / 280
父亲的老家 / 284
京剧缘 / 288

第三篇　春　晖

听父说武侠 / 292
我有一个心愿 / 295
妈妈，你要上哪儿去啊 / 298
怀念母亲 / 301
我的母亲是支书 / 308
少年与母亲 / 311
马陵山道上的母亲 / 314
心之痛 / 317
窗外但闻风雨声 / 320
跟着母亲回老家 / 322
忙　年 / 325
照　相 / 329

赶饭时 / 333
善　待 / 336
端午节随想 / 339
月白色短袖褂 / 342
母亲的好友 / 344
夜　谈 / 347
赶　车 / 349
密林深处 / 352
一床旧棉胎 / 354
回　城 / 357
婚姻大事 / 360
传 / 363
迷　路 / 367
梦 / 371
留下一点点 / 374
坚硬的温柔 / 376
母亲别怕 / 379
母亲的眼泪 / 382
家有少年初长成 / 385
给天堂里母亲的一封信 / 389
有娘的日子 / 392

后　记 / 395

第一篇

村　野

拐 弯

如果把人生这条线捋直了看,就会发现,在童年,或少年的时候,人生特别容易拐弯。一阵风浪打过来,原来是想往东去的,可是,因着这股外力,就挡不住地朝斜侧里去了。

童年的小伙伴里,就有这么一小群,按他们的智商,现在都应该是大学教授、专家才对,可令人唏嘘的是,就在童年的时候,他们的人生一起拐了个弯,朝着另一个方向去了。

这群小伙伴里,有一家人。他们的父亲,是村里有名的"酸秀才",叫 M,智商远超过一般人。不知早年受过什么教育,熏陶得一窝五个孩子,个个脑瓜子机灵,嘴皮子利索,那是忆苦思甜比较兴盛的年代。村里流传着一个段子,说是这家每次吃饭,饭菜齐备,摆上桌子,孩子们刚刚端起白米饭,就听那父亲说,且慢,先把瓜干煎饼拿上来,让我们想一想过去……

M 家的梁头上,有一些被厚厚的尘土覆盖的《国语》课本。来串门的孩子们发现了,爬上梁头搬下来,争着翻那些图文并茂的字画,那些个繁体字,认起来有点吃力。正在孩子们生吞活剥地念字的时候,说也怪了,正在门边补鞋的 M,接着孩子们念破的句子,不时从嘴里冒出一串话来。提一个字,知道是哪一行的,提一句话,知道是哪一篇的,真的神了。

M 家的鸡也与众不同。别人家的鸡都是在鸡屋子里过夜,M 家的鸡全都宿在一棵大树上。那棵大树在他们家院子南头,不知有多少个年头了,阔大的树冠遮天蔽日,像一把绿色的大伞罩住了院子和草垛。鸡们,就在那些密密匝匝的枝叶里各得其所。小时候,每次到他家去玩,总是奇怪,那些大大小小的鸡们,茶壶一样团起身体,在树杈的夹缝里盘踞着,眯着眼睛,悠游自在的样子,怎么不会掉下来?

M家的孩子,有两个在村小,而且在一个班,一个叫三丫、一个叫四小。姐弟俩学习一个比一个好,尤其是算术。台子上老师题目还没报完呢,这边这个叫三丫的,已经嘴唇子一吧嗒,得数出来了。再来点复杂点的呢?嗐,越难越来劲儿,满教室里就听到三丫、四小争着报得数的声音。在孩子们大多觉得减法比加法难,除法比乘法难的时候,这俩孩子,个个都是口算大王。每当考试卷子发下来,对比周围那些画满了红叉叉的卷子,三丫、四小的卷子上,毫无例外地写着100分,字体又大又醒目,红红的。那些口拙心笨的孩子只有暗自叹气,这俩脑袋是咋长的呢。

生活如果一直是这样,也就没有什么可说的了。可是,不知冥冥中是否真的有一种东西,在左右人生的走向。正在孩子们羡煞三丫、四小的算术能力,嫉妒得直冒酸水,跳起来都够不着的时候,一件意想不到的事情发生了。三丫、四小的父亲死了!

那天的校园与平时没什么不同。课间,孩子们依然麻雀一样撒满了院落。唧唧喳喳的声音里,有一个声音幽幽地钻进了孩子们的耳朵。那个叫三丫的小姑娘,此刻正被一群孩子围着,煞有介事地描绘着什么,"俺大昨夜给我托了梦……"。

村里人说,M和村人一起去野地里起坟。那坟不知是哪个年代的。一群人挖了大半天,还没见底。一直干到日落西山的时候,终于看到大坑里隐隐露出了棺木。那坑有几人深,年轻人不敢下去。M下去了。待他揭开棺木,低头探视的一刹那,坑外的人就听到"啊!"的一声大叫,M双目紧闭,身体朝后"轰"地倒下了。

村里的老人说,M被陈年古墓里尸体溃烂后散发出的毒气熏死了。

M从村里消失了。这家的顶梁柱塌了。五个孩子先后退了学。梳着一双乌溜溜的大辫子的大丫头,很快在北乡定了婆家,知道的人说,那地方是黑泥糊,下一场雨,三天都出不了村。三丫、四小不久也从村小消失了。再从他们家路过时,不知怎的,院子里弥漫着一股说不出的破败之气。树上的鸡也不知飞到哪里去了。M那瞎了一只眼的邋遢婆娘斜大襟的怀敞着,半边瘪奶子耷拉着,露出一片皱皮。那会儿,阳光已经漫过草垛。那婆娘好像才睡醒,哈欠连天的。从她身后的屋里,随后钻出一个人,那是村里一个有名的懒汉。知道的人摇摇头说,这家子完了。

几十年过去了。再打听这家人的情况时,村里人说,这家孩子就出息了一个,三丫。她现在成了远近闻名的巫婆。

俏

"小皮鞋，不扣带，尼龙袜子露一半，没有手表带手绢，没有媳子（媳妇）看相片"。这首童谣道尽了当年民间的流行风。想想看，不扣带的小皮鞋，应是"一脚蹬"的那种吧？女子的脚面子露出来了，从脚脖子到脚面子，呈现出一种流线型的滑爽，多么养眼。尼龙袜子，花花绿绿的，一拽多长，比起那些老粗线的袜子，或是家制的土布袜子，谁能穿上那么一双，想不时髦都难啊。想必，那裤腿子，是一定要高高地挽起来的，不然脚脖子上的花袜子谁能看到呢？

那年头，腕子上有手表的，可不是一般的人。凡是戴了手表的人，有事没事总喜欢频频抬腕看表，这就叫那些没手表的人，除了牙痒外，眼珠子都有些红了。说怪也不怪，手表，这种能够准确记时的新鲜玩意儿，当年可是婚礼上"三转一响"（脚踏车、缝纫机、手表、收音机）的一分子。夏天，在蝉的震天响的合唱里，大人小孩往树底下一坐，孩子的小手就伸出来了，给我画个手表！一群群的孩子，伸着麻杆样的手脖子上描的手表，到处忽悠人。一时引得孩子们画手表成风。但那童谣的加工者，看到了更绝的。有些村里的"土八夹子"（追求时尚的年轻人），有事没事的，在腕子上缠着个手绢，让人看了不免觉得有些怪异，这就难免与手表挂起钩来，觉得这家伙想手表大概有点想疯了，缠个手绢解解馋。除了肚子时常吃不饱外,半大不小的老小伙子们,还有一饿,没媳妇。想必,这最后一句,调侃的应是光棍一族。至于那相片是谁的?语焉不详。具体所指恐有难度,倒是一些当红女星的照片,陪伴光棍们漫漫长夜的可能性较大。

有皮鞋,有手表的,村里人形容起来,一概用一个字"俏!"。这个"俏"字,真是活色生香,把那股子风流劲儿,时髦味儿,都囊括其中了。能让村人称之为"俏"的,还有许多。纱巾,应是其中又一种。那个年头的女孩子,谁不渴望有一条纱巾啊。那种薄薄的,像蝴蝶翅膀一样透明的纱巾,柔柔的,软软的,围在脖子上,衬着那些桃红色的脸,说不出的俏。纱巾,有乔其纱的,也有真丝的。你也不得不承认,穿着粗拙笨重的棉袄,让人格外觉得冬天的严酷,可一旦朝脖子上扎上一条纱巾,走起路来,随风一飘,那股子灵动劲儿,鲜活劲儿就全有了。相对象的时候,拙嘴笨腮的男孩子急得一头的汗,想不出句囫囵话来,情急之下拿出了一条鲜艳的纱巾,一下子就峰回路转了。

现在的人很少知道,当年,还有一种风景,是在衣服领子上。秋冬的时候,人们穿的衣服大多比较臃肿。于是,巧手的人,就在衣领子上做文章。一种方法是,在棉袄领子的内圈,套上一层毛线领子,这样,看起来,脖子上就有一圈蓝色的,或是肉红色的毛线领子,好像此人穿了件此种颜色的毛衣,感觉果然不同了。要是小伙子长得比较周正,两道浓眉,衬着驼色的毛线领子,那英气,挡不住地就散出来了。还有一种流行的,是在穿外套的时候,于那内衣上,镶上一圈的确良布料的白领子。这种领子,内钉数枚绿豆大的纽扣,可根据需要脱卸。远远看起来,这人穿着白衬衣,又挺括,又神气。后来,连百货商店里都开始卖这种白衬衣的领子了。可见"白领"受欢迎的程度。也不得不佩服设计者的匠心,真是于那艰苦的日子里为爱俏的人赚足了面子。

最俏的,恐怕是能有一件绿军装。这当然不是指自己能去当兵。当兵那个福分,一般的人谁能享受到哇。从家族里当兵的人那儿,搞到一件绿军装，哪怕是一条绿军裤也行。穿上那件绿军装，即使洗得发了白，心里也是美得不行。村里的姑娘们，做梦都在想着找个当兵的对象。哪怕远涉山水，也心甘情愿。这自然是源于国家的宣传，没有军人，哪有和平和幸福呢。于是，只要村里谁家的小子被征兵的带走了，立时，上门说亲的就来了。谁家有当兵的探亲回来了，来看热闹的，能把这家子围得里三层、外三层。这里头，不乏打扮得漂漂亮亮的姑娘，那脸上雪花膏的香味儿老远就能闻到。有一年，村子里王老汉的儿子回来探亲，和老头子汇报说，部队领导说了，探亲结束后，随下一批复员回家。王老汉头皮一炸，问儿子，这事儿你还和谁说过？没有了。儿子说。老汉的脸色，立时降到了零下，一字一顿地和儿子说，千万不要告诉其他人。

　　果然，这个不久就要回家抡锄头把子的小伙子，在探亲的日子里，凭着这身绿军装，还真的花好月圆了。

货 郎

村里来了货郎（当地人称"贺愣子"）。拨浪鼓一响，孩子们的心立刻就嘭嘭跳起来了，就像一群唧唧喳喳的麻雀，落到了一地稻谷上，货郎的担子被一群圆圆的脑袋围起来了。

就那么简单的一副挑子，一个货架，怎么摆了那么多眼花缭乱的东西！花花绿绿的糖豆，红橙黄绿的花线，各种精致的发卡……一个小方盒子里，还放了一些烟袋锅子，大多是银白色的，也有几个是黄铜色的。

呜——一只三角形的小东西被货郎贴在嘴上，轻轻一吹，发出了一声低沉的鸣叫。泥响，这种用泥巴烧制的玩具，形状像只菱角，通身漆成黑色，用彩色点上几个花点子，不知在三角的哪个部位留了个小圆孔，两片嘴唇贴着那圆孔一吹，响了。孩子的心立刻痒痒起来。买泥响去！村前、村后，到处都响起泥响的声音。这种不到一毛钱的小玩意儿，给孩子们带来的快乐，遍地开花了。

除了坐落在村子东南角的"联营"，现在，货郎恐怕是最为村人所欢迎的了。闭塞的乡村，传递信息的渠道极为有限，除了有公家人的亲戚，或是有人到城里办事去了一回，平时，要想知道外部世界的信息，显然是很困难的。广播喇叭里平常喊的那些话，好像离自己很远。货郎，这种流动的小商贩，在走东村串西村的时候，一副货郎挑子，传达了说不完的外面世界的新鲜事儿。

要说这个货郎,又不是人肚子里的蛔虫,怎么能对人的心理摸得这么透呢。男的、女的、老的、少的,谁最喜欢什么,谁最缺少什么,好像头天夜里给他发了信号。绣蝴蝶的翅膀正好缺一色花线呢,架子上那一绺绺花线,在太阳底下泛着七彩的光,小媳妇一眼就看到了想要的那一色。孩子抓着那只泥响,又瞄到了橡皮,小格子里五彩的糖豆,让嘴里的口水聚起来了。这个货郎会变魔术,真是缺什么变什么,想什么来什么。

也难怪,郭颂那支《小货郎》流传得那么久。"哎——打起鼓来,敲起锣,我推着小车来送货,车上的东西实在是多哇——",接下来,满脸皱纹的郭颂历数那些宝贝,小花布、线围脖、烟袋锅——小小的货郎车成了一个琳琅满目的聚宝盆。在郭颂那韵味悠长的吆喝声里,小货郎,好像已经推着小货车笑吟吟地向你走来了。

货郎在装货的时候,一定费了不少脑筋吧。品种要盘算,里程要掂量。想起孩子,惦着老头,放下围脖,拿起花线,那副并不轻的担子,也许蹲下去,挑起来,再蹲下去,再挑起来,想想要走几十里,甚至上百里,那担子里的东西,必是挑了不能再挑,拣了不能再拣了。

挑着货担走四方的货郎,身上总是弥漫着一股说不出的飘逸味儿,还有那么一丝说不出的神秘。想一想,肩挑步撵,爬沟过河,过了这个村,奔向那个庄,一双脚板子丈量着四乡八里,一路上,女人喊,孩子叫,所到之处,受到的那些欢迎,从战场上打仗归来的英雄,也就那个样子吧。是哪位外国著名作家写的小货郎?在走到一个村子的时候,带走了村里的一位少女,引发了一段令人咀嚼了很久的故事。

到村里来的货郎,是一个长着胡须的老头。他的货郎担就停在村子中间那条路上,那路,因为常被雨水冲刷,已经变成了一条长长的沟槽,货郎担子就支在那沟槽的边上,努力维持着平衡。阳光顺着大树的缝斜斜地洒下来,当货郎在村头吹起第一声泥响的时候,树上的几只麻雀,轻弹了一下树枝,扑扑翅膀,向着另一处树梢飞走了。

联 营

村里有家小店，名字叫"联营"。为什么叫"联营"，小时候没想过。今天想来，是不是沿袭了建国初期"公私合营"的叫法？村里人表达一件事情，都是反复锤炼，多一字嫌多，少一字嫌少。因此，"联营"，比起什么"为民"等时髦的名称来，当然更能揭示出店的特质来。

"联营"，坐落在村庄的东南部。进得门来，幽深黑暗。外间是货架和柜台。货架上，摆满了油盐酱醋茶一类商品，还有各类干鲜果品。花花绿绿的，让人总也看不够。货架下方，摆一口大缸，盛满了酱油。所以，一脚迈进门槛，就能闻到一股好闻的味道。那种味道，是与"联营"这两个字连在一起的，说起去"联营"，鼻子里，不知怎么的，就会不由自主飘进那样一股鲜鲜的味道来。打酱油的时候，都是带着空瓶子去，店主会用一只尖嘴的端子，插进瓶口里，然后用长把子的勺子，舀起酱油朝端子里倒，一股酱色的细流，缓缓顺着端子窄窄的入口滑入瓶子里，眼见的，瓶子里的液体缓缓上升，一会儿，就升到了细圆的瓶颈处，透明的瓶子就变成酱黑色的了。

柜台是水泥砌的，很光滑，摸上去，凉阴阴的，和着屋内幽暗的光线，这就是联营的感觉了。有时候，柜台上会摆上几匹花布。长长的几卷，横陈在那儿。有人来了，总是在那花布上摩挲一会儿，但买的人不多,许是心里盘算着不多的布票该如何给一大家子人分配的问题。

有人来买点心了。店主会用秤盘子抓上几把江米果子,就是那种手指头粗细的赤红色的面点,果子的表层好像敷了一层绒绒的白霜,一根长长的秤杆,端在店主那细白的手里,黑色的秤砣,就在那根指头粗细的杆子上细密的银星间挪过来,挪过去,那银星,针尖大小,密密麻麻,直到秤砣定好了位,秤杆子完全平衡了,这才把秤盘子上的江米果子朝一张四四方方的纸上一倒,变魔术一样把纸的四角向中心折叠起来,用线绳呈十字样扎整齐了,正中央还垫上一小方块红纸,一包点心就这样成了。拎点心的人出门了,一路上,吸引了不少的目光。

这家子店主好像不是本地人。不知一家子都得了什么怪病,老老少少都驼背,那种驼背,还不是一般的驼,是一种近乎九十度鞠躬的驼,头快要弓到地上了,当地就把这种类型的驼背叫"龟腰子"。有人来买东西了,连喊了几声,那个龟腰子店主才从里间慢腾腾地挪出来,把头从身体的下半部分努力往上抬,抬到刚刚够到柜台沿的地方,与来人进行买卖交易。一次家里吃饺子,奉命去联营打酱油,喊了老半天,没有人出来,就进了柜台朝里屋走。到了里屋,看到这家人正围坐在桌子边吃饭,也是吃的饺子。奇怪的是,大小"龟腰子"面前,都放着一碗带汤水的饺子,女主人正在从汤锅里朝外盛饺子,也是连汤带水一起盛。看到一碗汤水里漂着几只饺子,颇感奇怪。这种吃法,在村里还是第一次见到,在我们父亲的老家,母亲的老家,都是用笊篱把饺子从汤锅里捞出来,放在盘里,另盛一盘饺子汤在旁边。吃完了饺子,再喝饺子汤,这叫"原汤化原食"。

小时候,最喜欢去的地方是"联营"。手心里攥着一点零钱,呼呼朝"联营"跑的感觉,真好。今天想来,不外乎几种心理,一个是那里有吃的。那种吃的,是平时家里的餐桌上少见的。比如江米果子、糖果、蜜饯等,还有一点,恐怕是那里的色彩。小时候在多彩的大自然里，所见当然丰富得多，但奇怪的是所看到的人群，一律的黑灰蓝的打扮。"联营"里有各种花花绿绿的东西，甚为养眼。递过几分或者几毛钱，就能换回一些家里急需，并且稀缺的东西，这对于儿时的我，太有诱惑了。一包火柴、一瓶酱油、一块花布、数枚糖果，通过几分或是几毛钱的交换，瞬间完成，不免刺激了内心深处的"商品意识"，这种自远古就有的"市"的意识，想必是与生俱来的吧。

"联营"的门前，是一口井。那是整个一村人挑水吃的地方。在井台打水，远远就能看见，谁从"联营"出来了，谁向"联营"走去了。那手里拎着的东西，从中能折射出许多没有说出来的秘密。江米果子在买主手里摇着，多数人能推断出他（她）是去走亲戚，还是去瞧病人，要是哪个人的手里挎着一篮子江米果子，不用问就知道，这人的亲朋里有人要结婚了。要是哪个姑娘手里托着一卷花布从"联营"出来，更一下子成了村里舆论的中心。不说她要去相亲了，就有人说她最近和谁谁搞上对象了。

许多年后，当超市取代"联营"渐现村镇的时候，不少人一下子疑惑了。进了满是商品的货架，脑筋一时还没转过弯子来，怎么，这一货架的东西，自己，就能随便拿吗？

地　蛋

童年吃的蔬菜里，以地蛋为最爱。地蛋，现在最常见的叫法是土豆。说起来，感觉老家那儿，给一些食物起名字，特别能抓住特质。虽然地蛋和土豆的叫法都比较形象，但比较而言，总觉得，地蛋，似乎更能抓住问题的核心。地里的蛋，和土里的豆，哪个更形象些？这不明摆着嘛。

地蛋是长在土里的，这一点，和花生似乎是一个原理。蓬勃的绿叶下面，藏着大小不等的"蛋"。大的赛过鹅蛋，小的，也有鸽子蛋那么大。起地蛋的时候，必须是小心翼翼的，不然，一不留神，可能就会用铲子把地蛋铲成两瓣。这玩意儿，和花生一样的泼辣，从土里扒出来后，装满了口袋，朝墙拐角一放，就不用管它了。当然细心的人，为了防"磕槽"（一种把地蛋啃出沟的虫子），就在口袋里掺些沙土。农村人到城里去走亲戚，要带些土特产，常常会背上一口袋地蛋，既体面，又实惠。

地蛋的吃法，以炒着吃为多，当然也有蒸着吃的，吃地蛋汤的也不少。炒地蛋之前，先要把那一个个圆溜溜的地蛋的表皮刮了，才能放到案板上去切。刮皮的活儿，不重，自然就落到儿童身上。端个小板凳，往院子里的树底下一坐，取一枚地蛋，攥在手心里，用大拇指的指甲去刮地蛋那层薄薄的外衣，小小的指甲且刮且退，几分钟的功夫，就能把地蛋的细薄的外衣剥下来了。家口多的，一刮就得一小筐。十几个呢。小手吃不消,就想了个办法,找来三角形的碎玻璃,或是三角形的碎碗碴子,捏在拇指和食指之间,刮起皮来,速度又快又好。

地蛋,不管是炒,是蒸,还是煮,那面面的口感,最让小儿喜欢。不似有些蔬菜,虽然好吃,但还得费力去嚼,要么就有些糙嘴。早晨起来,捧一碗滑溜溜的小麦糊,里面还卧着数枚鸽子蛋样的地蛋,吃起来,糊涂爽口,地蛋稀面,真是过瘾极了。就连漂着油花子的地蛋汤,也有股子特别的鲜味儿。

母亲做的炒地蛋,条子切得粗粗的,吃起来尤其香。长大后在饭店里吃到的土豆丝,多数细如头发,可能洒了几滴醋。尝一口,脆生生的,感觉不是那回事儿。麦当劳里的炸地蛋条,还配上了甜腻腻的番茄酱,跟炒地蛋条子不能比了。至于炸地蛋饼、蒸地蛋泥,花样更是纷出。但不知什么原因,总觉得小时候吃的炒地蛋最可口,纵是现在厨师的刀工再好,还是觉得,地蛋的条子应该切得粗粗的,吃起来应该面面的。许是那时候吃的这种菜里,蓄满了母亲的爱吧。

那一回,陪着母亲、从部队探亲回家的大哥一起去周宅子。中午,母亲和大哥在四舅家吃饭,我们小姐俩去了三舅母家。漂亮的三舅母长着一对忽闪忽闪的猫扇眼(抑或猫苫眼?即一排密密的长睫毛,闭上眼睛的时候,如苫子一般盖着眼),可惜不太会做饭。中午端上桌的,是一盆炒地蛋,几张放在地蛋上蒸的厚煎饼,实肘肘的,粘菇头一般。那地蛋切的,条不条,块不块的,实在不够美观。可一见炒地蛋,我们小姐俩的眼睛顿时就亮了,拿起筷子,正大口地吃着呢,三舅母小心翼翼地试探了一句,菜好不好吃?好吃!我俩一叠声地说。三舅妈这才忽闪着一对猫扇眼,咯咯地笑起来。

第一次学做菜的时候,是几岁?兴头头的,炒地蛋。急急忙忙把地蛋皮刮了,不会切丝,就两手抱着菜刀把地蛋剁成了一堆大小不等的碎片。妹妹的风箱拉起来了。大铁锅里,花生油吱吱叫起来。我负责灶上的活儿,正忙乎着洗地蛋片呢,眼看着花生油冒烟了,情急之下,连水带地蛋片一起倒到了锅里。猛火催了一把,终于煮熟了，筷子夹起来一尝，怎么有点麻吱吱的？原来，这洗地蛋的水连着泥沙，混着洗出来的淀粉，一起在锅里煮熟了，成分混杂，涩嘴了。

岁月倥偬。如今，我做的炒地蛋条，成了女儿的最爱，炒出来，一样粗粗的，面面的。女儿刚学会说话的时候，就点着小脑瓜说，妈妈烧的菜，真好吃！现在，女儿在异国求学，课余也在学着做菜。说不定她做的炒地蛋条，也传承了我的炒法呢。

地蛋，这种土里的精华，与土地的颜色一般无二，它实在太普通了，就像身边的每一个流走的日子。

棒 豉

棒豉，在我的鲁南老家一带，是对玉米的口语化说法。为什么民间没有用玉米这个学名，而通用棒豉这种说法，无从考证。从记事的时候起，就知道这种黄黄的，籽粒饱满，结在高高的植物杆子上的棒槌状的果实，叫棒豉，而不是叫什么玉米。后来，即使知道，棒豉就是玉米，还是喜欢叫它棒豉，听起来，棒豉更形象，更朗朗上口，不似玉米的发音，扁着两片嘴唇，从牙缝里挤出两个音来，瞧，棒豉，上下嘴唇一对，蹦出一个象声词，多干脆，还有那个"豉"字，舌头与下排牙齿一碰，要轻读，用气声，爽爽的。有一阵子，反复琢磨这个"豉"字，感觉是不是"翅""吃"、或"哧"，想来想去，觉得还是"豉"字更像。南方一带，不是叫豆类植物的果实为"豆豉"嘛。比较而言，北方将玉米叫"棒子"的说法，就显得有些单一了。

棒豉，这种粗粮，伴随着我的童年、少年的整个成长期。棒豉粒子、棒豉苗子、棒豉秸子、棒豉糊糊、棒豉饼子、棒豉煎饼、棒豉爆米花、棒豉叶筐篮、垫子，五花八门，每一种都带着一股浓浓的，甜丝丝的鲜香味儿，环绕在我的周围。

有大约十几年的时间里，早晨睁开眼，映入眼帘的首先是一碗金色的棒豉面糊糊，厚厚的，喝起来特过瘾。做这种糊糊，也有讲究，滚水锅开了，棒豉面子在凉水里先搅拌一下，成黏稠状，接着滚水下到锅里，就着文火，反复搅拌，直至锅里的清水变成一锅棒豉糊糊。

这活儿，看你勾兑的本领，面子放多了，糊糊太厚，还粘锅，盛到碗里，插根筷子都不倒，放少了，清汤一般，只解渴，不压饿。小时喝的糊糊，有大米的、小麦的、高粱的、地瓜面的，最能勾起食欲的，还是棒觳糊糊。当然，不是现在超市里卖的那种脱皮棒觳面，太精细了，喝不出感觉来，应该是棒觳粒子泡在水盆里，上磨台推的，或者是那种粗糙的加工机子碾的，都是连着皮儿加工，面粉里还会留下一些细小的颗粒，当地土话叫棒觳柴子（音译），这"柴子"，即指那些碾成绿豆大小的颗粒，在糊糊里混着，喝起来很有嚼头。

棒觳下种后，随着农人的精心呵护，一种绿色的、叶儿宽宽的苗儿长起来了，几个叶瓣儿向四周散开，呈花伞状。这种庄稼真叫泼实，随着日子一天天过去，叶杆越来越壮硕，叶子越来越宽大了，好像见风长似的，突然就在某一天，长成了一大片密密匝匝的青纱帐。远远望过去，像一片茂密的森林，黑魆魆的，在夏天的夜晚，透着些许神秘。那些天，知了在树上扯破了嗓子叫。农人们在田里干活，晒得头晕眼花，时不时的，要钻进叶片层层叠叠的棒觳地里，在那些比人还高的绿叶杆子的遮盖下，喘口气，纳个凉。这时，眼尖的农人一手用草帽扇着风，一边两眼四撒（当地土话，到处看的意思），突然会发现，在棒觳棵子里，竟然藏着什么生物，发一声喊，嗖的一声，一只栗色野兔子没了踪影。立时，锄头、铁锹一起上，好事的人从四下里包抄，石子、瓦块雨点般击打到那个可怜的小家伙身上，不久，这只欢蹦乱跳的野兔子成了某个动作麻利者的战利品。那个年代，这可是了不得的稀罕物。它的到来，意味着那家子人一段时间桌子上有了荤气儿，当然，左邻右舍的，也少不了吃上一两只野兔子骨头渣子拌豆腐做的丸子，那种美味儿，今天再也品不到了。

大约是八月里吧，掰棒觳了。当然，不是从青青的棒觳杆子上掰那些一掐冒浆水的嫩棒觳烤来吃，是从成熟的棒觳杆子上一只只掰那些完全长成的棒觳。棒觳，很快在农人的场院上堆成了小山，金黄色的。在阳光的照晒下，泛着灿灿的光。扒棒觳，也是一件技术活儿。孩子，都是捡那些个头小的，用稚嫩的小手，一粒一粒往下扣（剥）那些棒叐粒儿，一排粒子扣完了，再接着扣另一排，一会儿，小手扣得通红。大人们，都是用一只棒叐去磨搓另一只棒叐，哗哗哗，棒叐粒子一个劲儿地往下落，一转眼，一只棒叐就变成了光棍儿。磨转起来了，鏊子架起来了，棒叐粒儿，变魔术似的，成了碗里的糊糊、锅里的饼子、鏊子上的煎饼。棒叐面饼子，有发面的，更多的是抓一把面，就水一和，就朝铁锅上贴，椭圆形的，饼子上五个手指印还清晰可见呢，这种饼子，土名叫"瓦屋拢"，可能指印凹凸的形状像瓦的棱槽的缘故，出锅的时候，饼子底下带一个焦黄的硬壳子，吃起来，脆中带酥，别提有多好吃了。

收获棒叐的季节，走在农村的街巷里，到处都是晒了一地的棒叐秸子。那会儿，绿色的杆子、叶子变成浅栗色的了，叶须耷拉下来，一棵紧挨着一棵，摊在地上，赤脚或是穿着凉鞋踩在上面，晒得干脆的叶子发出沙沙的响声，让人心里酥酥的。树荫凉底下，一群姑娘、小媳妇儿正在忙着用棒叐皮子（棒叐的包衣）编篮子、提包，就见巧媳妇儿的手指，左右上下穿插着，只一会儿功夫，一只花纹别致的手提包编成了。老大爷的屁股底下，坐着棒叐叶子编的铺墩子，松软透气，嘴里的烟袋锅子忽明忽暗，眼睛眯成了一条线。

离开那片土地很久了。在城市钢筋混凝土的森林里，听着汽车喇叭日复一日的聒噪，不知怎的，我竟越来越想起那片绿意葱茏的棒叐的森林，想起一连串的棒叐的故事……

收　割

　　滋育生命的粮食，以其丰富多彩的生长流程，向少年以前的我揭示了其生生不息的密码。播种季节，老牛牵引的犁耙将湿乎乎的土地耕出了一道道笔直的垄沟，后边跟着的播种者，沿着这些垄沟，一手端萝，一手将麦种均匀播撒，随后，又一次耕过的犁耙将这些籽粒饱满的种子深深埋入了土地。严冬季节，大地冻得严严实实，田野里落满了白花花的严霜，但麦子，那些当初埋入土里的良种，竟然在这滴水成冰的季节，硬是从冻得很结实的泥土里钻出来，绽开了翠绿的叶苗。站在田头，放眼望过去，一片绿色的世界，沿着沟垄生长的幼苗，蓬蓬勃勃，生机盎然。严冬里，村民们盼着，要是能有一场铺天盖地的大雪就好了，民谚不是说嘛，今年大雪暖似被，来年枕着馒头睡。孩子们时常在放学归来，学着做一些力所能及的活儿，如铲青、剜菜、喂猪、放鹅等等。最雷人的是向麦田里"送碱水"，这可是个技巧活儿，就是两个孩子合伙将蓄满了小便的瓦罐用扁担抬到麦田里去，浇灌那些干渴的麦苗。说也怪了，当地的村民们大多都用瓦罐子积攒小便，不像稍南方一些的地方都用木桶来装。而事实证明，这种瓦罐又是极不结实的，简直说得上是松脆。因为，少年的我，也曾多次参与抬着蓄满小便的瓦罐，战战兢兢地朝麦田里走，一路上，爬沟过坡，大气不敢出，只盼着快些将这个宝贝瓦罐安全送达，这个瓦罐里，装的可是庄稼人的丰收梦，众麦苗的营养液哇。谁知道怕什么来什么。无数次,都是快到田头的时候,不是系瓦罐的绳子断了,就是瓦罐自动四分五裂,顿时,尿水四溅,夺路奔逃。张皇失措回到家,不免被大人劈头盖脸一顿训斥,临了还要问上一句"扁担呢?"这时,才想起回到原地去收拾残局,于那一地的残骸中找回扁担来。但偶有成功的时候,在田头,用长木勺子一勺一勺地将一罐子宝贝尿液舀出来,浇灌到那些干渴的麦苗身上,说不出的快感,很久以来,想起冬天的麦田,就是那种泛着白色的盐碱花,空气中隐隐弥漫着一股尿骚味儿的绿色的旷野,熟悉,又陌生,和少年、和土地、村庄就这样紧紧联系在一起。

麦子灌浆的季节,又是一番景致。拔地而起的麦子,在春天的时候,好像接到什么号令,齐刷刷的,在短时间内密密实实地成长起来了,那些宽了数倍的绿色的叶苗,状如柳叶,但比柳叶坚挺,片片向上,众星捧月,护卫着枝干上那只尊贵的麦穗。绿色的麦穗,高傲地昂着头颅,坠满籽粒的身体极为挺拔,每粒籽粒上的麦芒,根根乍起,齐齐指向天空。让人不由想起,这就是麦子的青少年时代吧?搓青麦子吃,是馋嘴者的好戏。揪下几缕青涩的麦穗,撸去枝叶,将麦仁放在手心里反复揉搓,一会儿,用嘴巴吹去麦粒上青色的包皮儿,就剩下圆滚滚的麦粒,放在嘴里咀嚼,哎呀,那满口的汁液和清香哇。当然,也有人喜欢烤青麦子吃。那种香味儿,迄今再也没有从城市里任何一种包装得花花绿绿的食品中感受到。

割麦子,应是端午以后了吧。那是大忙的时候。也是自然界的密码,好像一夜之间,原本绿油油的正处在灌浆期的麦子突然齐刷刷变得金黄,绿色的青纱帐换成了金色的黄纱帐。田间地头,到处都是啧啧称奇的人群,尤其那些初来乍到的诗人,除了脑海里轰轰响着"啊!"这个字以外,一时说不出话来。收麦子,农村号称"双抢",那可不是今天世风日下形容治安恶化的抢夺抢劫类犯罪,而是勤劳的农人们收获丰收果实的关键期。小麦上场,水稻插秧,两项活动先后进行,这是关于麦子的最华彩的乐章。身强力壮的农人在散发着醉人芳香的麦田里，左手揽住一把穗头沉重的麦子，右手挥舞着磨得飞快的镰刀，轻轻就根部一扫，麦子就齐刷刷倒在田垄上。随着镰刀的不断起落，摇曳的麦海一会儿就变成了一排排、一行行整齐划一的麦捆子，拖拉机迅速把这些麦捆子拖到打麦场上，挎篮而至的儿童们在麦收后的田间搜寻着丢落的麦穗。打麦场上，人声鼎沸，脱粒机彻夜轰鸣，如变魔术一般，那一捆捆金黄的麦捆子在脱粒机的滚筒上不停地舞蹈，在脱粒机的加工之下，场地上随即堆起了金山样的麦堆。那段双抢的日子俨然如一场战役，田野里、打麦场上到处都是紧张忙碌的人群，黄湛湛、金灿灿的小麦，几天内就得收割、脱粒完毕，在艳阳的日子里，脱下来的麦子平展展铺在平整如镜的麦场上，反复晾晒。有一种活计叫"扬场"，就是用很大的木锨，铲起麦子，向空中一扬，借着自然的风力，让麦粒中的尘土、碎屑随风而逝。遇上阴雨天可就麻烦了。麦子不能及时晾晒、扬场，收入库房容易发霉，所以那段日子，艳阳天比金子都金贵。印象里，大莒洲村在有一年的麦收时节曾经遭遇过一次大风天气，本来打好的麦子晾晒在麦场上，突然大风吹来，铺满场地的麦子转瞬间被风头卷起，吹得无影无踪，大风过后又是一场大暴雨，目睹这场惨剧的是看场人，村里的五保户刘布江老汉，刘老汉拖着扫把去追那些被大风吹走的麦子，喉咙里发出撕心裂肺的哭叫，只有一生与庄稼土地生死不离的人，才能理解刘老汉当时内心深处是怎样的痛！

　　那个季节也怪，天气如孩儿脸一般，阴得快，也晴得快。常常风雨过后，随着游动的云彩，太阳时隐时现，露出了笑脸。雨后的打麦场，一片沉寂。镜子般的麦场被雨水浸过，表层的土很细，覆盖着一层薄薄的麦麸，湿湿的，水汪汪的，一脚踩上去，一个浅浅的脚印，细土中的麦麸亲吻着你的脚底，让你心里酥酥的，特别享受。脱去麦粒的麦秸，被集中起来，堆成了草垛，至今仍想起草垛这个词真够质感的。闭上眼，一个一个的大草垛，由闪着金黄光泽的麦秸堆成，斜倚在垛边的小憩的农妇，唧唧喳喳，嘻嘻哈哈，脸庞被太阳晒得通红,俗称"晒糊了"。好玩的孩童,钻进草垛捉迷藏,一忽儿没了踪影,打麦场上,那么多草垛,到哪里去找啊。也有技术不佳的,钻来钻去,把草垛钻倒了,一阵欢叫之后,就是农人的一顿斥骂。

　　吃第一顿由刚打下来的麦子做的煎饼,堪称天下第一美食。那些籽粒饱满的麦子经过磨房的加工,变成白花花的糊浆,那可是含有麦麸的原汁,经那些巧手农妇在鏊子上左擀右擀,变成了一张张香喷喷的煎饼,当地人喜欢把整张的煎饼卷成筒状,内裹大葱或辣椒,歪着头,对准煎饼头部狠狠地咬下一口,那个畅快啊。至今忘不了那些吃新鲜麦煎饼的农人嘴角挂着的饼渣,垂垂欲掉,可就是掉不下来,额头是鲜辣椒辣出的微汗,后槽牙卖力咀嚼时蠕动的咬肌,脖颈处因用力鼓起的青筋,当今那些知名的画家们,有谁能出神入化地绘出那副景象来呢?

　　噢,麦子,由此而生出的一系列词汇:麦粒、麦苗、麦地、麦芒、麦穗、麦秸、麦场、麦垛、麦糊、麦面、麦煎饼……哪一个词不隐含着丰富的内涵?哪一幅画面不深深植入童年、少年的脑海?感谢土地,感谢麦子,感谢农人,是他们,一直以来滋养了我的生命!

蛙　鸣

麦收刚结束，犁田的牛就被鞭子吆进了麦地。收割过的麦田，麦茬子齐刷刷的，站在那里，如一排排士兵。鞭子一扬，犁头翻开了一道道莲花状的瓣子。拖拉机也开进来了，突突突的浓烟，弥漫着收割过的田野，远处的牛瞪起圆圆的眼睛，朝着喷烟的怪物看了一会儿，打个响鼻，又拽着沉重的犁头，朝前去了。待泥土不知翻弄过几遍的时候，一股水流从渠里汩汩流淌进来，只半天的功夫，刚才还翻波弄浪的泥土，变成了汪洋一片。阳光下，亮花花的，时见比线还细的虫儿在水面跳跃。

麦田不知被渠里的水浸泡了多久。老水牛迈着稳健的步伐，甩着尾巴，悠赶着脊背上起起落落的蚊蝇，在农人的吆喝下，又一次拽起犁头，在水田里一步一步朝前走，细长的虫儿从水面飞起来，落在了农人扶着的犁头上，有一只在牛的鼻梁上歇息，细线样的单腿立着，久久不动。农人厚硬的脚板子，稳稳地踩在泥浆里，细密的浆水，顺着脚趾的缝，多爪的龙须一样渗出来，四下涌流。

稻秧堆满了田埂。一簇簇的，根根乍起，青得逼人的眼。农人们卷起裤腿，三三两两地下田了。当第一株青苗被植入水中的时候，前后左右的农人，对准那站着的青苗打量了一下，手里的青苗也迅疾找到了入水的位置。看那插秧的姿势，满是对这一滋养生命的植物的敬畏。半弓半蹲在水田里，左手持一簇青苗，右手从左手心掐分少许，以右手拇指中指食指捏紧，旋即以指力于泥浆里戳出一洞，致稻苗根部稳稳植入洞中，如是再三。那农人，就这样，以九十度鞠躬的姿势，边拈边插，且插且退，面前的水田里，一行行青苗箭镞一般，立起来，齐齐地指向天空，身后，镜样的水田，静静的候着。

插秧的日子里，一种叫蚂蟥的东西，时不时的，搅扰着农人的心绪。不知多少回，述者以惊悚的口气，说起这种物什，专在人不注意的时候，吸附在插秧人腿部某处，待发现时，常已吸走生命体液若干。若驱之，不能拽，只能拍。说是越拽，那物什朝皮肉里叮得越紧，只有对准猛拍一掌，才能致其脱落。又说，这玩意儿，即使斩尸数段，也不能使其毙命，听来令人汗毛倒立，对这物什法力的恐惧，已远远超出了该物本身。

入夜，头刚靠到枕头上，耳边，鼓样的蛙声响起来了。起初，只是一声，两声，似是领唱一般，一会儿，汇成了由远及近，由疏到密的大合唱，一片生机，浸着连天接地的水汽。就那样，在农人的耳廓周围，且歌且吟，时刚时柔，直把那农人的梦，向着无边的青苗的海，悠悠地去了。

这无边的蛙声，是怎么来的？在麦子绿了，又黄了的季节，它们在哪里歇息？在机耕牛耙的时候，它们，又在哪里藏身？好似接到什么密令，一夜之间，这些稻田的歌者，因着神秘的引领，在一个不知什么时间节点，刷一下亮开了歌喉。

凝神谛听时，突然一片静寂。好似刚才的一片蛙声，只是幻觉。闭上眼睛，一片绿水的世界，清亮亮的，只有直立水中的稻禾，箭镞一样，刷刷生长着。

歇 晌

歇晌，在村里人的嘴里，叫 qie 晌，与"且"同音，有躺的意思，细细想来，应是趄晌更为合适。夏天，某某见一人睡在树底下，会说，哎，你怎么且这里？意即你怎么睡在这里啦？一般人说到歇晌，指的就是盛夏时节的纳凉午睡。

炎热的盛夏，歇晌，是村里人一天里的一项主要活动。想想吧，三伏天，什么不干，汗水都论把抹，还用问干活的消耗吗？所以，这个季节干活，都要起个大早。一般在五点左右就到田里去了。要是再勤快一点的话，四点，或是三点，都是有的。趁着大太阳还没有晒上来，加上还有一丝凌晨空气的清凉，赶紧到花生地里去，或是到秧田里去，除草、扒稻根。当埋头在花生棵子里拔草的时候，渐渐地，脊梁上变得越来越热烘了，额头的汗也越来越密集了。有些汗珠子也不知是顺着什么路径滚到嘴里去的，总之，那种咸咸的，甚至有点掺着泥土的沙沙的感觉，越来越频繁地出现在嘴里。头顶上的那条湿毛巾，也变得干燥起来。这时候，就知道，该是拔腿朝家走的时候了。

正午的大太阳高高地悬在天上，以超过任何季节的热量烘烤着大地。地皮都被晒得滚烫的了。这会儿的太阳，人们不再极尽赞美，而是用了一个词来形容，毒日头。因为这会儿的日头，会让稚嫩的禾苗枯焦，甚至让劳作过度的农人昏倒在田里。因此，这个时间段里的农人,大多数都会呆在家里,或是到树底下去歇晌。当然,是在吃过午饭以后。夏天里的午饭再简单不过,一大盆熬方瓜(南瓜),沿着大铁锅的边上贴了一溜的棒豉(玉米)面饼子,有时候,会用一些微红的朝天椒炖上一大碗鸡蛋,在就着熬得烂熟的方瓜、辣椒炖蛋吃着棒豉面饼子的时候,密集的汗珠子会比赛似的往下淌。辣椒虽然剁成了碎末,再经过文火的蒸炖,依然辣得朝肉里杀。不过说来也怪,越辣越想吃。要是哪顿饭桌子上缺了辣椒,就觉得少了点什么。

歇晌,大多数的时候是在地上,靠着饭桌子旁边的"就地"(地面),铺开一领芦席或是灯草席。夏天的地面,凉阴阴的。花纹粗疏的席子往地上一铺,将身体放平了,四肢摊开来,那种惬意的、彻底放松的感觉就会慢慢地、一点一点地渗上来,直至弥漫了全身。躺在地下看四周,感觉视野格外的宽阔。因为席下垫着地,又有一种格外踏实的感觉,或许真的接通了地气。渐渐的,身心静下来,密集的汗珠子消失了,皮肤也变得滑溜起来。一股浓浓的睡意袭来,眼皮粘上了。没有什么要紧的事儿等着,这回是彻底的放松,因此就睡得分外的沉。不知睡了多久,隐隐感到有只苍蝇的脚在耳边刮了一下,嗡地飞走了,就这一下子,让睡梦里的人微微动了下睫毛,半眯着眼,看看周围地下依然在熏熏大睡的人们,翻个身,睡得更香了。

没吃完的熬方瓜、棒豉饼子就摆在不远的饭桌子上头,一股熏熏的甜香味儿弥漫在空气里。那方瓜的甜不同于饼子的甜,吃惯了,不管隔得多远,鼻子都能区分开来。歇晌,就得睡在地下,空气里一定要有熬方瓜、贴饼子、炖辣椒的气味。当然,少不了在睡得极香的时候,耳边传来某一只苍蝇的脚弹过耳朵的"嗡"的一声。若是睁开眼时,会看到芦柴做的屋芭高高地罩在头顶的上空,芦柴们细密地挨在一起,密密匝匝的,金黄的颜色,似乎还在向屋内的主人发散着河沿的气息。

也有在树底下歇晌的。一领席子朝树荫浓密的阴凉底下一铺,那世界就是他的了。在露天里歇晌，凉快归凉快，可总觉得那风有些火辣辣的。虽是火风，可也挡不住歇晌人的好梦。那多是些大青年，没什么顾忌，夏天只穿一条短裤，甚至打着赤膊，就那样四仰八叉地躺在席子上，在逍遥乡里梦游，一只或是两只蚂蚁在胸脯上从容穿行，浑然不觉。有的，头底不知枕着从哪里借来的一本小说，看纸页的泛黄程度应是一本古书，想一想，在老槐树底下纳凉、歇晌、看古书，那是一种什么滋味？不过，睡得太沉了不知道醒，待家里人来喊回家吃晚饭的时候，天已擦黑，而那本古书，也早已不知去向了。

炊　烟

大莒州这个村子离青口不远,沿着河堤向东去,也就四五里路的样子吧。那会儿,河堤上还不是现在这种抹得明光光的水泥路,只是一条窄窄的堤坝,堤坝下面是日夜川流不息的青口河,堤上呢,是坑坑洼洼的泥巴路,布满了横七竖八的车辙,冬天到了的时候,车辙印子变得比铁还硬,独轮车的轱辘杠在上面,引得车身蹦蹦跳。走路的时候,脚最好踩在车辙的窝子里,不然的话,特别容易崴了脚脖子。

从老远的外面回村里来,老远看去,村子掩映在一片森林里,翁翁郁郁。那些树是什么年代种下的,不知道。家家户户,房前屋后,田间地头,到处都是大树,蓬蓬勃勃,亭亭的华盖遮住了屋檐,遮住了草垛,一年四季,不光变幻着叶子的颜色,还会在春天里,释放出满树的繁花,粉的、紫的、黄的、蓝的,煞是好看。秋天里,一溜溜的果子,把树枝压得弯弯的。

傍晚走近村子的时候,那一片翁翁郁郁的森林上头,会弥漫起缕缕白烟,一会儿浓,一会儿淡,缭绕在树梢上,经久不散。久了,树梢间雾气蒸腾,看到了,心里暖暖的,就知道,家家都在烧饭了。那一间间小小的趴趴屋,这会儿,已经变得暖和和的。半屋子的干草堆在身后,风箱杆子抽动下的灶膛,早已变得黄红一片。那簇拥在灶膛中间的燃料,不管是树枝子、稻壳子,还是散煤,此刻,都在卖力地跳着舞蹈,映照得烧火人的脸,明晃晃的,泛着红光。大铁锅上的锅盖周边，缕缕白雾环绕着。间或，有一只花狸猫儿跳上灶台，在一处合适的暖地盘起身子，茶壶样地蹲着，眯着眼睛，久久不动，喉咙里，却打起了一阵阵呼噜。

风箱鼓动的火苗舔舐着锅底，火苗分离出的烟雾，顺着烟道，一溜奔着烟囱去了。那矗立在趴趴锅屋顶上的烟囱，像一只粗大的雪茄烟，牛气地指着天空，雪茄的头部，顺着风向，左右飘逸着缕缕的烟，又如舞女的绸带，袅娜多姿。此刻，燃烧的灶膛就如人的肺，伴随着风箱的鼓动，呼吸忽快忽慢，忽猛忽柔，把那一股股的带着无穷暖意的炊烟，带着地瓜、豆子、棒豉、大米的芳香，向着那些阔大的树冠，一阵又一阵地，送过来了。房前屋后的树们，此刻，沐浴在主人家锅碗瓢勺风箱案板齐奏的欢歌里，轻轻摇曳着蓬蓬的叶子，在炊烟的熏绕下，奏出飒飒的和鸣，似是齐声道，醉了，醉了。

往村里赶的人们，此刻脚底的步子更加快了。翁翁郁郁的森林里的炊烟，向远行归来的人释放了一种特殊的信号，让走路的人肚子里无来由地咕咕叫起来。一种前胸贴到后背的感觉变得越来越强烈。那会儿，想到锅里，无论是贴在锅边带着泛黄硬壳的"瓦屋棱"（形如屋瓦的饼子），还是煮得滚开的地瓜水，如果能有一碗刚打出来的冒着热气的豆腐脑，那就更好了，最好配上一碗刚刚剁碎的青红椒，酱油里，不要忘了放上一把青白相间的葱花，这时，一旦赶上了饭时，捧在手里的，一定要是一只粗底宽边的海碗，盛到碗里的饭菜，一定要冒了尖，当贴饼子、地瓜水、和着葱花碎辣椒拌和的豆腐脑，把鼻尖上的细汗逼出一层又一层，食者呼吸的声音变得越来越粗的时候，添饭的勺子变得慢下来，粗糙的手里，饭后，一定要塞上一只刚刚用报纸卷就的喇叭状的土烟，一声长长的呼吸带着一溜白烟从鼻孔里徐徐吐出来，那会儿，就可以用两手左右抹一下嘴巴，看着围上来的孩子们，咳一声，说一说远行归来带来的奇闻轶事儿……

油 灯

没有电灯的年代，到了夜晚，家家照明用的都是煤油灯。条件好的人家，用的是煤油罩子灯。灯体设计精巧，灯芯外围是一只圆肚长脖的玻璃罩。点着灯芯的时候，一枚蚕豆大小的火舌冒出来，透过玻璃罩子，向着黑黢黢的夜晚，放出黄晕的光。大多数人家用不起罩子灯，就用各种形状的瓶子，里面倒些煤油，把一根细棉绳放在里面，点着头部，一枚黄豆粒大小的火头就悠悠地亮着。孩子上晚自习的时候，带到学校的，是墨水瓶做的煤油灯，拳头一般，火头因着棉绳的粗细，变幻着不同的亮度。特别想省油的人家，把那绳子搓得快赶上头发丝了，变出的火头，也就成了一枚小得不能再小的绿豆，仅够主人借着微弱的光，大致能够辨得出桌子、床的轮廓，不至于在向床上摸去的时候，磕碰了膝盖、脚趾。夜晚那么黑，除了月亮高耸的时候，看清周围不太容易。想要认出书本上的字，就得凑到灯头下。这样，一本小书，常常围了一群娃娃头，那枚小小的灯火，就随着孩子们呼吸的粗细不停地摇曳着，带着孩子们的身影，在周围的墙壁上投下了各类奇形怪状的影子。

夜晚的院子，沐浴在黑色的雾霭下，影影绰绰，锅屋、草垛、猪圈、萝卜窖子、防震棚，一律的，静静地候着。夜深了，院子里不时传来各种细响，常常会惊扰了主人枕上的梦，就那一瞬，聚了所有的经验，判断院子里发生了什么。喂养了多年的肥猪在圈里流着口沫的哼唧，屋脊上的一声猫叫，锅屋墙角处老鼠的撕咬，还有，院墙外传来的轻轻的，或是重重的脚步声，伴着的，是咳嗽的似有若无，就那样的一声或是半声，主人也能分辨出，谁谁回来了，谁谁到哪里去了。要是院子的鸡屋子里发出鸡们撕心裂肺的尖叫，夹杂着翅膀噗拉噗拉急速扇动的声音，主人就会从床上飞身跃起，一根棍子已在手心。

夜晚是静谧的，夜晚，又是喧闹的。浓浓的夜幕下，掩盖的是另一种热闹的状态，有些场景，称得上惊心动魄。撩开黑夜那厚厚帷幕的，是各式奇形怪状的如豆的灯火。那一小簇黄黄的火苗，暖暖的，透着一团光晕，向着黑黢黢的周围，尽力地扩散开来。点灯的时候，常常是家人相聚，或是家中来人的时候。这种时候，围绕着一小簇火苗的，是寒暄，是问候，是远行归来的人奔到的那份慰藉。当大碗热汤在手的时候，热气和着黄晕的灯火，会在整个屋子里实实在在地营造出一种家的感觉。就那一刻，对于久未归家的人来说，一路上，所有的苦，所有的累，都值了。

经过没有电灯年代的人，在今天华灯齐上的夜晚，竟时不时地会想起一豆灯火的日子。夜晚亮如白昼，星星永远地遁去了。没有了如豆的灯火，围拢读书的情景消失得无影无踪。亮闪闪的夜晚，再也感受不到遥远天幕下的星星眨眼，也无法感受到夜色下乡村原有的那份静谧、神秘。

无法改变的是，无论走到哪里，只要在夜晚，看到家家户户的窗口里，门洞里释放出一团黄晕的光，便会觉得，那有着一团黄色光晕的地方，才是家。尤其是夜晚行车，沿途民宅在车窗外徐徐退去的时候，看一家一户门口释放出的黄晕的光，关于家的无数的感觉就会涌上心头。固执地认为，无论白炽灯照明的效果是多么的好，似乎与家的氛围相去甚远。或许，从灯火如豆的年代走过来的人，都会有这样一种奇妙的感觉吧。

青　草

想到青草，眼前浮现的是一片铺天盖地的绿。一阵清风吹过，青草向一个方向微微颔首，那种幽幽的、沁人心脾的清香味儿，从鼻翼轻轻掠过，不由通体舒畅起来。青草的根部深深地扎在土里，用力一拔，根部带出一大坨子土来，就着田埂磕一下，根须就那样蓬蓬勃勃的一束，衬托着顶部一簇青得不能再青的细细长长的叶子。

小孩儿最喜欢做的一件事儿是铲青。圆形的柳编篮子在肘弯挎上，和小伙伴们一起，就那样说着、笑着、吵着、闹着，朝田埂、土崖、沟底走过去。小铲子磨得快快的，专拣叶片肥厚的青草，用小手揪紧了，就着根部一铲，一把绿色的叶子就那样和根部分离了。孩子总是眼明手快，一揪一铲一塞，一会儿，小篮子很快就塞满了松松软软的青草。小手，也被青草染得绿绿的了。累了，朝田埂上一坐，听着清风吹得各类庄稼的叶子哗哗响，好不自在。

青草是猪们、鹅们最好的美食。猪们，要等孩子们回来，才能在食槽里把头深深埋在青草堆里，吃得头都不抬。鹅们，就更自由了。通常，孩子们用树条子赶着这些一步三摇的"长脖先生"朝野地里赶。最喜欢去的就是河滩底，枯水的季节，河滩底裸露的地方长满了叶片肥美的青草，沟洼里是一汪汪映得见白云头的清水，还有一条条手指肚子大的小鱼儿，在清可见底的水里游来游去。鹅们歪着头，用扁扁的长嘴上的锯齿，将青草叶儿齐齐地裁下了，一顿脖子,就咽下去了,看它吃的那个享受劲儿,孩儿的心里痒痒的,恨不得化身鹅儿、鱼儿,也在那草地里滚、清水里游。

　　青草铲得多了,猪们、鹅们一时吃不迭,孩子们就找块空地,把青草铺开来,让夏天红彤彤的太阳把青草晒干,再一堆堆的拢起来,用麻袋扛到机房,加工成青草面子,为猪们的冬天储备食粮。青草糊糊在食槽里荡漾,猪们摇着尾巴,滋滋溜溜地嚓(当地土话,吃的意思)着,有时吃饱了,就在食槽里的糊糊里吹起气泡,一串一串的。

　　秋天的时候,大地一片赭黄。青草也变黄了,像摊开来的菊花瓣儿,紧紧地趴在地上。随着天气一天天变冷,雨来了,雪也来了,长草的地方,根须在土里深深地伸展开来,牢牢地固定着身下的泥土,不似那些光秃秃的地方,雨水过后,很快变成了一道道沟壑。孩子们跺着脚,小手放在嘴上,拼命地哈着一缕缕白色的热气,一股寒风顺着空心棉袄朝脊梁骨里钻。夜里,早早钻进了被筒子,心里揣着过年的梦,甜甜地睡,一群大白鹅,摇摇摆摆走过来,在绿得海洋一样的青草地上,长脖子一起一伏,撒着欢儿,一阵风头过来,鹅们,橘黄色的长爪掠过草尖,起飞了……

韭　菜

在普通老百姓家的餐桌上，韭菜是寻常之物。韭菜不仅味道鲜美，而且生长过程很是皮实。只要有一小块地，撒下一小把种子，韭菜就会按照它本身的生长规律长出绿芽来，慢慢地，长成齐刷刷的细叶，如梳过的头发般整齐，只待主人来割。

韭菜的吃法，因了主人的口味，各有不同，或炒鸡蛋，或包饺子，吃法多种多样。也有用韭菜做汤的，滴上几滴酱油，鲜美的味道更加浓郁。种下一畦韭菜，平时也不用多问，什么时候需要吃菜了，割上一把，回来挑挑拣拣，配上辣椒、豆腐、鸡蛋，翻炒几铲子，上桌就是一道菜。若是客人突然造访，再来不及，韭菜炒鸡蛋，随时可以伺候。

韭菜的种植，需要投入的成本也是最低的。其他无论什么菜，除草、施肥、捉虫、浇水的环节一样也少不了。唯有韭菜，闲时，你可以拿只小板凳，坐在畦边，挪动着小锄头，做些松土、除草的活儿，忙起来时，不必太在意韭菜的长势。因为，哪怕你一时把它忘记了，待想起来时，韭菜奉献给你的，依然是一畦的蓬勃。虽然，这蓬勃中会有不少的青草，掺杂在韭菜齐整的绿叶中，与韭菜争锋，一样的旺势。

韭菜可食用的季节极为长久。当其他种类的蔬菜对季节都有着这样或者那样的要求，并按照自身的节律适时隐退的时候，唯有韭菜，在春夏秋冬各个季节，都呈现出它不同的姿采。春韭的感觉最好，包饺子的时候，春韭是一道上佳的美味。来客了，割上一把，切碎了，不用下锅，只滴上几滴酱油一拌，就奇香扑鼻，成就一道时令佳肴。夏韭呢？整个炎热的夏天，韭菜与鸡蛋、豆腐、辣椒、土豆轮番搭配，以它那炫目的绿，演绎出了餐桌变幻无穷的一世界的缤纷。那韭菜的绿、豆腐的白、鸡蛋的黄、尖嘴椒的辣、酱油的香，伴随着院子里老槐树上撕心裂肺的蝉鸣、斑驳陆离的树影，就这样，深深烙在脑海深处了。秋天的时候，端上桌的一定少不了腌韭苔或是腌韭菜花。开饭了，主人会小心翼翼打开一只圆口瓷罐子，多是深酱色的，用一只洗得十分干净的长柄勺子伸到罐中去舀，每次，只要舀上那么一两勺，满屋子就弥漫了鲜香之气，入口时，那腌制的韭菜花特有的味道让人的胃口顿时大开。冬季来了，一种叫韭黄的东西上桌了。不知人们用什么办法种植出了如此鲜嫩无比的韭黄，让那一地的绿又换了身装束，赢来了主人的又一番夸赞。

关于韭菜，有无数的说法，人们从医学、艺术学、植物学等诸多学科给予许许多多的解读。但于寻常百姓而言，它是源于土地的割不尽的绿，是年久饭桌子上少不了的菜，是腌制在酱色罐子里精心待客的佳肴，是"家"这个蕴藉了无数深意的精神之地抹不去的韵味。

花　生

麻房子，红帐子，里面住着个白胖子。刚睁开懵懂的眼睛，这个谜语，就像一只小皮球，在一些小儿童的脑瓜儿里，滚过来滚过去。老奶奶或是老外婆张着豁牙的嘴，看着不懂事的小孩儿们，抓耳挠腮的样儿，哈哈笑着，被孩子们缠磨急了，冷不丁蹦出一个词儿：花生。

花生，最初，这种长在地下的亚葫芦样的果实，就是以谜语的形式来到孩子的记忆里的。待吃到花生的时候，看着手心里这枚小小的果实，果然是带麻点的外壳里面，睡着两粒椭圆的籽儿，包着红红的外衣，轻轻一搓，红衣脱落了，袒露出来的，是两粒饱鼓鼓、圆滚滚的白色的花生豆儿。一时便觉得，这首童谣式的谜语，实在是太形象了。

知道了花生，不意味着就能吃到花生。物质匮乏的年代，花生，是一种稀罕物。只在年节的桌子上，家里来客的时候，才能在装着炒货的筐子里，或是盛放酒肴的碟子里见到。随着一粒油炸花生米儿在客人后槽牙的加工下发出一阵糊香，一口烧酒也滋儿地一声下了肚。那种滋味儿，不是随便什么人就能享受得到的。平时，这些经过千辛万苦的程序收获来的果实，要送到加工房里去换油。那间油花花的，弥漫着一股子好闻的花生面子味儿的工房里，几台机子不时轰鸣起来，红皮的花生仁儿，经过机器的加工后，榨出来的黏稠的浅黄色的油，就成了老百姓菜锅里难得的油水。

夏天里，知了在大树上密不透风的树叶里扯破了喉咙拼命地叫。毒辣辣的日光从漫空里斜射下来，晒得人睁不开眼。干活儿的人们，一人头上顶着个湿毛巾在地里锄花生，汗珠子像断了线的珠子般顺着额头朝脖子里滑落，也有部分汗珠子滑进了嘴里，咸咸的，有点碜牙。花生田里，匍匐着密密层层的叶子，绿绿的，圆圆的，一眼望不到头。蚂蚱、蟋蟀不时从花生棵子里跳出来，从一个叶片，轻轻一弹，跳到另一个叶片。红头蝼蛄钻出了锄松了的土地，一不留神，钻进了农人的鞋里，裤腿里，引得孩子一阵惊叫。那边，不知谁惊扰了一只在花生棵子里休憩的野兔，嗖地一下，小家伙窜出去一丈多远，浅栗色的小脑袋转过来，两只亮亮的小眼睛，盯着人群，一顿脚，窜进棒茇地里去了。立时，砖头、瓦块、土坷垃雨点般地飞过去。小野兔被生擒了。孩子小心翼翼地捧在手里，梦想的花儿倏地开了。

收花生的日子，最开心。一棵花生，从土里拽出来，根系上长满了大大小小的花生，一嘟噜一嘟噜的。场地上，很快就堆满了小山样的花生果。有那嘴馋的，也不管花生果上还粘着些湿泥，用手搓一搓，就掰开壳子，把那花生米儿朝嘴里一撂。上下牙一对，一股子白色的汁液拌和着花生米的鲜甜味儿在口腔里弥漫开了。也有一些小花生，叫水嘴儿，还没有长成，嚼起来，水滋滋的。鲜花生煮熟了吃，面面的，口感很好。那阵子，家家锅灶里，都时不时飘出一股子煮花生的香味儿。

想起炒花生，脑海里就会响起饭帚在铁锅里滑着沙子的声音。那是一种热沙子与铁锅摩擦的特有的混合音，一时还很难用合适的象声词来形容它，介于"哗""唰""抓"之间。大锅底被烧得红红的，新鲜的河沙在铁锅里反复翻炒后，已经由黄变黑了。这些热沙子与满锅的花生混合在一起，随着饭帚或顺着转圈儿，或逆着转圈儿，脚赶脚地在滚烫的大铁锅里反复打滚、游走。当饭帚在铁锅里扫动了数百下或者上千下的时候，花生的香味儿徐徐飘出来。啪，一只花生在锅里炸开了。啪，啪啪，炸开的花生越来越多。在花生的炸响如小鞭炮般密集的时候，火候的把握就得小心翼翼了。这火，大了不行，小了也不行。一旦火候没调好，花生就要炒糊了。母亲稳稳的，依然让饭帚在铁锅里游走，一下，一下，再一下。一会儿，从锅里捡起一粒，拨开了，朝拉风箱的孩子嘴里撂个仁儿，滚烫的，害得舌头也打了个滚儿，吱吱袅袅的声音响起来，嚼一下，有点软，说，还不行。就继续炒。母亲有经验，看锅里的花生壳子有点泛红，说，不能再炒了，凉透了就脆了。从锅里盛出来的花生，连热沙子一起倒在大笸箩里，用筛子把沙子筛出来，一筐筐、一篮篮在那儿晾着。香味儿随风在村里袅袅地散着，这会儿，串门的来了，是白净脸村医张发。他进了门，主动搬个小板凳在一个小筐前坐下了。话不多，只是埋头嗑花生。时间一分一分地过去，密密的花生壳子在他的脚前脚后堆起来。母亲微笑着，并不多言。终于，张发让小筐见了底，我等小儿童刚松了口气，就见张发打了个花生嗝，不慌不忙，挪了下小板凳，又转到另一个装满了炒花生的小篮子边坐了下来……

搂　草

晚秋时节，一股子烟熏火燎的味儿在空气里弥散，风起时，或浓或淡，似有若无。马路两边，刚收过庄稼的田野里，短短的稻茬子，一簇簇的，泛着黄白的颜色。驱车远眺，不远处，一堆稻草燃起来了，火势很旺，夹杂着一缕缕浓烟，袅袅的。夜幕渐渐降临，火苗子显得特别亮。行不远，又是一堆火，比刚才的更旺。往前走，路两边燃起的火堆越来越多，夕阳里，漫天弥漫着半桔半红的鱼鳞云，一簇簇的火，像一座座神话里的城堡，红彤彤，亮堂堂。近前的这一堆，不知是农人在火里埋了栗子还是地瓜，噼里啪啦炸着，一股子呛鼻子的焦香味儿飘过来，在晚风里飘得很远。

这些摇摇曳曳的火苗，舔舐的本不该是空气和土地吧？思绪的闸门一开，进了孩提的时空隧道。一样是秋后的田野。一群干干瘦瘦的孩子们，在亮花花的阳光下，一人手臂挎着个小筐篮，手里拖着一只长长的竹耙子，在坑坑洼洼的田野里游走。散落在田野里的草杆、稻秸，被耙子细密的齿子收拢了。耙子头一会儿就变成了蓬大的脑袋，个个都是怒发冲冠。筐子、篮子装满了，回家去。那里，黑黑的、冰冷的锅底，等着这些粮草秸子燃起的火苗来舔舐。那是搂草孩子们丰收的季节。塞得严严实实的筐子、篮子，快要背不动了。家里的草垛，也一样摞得严严实实，高过了屋檐。

天气一天冷似一天。风的声音变得越来越怪异，一会儿哭，一会儿笑,像是大鬼小怪舞刀弄棍,拼死械斗。深夜,一缕尖利的呼哨顺着窗户缝儿钻进来,不知是哪个小鬼吃了亏,溜到屋里来了。孩子们更紧地躲进被窝。陈年的被子,不再松软,铁壳一般,与孩子青皮寡瘦的躯体摩擦着。瘦小的手爪脚爪,冰块子般的凉。稀瘪的肚子也不争气地唱起歌来。想着,是自己搂来的草化成了一团团灶底的火苗,与红通通的锅底亲吻着,烘出了热乎乎的地瓜、饭菜,一绺涎水流出来,融着一丝笑意,在嘴角凝固了。

  田间地头的残草剩秸,渐渐地,被来自四面八方的耙子搂光了。孩儿们犀利的目光,寻找着一切可燃物。随风飘着的落叶,树上落下的半根断枝,墙角一簇干枯的茅草,都在小小的心池里激出阵阵水花儿。最爱起风的日子,随着风打着旋儿,房前屋后聚拢起一堆堆落叶,焦枯的、半干的、展开的、打卷的,随着小耙子的走势,一会儿,在一个集合点堆成了小山。小山挪进了锅底,碰到火苗,只燃那么亮亮的一下子,就倏地化成了灰烬,火太软了。哪天搂草碰到根干树枝子,那才是最大的惊喜。烧晚饭的时候,折断了,放进灶底,静静地看,就见那树枝子,虽经软火的反复撩拨,就是无动于衷,还冒出一股子难闻的焦烟味儿,不急,用风箱可着劲儿吹,一会儿,树枝子的尖头烧起来了,渐渐地,像通了电似的,从细头烧到了粗头,火苗儿也由细变粗,绽开了更蓬勃的花儿。母亲说,树枝子烧出的火,是硬火,最适合烀(煮)粽子。从此,搂草,在拖着小筢子追逐树叶子的同时,心里最期盼的,是能搂到树枝子。

  搂草的日子远去了。掰碎了记忆细细地品,竟品出了那个年代独有的生活的味道,还有,那些可燃物在灶锅下不停地舞蹈,飘出的缕缕温馨……

萝卜地

村子东北角很远的地方,是一片一片的农田,种着各式各样的庄稼。田边连着一座大水塘,浮浮漾漾的,时有水鸟掠过。由于离村里比较远,少见孩子过来喧闹。塘边有一块地,土质比较细腻,抓一把,朝漫天里一撒,粉粉的,随风飘走了。农人拍拍手里的细土,说,这里适合种萝卜。铁锨跟进来了,挖一遍,再挖一遍,直到土块翻弄得疏松起来,土坷垃敲碎了,细小的颗粒用手捻一遍,松松的,软软的,有种想躺下来打滚儿的感觉。

萝卜籽儿顺着农人粗糙的指缝,滑进了湿津津的松土,再翻上一遍,扁圆型的籽儿,芝麻样大小,就这样在温润的土里找到了各自的家,安安稳稳地卧着。塘里的清水,在湿润的土上不知撒了第几遍?一种小小的、绿色的芽儿钻出来,不多,就两个瓣儿,椭圆形的,亮晶晶的,细得像线,在土的表层站着,像水波上亭亭立着的小天鹅。远远望过去,萝卜地被一层嫩油油的绿色覆盖了。农人们挑着桶来了,拎着铲子来了,浇水、间苗、施肥,原来密密麻麻的萝卜苗儿,变得宽疏有度起来。渐渐地,萝卜苗儿长成了萝卜棵子,叶子长长的,绕着芯子,舒展开来,叶边是锯齿形的,叶子的表面,有一层细薄的绒毛,摸上去,有一种毛刺刺的感觉。

萝卜一棵紧挨着另一棵,叶子越长越宽大,颈部高高地立起来,蓬蓬勃勃的,覆盖着脚下的土地,蛐蛐儿、蚂蚁、蜘蛛,在萝卜的根部、颈部、叶子上跳跃着、追逐着。一根绵长的蜘蛛丝儿，从一棵萝卜的头部，丝丝缕缕的，拽到了另一棵的颈子上，摇摇的。露珠儿随着麻雀的细腿儿在叶片上轻轻的一点，滚动着，扑簌簌落到土里去了。不经意间，萝卜根部的土层，裂开了一些细小的缝。隐隐的，土里露出那么一点点的红来，不仔细看，还看不出来。渐渐的，土层一点点绽开了，指头粗的小萝卜开始疯长，透着越来越壮硕的气息。

萝卜地里的空窝子越来越多。村里得派人去看萝卜。活儿落到少年郎二哥头上。正是走路窜蹦子转圈儿的年龄，二话没说，他兴头头的去了。第一天下来，二哥没说什么。第二天，他带了家里几只小鹅去做伴，第三天，二哥回来，和母亲说着什么，正说着，哭起来了。

那一大片萝卜地，旁边是一个深不见底的大水塘，连鸟儿都不怎么来，鱼儿更见不到，塘边芦苇一丛一丛的。少年二哥来到萝卜地。放眼望去，深深吸了一口气。一片片顶着绿色樱子的萝卜，根部透过泥土绽开了点点殷殷的红色，发着一阵阵诱人的气息。这气息，不知又要嗅得什么人过来？是拎着棍，还是扛着锨？旁边是个大池塘，在二哥的眼里，应该是"潭"，关于"潭"的传说，很多是与水怪连在一起的，就是张牙舞爪的龙，是二哥想见的么？还有，那芦苇丛里窜进窜出的东西，是鸟？鱼？还是什么？带去的两只小鹅，才出蛋壳儿不久，小脚丫在地上打着鼓点，黄黄的绒毛覆盖着小身子，扑进青草地一会儿，就吃饱了，把嘴巴弯进脖子后的绒毛里打起了瞌睡。飞鸟掠过头顶的时候，只不过抬起脑袋来，用头部侧翼的眼睛，望望天空，微风从鹅背上轻轻吹过，绒毛微伏，嘴里唧唧的声音，又能解开二哥多少烦恼？不难想象，看萝卜，对二哥来说，开头还是有点新鲜的，但很快，孤单就袭来了，再后来，少年二哥的想象力像一只大鸟，张开了翅膀，带着恐惧，从空中旋转着，飞下来，朝他的头顶啄来……

少年、池塘、萝卜地，四十多年前的一个镜头，定格了那个年代一段鲜活的印迹……

白毛风

　　白毛风起来了。连着刮了些日子,刮得人睁不开眼。屋檐下的滴流子一根一根的,硬硬的,泛着莹莹的光,林立着。要多么冷的空气,才能使屋檐下淌着的流水,在某一瞬,突然凝固不动,就那样,在空气里,后面那一滴,承载着前面那一滴,一点点累积起来,形成这种冰的柱子,柱子的根部,系在屋檐下的草秸上,牢牢的,石子、棍子都夯不下来,远远望过去,有点像广西一带山洞里的石钟乳。

　　地,冻得铁壳一般。走在上面,鞋底和地面擦出的,是铁镐敲地的声音。院子里,露天掩埋的萝卜窖子冻严实了。想吃萝卜,就得用镐头刨。挥起镐头,甩开膀子,刨那么几下子,只刨出几点白印子。忙乎一阵子,刨开的窟窿里,渐渐露出红的、青的萝卜皮来。再刨下去,不是断了头尾,就是斩了腰,少见刨出个完整的。地瓜窖子好一点。在地下挖个足够大的坑,用棍子和草架起一个盖,留一小小的口,仅容孩子一人通过,窖中取物的活儿,多由孩子去干。外面,搅天搅地的白毛风,窖子里,还有些暖烘烘的。做饭了,把掩住口子的草苫子拿开,孩子头顶着篮子,顺着入口下来了。里面黑洞洞的,只有入口处一点微光照进来。有地瓜坏了,甜兮兮、苦唧唧的味儿弥漫了窖子间。隐隐看见几只肿大的地瓜,长了一层长长的白毛。孩子的心里咚咚敲着小鼓,拣了好的,还得拿坏的,正忙着,就见一个灰灰的小东西稀里呼噜从地瓜堆上窜过去了。头皮一阵发麻。

一群搂草的孩子,拖着小耙子,肘弯子里挎着筐篮,在村子里,专门追着风头走。女孩儿脖子上扎着包头巾子,艳艳的。男孩儿光着头,鼻涕出来了,袖头子一蹭,久了,那袖头子变得明光光的。风吹过的地方,旋出了一堆堆枯叶、断了的树枝子,在墙根边,停下了。这是灶间急需的燃料。小耙子从左边搂过来,又从右边搂过去,篮子里,树叶子满了,按下去,直到结结实实。一顿饭,一两篮子树叶子是不够的。一个女孩儿,把自己头上的包头巾子解下来,给另一个女孩儿围上,手冻得早就僵了,连着几次,打不起结来。两个孩子,一色的脸上透着青紫。

屋子里,炭炉子生起来了。是用散煤烧火的那种。趁着晴天,把煤用水和了,用铲子做成一个个饺子状的煤球,等干了,就用来生火。一根长长的铝皮筒子,从炉膛接出去,顺着门顶的窗户里朝外通烟。地下,散着火钳子、煤渣、畚箕、扫帚。黑糊糊的铝制茶壶坐在红通通的炭炉子上,吱吱叫地唱着歌,壶嘴儿里冒着一绺白雾,袅袅的。地上的煤渣散发着一种独有的气味儿,那是通红的炭火燃尽的残余,介于红色和粉红之间的,堆在地上,一种暖暖的感觉。

父亲和岗叔正谈到兴头儿上,突然手一挥,让恁俩去地里挖点荠菜来,今天包荠菜饺子吃。他说的"恁俩",指的是我和妹妹。找了一阵子,小篮子有了,小铲子也有了。我俩出了院子。一出门,像掉进了冰窖子。天,是青色的,特别的高,特别的远。地面硬刮刮的,踩上去,杠得脚底疼。这会儿,风从地上打着旋儿,吹过去,再吹过来。风头卷过的地面,一溜白烟,追着另一溜白烟,不算浓,也不算淡,一缕一缕的,随着风起了,又随着风走了。吸了一口凉风,浑身一激灵。哪里有荠菜?互相看了一眼,去麦田!

靠河堤不远的地方,是一片麦田,一块,接着另一块。青凛凛的天空下,麦苗,全都匍匐在地上,细长的叶子向四面铺展开来,盖在泛着碱花的土地上,远远望过去,一片墨绿的颜色。眼睛忙着在田埂、地头上找荠菜。冬天的荠菜是什么样子的?一种锯齿形的叶片,绿色中透着紫红色,叶片瘦长,四五片的样子,从根部向四面舒展开来,和麦苗一样,也是吸附在地面上,趴得很紧,不细看,还真认不出来。在麦苗、青草、灰灰菜里,透过赭色的土地,去找一种叫荠菜的东西,不是个容易的活儿。我俩拎着个小篮子,拿着铲子,漫地里走,脸冻得生疼,手脚渐渐麻木了,篮子底里,只摆着一两棵,瘦精精的,扒着篮子的缝隙。一个熟悉的喊声从地头上传过来了。远远的,母亲从田埂上走来。俺爸说,今天中午吃荠菜饺子。我俩一叠声。看到两个面孔青紫的孩子,母亲板起脸,说,吃什么饺子,赶紧回家去,这么冷的天,冻死了。

　　风起了,一绺白烟打着旋儿从脚底下钻过去,母亲揽着两个孩子瘦小的肩膀,紧赶慢赶朝家里走……

瓜干子

分来的地瓜堆满了屋角，小山一样，散发着一股鲜烘烘的气息。那几天，煮地瓜、蒸地瓜、烧地瓜，满屋子都飘着地瓜特有的鲜甜气。打嗝的时候，不用问，也知道谁吃了地瓜了。母亲对我们说，趁着天好，赶紧把地瓜刨出来，晒出去，不然烂了就可惜了。

地瓜干，是储存地瓜这类食品的最好方法。鲜地瓜变成瓜干子，一般要经过刨、晒、拾、晾、藏几个环节。母亲说的，刨是制作地瓜干子的第一道工序。就是用一种特制的刨子，或者叫推子更合适，将地瓜削成均匀的薄片。那种推子，状如木马，只在木马的头部装上锋利的刀片，刨者骑在木马上，右手戴一只帆布手套，攥住地瓜，对准刀片朝前推过去，嚓嚓嚓，一片片雪白的瓜干子就从木马的头部飞出去了。熟练的刨者日夜不停，右手如上了发条一般，快速推送，一只只圆滚滚、长溜溜的地瓜，瞬间就变成了雪片的小山。也有那手拙的，动作迟缓，不慎让刀片刮破了手套，连带掌心的皮也削去一片。

深秋的麦田一望无际。刚刚破土的麦苗，厘米长短，于垄沟里，三三两两探出头来，打量着外面的世界。垄沟的表面，隐隐浮着一层东西，不知是霜花还是碱花，白花花的。现在，那雪片的小山挪到田头来了。站在田头，抡圆了手臂的弧度，抓一把鲜瓜干子，可着劲儿朝漫地里撒。撒得越远越好。待小推车里的鲜瓜干，均匀撒满了那片麦田的时候，还要由近及远，反复走几趟，把那摞在一起的瓜干，一片片掀开来，让每一片瓜干，都能均匀享受太阳的恩泽。晒瓜干的麦田，一般是自家的，也有那大胆的，贪着阳光的充足，或是地块的空闲，把晒不完的瓜干撒到别家的田里去，不过，也不用太担心，那时候，一般不会有人去拾别人家的瓜干子。天色渐渐暗了。回头望过去，赭色的沟垄、垄底的簇簇浅绿、白点灿灿，星斗一般，心里祈祷着明天的好天气。

遇上响晴的天，大约六七天的功夫，就可以去拾瓜干了。带上几条麻袋，来到地头，蹲下来，一只一只，捡拾那些晒得卷边翘檐的瓜干子，心里说不出的美。往麻袋里装瓜干的时候，脑子里也会倏地想起，不知是哪个年头，刚撒下去的鲜瓜干子遇到了一场暴雨，可惜一屋子地瓜，虽经过了昼夜忙碌的刨的工序，还是在地里烂成了肥料。拾瓜干的时候，低头弯腰，历数着片片瓜干，闻着麦田里麦苗、青草混合着泥土的那股子腥湿味儿，不由得暗自惊叹，才几天的功夫，麦苗又从土里挣出更长一截来了。那原来站着的齐齐向上的尖头，竟变成了宽宽的叶儿，罩着根下的土地。捡瓜干子，要比刨、晒的环节都费功夫。想想啊，刨的时候，瓜干子是流水般飞出去的，晒瓜干的时候，是哗哗撒出去的，唯有这拾的环节，是蹲在那儿，一片一片，从沟垄里捡起来的，有的，甚至是从土坷垃下面找出来的。这就考验到耐心了。所以，那刨、晒的活儿，哥哥们都愿意去做，这拾瓜干的活儿，就落到了我们小姐妹几个头上。不知有多少回，从早晨来到田里，已经忙到天黑了，姐几个还在借着微弱的月光，模糊地辨认着藏身于麦苗里、垄沟里的一片片白色的瓜干。河北沿的大喇叭里播放着一阵阵歌声，忽高忽低，旋律激昂，"……青天一顶星星亮，高原一片篝火红……"。更远的地方，星星灿灿的灯火，遥示着县城的所在。夜色里，母亲的喊声隐隐从田头上传来，越来越近，直起腰来，看到黑糊糊的远处，母亲出现了，她对着站在一堆瓜干子中间的小姊妹几个，说了一句石破天惊的话，"四人帮"粉碎了！

拾来的瓜干，趁着天好，还得继续晾晒些日子。院子里，鸡鸭鹅们逍遥自在，猪们在圈里欢歌。选一个响晴天，让哥哥搭起梯子，爬上屋顶，把那几麻袋瓜干在屋顶上摊开，继续接受艳阳的暴晒。晒了顶层，再把底层的翻出来，如是三番，直晒得瓜干的边角翘得更高，卷得更曲，弹一下，脆蹦蹦的，洒下一阵粉尘来，才觉得，可以放心过冬了。

地瓜干子晒成的季节，是饱口福的季节。这时候，可以吃的美食有，瓜干水、瓜干糊涂、瓜干煎饼、干巴枣（晒干的熟瓜干）。吃着这些或软、或脆、或黏稠，或筋道的食物，在惊叹母亲巧手的同时，也不由对那片泛着腥湿味儿的土地，时不时的，涌出喉头发哽的感觉来。

井拔凉

井拔凉，是村里人对夏天里井水通常的说法。三伏天的时候，口干舌燥，头晕眼花，从桶里舀上一碗刚打上来的井水，仰起脸来，一饮而尽，那种渗到骨髓里的清凉，一下子把所有的暑气都赶走了，所以，天热喝井拔凉，是村人的一大快事。

村里就一口井，坐落在村子的东南角。井台周围用青色的石板镶嵌着，常年水淋淋的。井边有一只水桶，是公用的，桶的提手上有一根长长的绳子。想打水时，就把那只桶拿过来，手里捋着绳子，一点一点把水桶朝井里放，待快接近井底水面的时候，捋绳子的速度明显加快了，最后，把水桶朝水皮上一丢，就听哐的一声，那只不知被村人用了多少次的水桶，就又一次丢到井里去了。奇怪的是，水桶跌落到水面的时候，只是溅起一阵水花，桶还是漂着，并不能自然沉下去。这时候，就考验到打水人的技术了。手里要摇着绳子，借着摇绳子的惯性，反复把水桶晃倒，目的是把桶沿翻扣到水里去。不知摇了多少次，终于扣成了。待桶吸足了大半桶水，再把绳子猛一收，一顿，这时，一桶水就拎在手里了。

从井底下往上拎水的时候，是要有一些臂力的。因为整个过程，几乎都是靠两只手交替着往上收那根已经磨毛了的粗粗的绳子。每收一点，水桶就往上来一点，眼看着一桶水从深不可测的井底下被一点一点提上来，手臂也变得越来越吃力了。当那桶从深井里打上来的清水快要到井口的时候，打水人弯腰拎住水桶的提手猛一提，随着哐的一声，沉甸甸的水桶就坐落在湿淋淋的井台上了。因为用力过猛，桶里的水溅出一道水花，撒到了打水人的脚面子上，水面荡漾了好一阵子，才归于平静。

弯腰看时，这桶里的水出奇的清。那种清，是能清晰地照见人影的那种。按说，水是无色的，可总觉得唯有用清这个字，才能描绘这桶里的水。这从大地的深处掏出来的汁液，就那样在桶里微微荡漾着，泛出一圈圈的涟漪。打水人早已耐不住饥渴，把头伸到桶里，大口喝起来。最常见的，是从桶里舀出一大海碗水来，仰头畅饮。喝井拔凉的时候，很少有小口喝的，都是仰着头，把碗里的水朝嘴里倒，那碗倾斜的程度，使得一大碗水，一半进了口中，还有一半，洒到了喝水人的胸脯上。说也怪了，没有人觉得这样不自然，似乎都觉得，不这样，就显不出喝井拔凉的畅快来。

要是看村人在井台上冲凉，那就更有意思了。夏天，不知从哪块田里干活回来，浑身被汗湿透了，奔到井台上，打上来一桶井拔凉，把头拱到水桶里狂洗一番，如鸭子戏水，连泡带搓，末了，把头抬起来，湿拉拉的左右一顿狂甩，一时水花四溅。还有的，把吸足了井拔凉的水桶提上来，一手托着桶底，一手掰着桶沿，举过头顶，对着自己的脑袋哗啦一下，从头浇下来，一时变成了落汤鸡，桶一丢，两手在前胸后背一阵狂搓，再打上一桶水来，又是一次从头到脚的狂浇，如是三番以后，感觉彻底洗透了，这才带着一身的清凉慢慢朝家里去了，黑黝黝的脊梁上，还剩下一些没有抹尽的水珠子，在太阳下闪着光。

青口河

　　小时候生活的村子后面有一条河，叫青口河。这条河几乎伴随了我整个的童年、少年时代。放学归来，我总要和妹妹，吆上一群鹅，到枯水季节的河滩地去放牧，让鹅们在水草丰美的河滩里吃草，吃饱了在水洼里自在地游。

　　这群鹅，我俩达成协议，分工饲养，一人两只。我那两只起名叫小平、小碰，妹妹那两只叫小尹、小野蛮。小平本来是又瘦又小的一只鹅，为了追上妹妹养的那两只高大胖壮的鹅，我私底里采些肥美的青草，不知偷偷喂食了小平多少回，果然，小平就像气吹似的长起来，成了四只鹅里最昂首挺胸的一只，鹅们在河滩地追逐嬉戏的时候，我们便在一些水洼子里捉小鱼儿，办法很简单，用沙子把一些细流截留，形成一个水洼，再把水洼里的水搅浑，鱼们在浑浊的水里憋不住了，纷纷把头探出水面，这下好了，我们这些孩子心里乐开了花，瞄准鱼头，两手一捧，就是一条，再一捧，又是一条。把鱼儿放在装满水的玻璃瓶子里，看鱼儿在清水里游来游去，鱼的肚肠清晰可数，有趣极了。有时还能逮到一两条形状奇特的小鱼儿，肚皮是花的，在太阳的映照下，泛着七彩的光，便美其名曰"紫金葫芦鱼"。洪水褪去的季节，河滩形成道道细流，时见不大不小的鱼儿泛着粼光，随水而去，洗衣妇蹲在水边洗衣，用木棒机械地在石板上敲打着老粗布衣，被时而从眼前晃过的鱼映花了眼，忽而一条鱼儿禁不住岸边的风景诱惑，跳上沙滩，翻蹦蹿，洗衣妇眼明手快，用洗衣的木棒子对着蹦跳的鱼反复捶打，眼看鱼儿又要跳回水里，便连人带棒扑倒在蹿蹦的鱼身上，哪管洗的什么衣服随水漂走呢。蓝天白云清风急流，人鱼搏杀，沙滩上玩耍的儿童们看到这幅画面，目瞪口呆。

夏天的河堤是喧闹的。夜晚，绿树掩映下，河堤成了纳凉的胜地。村民们把一领席子随地一铺，就躺在那儿，二郎腿翘起来，哼着小曲儿，要多惬意有多惬意。儿童们在轻抚的晚风里，甜甜地睡着，旁边是打着芭蕉扇的母亲，随时驱赶着一只两只唱歌的蚊虫，讲古的场子一处、又一处，吸引了不少听众。最热闹的场子是讲"三侠五义"的，清风明月之下，树影懵懂之中，那侠客的行走坐卧，飞檐走壁，好像就在前后左右，那场景、那气氛，不是今天的相声大会或大舞台能及。最为吓人的，是那讲"聊斋"的场子，随着"画皮"情节的徐徐展开，孩子们左顾右望，蓝莹莹的月光下，看谁谁都五官怪异，形似女鬼。

儿时的我席地躺在一群孩子中间，睡眼朦胧，耳畔飘来几句老汉的对话，若有若无，若远若近，"西乡有景了"，随着几声深喉的咳嗽，一股烟袋锅子的味道弥散开来，"什么景啊？"，一阵哮喘的声音，近乎闭了气，良久，又是几声咳嗽，好像舒展了许多，"案子……"。声音渐渐低下去，快要听不见了。童年的我望着天空的星星，感到这"西乡的景"，有一股说不出的苍凉、幽远。拉胡琴的又开始了，这个当过民兵营长的中年男人，高、干、瘦，一根武装带，常年扎在他的旧军装外边，提示着当年曾经有过的不多的辉煌岁月。他会拉的曲子老是那么一首，并且永远在开头，都要用琴弓在弦上反复试音，"正给正"，这是我童年耳畔挥之不去的几个音符，也是一样的苍凉、孤单，好像有一根筋，牵着你的心，凄凄的，酸酸的，不知要诉说的是什么样的幽怨。少年的妹妹，才情奔涌，在河堤上，遥望着河北岸森林一样的村庄，诗句像珠子一样，一颗一颗奔涌而来，"河那边，有一团燃烧的火，一团橘黄，一团鲜红……"，这首诗，后来被我在学校的广播站里反复吟诵，传遍了校园，其时，妹妹红着脸躲在校园的角落里，凝神谛听，那份心情，几人能知？

  河上有一座独木桥，已有不少年的历史。几块木板，被人不断踩踏，看着朽了。更要命的是那几根支撑木板的桥腿，细细的，似乎早已承受不住那几块朽木的重压。走在桥上，能隐隐听到桥板发出的吱嘎声。窄窄的桥面上，平日里，不断走过步行的、推独轮车的、骑自行车的、拉板车的，有时从远处晃晃悠悠来了一辆毛驴车，驴的鼻子不停地喷着热气，嘴角挂着些白沫子，尾巴左右摇摆着，引得孩子们一阵欢叫。当然，走得最多的，还是处于青春期的少男少女们，河北沿往右拐，不远处，是花花世界青口镇，那里是他们梦想起飞的地方。某一天，桥板表面横向裂开了一条缝，缝隙有半尺宽，低头能看到桥下湍急的河水，从桥上过时，需在离缝隙不远的地方，憋足了气力，纵身一跳，才能继续过桥。这腾地一跳的功夫，并非人人都有。我等小儿童每逢过桥，走到断裂处，望着桥下亮亮的河水，总是心惊肉跳，但禁不住"上青口"的诱惑，也就顾不得许多了。也怪，在我数次从断桥处纵身一跳的时候，竟无一次差池，不知是小孩的眼里误觉得那条缝隙宽，还是情急之下激发了空前的能量？每次上青口，在河堤上一路走过来，远远看到那座横亘在河水中的独木桥，心就怦怦跳起来，额头也汗津津的，肌肉高度紧张。当然，人掉到桥下的事也有发生。一愣头青年驾一辆三轮车，车上装满了蜂窝煤，小伙子浑身是劲无处使，把一辆三轮车骑得"飞驰"一般，还嫌不过瘾，竟玩起了双手撒把过断桥的把戏，正在小伙子嘴里念念有词道："怎样？怎样？"，只听呼啦一声响，连人带车还有蜂窝煤来了个天女散花，旋即，煤球化作煤浆无影无踪，幸亏小伙还有一招游泳绝技，不然，就要随漩涡卷到黄海喂鱼去了。

洗 澡

青口河在夏天是最受欢迎的。清凌凌的河水缓缓东去。到河里洗澡的人越来越多了。临近傍晚的时候，河里泡着一些精赤条条的男人。这些干完了体力劳动的男人，在放下锄头铁锨之后，整个身心在河水里得到了释放。看他们走向河水的胴体，古铜色的健壮，只在屁股那儿，有一圈白印子，与一身的古铜色形成反差。男人们在河水里泡着，游着，身边窜来窜去的，是他们的孩子，麻雀一般，叽叽喳喳，拍起一溜又一溜水花。使人想起一种叫窜条子的小鱼，活泼不定。水只到腰部以下，大可不必担心孩子的安全。只是尽着兴儿在水里施展功夫，或潜水，或仰泳。最常见的，是一种叫狗刨的姿势，呈俯卧式，两手如船桨般划行，两条腿在水面上交替打水，砸出一溜的水花，有的溅起尺八高，无数的水珠子在空中散开来，在日光的映照下，泛着七彩的光，再落到水里去。

整天泡在河水里的孩子们，如鱼儿般自在，任家长喊破了喉咙，不肯上岸。最炎热的三伏天，人们热得恨不得连皮都褪了。树上的蝉也嘶哑了喉咙，河水被太阳晒得发烫，时时见到一些翻着肚皮的鱼漂在水面上，白花花的。伸脚想下水时，烫了一下，又缩回来了。这些，也挡不了孩子们下水。天越热，孩子们越愿意呆在水里。掠过温热的水面，水底下仍是一片清凉。天天泡在大河里，洗得久了，这些孩子的皮肤没有变白，倒是越洗越黑了。看他们一个个水淋淋从水里爬上岸时，如一条条小黑鱼，瘦精精的，肋条历历可数。孩子们的澡，将从夏天的开始，一直洗到河水褪去。沥沥沙滩、汪汪水洼、蓬勃摇曳的水草，及水里游来游去的小鱼，在蓝天白云的映衬下，成了孩子们又一处玩乐的所在。

　　只在月明星稀的夜晚，姑娘们才会成群结队地前来。皎洁的月光下，选一处僻静的地方，屏住声息，拨开一丛芦苇，卸下紧绷在身上的汗津津的衣服，慢慢地把身体一点一点地融入水中，只在身体被柔滑的水包围的时候，这才长长地舒了一口气，让整个身心舒展开来。脚底的流沙一点一点地陷下去，又一点一点地升起来。身体随着水波的流动不停地起伏。河水顺着肩部、颈部、腰部、腿部一刻不停地流，如无数只孩子的小手在身上轻轻地抓挠，又如无数的小鱼儿在皮肤上亲吻。低头喝一口河里的水，感到甜极了。散开扎了一天的长辫子，闭上眼睛，屏住呼吸，让长发在水里漂移时，感觉到根根发丝与头皮若即若离，似是要随水漂走了。

　　正心醉着呢，不知从哪里游来了一群愣小子，如箭一般穿梭而来，哗一下潜入了水底，不见了。这群半大不小的孩子们，在姑娘们洗澡的区域游进游出，狗刨的双脚在水面打起片片水花，完全搅乱了这里的宁静。有那大胆的，竟然在姑娘的身边绕来绕去，惊得姑娘们一片尖叫。这个地点好不容易找到的，谁泄的密？不知道。下一回，姑娘们会小心更小心，到更加僻静的地方，寻一处更幽静的所在，享受清风月光下的又一处宁静。可也怪了，十回有八回，洗到一半的时候，总有几个愣头小子从远处悄悄潜过来，在她们正陶醉的当口，哗一下从水里冒出来，激起满世界的喧闹。

　　整个夏天，姑娘们和愣头小子们，就这样在这一汪清波里，展开了你躲我追的游击战，给这条潺潺绵绵、川流不息的青口河，增添了无限的生机。

撅把子

河两岸是村民们的自留菜地。我家也分到了一小块,叫撅把子。可能是那块地的形状有点像驳壳枪(当地人都把驳壳枪叫撅把子),遂得此名。放学归来,我们还有一些活儿,到菜地去除草、浇水、培土、施肥、捉虫子。那块不大的菜地,种满了韭菜、茄子、辣椒、青萝卜、红萝卜、方瓜、米豆、土豆等蔬菜。在我们小兄妹的精心呵护下,四季节令的蔬菜常年花开花落,果实丰硕。米豆、土豆这两样家常菜,百吃不厌。韭菜也吃得最多。这种菜最皮实,不怎么用管它,哪怕来不及除草,混合在青草里也能长得很茂盛,家里没菜吃了,用刀割一把回来,把青草拣一拣,打两个鸡蛋炒了,就见黄的黄,绿的绿,油汪汪的,诱得人口水直流。菜籽在细土里露头的时候,是最为动人的时刻,不经意间,就见那些细细的、小小的苗儿,齐刷刷地,从细土里冒出来,绽开两个绿莹莹的小叶瓣,煞是喜人。晨露未退的时刻,来到菜地给方瓜插花(给雌花授粉),拨开了粘着细细的、薄薄的、白色的蜘蛛网的绿色的叶子,那会儿,露珠必是一阵阵、扑簌簌地掉落下来,几只肥硕的蚂蚁,从毛茸茸的叶子上飞快地遁去。将一朵茁壮的雄花摘下来,再寻一朵雌花儿,将雄花儿的花粉,涂抹在雌花儿的花心,少年的心跳着,想着这生命的奥秘,充满了神秘的感觉。一眨眼,绿色的萝卜叶下面,小萝卜从土里露出一点点红,这种萝卜,叫线穗子萝卜,咬一口,嘎嘣脆。孩子们耐不住馋嘴的折磨，常常把手指头粗的小线穗子萝卜拔出来，在河水里洗洗，吃个痛快。没有萝卜的季节，孩子们也会撸一把萝卜花结的籽，边嚼边咂摸那丝丝缕缕的线穗萝卜的甜味儿、辣味儿。

　　起风了，大雨一场接着一场，上游的水如悬河一样倒灌下来。青口河漩涡连着漩涡，水流湍急。浑浊的河水中，时而漂来几根树木、时而漂来一只木箱子、有时是大片的死鱼，顺流而下，打着旋儿，浩浩东去。河水一天天涨起来，逼近了沿河两岸的菜地。小木桥在水中若隐若现，几天后就没了踪影。邻居岗叔和母亲议论着，发大水了，晓、燕，看来要爬到梁头上蹲着了。口气里，有些严肃，也有一丝戏谑。一肚子典故的父亲，讲起了梁头上的财主用金块向穷人换饼子吃的故事，那种随遇而安的乐观，让我们怦怦跳的心有了一丝平静。到青口去越来越不方便了。一些胆子大的人把衣服脱了，顶在头上过河。河北沿的人过来得日渐稀少。摇拨浪鼓的货郎子几个月没到村里来了。三舅喜得贵子，儿子满月时，他挎着一小篮小馒头兴冲冲地从北乡来我家，到了河北沿，看到浩浩荡荡的河水，这只旱鸭子只好叹了口气，打道回府。河水褪去的时候，三舅来我家，多次提起那篮小馒头，让我们小姊妹嘴里一次次聚满了口水。

　　渐渐地，河水漫淹了沿河两岸的菜田。我们家的撅把子菜地，因为地势稍高，离水淹线还有点距离，小兄妹们放学以后，都抄铁锨、拿锄头，奔到岌岌可危的菜地，从别处挖来些泥土，对菜地的地势进行培土加固。鹅们也不敢再往河边放牧，害怕被湍急的河水冲走。一个狂风大作，暴雨倾盆的日子，鸡蛋大的冰雹疯狂地袭击了我们的村庄，院子里的萝卜窖子里聚满了这些圆溜溜的冰蛋子，母亲和大哥用铁锨拼命地抵住房门，以防狂风把门卷走，我们小姊妹在床上打着滚哭作一团，大姐过来安慰着两个浑身打颤的妹妹。暴雨渐渐平息，院子里一片汪洋，鹅们也不知去向。这时，三哥浑身湿漉漉地从外面回来了。他一进门，就痛哭失声，原来，他冒雨去维护我们家的撅把子菜地，看到暴雨中，撅把子被暴雨侵蚀、冲刷，一点点地在消失，心痛欲裂，他拼命地用铁锹向塌陷处培土，一锹、又一锹，但河水越涨越高，终于，在暴涨的河水的冲击下，撅把子消失得无影无踪……

　　雨过天晴。我们踩着一地的泥泞，在青蛙的欢唱声中去寻找鹅们。寻遍了村庄，也不见踪影。许多天以后，有人说在河北沿的树林里，曾经发现了一群鹅正在歇息，原来，暴风雨那天，鹅们在狂风的裹挟下，成群飞起来了……

猪　圈

村子里，家家都有猪圈。我家也不例外。猪圈建在院子的西南部。一间就地垒起的小屋，另外三面圈起来，形成长方形的围栏。屋顶多是油毛毡苫的，为的防雨。天好的时候，还可以在上面晾晒地瓜秧。小屋是敞门的，面向那个三面合围的圈栏，门左有一长条形食槽，似是石头刻的。这样，猪们住的地方，吃的地方，玩耍的地方都有了。

我家的猪是什么时候买来的？记不清了。印象里，在圈里玩耍的猪，已是半大的样子，身体是粉红色的，毛发雪白，根根乍起，细细的尾巴在腚后甩来甩去，不甩的时候，就弯成一个圆圈。摸摸猪厚实的皮肤，一股温热传到手上，哼哼声随即传来，谁是友善的，谁是恶意的，猪知道。混熟了，就喜欢在有太阳的时候，进到猪圈，给猪的肚皮挠痒痒，猪被伺弄得摊开四肢，哼哼唧唧，无限陶醉，那会儿，连带得小主人也一起醉了。

烀猪食，是放学回来必须干的一件事。这活儿不难，把那大铁锅里添满了水，再剁些地瓜藤子、叶子放进去，接下来就是拼命地拉风箱，火势越旺，越有希望把那一大锅浑水烧开。待锅盖周边白色的热气嗞嗞朝外冒的时候，从麻袋里挖出几瓢青草面子来，在小盆里搅成糊状，掀开锅盖，朝那咕嘟咕嘟冒泡的沸水里一倒，随即大铁勺插进去反复搅动，再续上几把柴火，火势又一次旺起来，猪食很快就熬制成功了。青草面子味儿混合着地瓜藤子味儿在蒸腾的热气里弥漫了灶间。

说来也怪,咱家的猪吃食,很少出现"嚓"的状态。青草面子瓜叶水舀到槽里,猪从窝里懒洋洋地过来,嘴巴在食槽里嗅一嗅、拱一拱,再吸溜两口,就摇头摆尾玩去了。如是三番,邻居岗叔说,恁把猪喂刁了。也不知这坏习惯是怎么惯出来的。久了,别家的猪越来越膘肥体壮,咱家这头还一直筋筋条条。又有那打趣的围上来说,怎的,不行打二两哈哈(喝之意)?看着急人,有时就瞒着母亲,把那锅里的杂粮糊糊盛一碗来,在那满当当的猪食槽里撒出一条细溜溜的糊糊线,说也怪了,那猪的嘴巴就顺着那条线滋溜滋溜,一口气把食吃了个精光。看来,还是猪食不可口哇。那一回,斗着胆子朝猪食里撒了几滴酱油,这下子,猪真的开始"嚓"啦。

到邻居家里去串门,总是看到他们家的猪在猪食槽里埋头吃食,长长的猪嘴埋在汤水里,耳边传来"哧哧"的声音。那声音,实实在在地体现了一个字,嚓。这里面汇集了猪们吃食时所有的声、色、形、状。满满一槽子食,瞬间的功夫,就被猪们"嚓"到嘴里去了。

到底有什么诀窍呢。眼巴巴地看着邻家的猪大快朵颐的样子,心眼里满是羡慕。看那猪食的成分,和咱家的也差不多。是配方不当、火候不精、还是爱心不到?这一直是我童年心里的一个谜。

经历了不知多久,我家的猪也长大了。站在那儿,雄赳赳的。拍一拍,身体像一堵墙,结实得很。但是,一个最不愿意看到的场景发生了。猪要卖了。那是家里解决经济困境的唯一办法。那天,我们小兄妹几个心里都有些酸酸的。一早给猪喂了一顿杂粮糊糊,又给它挠了一会儿痒痒,然后,依依不舍地躲到了屋子里。一会儿,外面几个拿着绳索扁担的壮汉来了,随着猪的一阵阵狂烈的嘶喊,声音渐渐远去……

放学归来,望着空空的猪圈,心里怅然若失。正是秋收时节,收地瓜了。大姐跳到猪圈里,朝小屋顶上晒地瓜秧。她弯腰进了猪屋,在里面打量了一下,直起腰来的时候,忽然头顶上一麻,嗡的一声，顶到马蜂窝上了，立时，头上、脸上、身上落满了马蜂，大姐哇地一声尖叫起来。母亲那会儿刚从外面回来，见状立刻跳进猪圈，对准大姐的脸、头、手、身猛烈地扑打起来。远远的，邻居家的岗叔见了，心里不由一阵嘀咕，这老周从来没打过小孩，今天这是怎么了？

那个脸盆大的马蜂窝是怎么形成的？在漫长的日子里，猪和这些极具杀伤力的伙伴是怎样一起和平共处，度过了那些岁月的？这成了我儿时又一个难解的谜。

风　吼

村小的孩子们，随着放学铃声骤然响起，如呼啦一下惊飞的麻雀，朝着四下里飞散开来，方向却是少有的一致，家。在那里，有暖暖的灶台，灶台上有咕嘟咕嘟冒泡的铁锅，烧锅的风箱边，还有贴着灶膛口偎着女主人圈起身子的猫咪。掀开那只湿漉漉热乎乎的木锅盖，迎面扑来的热气，让所有的寒气都会化成屋檐下的蒸馏水，滴答滴答，顺着屋檐下缕缕冒出的白烟，掉在屋檐下地上的一溜溜黄豆大的泥窝窝里，旋即，在西北风的呼啸下凝成冰坨。

那会儿，西北风正在一个劲儿地号叫着，小刀子般地刺割着行人，裸露在外的脸和手。在麻酥酥的一阵又一阵的切割里，早已失去了本来的感觉，凉风顺着脖领子、裤管子，如蛇一般透迤而行，快速挪动机械的双脚，搓搓粗糙的肿手，心里想着，这手怎么变成两坨砖头了呢？

絮满了棉花的棉衣，此刻，在西北风一阵比一阵猛烈的进攻下，变成了一层薄纸。更要命的是，肚子里咕咕叫的声音一阵比一阵浓烈，就像夏天稻田里的蛙声，一声连着另一声，声声不息。钻进袄袖、裤腿里的风，小蛇般地四处游走，风头裹起的焦枯的树叶，打着旋儿从脚底下开溜了，贪婪地捕捉着风里不知谁家锅屋里飘来的一丝熟米的香气，一步比一步更快了。

西北风尖利的哨音里，隐隐夹杂着一种遥远的声音传来。那声音，是从胸腔的深处发出来的，那是一种嚎叫的声音，是一种已经嘶嚎了很久的声音，声音里，透着无尽的愤怒、哀求、绝望，纵是鞭子抽打，棍子夯击，也未必能抽出如此凄厉的声音。

听觉里，似乎发出声音的物什快要气绝身亡，又或者再慢一步，这家伙的脑袋就要撞击墙壁，肝脑涂地了。仅凭想象，也能想得出那头在圈里饿了一天的家伙，此刻，是怎样团团转着圈，以最大的力气，反复撞击着已经摇摇欲坠的栅门，释放出发音器官所能奏出的最高分贝，在西北风尖利的合奏下，是多么的声嘶力竭了。

正当满口焦渴，饿得前胸贴后背，差一点在小刀子样的西北风的裹挟下，倒腾着双脚飞起来的时候，那声声刺耳的尖利的嘶嚎已经穿透耳鼓了。那声音传达的信息，是圈门那勉强钉起来的几根稀疏的木头片子，快要在猪的狂轰乱拱下散架了，随即，将要看到的，是一头破门而出的嚎叫的猪。那是一种挣脱一切羁绊的最后的挣扎，是拼尽了所有力气挣脱绝境的总爆发，它拱开的不仅是一扇散了架子的破门，更拖拽着一根一直以来拴住它的木橛子。那根木橛子，是费了主人一个上午的功夫，使坏了一柄铁锨，挖了一米多深的坑埋下去的，如今，那根费尽了主人心机的木橛子，正挂在破门而出的猪的腿上，伴着狂奔的猪的一路踉跄，向着尖利的啸叫的西北风，义无反顾地去了。

想着接下来将要上演的追猪大战，顿时满肚子的咕咕声偃旗息鼓，脑门子上竟然急出了一层汗珠。猪跑了，不要说吃饭，今天不把跑了的猪找回来，大人回来，少不了屁股将要落上一顿拳脚。那会儿，小刀子样的西北风算得了什么，稀瘪的肚皮也不在话下。出太阳的时候，在圈里仰起肚皮晒太阳的猪，成了村小铃声响起后孩子往回一溜狂跑的唯一的目标。

推开棒豉秸子编的院门，猪那凄厉的嚎叫还在，比起遥远的那声声呼哨的西北风里的合奏，猪的嚎叫变得无比的亲切。那快要散了架子的破门还在，虽然猪嘴已经无数次地从门的缝隙里拱出来。那根深埋在土坑里的木橛子还在，如果不是木橛子上的绳子拴住了这头日渐魁梧壮大的猪，也许这位朝夕相伴的伙计早就在西北风锲而不舍的啸叫里翻墙疾走了。

接下来，在猪依然一声比一声凄切的嚎叫里，推开锅屋的门，大人还没回来，摸一摸清锅冷灶，农人的孩子，现在，最要紧的，是剁上一堆地瓜叶，搅拌一盆糟糠，在灶台那只硕大的铁锅里，添上足够的浑水，按这日常使用的配方，拌和成猪的主食，拼命拉动了风箱，让那一锅冰冷的猪食，尽快煮成温热的糊糊，填满空空的猪石槽，尽快平息猪的不知嘶吼了多久的嚎叫。不然，那摇摇欲坠的破门，快要拔地而起的木橛子，在明天的这个时候，都要现出一副不愿见到的情景。那会儿，披着一身冷透了的薄纸，挪动着两只砖头样的双脚，在青皮寡瘦的肚子里的咕咕的叫声中，还要在凄厉的西北风里，去苦苦地寻找那头拖着木橛子飞奔而去的猪。那会儿，猪的凄厉的嘶嚎不再响起，西北风的无止无休的呼啸似乎显出说不出的单调。

农家的孩子，当大人不在家的时候，即使通身裹挟着尖利的西北风，依然最爱听的，是自家圈里的猪的撕心裂肺的嘶嚎。在孩子听来，那是刮着西北风的冬天里，放学回家后最不能缺少的，美妙的音乐。

草　垛

　　麦收时节，村里的拖拉机昼夜轰鸣着。农人的镰刀在麦田里上下挥舞，汗水像断了线的珠子一样滚到嘴里。傍晚收工的时候，场院上扫得干干净净的。一座座草垛，在打麦场上立了起来。夜色里，草垛静静地卧着，一座连着另一座，黑糊糊的，散发着神秘的气息。

　　草垛是怎么堆起来的？远远望过去，草垛一排一排，规规整整的，有七八米高。知道的人说，麦秸脱粒后，农人要用铁叉，一叉一叉往上擞。堆草垛的时候，垛顶还要有一个人，将叉上来的麦秸苫平了，再手脚并用，把身下的麦秸压严实。成型的草垛，俨然是一件艺术品。黄亮的麦秸从上到下，一律的，显出纵向的纹理，层层叠叠，头发一样披挂着。拍一拍，就觉得，这散发着一股子浓烈麦香味儿的草垛，有点像大象的身体，长方的样子，结结实实的。有那庄稼活儿干得不咋样的，堆着堆着，草垛歪了。旁边经过的人，喊一声，只好重来。要是当时没人看出来，不久后，大风会来告诉你结果。

　　那些日子，孩子们就在草垛中间窜来窜去，藏猫猫。那些草垛，有点像少林寺里的塔林，让孩子产生无尽的遐想。上墙爬屋的孩子，岂能放过爬草垛的机会，精瘦的身体如知了般吸附在草垛上，揪着一撮撮麦秸，手脚并用，噌噌噌，打着地坠往上爬。灵活些的，会找那靠近大树的草垛，先爬到树上去，再抓住树杈子朝草垛顶上一悠,瘦猴样的身子就稳稳地落在垛顶上了。要是哪天晚上在打麦场上放电影,那可比过年还热闹。孩子们不愿搬个小凳坐在下面看,一个跟一个爬到草垛上,头顶着星星,披着一身的月光,去看那幕布上的英雄豪气冲天地厮杀,心里那个激动劲儿,岂能是今天禁锢在斗室里的孩子们能够体会的。微风徐来的时候,草垛边上,恋爱的年轻人,轻手轻脚,猫腰拱进了草垛里。

在草垛里藏猫猫的,除了孩子们、恋人们,还有鸡们。脱粒的麦秸里,时不时的,还会夹杂几个麦穗,这可瞒不住天生慧眼的鸡们。在草垛边寻找麦粒的同时,鸡们没忘了在草垛底下锲而不舍地踹出一个或几个窝来。只要听到哪只鸡在咯咯哒、咯咯哒叫起来的时候,循着声音,准能在附近的草垛里,找到一枚热乎乎的鸡蛋。要是平时没有发现,在某一天去拽麦秸烙煎饼的时候,一不留神发现了一个隐得很深的草窝,里面藏着满满一窝鸡蛋,你会是什么心情?

草垛,不仅为农人提供了平时烧饭用的燃料,还成了姑娘媳妇们编织工艺品的来源。麦秸捶打松软了,变成了白花花的麦扬。这时,巧手们就会在村里的老槐树底下,仨一群、俩一伙地编织起提包、筐篮。当然,更多的,是编织农人床上用的苫子。那阵子,身下铺的,臂里挎的,无一不与麦秸有关,再加上手上的麦煎饼,碗里的麦糊涂,农人,真是醉在麦的海洋里了。

麦收过后,打麦场上的草垛,渐渐的,分散到农人家中了。农家院里的草垛,因着家口的多少,高矮大小不等。那时候,随便到哪一家去串门,首先映入眼帘的,必是一座硕大的草垛。由于各家堆垛技术的差别,草垛,也会显出各种不同的形状来。透过草垛,可以看出庄户人的高下之分。有些邋遢人家,主人干农活不给力,那草垛也堆得歪七扭八。有那板正人家,草垛堆得比那打麦场上的麦垛还要规整。一眼看去,那麦秸的纹理,像是用梳子梳过一样,亮灿灿的。

草垛在农家院里,主要用来烧饭,烙煎饼。干活前,先要到草垛边,拽出一大抱麦秸。那麦秸在草垛里压得久了,朝外拽有些吃力,但拽出来的麦秸变得格外松软。拉风箱的时候,背倚着麦秸堆,看那一把把麦秸化成黄蓝的火,觉得心里特别的熨帖。至今,如果晚上失眠的时候,闭上眼睛,想一想那个遥远的年代,太阳在头顶上懒洋洋地照着,倚着草垛打瞌睡,一觉醒来,暖熏熏的太阳把半边脸都晒"糊"了。不由得,就会从内心深处浮出一种熟悉的感觉来。眼皮一粘,梦回故乡的草垛旁去了。

当然,草垛也有令人不放心的地方。麦秸干燥易燃,稍有不慎,就会火光冲天,化为灰烬。起火原因五花八门。有坏人纵火的,也有儿童嬉戏引发的。小时候,在郯城三婶家里玩耍,忽然听到正在烙煎饼的三婶一声尖叫,撂下煎饼匙子,抄起一瓢水就朝门外冲,原来,三婶的儿子小明和小华在门外玩耍,顽皮的小华把门外的草垛点着了。

锅 屋

有时候,你不得不佩服人的创造力。只要有那么一小片地方,垒起一圈砖墙,再加上一个顶盖,盘起一座灶台,支上一口铁锅,烧饭的地方,就成了。这个地方,叫锅屋。虽然,现在流行的叫法是厨房,但细咂摸,还是叫锅屋来得实在。

锅屋面积不大,最核心的地方是一座灶台。灶台是土坯垒砌,还是砖头垒砌,不详。耀眼的,是灶台上支着一口硕大的铁锅。这口铁锅,在孩子的眼里看来,像一口乌黑的池塘,看久了会头晕。灶台下面,就是灶膛了。那是一个长方形的入口,专门往里投递各类燃料。树叶子、稻壳子、松枝子,还有煤粉一类,都是灶膛的常客。不过,要转化成热量,还得借助灶膛口左侧的风箱。那是一种长方形的匣子,需要用一根长杆子反复抽送,向灶膛底下吹风,让各类燃材在风力的鼓动下,先是冒烟,继而冒出微弱的火苗,末了熊熊燃烧起来。灶台的后半部分,是一堆稻草或是麦秸,一直堆到屋顶。使得拉风箱的人坐下来,就像倚着一座草垛。左手拉着风箱的时候,右手就从身后的草垛里抽出一把稻草或是麦秸,直接朝灶膛里送,真是来得便当。

这间不大的锅屋,经过一年又一年的烟熏火燎以后,渐渐的,越来越接近锅屋的特质了。锅屋的颜色,一定是黑魆魆的、泛着油光,墙上会密布着一层绒绒的浮尘,就像老石台上的青苔,不过这层苔是黑色的。如果没有记错，锅屋的顶部，应是苫了一层麦秸，然后才抹上了泥巴，扣上了红瓦。因为锅屋的屋檐，每天都在朝外冒着丝丝缕缕的白气，冒得久了，屋檐底下的一排麦秸梢子也变得油腻腻、雾沉沉的了。若是冬天，锅屋的屋檐下，一定会有成排的滴溜子（冰凌），在冬日的阳光下，泛着晶莹的光，太阳升到正头顶的时候，滴溜子会一滴一滴滴下水来，久了，在屋檐的下部，砸出一个个潮润的窝窝。

  锅屋是一个魔幻的地方，这是孩子们幼小的脑瓜里产生的一个古怪的念头。锅屋里的每一样东西，都有它奇奇怪怪的用处。大铁锅是变魔术的，锅盖捂得久了，一掀开，就有好吃的变出来。风箱是火龙的按钮，想叫火龙怎么跳舞就怎么跳，那烧锅的人呢？就是指挥这场无声战役的国王，拉风箱，投燃料，抄起大铲子在铁锅里噼里啪啦地翻炒，制造出无数的香味。生的东西送进去，一阵子忙活以后，再端出来时，就是熟的了。严寒的时候，锅屋的感觉就更诱人了。连生动灵活的猫儿，都要在温热的灶台上盘桓不去，嗅着锅盖周边冒出的缕缕的热气，盘起身子，熏熏入睡。

  锅屋，会随着食材的变化生出许多氛围来。平常的日子，大铁锅里烹煮的，多是瓜叶豆菜一类。大铝勺和大锅铲子在锅里翻搅的时候，有点有气无力。主妇朝大碗里舀地瓜水的时候，胃里正嗝着一股酸气呢。今天吃什么饭？主妇问孩子们。孩子们齐齐抬起头来，嗯？不逢年不过节，还能吃什么？主妇也知道，除了屋拐角的地瓜，不会有其他食材了。但是，不知怎么的，每到烧饭时，主妇还是会问一声孩子们，今天吃什么饭？这声征询，让一群孩子你看看我，我看看你，觉得多余，又觉得少不了。锅屋，所以让人怀念，不是蒸煮地瓜的日子，而是节日里的欢歌。那会儿，屋檐底下的热气似乎也沸腾起来了。灶台前的主妇忙上忙下，恨不得生出八只手来。过去只由一个人负责的活儿，如今变成了一群人。连孩子都被安排到了灶膛口去拉风箱了。大铁锅里，锅铲子上下翻炒的，是被酱染得红亮亮的五花肉，加入粉丝白菜以后，竟炖出醉醺醺的香味来。这种香味儿，究竟是一种什么味呢？那是一种入口以后沁入脏脾，渐渐融入头脑的一种眩晕味儿，是一种融合着甜辣油酥味道的为所有食物所不曾有的香味儿。这种混合香味儿，如今纵是再高明的厨师也做不出来了。节日的锅屋，向孩子捧出来的，何止是红烧五花肉，还会有白花花的大米饭、香喷喷的炒花生、泛着清香粽叶味道的粽子、还有煮成青黄色的大鹅蛋……

老家的锅屋早已不在了。一堆砌墙起屋的砖头瓦片也早已化为齑粉，重新回归土地。但是，一切曾经有形的东西因了一群孩子的成长赋予了生命，并以无形的形式留存下来，直到永远。

歪勺子

不知从什么时候起,当我们把长柄铝勺插进汤锅或者是糊糊锅里,再盛出那么一勺食物的时候,才意外地发现,勺子的容量变小了。那把铝勺子,原来是一只圆形的小碗,用两枚铝钉固定在一根长长的杆子上。现在,周正浑圆的小碗磨去了好大一块,这就使得小碗的圆,变得歪了,盛起汤粥的时候,存量最多只有原先的一大半。看着这只歪歪圆圆的铝勺,我们的童年的眼睛惊呆了。要经过多少个岁月的磨砺,才会把一只浑圆的小铝碗磨损成歪圆的形状?还有,那磨去的部分,都到哪里去了呢?看那铝勺,显然不是一天磨成的,因为,那缺损的部分,也依然是里厚外薄,接近边距的地方,已经变得很薄很薄了。这一下,便不得不惊叹一种叫做岁月的力量。勺子是什么时候从市场上买回家来的?没人能说得清楚,它陪伴了我们多少个日子?也没人能说得清楚,就像太阳每天从东方升起,西方落下一样,稀松平常。

与铝勺相配的,还有一只大铝锅。那只大铝锅子,在孩子的眼里,很大,有一种"缸"的感觉。大铝锅子,每天都稳稳地坐在炉灶上,接受着炉火的舔舐。大多时候,是一种饺子状的煤饼,或者称为煤饺更合适。那是用买回来的煤粉兑上水,和成不厚不薄的煤糊,再用铲子一只一只铲出来,摆在太阳底下,晒成饺子状,存放在锅屋拐角处,专门用来烧饭的。煮饭的时候,煤饺们会密密地挤在一起，发出红红的热量，旺盛起来时，隐隐会有火苗攒动。

煤炉烧饭，不能急。就那么慢慢地，慢慢地，看着炉膛里的煤，从冒烟、发红、蹿火苗、再到慢慢变成灰白，就在这样一个漫长的过程里，大铝锅子里的水、汤、粥也慢慢地变化了。先是一大锅冷冷的水，水里浸泡着剁好的山芋块，或是淘好的米，慢慢地，水变热了，快要开了。这从炉膛里煤火的颜色，从铝锅子发出的声音，能判断出来。煤饺发红开始蹿火舌的时候，大铝锅子会发出一阵似有若无的声音，是那种即将烧开的汤水在炉火的舔舐下发出的吟唱，袅袅的，炉火旺时，唱得欢些，炉火闷一点，声音就弱下去。等着吃饭的孩子们，急了，就用大芭蕉扇子对着炉膛口猛扇一气，这样，火苗就会竞相蹿出，并争先恐后地舞蹈起来，大铝锅子唱得更欢了。听大铝锅子唱歌，是一种判断开饭时间的方法，还有一种方法，是看大铝锅子的锅盖边冒出的热气的强弱。在不知经过了多久的堪称漫长的等待后，铝锅盖子的周围，会丝丝缕缕地，冒出那么一缕白色的雾气来，心下一喜，就知道，汤，或是粥，快要开了。随着铝锅子的吟唱由低到高，由弱到强，锅盖周围的白气不再是一缕，二缕，而是一簇、一群，最后，当蒸腾的雾气弥漫在铝锅子周围，锅盖被沸腾的汤锅形成的热浪顶得隐隐晃动的时候，所有人的心里都知道，吃饭的时候快要到了。

长把子铝勺静静地等候在锅边，不时地，被主人拿起来，在掀开盖的锅里搅动一下，这时，就会有一种熏人的香气从锅里飘出来，那是一种混合着米的香味，地瓜的甜味，还有红枣或是绿豆的味儿杂合出来的香气，让闻的人肚子里也唱起歌来，伴奏的是铝锅冒出的雾蒙蒙的蒸汽，还有，一阵近似一阵的由炉火、热气与铝锅里的汤粥合作出来的欢唱。

铝锅子用久了，也会慢慢变化起来。变化最多的，是锅盖。家口多的人家，锅盖不知怎么的，把手常常先坏，没办法，只好用麻绳或是铁丝代替一下提手。还有，或是没有把握好锅开后掀锅盖的火候，这就常常让沸腾的汤锅里冒出的热气把锅盖顶翻开来，锅盖跌落到地下。也有那伸手去掀锅盖的，怕烫着，失手把锅盖掀到了地下，几次三番地，锅盖的表面就磕碰得坑坑洼洼，再盖到锅上时，常常不能严丝合缝，日子久了，圆圆的锅盖的边子，就微微有些翘，用当地人的话说，锅盖变"瓢"了。于是，盖上锅盖煮饭时，那翘起来的地方，恰恰是观察汤锅火候的地方，冬天的时候，更有人趁着锅开时，把手伸到冒热气的地方去捂手，也算是一种收获。大铝锅子的底子，在经过不知多少个年头的炉火的舔舐后，最后，也终于招架不住了。当炉火里时不时地听到"嗞"的一声，在红色的炉火里激出一缕白烟，有经验的人就会说，锅漏了。凑合着，还得用着。在挨过不知多少个日子，当听到炉膛里"嗞""嗞"的声音越来越密集的时候，主人就知道，必须换锅底了。换过的锅底，白白的，亮亮的，与大半截黑乎乎的锅身镶嵌在一起，有些怪异。但不用担心，过不了多久，炉火的锲而不舍的舔舐，尤其，一种叫做日子的岁月的磨砺，自然会让这个白而亮的锅底，也慢慢地变得黑糊起来，粗粝起来，那时候，孩子也懂得，这个锅底，真的变成大铝锅的锅底了。

　　一年四季，都是用铝锅子烧饭，铝勺子盛饭，但不知怎么的，对于寒冷的冬天里坐落在炉灶上那只黑呼呼的唱歌的大铝锅，还有，那只歪歪圆圆的盛饭的长把子铝勺，竟有一种说不出的温馨的感觉。

捉　鱼

　　大沟南的抽水机突突突地响了一夜，机头高高地昂着，白色的水柱子，像一条巨龙一般，从抽水机的筒子里喷吐出来，水花四溅。沟边围满了看热闹的人。大沟里的水，清波漾漾了好多个季节了，这个冬季，年前的几天，村里要完成一件大事，把沟里的鱼儿全部捉出来分给大家过年。抽水机不分昼夜地吞吐着，要把沟里的一池碧水抽干。村人捉鱼的好戏就要开始了。

　　等待的过程是撩人的。孩子如一群麻雀，叽叽喳喳地落满了沟边的每一个角落，脖梗子都望酸了，手揣在袖筒子里的成人，咧着嘴巴，一团团白气从大张着的嘴里哈出来。每个人的眼睛里，都隐隐透着一种喜滋滋的东西。

　　大沟，以孩子的眼睛看来，是一眼望不到头的一片汪洋。一年四季的景色是不一样的。夏天，常有成人在里面洗澡，孩子们更少不了在那儿嬉戏。沟东边长满了一丛丛芦苇，青葱一片，散发着诱人的清凉，鹅鸭们在芦苇里游进来游出去。芦苇开花的季节，芦絮飞扬，一簇一簇的，公鸡尾巴一样，迎风摇曳。冬季，沟的水面是静止的，凝固的冰面，像一片片透明的镜子，在太阳的照射下，泛着耀眼的光。这里是孩子们打滑子（溜冰）的好去处。放学的时候，一群群的孩子，呼啸而来，蜂拥到冰面上，做出飞燕展翅的样子，前腿弓，后腿绷，一声呼哨，嗖一下没了踪影，从沟南到沟北，高手们两三个滑子就到了对岸。儿时的我,也曾多次在冰面上打滑子。脚踏上冰面的一刹那,总能听到冰块在咔咔响。眼见得小伙伴们呼哨着从身边一个个飞过,牙一咬,也就滑出去了。谁知怕什么来什么,在快滑到对岸的时候,棉鞋踩到冰窟窿里了。自知到了家,少不了被舅奶奶骂上一回。现在,让孩子们兴奋的是,在这面晶莹的镜子底下,竟然潜伏着无数的鱼儿,要在这个春节游进村民们的餐桌。

水渐渐地变浅了。沟壁显现出一层层水淹过的痕迹。抽水机喷出的水柱子越来越细,越来越浑了。大些的鱼儿,已经耐不住浑水的污浊,探出头来呼吸,一条、两条,越来越多的鱼儿探出头来,撩得人心里猫抓一般。沟底紫黑色的淤泥露出来了,蓄积了数个季节养分的鱼儿,大的、小的、长的、圆的,亮出白花花的肚底,在湿淋淋的淤泥上,翻腾跳跃,一片片的鱼鳞,在冬日阳光的照射下,闪着七彩的光泽。没听到谁下命令,就见男的女的老的少的,能下河的都下来了,腿上套着皮裤腿子,膀子上戴着尼龙套袖,在泥浆里面闪展腾挪、手拿把卡,那些肥实的鱼儿,虽然晾在淤泥上了,也还不是那么好抓,就见那些青壮们,网子套、棍子夯、盆子扣,有的连人带鱼滚在一起,脸上、身上抹的,比那戏台上的花脸还要花。

20 世纪 70 年代的某一个春节,在一个叫大莒洲的村子里,村南的大沟里,粗手大脚的青壮、面孔红润的姑娘、皮得一股汗臭味儿的孩子们,正在布满淤泥的沟底里,与一条条活蹦乱跳的鱼儿进行人鱼大战。岸上堆积的鱼儿越来越多了,沟底的大鱼快要逮完了,连窜条子、刀壳子、爬咕拽等小杂鱼、小杂虾都悉数进了小筐、小篮。不知哪个孩子在泥窟窿里摸到了一条长长的"绵溜"(鳝鱼),抓了几次没抓住,这东西太滑了,看着抓到手心里,一不留神从手指缝里又溜了出去,再去淤泥里摸时,早已不知钻到哪里去了。这下子,满场子的人都来抓"绵溜"。大家低着头、撅着腚,你挤我,我挤你,把一沟底的淤泥,翻得到处"插呜噜"(冒泡)。孩子们从小八下里捉鱼捞虾,有了些经验。哪里有"呜噜"就朝哪里摸,"绵溜"没逮着,倒是抓了不少潜伏在淤泥里的其他活物。最大的收获,有一个孩子在淤泥里摸到了一只团鱼(小鳖)。暖暖的阳光下,那孩子惊喜的尖叫,瞪得像鸽子蛋般的圆眼,抹满污泥的红彤彤的小脸,手心里四爪挣扎的团鱼,成了那天大沟里最耀眼的风景。

那个春节,大莒洲的村民们,餐桌上注定有了一个非常鲜活的话题:鱼。

萝卜窖

当冬天凌厉的寒风刮起来的时候,怎样储存萝卜的方式最佳?当然是萝卜窖子。那种长方形的萝卜窖子,几乎成了冬天家家院子里的必备。

秋收的时候,从地里拉回来的红萝卜、青萝卜堆得像座小山。男人粗糙的手摩挲着一只只饱满的萝卜,心里不禁又喜又忧。当第一缕寒风透过门缝,在裤腿子里乱钻的时候,心里盘算着,该挖萝卜窖子了。早晨推开门,哈了一口白气,在院子里丈量了几个来回,最后,决定在院子的东南部挖个萝卜窖子。

拿来一根树棍子,哧哧溜溜,在地上大致划了个框子,一米左右,三面合围。朝手心里吐了口水,两手握定铁锨柄,左脚踩住铁锨的顶部,对准线的某一点狠狠踩下去,一坨尚未冻透的泥土挖出来了。随着臂力往外一甩,那坨泥土散了,在太阳下泛着赤红的光。再挖,凹槽又深了一寸。干得热了,棉袄甩在了一边。快到晌午的时候,一个长方形的深槽基本成型。挖窖子的人在槽底忙活,低头时,外面已看不见他的身体,只有一锨锨的泥土从槽里飞出来。直起腰时,他的头发乱蓬蓬的,冒着热气,如开锅的蒸笼,脸红彤彤的,打着旋儿的寒风刮来时,如蚊子的细腿在脸上吻了一下。

开始窖萝卜了。大人孩子一起忙起来。饱满壮硕的萝卜如一只只睡着的小兔子,被乖乖安放在窖子的底部。一只紧挨着另一只,一排连着另一排，当第一层萝卜摆满了的时候，刚才挖出来的泥土，被拍得又细又碎，又一次被铁锨端着，均匀撒在这些红萝卜或是青萝卜身上，如给睡着的兔儿盖上了一层绒绒的土质棉被。一层层的萝卜就这样安歇下来了。

太阳升到正头顶的时候，男人捶一捶酸胀的腰，听着热气蒸腾的锅屋里女人传来一声吆喝，嘴角浮上一丝淡淡的笑意。把刚才挖到窖子外面的最后一堆泥土，用铁锨刮一刮，笤帚扫一扫，悉数敷在了窖顶。然后，大人孩子在窖子顶部来回踏步，把窖子表面的泥土踩严实了。这会儿，窖子的顶部和刚才的地面一般高低，如果不是那层新土，基本看不出地下还藏着什么。女人的喊声又一次传来。男人掸一掸身上的浮土，拍一拍孩子的屁股，拎起篮子，扛起铁锨，朝堂屋里去了。

冬至之后，就是小寒，紧接着，大寒也不请自来了。屋檐底下的冰溜子，越结越长，在瓦楞下，排成整齐的一溜，闪着晶莹的光。厚厚的门帘子挂起来了。煤球炉子在屋子的正中央，昼夜不停地燃着，长长的铝皮烟囱从炉子顶部支起来，到了空中，拐成了直角，沿着门顶某个窟窿向屋外伸出去，一缕缕的白烟，就在冬天的院子里消散着。

白菜、土豆、地瓜倒腾着吃了好些日子。某一天清晨，这家的孩子从被窝里钻出来，把小腿朝棉裤腿子里一蹬，突然仰起红苹果一样的小脸，朝大人来了一句，我要吃萝卜卷子。好似战士接到了出征的命令，男人披上棉袄，拎起铁镐，门一推，就朝院子的东南方向去了。

一夜寒风，院子变得白茫茫的。在东南角徘徊了几个来回后，男人在与地表颜色一般无二的某个地方，用铁镐在地上敲了敲，说，就这里了。说完，弯腰低头，挥舞镐头，对准冻得铁壳一般的土地，狠狠刨了下去。这一下，虎口震得生疼，地面上也只留下了一点白印子。入冬以来，一场接一场的寒风、雨雪，已经将萝卜窖子完全融进冰铸的世界了。男人咧了咧嘴，朝手心里啐了下口水，对准刚才那个白印子，开始了雨点般的刨击。待一个碗口大小的坑出现的时候，穿得像小笨熊一样的孩子拍着小手叫起来，看，红萝卜。

那确实是一只红萝卜，不知是被镐头的第几次刨挖击中了腰部，现在，露出半截断了的身子，朝着来人龇着白牙笑着，似是嗔怪是谁惊扰了自己的好梦。用小铲子小心翼翼地把那萝卜周围的硬土抠下来，萝卜噗地掉出来了。好大的个头。如果不是刚才刨断了一截，真要怀疑这是窖子里的萝卜王呢。外面滴水成冰。深埋在土里的萝卜鲜嫩如初。好像刚从萝卜地里拔出来，才揪下鲜嫩的缨子，那层红红的皮子，吹弹可破。一会儿，小篮子就装满了。只是这刨出来的萝卜，有几只因为镐头的无目标袭击，变得缺胳膊少腿。刚才的泥土又一次被敷上窖顶。男人摩挲着那几只断头少尾的萝卜，嘴里唏嘘着，好像自己的手被镐头击中了一样。

屋子里，长条形的饭桌子上，一张大而圆的面皮擀好了。摊开来，有花伞那么大。面皮很薄，孩子的小手按下去，透出一个圆圆的小窝。细细的萝卜条子撒上去了，散出了一股好闻的花生油的味道，红红的萝卜条子里，间或看到一些细碎的葱花，绿绿的。细心的主妇，还会在里面加些豆腐丁。在细如粉丝的萝卜条子铺满了面皮后，女人把那面皮从边上卷起来，轻轻地朝前滚动，只一会儿，就滚成了一只长长的面卷子，胀鼓鼓的。女人一手按住面卷，一手用菜刀轻轻地切下去，长方状的萝卜卷子出来了，刹刹刹，声音很轻柔，全然不似剁肉那样用力，一只只萝卜卷子排在那儿，散发着诱人的气息。大铁锅里，水已经沸腾多时，不急，萝卜卷子蘸点水，朝那滚烫的铁锅上一贴，在风箱的火力下，不久，萝卜卷子就要出锅，硬壳的底板焦黄焦黄的，熟透的面皮晶莹莹的。咬一口，一定软中带脆。这会儿，孩子的眼睫毛扑闪扑闪的，在锅灶边等着。

冬天过去了。夏天很快来临。那个暴风雨的夏天，突然电闪雷鸣，下起了冰雹。其间，狂风大作，一个风头裹着另一个更猛的风头，掠走了屋顶松动的瓦片，木质的窗框子在一个更加凶猛的风头的裹挟下，竟然离开窗户，向着漫空里飞去了。那留下的窟窿，成了急雨倾泻的又一个通道。男人、女人赶紧用一领蓑衣堵住了窗户，门框被风鼓动的声音、和着门槛底下涌进来的哗哗的水流，吓得孩子在被窝里一声比一声更凄厉地哭叫。暴雨形成的洪流在院子里高处、低处，四散奔流，冲出了一道道沟壑。不知天昏地暗了多久，狂风暴雨终于停止了。惊魂未定的男人、女人、孩子来到院子里，四顾这个水淋淋的世界，忽然发现，那只曾经储存过萝卜的空窖子，竟然盛满了冰雹。

煤　炉

那个圆柱形的铝皮筒子此刻就坐落在院子中央，黑糊糊的。不知用了多少个年头了，原来银白色的筒子，已经看不出本色。一大早起来，就有人在和它较着劲，这回，它可不怎么听使唤，已经不知朝炉筒里添喂了多少次燃材，那期待中的火苗，还是没有冒出来，倒是一阵阵黑白相交的浓烟，散发着熏人的焦燎味儿，亲热地朝生炉人的眼里、鼻孔缠过来，绕过去，引得鼻涕来了，眼泪也来了，撂下火钳，去揉眼睛，顺带的，腮边，额角，也添了几道新鲜的颜色，瞬间，面目显出几分滑稽，甚至狰狞来。

这是六七十年代，平常人家的院子里，最常见的情景。这情景，也要有些身份的人才能享受到。一般说来，这家子人里，必定有一口人是吃供应的。不然，生炉子的煤炭，就无处寻觅了。

生炉子，今天看来，还真的是一项带有技术难度的活儿。有人说，不就是在炉筒子里放上烧着的劈柴，然后引燃蜂窝煤就行了嘛。可实际操作起来，光靠耍嘴皮子就不够了，不信，你试试？

天不亮，就得从被窝里爬起来，心里惦着，头一件大事，生炉子。把那个沉甸甸，冷冰冰的家伙拎到院子里，掏净炉膛里的煤灰，然后，将一张揉皱了的报纸引燃了，塞进了炉膛，趁那报纸火光熊熊的当儿，赶紧把那树叶子、树枝子等易燃物朝火上撂，运气好的话，焦干的树叶子在倏地化为火苗的时候，顺带着，把一些松脆的树枝子也引燃了，劈劈啪啪，火星子跳跃着，接下来，就是朝里头塞劈柴。这期间，两手左右开弓，一只也不能闲着。右手的任务，就是拿一把破芭蕉扇，朝着炉子中下部的炉门猛扇，使风力不能断流，左手呢，抓起炉子旁边备好的燃材，分期分批朝炉膛里投，刚才说了，要先细后粗，先软后硬。如果燃材火力不旺，甚至不幸奄奄一息的时候，那就得两手把住扇子，趴在地下，对着炉门一通狂扇了。

现在，托树枝子的福，劈柴渐渐燃起来了。那几段被斧头劈出的木头，不似刚才那些树叶子、树枝子的火，虽然火星噼啪，火舌摇曳，但很快就化为灰烬，这几段木头，有腕子粗细，头子显现出一股通透的红，亮亮的。隐隐的，有小而弱的火苗在头子上飘一下，但若有没燃尽的树叶子不慎跌落在上面时，倏地一下，就化成一股白烬，低头看时，那强力的热，顺着炉口发散出来，烤得面部顿时暖烘烘的。有经验的人说，好了，可以放煤球了。于是，一只圆柱状的蜂窝煤，被火钳子叼起来，小心翼翼地放在烧得透红的木头上。芭蕉扇的速度渐渐慢了下来。生炉子的人直起腰来，到锅屋里给茶壶灌水。早晨，第一壶开水，要先给老爷子拎过去，起床后，先喝头道茶，这是老爷子几十年雷打不动的习惯。

大铝锅子终于稳稳地坐在煤炉上了。这是一家人要熬炖的早饭。蜂窝煤的眼子红中透亮，父亲说，是12只。就那样，一圈一圈的，规规整整地排着，朝你亮亮地眨着，偶尔，某一只或几只的眼子里，会飘出一股火苗来，就一下子，然后，又倏地缩进去了。早饭，是粥，还是糊糊，要慢慢炖，急也没用，煤炉的火是文火，最适合煨粥或汤了。桂花球，这种只在六七十年代才有的珍稀大米，炖出来的那股子猪肉还是鸡肉的香味儿，就这样深深地植入脑海里了。

入夜，辛苦了一天的煤炉，要封了。这更是另一种带有技术难度的活儿。睡觉的时候，给煤炉再添上一只蜂窝煤，然后，把炉门封上，炉顶盖好。这样，炉膛里的新煤续燃后，因为氧气不太充分，不会旺烧，但又不会熄灭。到早晨掀开炉盖，拔下炉门的时候，新煤半明半暗，火上来后，还可以用来烧水，或是炖煮早饭。但是，由于技术不佳，封炉成功的人家并不多。所以，大多数人家，都得在一大早爬起来，烟熏火燎地生炉子。有那爱动脑筋的，反复琢磨炉子封不住的原因，归纳了若干种，不外乎封得过早，煤球燃尽；留缝不足，氧气全无；或是煤眼错位，续火乏力，等等。说来说去，还是不顶事儿。早晨打开炉盖，映入眼帘的，往往不是一炉煤烬，就是一只冰凉的新煤。于是，生炉子，就成了家家开门后的第一件大事了。

冬天的时候，有煤炉的人家，喜欢用煤炉取暖。那会儿，到任何一家有煤炉的家里串门，都能闻到空气里那股特有的煤烟味儿。大铝锅子炖开后，热气蒸腾，更给屋子里增添了些许暖意。远行的亲友来了，推开门，带来一股子寒气。端下铝锅子，冰凉的手在旺火的煤炉上烘一会儿，冻僵的五指慢慢舒散开了。嘴角，微微向上翘起来，清了清喉咙，这才拉开话匣子。一阵笑声弥散开来。锅开了，热气顺着屋檐底下向外飘散着，胡萝卜一样的冰溜子在热气里，颤了一下，掉下了一滴水。

带着煤炉过夜的人家，是要担一定风险的。天太冷了，门窗紧闭，煤炉里的一氧化碳散不出去，早晨起来，常常有头重脚轻的感觉。那时候，资讯不发达，关于煤气中毒的事儿传得不多。大多数人家也没往心里去。某年冬天，有一位少年早晨起来，呼吸不畅，到村里的井台边去挑水，打水的时候，一低头，差一点栽到井里。现在，少年已成为一所著名大学的教授，不知学养深厚的他是否还记得当年的情景？

乡 音

正午的阳光从窗户外斜射进来，房间里暖融融的。周围静得出奇，能听见自己的呼吸。我斜倚在床头，望着窗外黑黢黢的一片丘陵，丘陵上长着杂七杂八的树，叶子都落光了，光秃秃的枝丫指向干净、澄明的天空。什么地方传来一声悠悠鸡鸣，蓦地，一种遥远的、熟悉的感觉在记忆深处复苏了。

这种感觉是关于乡音的记忆。儿时的我，住在一个叫大莒洲的村子里。那个村子生活气息非常的浓厚，男女老少、鸡鸭鹅兔，和睦相处，真的有一种"黄发垂髫并怡然自乐"的桃花源的感觉。懵懂记事起，小小的耳朵就感知着村里的各种热闹。这种热闹不是今天城市里汽车喇叭、喧嚣的人流带来的聒噪，而是各类生命声音合成的、最为原生态的奏鸣。

几岁了？在屋子里，阳光从窗户外斜射进来，暖洋洋的，光线里，细密的布土（扬尘）在空气里游移着，像悬浮的布帘子，有的微尘扬起来，再落下去，有的就那样悬挂在空中，久久不动。窗户外面，母亲簸粮食的声音传来，那种声音，是粮食与簸箕反复摩擦传来的特有的音符。麦子？还是高粱？随着母亲有节奏的动作，扬起来，落下去，扬起来，再落下去，麸子皮飞走了，细碎的小石子随着一起一伏的动作汇到了簸箕的尾部，母亲的额头渗出了细密的汗珠，头上、身上落了一层薄薄的粮食的屑皮。咯咯咯，鸡们一定在争抢从簸箕里落下来的颗粒，一只鸡争抢不过，翅膀像帘子一样挂下来，大翎扫着地，一溜烟跑了。谁家的鸡在咯咯哒、咯咯哒叫着，一把稻子撒了出去，声音渐渐平息。

风箱的声音起来了。那种声音，找不到更恰当的象声词来形容它。冬天，小姊妹通腿睡在暖暖的被窝里，一大早，嘴里就唱个不停，狗狗喽，是模仿公鸡打鸣的声音，接下来，你踹我一下，我踹你一下，起床啦。嘴里还不停地唱着，"这咕哒，那咕哒……"，这是模仿风箱的声音。儿时的感知比较敏锐，现在想来，也许这就是关于风箱声的最为形象的描绘了。风箱是一种给灶膛鼓风的设备，长方形的盒子，一根带把手的长长的杆子，需烧火的人蹲在灶膛口，左手反复推拉，右手不停地朝灶膛里扔进树枝、树叶、稻壳子等燃料，通过风箱送来的风把火烧起来。风箱的声音，让幼小的我听起来感觉特别的温暖，因为这种声音和做饭连在一起，风箱响起来了，不久就会有热腾腾的饭菜……

村里有个叫庆随的，是个吆牛的高手。播种的日子，庆随吆牛的声音天天在田野里回荡。他跟在一头深灰色的大水牛后头，裤腿子挽得高高的，赤脚站在墒沟里，一手持鞭子，一手扶着犁头，鞭子一扬，牛缓缓地往前走了。犁头翻开的泥土，像绽开的莲花瓣，一瓣摞着另一瓣，在牛的身后，齐齐整整的排出来。庆随的吆喝声响起来了。那种吆牛号子声，绵长、悠远，带着几丝忧伤，直愣愣地插向了深邃的天空，又像一缕炊烟，在遥无边际的原野，传得很远、很远……

"双抢"（抢收抢种）的日子，打谷场上，硕大的灯泡高高地挑在树上，脱粒机昼夜轰鸣。那几天看见的人，走路都是一溜小跑。母亲好几天没回家吃饭了。我们小姊妹俩到打麦场去找她，见她和一群人走过来，怀里抱着一大捆麦子，那会儿，我和妹妹刚买了一种叫"面友"的护肤用品，脸上擦得好像冬瓜上的"白霜"，眉毛也有些太极仙翁的味道，乡邻看见了，笑起来，哎呀，老周，恁家闺女桃花面色。母亲也笑起来，晓、燕，恁来干什么？从母亲的神情里，我能感受到她心里有种说不出的舒畅。拖拉机耕地，当时是个新鲜玩意儿。邻居庆考家的大围女红玲也争到了机会,是在夜间到西大圩去施工。西大圩,在我童年幼小的心灵里,不亚于是一个鬼祟神秘的地方,那个地方森林茂密,坟头众多,夏天水田里的虫子品种繁多,一些虫子奇形怪状,看了不由不尖叫一声。那几个夜晚,望着黑黢黢的夜空,听着远处田野里传来的"嘟嘟嘟"的声音,不知怎么,我的内心深处竟隐隐有了一丝安全感。

乡村生命的协奏曲里,最让我不愿回想的,是送丧的声音。乡村办丧事,那种盛大的场面令人终生难忘。高大的灵棚扎起来,供桌上摆着各种各样叫不出名字来的贡品,有种贡品是蒸熟的大公鸡,形状像活的,冠子鲜红鲜红的,头高高地昂着。各类亲朋挤满了场院,磕头磕个没完。围观的人指指点点,这个是谁谁,那个是谁谁。待白衣白帽的队伍向坟地鱼贯走去时,锣鼓班子就开始动起来了。"呜嘟嘟嘟,喤,喤喤……",大号和铜锣合奏的声音响起来了。送汤(丧)的队伍有几里长,有哭得死去活来被人架着的,有低头垂泪的,有只顾走路的。我混在乡村孩子里跟着看热闹,知道这群人是走向一个叫做林地(坟地)的地方,在那里,有个大土坑,将会把一个装在长方形盒子里的死人放进去,那个人永远不会再回来了。想到这些,幼小的心灵就感到一阵说不清楚的恐惧,只尾随了一小会儿,就赶紧跑回家,躲到床上,用被子把耳朵捂起来,可是那种"呜嘟嘟嘟,喤,喤喤……"的声音,却一个劲儿朝耳朵里钻,从那以后,只要走在路上,听到邻村不知什么地方响起"呜嘟嘟嘟,喤,喤喤……"的声音,就汗毛直竖,不由加快了脚步……

乡村的声音是生命合成的。这种声音,有静态的,有动态的,泥土的腥潮味儿,炊烟的草熏味儿,拌和着各类人语,鸡猫狗兔的欢叫,构成了鲜活的生命的河流,在这条河流里,关于乡音的奏鸣,韵味别样的悠长……

麻　广

麻广，是村里的一个光棍汉，无父无母，一个人混日子，因曾经生过天花，留下了一脸麻子，村里人都叫他麻广。按辈分，他叫作广，照理叫麻作广才对，但喊来喊去，图方便，就喊麻广了。这也好，两个字，特称、人名，一言蔽之，不多不少。

麻广一个人过，这事儿颇让村里人操心。大家都有家有口，热热闹闹的，他一个人，算怎么回事儿？每次人们看到麻广，眼神里都有一种说不出的感觉，同情，怜悯，还是其他，总之，麻广，和大家不一样，不独有一脸麻子，该成家不成家，该当爹的年龄，还没结出个瓜来，成了村里人，尤其是成年长辈们的一块心病。

你可以想象，麻广出门一个人，进门一个人，除了干些地里的农活，一天到晚，还有什么乐子。更何况，大家就这样看着他，像一棵树一样，从瘦弱枝条上缀着几片嫩叶，到摇摇摆摆变得腕子般粗，再到后来，好家伙，见风长似的，竟然钻天杨一样地，蹿起来了。于是，寻常人们就寻摸着，什么年龄，干什么事儿，麻广，该娶媳妇了。

可是，娶媳妇，只是麻广生活的一个方向。他的家里，没去过的人，也能猜得出来，除了睡觉那张床，煮地瓜水的一口锅，还能有些什么呢？哪个女人进了门，也不能除了喝地瓜水，就是上床哇。所以，女人，对麻广来说，眼下，只能是一个念想了。或许，麻广扛着着锄头在田里干活的时候,也在心里捣鼓过董永和七仙女的事儿,想象着,七仙女什么时候,到家里来。

眼看着麻广从一个大小伙子向老小伙子去了。人们再看他时,眼神里焦急的成分变淡了,取而代之的,是一丝怜悯,还有,隐在怜悯后面的一丝无奈。可怜的麻广,又老又穷,还有一脸的麻子,看来,到了他这一代,传不下去了。

生活总是有一些意想不到的事儿发生。村里来了个要饭的。这要饭的,还是个女人。在东家给张煎饼,西家给碗糊糊的时候,消息一来二去的,在村里传开了。是女人要饭要到了麻广家里,还是有人从中做了些牵引?细节不详。总之,让村里人叽叽喳喳的是,要饭女人在麻广家住下了。

这下好了。看到麻广那间小屋里,冒出了袅袅的炊烟,村里所有人的心里,都舒了一口气。就觉得,这个女人,就是为麻广来的,麻广,这么多年没有成家,好像就是为了等这个女人。再见到麻广时,隔着几步开外,人们似乎都能感受到麻广身上散发出的鲜活的气味来。麻广,有成年人扔了根烟给他,拍拍他的肩膀,说,悠着点,不急。那边,一堆妇女在树下做针线,看到麻广来了,都抬起头来。麻广,什么时候吃喜蛋?麻广听出了话里的意思,青黑的麻脸上,一脸的麻子星斗般地跳起来。

麦子割了,稻秧也插下了。忙碌的日子,人们好像忘了麻广。不知哪一天,人们在村头的河堤上,看到了拉平车的麻广。麻广一头一脸的汗,衣服皱巴巴的,好久没洗了。平车上,是一些没卖完的菜。平车的尾部,是一个窝篮,窝篮里,卧着一个女孩,用一些破旧的衣物裹着。女孩才几个月的样子,粉嘟嘟的小嘴咧着。

女人走了。

瞎 瘦

老百姓有些口头语，非常传神，表达直指问题的核心，比如"瞎瘦"。村里有个身长、脚大、背驼，瞎了一只眼的男人，人们都习惯叫他"瞎瘦"。最初是从谁的嘴里喊出来的，无从考证。但不得不佩服第一个喊瞎瘦的人，用语高度凝练、概括、传神，岂止瞎瘦，观其形，还有"虾瘦"的谐音，真是堪称一绝。

瞎瘦，大约十五六岁的样子，和他的奶奶一起住在村北头的一间小屋里。那间小屋，是靠河堤建的。小屋的北墙就是河堤，另三面以土坯围住，屋顶用麦草抑或稻草苫着，类似于瓜田里看瓜的小屋，村人戏称这种矮扑扑的小屋为"趴趴屋"。进得屋来，光线阴暗，一张大床靠北墙（河堤）支着，屋子里散发着一股潮湿泥土暖熏熏的气息。

童年的眼里，瞎瘦是家里的常客。他进了院子，轻手轻脚，一只眼睁着，一只眼闭着，鸡们、鹅们、鸭们，觅食、争斗、游走，各行其是，像没看到他一样。瞎瘦进得屋来，随便找个凳子坐下了，对着我们这些屁事不懂的孩子，开始讲一些道听途说来的段子。那些段子，知识性不强，信息量也不大，而且，因为瞎瘦的表达能力有限，常常讲得一鳞半爪的，听起来不明就里。比如，其中一段是，"十八岁的父亲生了十八岁的儿子，十八岁的儿子又生了十八岁的孩子，三个都是十八岁"。为什么三个都是十八岁？我们都听糊涂了。他口气肯定地说,是三个十八岁,还解释了几句。但在当时的我们看来,那几句断断续续的解释丝毫不能回答我们心里的疑惑。再看他的表情,知道,即使再盯着问,也不会问出什么来了。因为,瞎瘦没上过学,他所知道的,都写在脸上,挂在嘴里了。

瞎瘦还到谁家串过门?不知道。但这个没有父母疼爱的少年像土坷垃一样皮实地生存着,身上好像也没有沾染什么恶习。也许,吸引他的,除了咱家这种平和的、知识的氛围外,别的地方,他也无处可去,或是去了,也不怎么受人待见。恶少们,村里还是蛮有那么几个的。那天,家里远道来了个漂亮姑娘,是大哥的坚定不移的追求者。姑娘穿着花连衣裙,讲着一口的"广话"(普通话),带来了一片青春的、新鲜的气息。瞎瘦那天来了,坐了一会儿,又走了。漂亮姑娘歌唱般的腔调随后响起来,刚才来的那个独眼龙是谁?第一次听到"独眼龙"这个词,还是用在这样一个鲜活的人身上,不知怎的,在我们幼小的心里,感觉到了一丝不友好的东西,怎么呢?今天能够找到合适的词儿了,或许,这就叫刻薄。对于一个从小没有父母的,跟着孤苦的老奶奶,在河堤边的"趴趴屋"里长大的农村少年,不管怎么说,这样的称谓是不宜的。因为,在当时我等的知识结构里,独眼龙,似是土匪电影或是小说里,一些个穿着黑色的对襟褂子,理着中分头,长着罗圈腿的二狗子类的人才会这么叫的,与眼前这个虽然瞎眼驼背,但依然性格温良的农村少年比起来,怎么也说不到一块去。或是确实有些自惭形秽,漂亮姑娘在我家那些日子,瞎瘦不来了。

晓,燕。瞎瘦对着我俩喊着,失明的那只眼睛,眯成了一条细缝,那细缝两端向下弯着,充满了笑意。喊过我俩的名字,接下来无话。似是为喊而喊。童年的生活里,瞎瘦是一个自然的存在,没什么故事,也没什么波澜,就像水缸边的一只干瓢,窗户底下的一只丝瓜,自自然然地存在着。母亲,对这个无父无母的少年充满了怜爱。不止一次地对我们说,怪可怜的。母亲的悲悯之心影响了我们,不管什么时候,瞎瘦大哥哥到家里来,总是受到友善的对待。

瞎瘦什么时候失去父母的？为什么一只眼睛瞎了？他的个子并不矮，但背为什么驼了？他的颤巍巍的小脚老奶奶一直在趴趴屋里活着，那么，他的爷爷呢？这祖孙俩是怎样把日子一天天挨下来的？童年的时候，对此基本上一无所知。

　　瞎瘦的奶奶死了。办丧事的那天，村里许多人围着看热闹。瞎瘦披麻戴孝，跪在那儿，悲痛欲绝地连声哭喊着，奶奶！几个人把他从地上架起来，又有几个人上来，把棺材抬走了。挤在人群里，听着他嘶哑的哭声，心里倏地紧了一下，瞎瘦，在这个世界上，再也没有亲人了。

臭　孩

我们小姊妹俩手拉手出了院子，往左边一露头，一个满脸乌黑的、赤着脚的男孩龇着牙，嘴巴张得老大，舌头伸多长，两手扎撒着，扮着鬼脸，堵在路口，吓得我俩赶紧逃回家来。院子里，正坐在小板凳上洗衣服的母亲直起腰来，甩了甩手上的肥皂泡，说，怎么不出去玩？我俩争着指指门外。母亲摆摆手，说，没事儿的，去玩吧。我俩一前一后，掂着脚跟，朝门外走，刚向右边拐了几步，那个男孩像个影子一样又飘了过来，两只脏分分的小手扒拉着上下眼睑，露出血红眼的样子，吓得我俩"哇"的一声，窜了回来。母亲明白了，放下手里湿漉漉的衣服，带着我俩走出门外。那孩儿手里拿着根树条子，正准备再撒野呢。母亲板起脸来，"你拦她们姊妹俩做什么？"男孩喏嗫着，破裤腿子下面，一双黑乎乎的脚板子，痒痒似的，在脚脖子上交替摩擦着。"下次你再敢这样，我可不愿意你！"母亲口气里，有一种不能抵抗的威严。男孩子用油乎乎的袖头子蹭了下鼻子，讪讪地，丢下树条子，走了。

从此，那男孩没有再来。母亲说，那个男孩名叫臭孩，是个孤儿，有个姐姐，叫兰。村里人都叫她大嘴兰。兰的眉眼儿长得很开，嘴唇厚厚的，嘴巴很大，笑起来，两个嘴角离耳根很近，有点吉普赛女人的样子，那个年代，由于流行小嘴巴，兰的大嘴，便成了村人嬉笑的目标。兰说起话来，喉咙也粗粗的，哑哑的，有一种粗野感。今天想来，兰的模样，其实还是有点野性美的。

这一对姐弟，是什么时候成为孤儿的？村里很少有人知道。好像人们看到他俩的时候，就没有见过他们的父亲、母亲。想想这姐弟俩个，最初失去父母的日子，是怎样的一种恐惧？没有父亲粗壮的手臂托着小屁股了，也没有母亲温暖的怀抱了，灶是冷的，锅是空的，粮缸也见了底。也许，在烂棉絮里，或是草窝里的姐弟俩个，先是嚎哭着，眼睛肿得像红色的桃子样，眼巴巴地等着哪只温暖的手伸过来，摸摸自己的脑袋。一直等得肚子咕咕乱叫起来。两个孩子爬下床来，到处去翻找一切能吃的东西。门边堆放着不知哪个好心人送来的一点粮食。那个姐姐，总归是大一些的，依稀记得母亲烧饭的样子，米还是地瓜，放到水里，拉起风箱来，锅开了，总会熟的吧？那个弟弟，把头一个劲儿地朝姐姐的怀里拱，寻找着在婴儿期曾经有过的那点温馨。冬天的时候，俩小孩儿紧紧偎在一起，以彼此的体温抵御着寒冷，生命，就像手心里捧着的一粒小小的火苗，就这样，在风里，火头摇摇曳曳的，着起来了。

多少个黑洞洞的夜晚，惊恐的感觉在一点点地消失，没有人爱抚，没有人擦眼泪，知道了，没有父亲、母亲的日子，只要能找到吃的，也能在黑黑的深夜后，看到太阳从东边，像个大火球一样升起来。姐姐，在不管用什么东西填饱了弟弟的肚子后，还会告诉弟弟些什么呢？衣服要洗得干净点，看到叔叔大爷，嘴巴要甜一点，别人的东西不能随便拿，过节了，要想办法做点好吃的东西。有人来的时候，家里要收拾得像点样子，还有什么？长大了想干什么？姐姐说，我要当医生，穿着白大褂，给俺爸俺妈看病，弟弟说，我要当科学家，研究一种车子，骑上它就能把俺爸俺妈找回来。还有什么呢？回应他们的，是窗外飒飒的风，哗哗的雨，远处的狗吠，不知谁家屋顶上的一声猫叫……

大嘴兰死了！这个消息在村子里传播开来。越来越多的人叹着气说，臭孩完了！臭孩，像条小狗一样，蜷在屋角，眼神空空的，看着抬着担架的人把浑身僵硬的姐姐抬走。这条小小的生命，此时脑瓜子里在想些什么呢？另一种恐惧，像打摆子一样向他瘦得门板样的身体袭来。最先想到的是，没人拉风箱，晚饭吃不上了。臭孩儿，好像一夜之间长大了。他啃着一只泥糊糊的生地瓜，知道了，热乎乎的饭菜，温暖的怀抱，于他，是不可能的了。冬去春来，臭孩从草窝里站起来，抖了抖身上的碎草，小小的身子，抽条了，如寒空里的枝丫，向高空里一个劲儿地伸展。臭孩的衣服再也没人洗过，隔多远，都能闻到他身上的一股馊臭味儿，一条破裤子，已经变成了碎布片子，走路的时候，一扇一扇的，屁股蛋子隐隐可见，他的眼神，有些阴戾，时而闪过一丝莫名的笑意，喊人的时候，声音哑哑的，有点像衰老的鸭子被夯了一棍子，发出的那种粗噶的声音。他在村里到处乱窜着，看到车子翻了、人摔倒了、小屋塌了或是谁家的草垛失火了，一阵粗噶的笑声从这个少年的喉咙里发出来，听了不免让人心里咚咚跳起来。臭孩儿进不了孩儿们的群体，一伙伙的孩儿们玩得开心，看到他远远的过来了，总是一哄而散，有些小坏孩儿，合起来，藏在草垛里、屋顶上，用砖头、瓦块、土坷瘤子袭击他，臭孩跳着、叫着、躲闪着、反击着，眼里冒着一阵阵的火星子，头上，大包小包带着豁口子，刚结痂的鼻子，又破了……

冬天的大沟，结了厚厚的冰层，在太阳的映照下，亮花花的。臭孩从芦苇棵子里钻出来，赤着脚在冰面上打滑子，一个滑子能滑出去丈把远。他的脚底板，打小就没穿过鞋子，翻沟过坡，爬屋上树，玻璃渣子、碎瓦片子、荆棘刺儿、硬坷瘤子，造出了一双针扎不透的硬板子。臭孩儿在冰面上，悠游自在地滑着，滑着，没有人知道，臭孩此时的心情，像阳春里鲜花盛开的山坡……

搬离大莒州村快三十年了，不知道臭孩，是长成了一棵棵材，还是长成了一棵歪脖子树，也许，像一粒草籽儿一样，风吹来了，又随着一阵扬尘，落进了土里……

骂　架

　　早年的乡村有一景，就是邻里之间的骂架。骂架的原因多种多样，或是田里的萝卜被偷，或是孩子跟人打架破了皮，或是老公与其他女人有了私情等等。总之，只要感觉吃了亏，无法自我消受的时候，骂架就开始了。按说，一个巴掌不响，骂架，应该双方对阵才是，可其实不然。大多数人看到的骂架都是一个人在战斗。这个人一定是个女人。这女人，很多文章里会叫她泼妇。这被叫做泼妇的，有站着骂的，有坐在地上搓着脚脖子骂的，最厉害的是睡在仇家的门口披头散发骂的。骂架的内容也大同小异，或是诅咒对方的祖宗八代，或是诅咒对方一家不得好死，吃饭噎死，走路跌死等等。

　　在孩子的眼里看骂架，还真的没觉得是多么大不了的事。按说能跳出来骂人的一方，一定是由于某方面利益受了损，应该给予安抚才是，可由于大多数时间只看见骂的，没看见接招的，便会觉得，这骂人的一方，其实在没有对手出现的情况下，已经赚足了便宜。不是嘛，人家的祖宗八代都已经被你用最为恶毒的语言"慰问"过了，还有什么气出不来呢。所以，放学路上，吃过晚饭，一旦看见有人骂架，孩子们便会呼呼啦啦围上来看，不仅不为骂人者的眼泪所打动，还会以一种戏谑的心态欣赏这骂架者奇奇怪怪的语言，夸张的或是出格的动作，偶尔，也会为骂架人某句别出心裁的话轰地笑起来。有的孩子还会模仿着骂架人的腔调，故意拖腔拉调地学上一声或是两声，引得周围的孩子笑得更厉害了。那骂架的许是骂得久了，自己也觉得有些无聊，但没有乡邻来相劝，便觉得下不来台，就有一句没一句地从嗓子里哼哼着，确实有一种"唱"的味道，当然了，这是那种不入调门的唱，而且声音会越来越低，待到孩子们看够了，在母亲，或是奶奶吆喝着回家吃饭，纷纷散去的时候，那骂架的，也就趁着前后左右没有人，从地上爬起来，拍拍身上的尘土，拐过一条巷子回家去了。

由于骂架在农村里时常发生，就像乡村生活里牛下崽，鸡下蛋一样，大家都会觉得稀松平常。有骂架的人出来了，站在村口一吆喝，大家开头会用心听上那么一句，或是两句，噢，知道了，是瓜被人偷了，或是，噢，闺女跟着村头的二小子跑了。这就像新闻发言人一样，三言两语，就把家里发生的事，广而告之了。听明白了，除了少数至亲好友出来劝劝外，大部分人都各忙各的去了。若是村里忽然没有骂架的，人们还会隐隐觉得少了点什么。这就怪了，骂架，作为乡里的一种积习，久了，还有着一种娱乐功能呢。在四时散淡、闲适的日子里，没有那么一件或是两件家长里短的事儿给大家嚼着，不觉得日子有些乏味嘛。

村里有一户人家，几乎和前后左右的人家都骂过了。这家里有一个男孩，叫铜坠，吃奶吃到了十几岁。别的孩子下课了，在校园里追逐玩耍，这孩子撒腿就朝家里跑，干什么，吃奶呗。为这事，没少挨小伙伴们嬉笑。铜坠妈，特别懒怠，斜搭襟的裙子，老是敞着，露出一片干瘪的皱皮。作为村里骂架的冠军，她可真是不负众望，三天两头来上那么一回。只要她一站出来，别的人趁早闭嘴，都知道，和她没什么理好讲。她家猪圈里的猪，放屁还特别臭呢。这就让她格外得了势，时不时的，为了某个也许不能成为由头的由头，操着抑扬顿挫的调门，对着东西南北的某个方向就吆喝起来了。左邻右舍的人听见了，就当没听见，甚至，心下还会有那么一丝窃喜，这懒婆娘，又唱上了。

早 点

　　第一次听到早点这个词，是在什么时候，一时想不起来。但说这个词儿的人，脸上，总是显出些难以捉摸的表情来。说这话的时候，要把背景挪在几十年前。那会儿，一天三顿能吃饱了，但饮食的主要品种，还是粗粮为主，也就是今天大饭店里，视作健康食品的玉米、地瓜一类。早晨起来，一碗玉米粥，两块煮地瓜，热腾腾地下了肚，书包朝背上一甩，上学去。外面，还有几里路等着走呢。

　　渐渐的，耳朵里刮进了一个挺稀罕的词儿，早点。一个人对另一个人说，你吃早点呢。眼睛里，露出一丝艳羡。被说的那个人，两手托着一个煎饼卷儿，那卷儿，有手脖子粗。平时吃煎饼，都是一手拿着，这两手托举，就显得与众不同了。仔细看，果然，在那卷儿的尾部，露出一截红红黄黄的东西来。这就是煎饼卷儿享受两手托的原因。就那么轻轻地一瞥，一个不怎么用的词儿冒出来了。油条！他，或她，今天竟然吃起了油条，这就有理由使用早点这个词了。吃早点的人，不知这会儿是吃第几张煎饼，总之，煎饼卷子尾部这根油条，抑或是半根，顺着煎饼卷儿长度渐渐的减少，不是渐渐地消失，而是渐渐地变长了。就见那吃早点的人，平时歪着头、咬着牙啃煎饼的劲儿不见了，因了手里的这个叫做早点的东西，吃相变得无比斯文起来，低下头，就着两手托着的煎饼卷儿，轻轻咬上那么一小口，那咬的动作，与平时相比，有点怪。仔细看时，就看出，他、或她在咬的时候，嘴唇还兼有拱的动作，就那么叼着煎饼的一头，轻轻一咬，再用嘴巴对着煎饼朝前一拱，那煎饼里的油条，在为主人的嘴巴贡献了一点油香味儿后，知趣地朝煎饼筒子里退去了，不能急，这个煎饼卷儿，要悠着点儿吃，关键问题是，有些该看见这份早点的人，还没有出来。

早点，一个多么诱人的词儿啊。能叫早点的东西，一定是和一些精致的美食连在一起的。比如，油条，比如桃酥，还有煎油饼一类。这些个东西，才配叫做早点。并且，权威的人说，早点，可不是敞开肚子，大口吃的，必须改用小口，文雅地，慢慢地品尝，这才叫吃早点。你见过哪个吃早点的人，一口吞了一只桃酥？或是两口干掉一根油条？这就传达出早点的本质含义，早点，是用来"品"的，不是用来"吃"的。于是，就觉得，原来这早点，是个挺贵族的词儿，能吃得起早点的人，不是一般身份的人，吃相不雅的人，也不能叫做吃早点。

村里有个小女孩，在县城里上中学，因了她的表姐夫是遥远的某个军区的司令员，便显出身份的与众不同来。平时，衣服的款式，与普通的女孩相比，总有些不一样的地方，怎么呢？她说话，声音喜欢在舌尖上托着，像含着棉花一般，丝丝缕缕的，拽不出来，这就逗引得听的人，抻着脖子，把耳朵支起来。比如说，喜欢在领子上，缀上荷叶的花边儿，还有，她的花罩衣，几天换一件，不是藕荷色的，就是宝石蓝的，村里的小姑娘眼热得不行，谁叫人家有个那样的表姐夫呢。无疑，她才是最有资格吃早点的人。但怎么吃，一般人还真无缘看到，和刚才那吃煎饼裹油条的人不同，这女孩吃早点，就真的能体现出"品"的味道来了。想必，一定有些不一般的程序。知道的人不能多，小碟子的形状一定要别致，摆碟子的时候，要摆出好看的格局，一定会铺上花的桌布吧？也许，纯白色的桌布也不一定。桌布的下摆会长长地垂下来，遮住桌腿。带花纹的碟儿，一一摆好了。这只碟儿里，是摆桃酥的，那只碟儿里，是摆油条的，还有几只蝶儿里，兴许还有油饼一类，没准儿高脚的玻璃杯里，乳白色的牛奶在冒着热气呢。听说外国人把喝不了的牛奶统统倒进了阴沟，在这里，这个词儿，还停留在书本里，就是想不通，外国是怎么回事儿，好好的牛奶，为什么穷人喝不到，却要朝阴沟里倒呢。老师说，这叫通货膨胀，不倒不行。真是邪了门了。

司令员的表妹是怎么享受早点的，不得而知。唯有一回，村里一位少年到她家去办事，不巧撞见了那个场景。果然，跟想象的差不多。那摆布的格局，那早点的内容，真的是村里人经常议论的糕点、桃酥、油条等珍稀食品。还有咸鸭蛋！少年肯定地说。这东西，平时也很少见，或许，刚切开，金黄的芯里，还在滴黄油呢。听了，有点疑惑，这家是吃过早点了，还是没吃？吃过了，还盈余这么多，这家就一个老妇人，一个小姑娘，日子过得这么滋润哇，没吃，怎么这么巧，来人了，早点才摆上，会不会是听到少年要来办事，疾速摆出那样的格局来？

这个最有资格吃早点的小姑娘，在某一年的冬天，做出了一个惊人的举动，向全班同学宣布了一个消息，她要到西北那个遥远的地方当女兵去了。消息，不亚于在一潭静水里投了一枚炸弹，激起的浪花有几丈高。女兵，多么令人眼羡啊。那可是百里挑一甚至是千里挑一的啊。现在，这个吃早点的小姑娘，就要褪去藕荷色的花布罩衣，换上绿色的军装，带着缀有红五星的绿军帽，朝你点头微笑着走来了。当兵，先要办理退学手续。一群闺蜜们，说不完的道别语，抒不完的离别情，一切像在梦中一般。

后来，听说那女孩到了部队，被她司令员的表姐夫批评了一顿，叫她赶紧回家上学，不要耽误功课。那女孩，带着破碎的梦，只好硬着头皮又回到村里来了。原来，她要当兵的事，那表姐夫，压根儿就不知道，知道了也不行。中学老师派人来说，女孩还可以回学校继续上学。可是，好马不吃回头草，这个曾经令人艳羡的吃早点的女孩，从那以后，再也不愿回到学校去了。

口　福

大河水缓缓东去。这个夏天雨水不多，河水没像以往那样涨得浮浮漾漾。站在河里，水只不过没过腿肚子。这会儿，依然有人在河边洗衣服。还有人涉水到河的中间，趁着缓急的水流，两手不停地忙活什么。

那手里忙活的，似是一只耷拉着脑袋的鸡，看样子，就知道，鸡早已失去了活气儿。此刻，那人正在就着流淌的河水，快速地摘着鸡身上的毛，摘下来一撮，朝水里一扔，就着流水把手洗一洗，一撮撮鸡毛，混在浑浊的水里，旋即从面前消失了。

每年这时候，总有人到河里来干这种活儿。河水洗起来方便，时间不长，就倒拎着一只光溜溜的鸡回家去了。这比到井台上打水来收拾鸡要方便得多，这边刚走，那边，又有人拎着耷拉着脑袋的鸡来了。

这阵子，一年一度的鸡瘟又开始了。这玩意儿的流传，无声无息。农家养的鸡，一般都散养着，到处去，吃散粮活食，每到晚上，才回到家里来，进鸡屋睡觉，也有的人家，训练有素，让鸡住到树上去。那鸡说来也怪，在一棵枝叶婆娑的大树上，各得其所，闭目休憩，倒也逍遥自在。这鸡瘟来了，就不同了，说人生病是"病来如山倒"，其实鸡也一样。头天一群鸡们还好好的，或是忙着在主人家的草垛窝子里下上一枚鸡蛋，或是忙着在院子里追逐打闹，为寻到的一粒美食发出欢叫，可一会儿，就"噗"地倒下来，闭上了浑圆的眼睛。没有任何先兆，也未见任何痛苦的挣扎，就那样，"噗"一声倒地。待"噗""噗"倒下来的鸡越来越多时，主人家慌了，知道，鸡瘟又来了。

到村医务室找赤脚医生玉香要土霉素的人接二连三，很快就断货了。玉香和村里人解释说，明天就到公社去进货。可远水解不了近渴。眼下，农民积攒零花钱用的"小银行"，鸡们眨眼之间就呼呼啦啦倒地一片，让村民们叫苦不迭。

缺少油水的年代，这些自家养的，逢上敏感时期就"噗""噗"倒地的鸡，并没有让村民们感到有多吓人。何况，在鸡们死去的时候，也未见它们排泄系统失禁，或口吐白沫，嘴脸青紫，正在院子里闲庭信步呢，忽然"噗"地一下倒下了，这白扔了还真可惜。于是，大河中央那处浅水区里，就出现了摘鸡毛的人，一个、二个，渐渐的，到那儿摘鸡毛的人越来越多了。

虽是自家养的，看着长大的，"噗"地倒地时形容完整，与平时看到的模样一般无二，可要把它们吃到胃里去，还是有点冒险的。于是，那些烹调惯了瓜果蔬菜的手，这会儿，就从田里掰足了尖嘴青红辣椒，又剥了一大堆大蒜瓣子，把那灶台上的大铁锅烧热了，淋上那么一勺花生油，待油烤得冒出一溜白烟的当口，把那剁好的鸡块对着滚油倒下去，大铁铲子随即跟进，上下翻炒，一阵葱姜油盐的焦香味儿在屋子里四处发散，锅盖一盖，文火慢炖开始了。说实话，那会儿，大铁锅边沿顺着缕缕白烟散发出的鸡肉香味儿，是现在任何一家饭店，或是家庭的餐桌上，不管是洋鸡，还是土鸡，都散发不出来的。那是一种撩人魂魄的香气，是鸡们吃惯了散粮活食、小石子儿、沙粒儿，玩尽了鸡们的游戏，沐浴着主人一日又一日的温爱的目光，在蓝天白云、清风明月下一年又一年，慢慢长大生成的，是一种量变到质变的香味，这种东西，是任何现代科技手段都无法复制的。

辣椒炖鸡块用大海碗盛出来，端上桌子了。青青的辣椒，红红的鸡块，夹一块放进嘴里，一咬，满口扑鼻的肉香，有那精心的人家，放些粉皮进去，这会儿，亮晶晶、颤巍巍的粉皮也正在食客的喉咙里滑滑溜溜，逗得主人胃口大开，哪里还记得鸡们"噗"地倒地时的那一分惊心呢。

可是，鸡们，并没有因为主人家餐桌上的饕餮而停止倒地，相反，"噗""噗"倒地的速度更快了。开头，是一只，两只，接下来，是成群结队，到最后，也许是一夜的功夫，主人苦心经营的鸡们，就变成了一座鸡的小山。

天天辣椒炖鸡，渐渐地，孩子们都吃腻了。虽未见谁跑肚拉稀，可是吃多了，也失去了开头的生猛。天气炎热，又没有冷冻的条件，更不可能拿出去送人，或是到集市上去交易。这样，到大河里摘鸡的人虽然还是源源不断，可是，顺着水流向下游漂走的鸡也时不时地出现了。有时候，那站在河水里摘鸡的人忙乎了大半天，带来的几只鸡的毛摘得差不多了，停下来，擦了把汗，把手里剩下来的那一只顺手朝水里一抛，那只长着五花尾巴的大公鸡就在溅起的一溜水花中漂走了。

村里总有大胆的，吃鸡还嫌不过瘾，瞄上了另外的。那是不知谁家里的一头大白猪，患了一种叫"猪丹毒"的病，这天蹬腿了。村里几个平时就有点闷坏的汉子合起来，把那猪解构了，一家分了一块，拿回家去解解馋瘾。分完了，还没忘给主人家送来了一副猪下水。那天中午，一些人的心都提了起来。吃的那几家人，心里有点敲小鼓，那没吃的主人家，隐隐在心里也有点预感到什么。

果不其然，那顿中饭过后，那分食猪肉的几户人家的茅房不够用了，一家老小八九口人排着队水泻。还没到晚上呢，户主的脸肿得睁不开眼，村医玉香来了，吓得岔了腔，说食物中毒了，赶紧送医院！

看来，无论什么东西，能吃，还是不能吃，心里要有个数。有了这个数，一般无大碍，没有这个数，只能自认倒霉。过去如此，现在，亦如此。

公家人

公家人，是村里人对有城市户口一族的称谓。在那个年代，有一纸城市户口可不得了，这意味着可以每月领到定量供应的粮票，还可领到肉票等其他副食供应若干。所以，有城市户口的公家人，往往被村民们戏称为"吃粮票的""带火亮的"。

住在村里的公家人，一般分为几类，一类是在县城里上班的工人。那年头，工人阶级老大哥，沾上这个边儿，不管你是酒厂的、大修厂的、还是砖瓦厂的，只要是全民所有制的，那身份就明显不一样了。要是你是肉联厂的，那更是招来了许多笑脸。那个在县肉联厂上班的某某，结婚的时候，新娘的美貌、婚礼的风头轰动了整个村庄，皆因他上班的任务，是每天用手中的刀行使着柜台上肥瘦猪肉的分割权。另一类，是在县城各个机关上班的，这里面有干部，有职工，因为头光面净，谈吐不俗，知道许多村里人不知道的轶事，那种身份的优越感，让村民们也不得不另眼相看。

有个在县里干公安的，由于配偶在农村，因而穿着一身老蓝的制服，头上扣着一顶镶着圆帽徽的大盖帽，骑着辆自行车，天天往来穿梭于城里乡下，丁零当啷，带来了不少关于抓人的新闻，听得村民们一愣一愣的。一次，公安在和村民们吹乎一个"卖淫"的案子，说了半天，让村民们不明就里。那个时候，男女关系纯而又纯，男人若多盯着女人看两眼，都要被斥为"流氓"，上哪里去理解什么

"卖淫"呢？卖淫，你们都不懂，就是男女通奸呗。那公安，解释来解释去，讲不出其中的构成要件，必须有营利的性质，若是在今天，又如何能向乡亲们讲清楚，这卖淫的主体已不单指的是女人呢？

村里还有一类准公家人，是军属。男人在部队，吃苦耐劳，提了干，这就让村里的另一半，看到了随军的一点星光。那时候，英雄至上，任何一个穿绿军装，戴红领章的军人，都会成为传奇故事的载体。军属，在村里就格外受待见。每当军人回村探亲，那家的院子里，总是挤满了看热闹的人，里三层外三层，害得军人与老婆虽然久别重逢，却连说悄悄话的机会都没有。一直到夜阑人散，看热闹的人陆续散去，那军人把胳膊往老婆肩膀上一搭，床沿上一坐，正要开口说话呢，猛不丁床底下又窜出个孩子来，吓得女人一哆嗦，像遇见鬼一样把男人推开了。也有那潜伏成功的，能凝神静气，在那家的床底下躲上一整夜，第二天，那个平日里一池静水样的小村子，变得像麻雀起群一样，叽叽喳喳。村前村后，到处都在流传着军人与老婆合欢的床笫故事。

还有一种公家人，是村里的公办老师。村里有家小学，大部分代课老师是从村里读到高中毕业的青年人里找的，但村小的负责人，是公社派来的。这位老师，是有着城市户口，吃着定量供应的公家人。由于村小教育条件艰苦，派到村里来的老师，都是男的。单从这位老师的食谱，就可知道公家人身份的不同，那会儿，孩子的嗅觉，比猫儿还灵敏，能从掠鼻而过的风里，知道这位新来的张老师，或是陈老师，今天午饭吃的是烙油饼，还是炒鸡蛋，抑或是白菜熬猪肉。这些，在平时农家的餐桌上，若非来了贵客，或是逢到什么节日，是难得一见的。

由于公家人的与众不同，这就使得村里的姑娘，日里梦里都在想着，有什么办法成为公家人。村里有家下放户，是从某市电厂来的。一家子四朵金花，朵朵出落得干净俏丽。到了谈婚论嫁的年龄，治家颇严的户主，因着遥远的城市梦，让大女儿找了军人，二女儿找了工人，三女儿呢？正愁着如何攀上"公家人"呢，有媒人找上门来了,说是县城里一个机关干部的儿子,瘫子,生活不能自理,但若嫁给这个"带火亮"的,以后就好处多多了。户主掂量了再掂量,虽然知道,三女儿在村里已经有了意中人,还是把烟袋锅子在条几上一磕,就这么定了。于是,那个梳着一对黑油油的长辫子的姑娘,就这样遵从父命,嫁给了县城里的那个"公家人",她的一双能织钢笔套、毛围脖的巧手,从此,日夜侍弄起一个瘫子的吃喝撒拉睡,岁月倥偬,不知那位叫"明"的姑娘,现在如何了,算来也已年过天命之年了吧。她的青春,她的梦,在那个"公家人"的身上,又演绎出了几多悲欢呢?

澡 堂

那个大澡堂子里泡着许多赤条条的人,其密集的程度令今天的人们难以想象。泡得久了,皮肤上搓下来的尘垢积满了池水表面,池子里的肥皂泡越来越多了,原本清澈的水变得浮浮漾漾。渐渐地,变得浑浊起来,显出了一种和池壁相似的颜色。水就有了"汤"的意味。雾蒙蒙的蒸汽弥漫在空气里,沤出一股令人窒息的气味。池壁是深灰色的,呈长方形。年代久了,摸到哪里都是滑腻腻的。

池子里笑语喧哗,一池子泡的都是女人,女人的怀里,大多揽着个孩子。那些孩子在母亲的揉搓下,被热腾腾的雾气蒸腾久了,像热油锅里刚翻炒过的红虾。孩子仰着红彤彤的小脸,看着同样赤红着脸的母亲,嘻着小嘴巴,拍着小巴掌,摸着母亲光洁的酮体,有的还戏耍般地揉拽着母亲胸前的乳房,像拽一块揉面一样,揪着母亲的乳头,一拽多长,劲儿猛了,母亲一声尖叫,就手对着孩子光洁的屁股就是一巴掌,母子俩一起嘻嘻哈哈笑起来,那般的快乐,已是无人能比的了。几个小女孩,精精瘦瘦的,刚刚开始发育,胸前隆起的两只花苞一样的乳头,让她们隐隐感到与别的人不一样,就把两只手臂交叉在胸前,找一块空间蹲下来,慢慢地洗,静静地想。

每进来一个人,朝那池子里一望,都要伸出舌头来。池子里洗澡的人,实在太密了,一池子粉红色的酮体,大的大,小的小,嘻嘻哈哈，叽叽喳喳，令人想起夏天池塘里的青蛙，又会想起锅开后顶起锅盖的胀鼓鼓的水饺。但是，当把秋冬干枯已久的酮体泡进温热的水里时，立刻，就会被那满池的声浪、热气"哗"一下覆盖了。浑身绷紧的汗毛孔一点一点地舒展开来，一种酥酥的感觉渐渐弥漫了全身，那种融入的感觉，让洗澡的人感觉到，洗澡，就得在这样的大池子里，就得有这么多的人，少了这些声浪、热气、小红虾一般的孩子，洗澡，就洗不出秋冬应有的感觉来。

一直到把身上积攒已久的灰垢泡酥了，就着温热的池水搓洗干净，再用那种粗硬的长条肥皂搓上一回，感觉到再搓也搓不出灰垢来，于是，在澡池的二蹬沿上坐上一会儿，近乎心满意足地欣赏着一池子的澡客，为哪位女人的一句玩笑，或是哪个孩子一个顽皮的动作，再哈哈乐上一回，许久，这才将脚趾拱起来，紧扣着滑腻的地面，小心翼翼地爬上来，慢悠悠地朝更衣间里走去。

更衣间里，又是另一番热闹的景象。一排排带锁的方格橱子，密藏着各人的全部行囊。那动作麻利的，早已三下两下把不多的行头套在身上了。此刻，坐在排椅上的，正仰着红扑扑的脸，梳着湿漉漉的头发，眼睛却不闲着，欣赏着那些陆续进来的光溜溜的酮体，如何被各色衣物包裹起来，变成不一样的模样。

这会儿，一个皮肤白皙的，十六七岁的少女，正在慢条斯理地朝身上套着衣服。她先把一件胸衣贴身穿了，又慢慢地从橱柜里拎出一件薄薄的棉毛内衣来，那是一件粉红色的内衣，半高的领子，那女孩子，先是把领子小心地挽成一个圆圈，顺着头顶小心地套下来，再伸出右边那只手臂，轻轻地伸到一只袖筒子里去，接着，另一只手臂也重复了同样的动作，现在，那女孩更加的不慌不忙，她似乎已经意识到屋子里更衣的女人们，好像都在盯着她身上那件粉红的内衣，这会儿，她越发的从容起来，两手抬起在胸前，把那折叠在胸部上面的内衣的皱褶，轻轻地，一点一点地捋下来，于是，那件粉红色的，紧紧箍在她青春的酮体上的内衣，就那样，服服帖帖地穿妥当了。现在，人们看到的，是一个穿着一身粉红色的内衣，胸脯高挺的少女,她的皮肤因为泡澡的缘故,显现出一种桃花的颜色,这就让她显得越发的高贵。周围的人,几乎屏住了呼吸,手底也不知在忙什么。只想看看这个"公家人"还会做出些什么动作来。

那个白里透红的女孩,又在朝身上套一种元宝扣的毛衣,那种元宝扣,在农村里,是比较少见的。那女孩儿好像动作越来越慢了。她的眼神是斜着,向着左上,还是右上的方向,下巴也有些微微仰起。显见的,她知道,她身上吸引来的,是一群农村女人的目光。那些女人,大多眼眉粗大,高喉大嗓,更让她把眼光斜插到屋顶上去的理由是,她们,几乎大部分穿的都是空心棉袄,那镂花的胸衣,粉红的带有弹性的内衣,于她们,是很遥远的事。只有在城里,尤其是吃公家饭的人,才有条件,去配那一层一层的内衣,还有,那种令女人们艳羡的元宝扣的毛衣,好像织的花样又有不同。现在,那个有着"公家人"身份的女孩子,就那样,一遍一遍地理着身上的一层一层的衣服,让那群从农田来,从锅屋来,从猪圈或是柴火堆里来的女人,一时看得呆了。

红 玲

"星儿闪闪缀夜空,月儿弯弯挂山顶,老房东半夜三更来查铺,手儿里,提着一盏灯,胸中的情谊千斤重,脚步迈得鹅毛轻,看战士睡得正香甜,想笑又恐笑出声……,"这首歌的名字叫《老房东查铺》,说的是一个心地善良的老房东,在深夜去看望野营拉练的战士们的故事。最初听到这支歌的时候,不是听歌唱家殷秀梅唱的,是一个叫红玲的乡村姑娘唱的。红玲是我们家邻居庆考的大女儿,一个很大气的女孩。她梳着一对乌油油的长辫子,眼睛像一对黑葡萄,亮亮的,笑起来,牙很白。最为吸引人的,是她的嗓子,又脆又亮,发出来的声音很醇厚。以前学习古文的时候,知道有个词叫"珠圆玉润",实在想不出是什么感觉,听到红玲的歌声,便觉得,哦,这就是了。

红玲和我姐是闺中密友,天天粘在一起。听她们聊天,内容丰富得很,绣花、纳鞋垫、描美人图、男女恋情,偶有政治传闻。在我们眼里,她真的浑身都是"一姐"的做派。说话,做事,带着一种穆桂英的范儿。当时文艺宣传成了一种时髦。红玲因为嗓子出色,成了宣传队的台柱子。不管到哪里去演出,只要她往台前一站,巴掌就哗哗响起来。其实,在她们排练的时候,我们这群啥都不懂的毛孩儿,挤在人群里,看了无数遍热闹,怪了,她唱的《老房东查铺》,就是听不够。她站在台中央,真的有一种气场,台下的人被她的歌声震住了，歌声里，一个慈眉善目的老大爷，披着卷毛边的长大衣，粗糙的大手里拎着一盏马灯，随着一团暖暖的光晕轻步走来，在睡得甜甜的战士们面前停下了，轻轻地掖了掖一位战士的被角……。不知道谁说的，歌声是一种记忆，一点也不假。今天哼起《老房东查铺》，一准想起的是红玲，不是那个在电视上穿着拖地长裙，一圈荷叶边托起一张饱满的俏脸，发出悠扬歌声的殷秀梅，久了，甚至有一种错觉，感觉到那个穿拖地长裙的，其实是红玲。

在宣传队的时候，乡村里的小伙子们都想和红玲配戏。尤其是一个当过民兵营长的瘦高个青年。此人腰板挺直，扎一条武装带，穿一件洗得发白的军装。习惯性动作是用手在下巴上拔胡子。他的下巴上光光的，泛着青色。常见的动作，两片指甲一挤，就着下巴的某个部位猛的一拽，虽然每次都是空的。瘦高和红玲分别是我家左右邻居，红玲来了，瘦高随后必来，出奇的准。又传说瘦高早年得过肺结核，虽然痊愈，但这种传染病的名字让人闻之色变。每次来我家，母亲都要暗示我们要离他远一些。红玲丝毫不掩饰对瘦高的厌恶，见他来了，总是代答不理，从鼻孔里哼上几声，就急急地走了，瘦高也不生气。排戏了。瘦高会拉两下二胡，有一点文艺细胞，就成了男主角的人选之一。恰好瘦高和红玲被安排演一对老木匠夫妻，这下躲不开了。对台词的时候，红玲有一句台词是"哎呀，我那死老头子呀……"，每当说到这里，瘦高总是说，"你说什么，能不能再说一遍？……"红玲的脸红一阵，白一阵。导演要求照办。红玲只好硬着头皮再来一次。几次下来，红玲识破了瘦高的鬼花样，又一次故伎重演时，门一摔，走了。

宣传队到各个村子去巡回演出。拖拉机拖着演员、行头、器械，稀里哐当，在磕磕绊绊的乡村土路上穿来穿去。大操场上，汽灯高高地挂起来。四乡八里的村民们都来了。围了一圈。宣传队员们在后台，正在紧张地化妆。我的小学老师，一个叫"任"的很朴实的小青年，一双虾皮子眼（当地形容眼睛小的习语）上方，眉梢夸张地扬起来，不知是出于谁的"手笔"。他紧张地一遍遍重复着台词，声音比蚊子大不了多少。"志刚哥，桂英嫂，巴克夏为什么要流产？……"，这出戏演的是阶级敌人搞破坏，对生产队的猪巴克夏下毒的故事。哗哗的掌声响起来了。画着红腮蛋子的男女主演们一个个上场了。有几个因为紧张结巴子的，在乱哄哄的掌声里，也早就摸索出了一套特有的发音方法，比如"大"发音变成了"塔"，"刀"发音用"凹"来代替，除非用录音机，一般人还真分辨不出来。演出结束了，一些人来不及用凡士林卸下红腮蛋子，就端起了村里送来的饭碗。那顿饭，还真叫丰盛，白米干饭，白菜猪肉炖粉条，吃得稀里呼噜，额头飘着一缕缕热气。当然，红玲被人围着，里三层、外三层。连她卸妆用的棉花团子、吃饭时吐出去的骨头渣子，都有不少小孩一哄而上，去察看一番。

　　县剧团来招人了。红玲去应考。那几个考官坐在那儿，很派头。伴奏一响，红玲走上台来，唱起了我都听了无数遍的《老房东查铺》，每次听来都像第一次听那么新鲜、那么悠扬。她站在那儿的样子，通体发散着"一姐"的味儿。谁能说她是乡里人？唱完了，考官要她再唱一遍，便轮到下一个了。一天天过去了。红玲没考上，那几个考官的眼珠子都是木头刻的，县剧团也少了一根台柱子。"一姐"红玲只能继续在乡间唱她的《老房东查铺》……

散　药

村里出新闻了！上级派来了医疗队，挨家挨户散发药片，说防疟疾病。老百姓谁见过这个，大部分人不愿意吃药。没病吃药，找死啊。农村人，平时没什么大毛病，小毛小病的，都那样扛着，时间一长，也就自行痊愈了。这吃药防病，真是新鲜事儿。

医疗队员们，踩着农民院子里晒的沙沙作响的棒豉秸子，一家一户去做工作。做得通的，趁热打铁，让人就着几口温水，把那几片白白的药片咕噜咽下去了。多数人面露犹疑，盯着那几片小白药片，一副害怕对方下毒的样子。也有的，架不住劝，哼哼哈哈的，把药片收下了，趁医疗队员一转身，把药片丢进了茅房。

疟疾病是蚊子传染的。这在村民来说，也是新鲜的说法。蚊子，谁没见过蚊子。有人的地方，就有蚊子，怎么这蚊子还有这么大的能量？还得人来吃药才能抵抗？

其实，疟疾病，在村里并不罕见。夏秋的时候，打摆子，大人小孩都得过。得了这病，什么都干不了。布汉家的小亮得了摆子，大热天穿着厚棉袄，蹲在山墙跟晒太阳，还冷得筛糠，那滋味着实不好受。

可这回有人来散药了，为什么还不愿意吃呢？这个怪也不怪。就像现在买保险一样，有人听说，买保险是为了以后生病，或是意外死亡后可以获得赔偿，心里就觉得说不出的别扭，中国人说话都图个吉利，谁愿意等着这个钱花啊，闹心。吃药也一样，谁说疟疾病就一定会落到自己头上？

散药工作贯彻不力，医疗队负责人急了，召集大家开会，在会上说，这是一项政治任务，吃不吃药关系到政治觉悟问题。大家再想想办法。

这一下，队员们压力大了。不分白天晚上朝老百姓家里钻，吧嗒着两片嘴唇子，向一个个村民不厌其烦的宣传吃药好，吃药好。还编成歌谣来唱，"疟疾病，害不浅，耽误革命和生产，毛主席派来医疗队……"。这些歌谣先在学校里教小学生唱，又叫那些小学生回家去唱。一时村头村尾都响着孩子们稚嫩的童音，"疟疾病，害不浅……。"

可总有那么一个两个顽固头，任你嘴唇磨破了也不管用。这下医疗队没辙了。研究来研究去，这个堡垒户还是不能放弃。就挑选了一个善于做群众工作的队员登门了。在反反复复动之以情，晓之以理，甚至说到一定程度，连医疗队员都被自己的说理感动得泪光闪闪的时候，对方还是翻着白眼不为所动，医疗队员来火了，使出了撒手锏，你吃不吃？你不吃就是反革命！

嗨，这话可厉害了。在那个年头，谁要是被扣上这样一顶帽子，真是吃不了，也得兜着走。谁知这顽固头也不是吃素的。虽然知道这反革命不是个小罪名，可这顶帽子，岂能是你一个上门散药的人想扣就扣得了的？

只见这老兄慢悠悠地来了一句，我就是个反革命也怎么着了。言下之意，就这一堆了，你看着办吧。

医疗队员一时傻眼了。

糖跎

说起糖跎，不能不先说一下绦虫。现在的孩子们，有谁听说过肚子里长绦虫的事吗？恐怕很少听到。但在二十世纪七十年代的农村里，孩子们肚子里长绦虫，是很平常的事。这主要是因为卫生条件不好，孩子们没有养成饭前便后洗手的习惯，或是吃了没有洗干净的瓜果，绦虫的卵进了身体，进而附着在腹腔内，发育长成。按照医学教育网的资料解释，绦虫通过头部的"钩子"附着在寄主的内脏，三、四个月就可成熟。它能寄生于人体长达二十五年，长度可达十米，听起来够恐怖的。

但实际上，绦虫并不像听起来那么恐怖。这种寄生虫寄生在孩子的肠道内，吸食了食物的营养，除了让这些孩子们厌食、消瘦、偶尔肚子疼以外，基本上与孩子们达到了相安无事的境界。不过，要按医学的说法就严重了，对症状的表述是，恶心、呕吐、内脏发炎、腹泻、体重减轻、头晕眼花、痉挛、营养不良等。

由于这种东西不足以致命，又没有疼得孩子满地打滚，所以，多数的大人们看到孩子光吃饭不长膘，也没往心里去。有心人会好心提醒道，是不是肚子里有虫子了？该吃点糖跎了。这糖跎就是当时医疗部门专门配置的打虫药。由于其形状有些类似村里小孩们玩的陀螺，而陀螺在当地人的嘴里又叫跎，所以，人们普遍把这种形似陀螺的打虫药叫糖跎，而医生将其介绍为宝塔糖的说法并没有为村人采纳。

那个时候,国家医疗制度改革,让广大身居乡村的老百姓普遍受惠。村村设有医务室,直接从村里选拔有一定文化的青年人去接受一定医疗知识培训,回到村里,就成了赤脚医生。就地可以解决村民的小毛小病,如拉肚子、铁锨铲了脚、普通的发烧挂水等。提供两粒黄连素,擦点紫汞、打点小针,对于一个粗通医学常识的人不是难事。这在一定程度上缓解了乡村就医难的问题。类似于这种小孩肚子里长绦虫的问题,基本上不用出村。所以,吃糖践的说法,在孩子们的嘴里很流行。

那些皮实的孩子们,肚子里虽然长了绦虫,并没有影响他们上蹿下跳。不想吃饭,大人也烦不了。一些干巴瘦小孩被人问起瘦的原因时,大人头都不抬地解释道,抽条呢。哪有功夫往什么寄生虫不寄生虫上想?直到上级派来医疗队送医送药上门,免费治疗兔唇,宣传疟疾、绦虫病防治常识,并散发相关药品,这才恍然大悟。开始渐渐接受有病治病,无病防病的道理。

一听说吃糖践,孩子们都很欢迎。要知道,在那个时候,糖果在农村里依然是稀罕物。奢侈一点的家庭,到"联营"里去卖鸡蛋时,会拿出几分钱来,从柜台的玻璃罐子里买几粒糖豆,一种染成五颜六色的食品,回家犒劳一下孩子。其他,只有等家中来客时带几颗糖果来了。那种长方形的,包装纸在两头揪成绕花的糖果,带给孩子无数的惊喜。村里的孩子们这才知道,除了"联营"里玻璃罐子里的糖豆外,还有一种包在一种花花绿绿的玻璃纸里的东西叫糖果。而糖践,这种形似陀螺的东西,既打了虫子,又满足了孩子吃糖的心理,怎能不深受孩子喜爱?至于大人们,当看到干巴瘦的孩子吃了糖践后,排泄出的那一堆盘根错节的绦虫,足足有一小筛筐,其心情也非是三言两语所能形容的。

雁　阵

大河底是我小时候的最爱。大水消失的时候，河滩地留下一条条细流，自西向东，缓缓地流着。水很清，能看得见水底的沙子，还有，随水流窜跳的鱼儿。天热的时候，鱼儿被水烫得跳起来，肚皮在阳光下泛着七彩的光。水草丰茂地生长着，一丛一丛的，时见细长腿脚的虫子，在草叶上、水皮上跳，细看时，才发现，里面也有小虾子，厘米大小，通体透明，跳得格外欢势。

站在湿漉漉的河滩地上，环顾四周，觉得画里一般。来到河滩的人很多。有过河的。枯水的时候，不再需要绕道遥远的小桥，直接穿过河滩地就可以到河对岸了。洗衣服的，蹲在溪流边，把那衣服放在河水里浸透了，拎起来，放在平地上，用一根棒子反复捶打。那个时代的衣服，棒子打，开水烫，似是人人皆知的洗衣程序。不经过这些步骤，那衣服，就穿不出舒适的感觉来。

放学后，到河滩地去，是孩子们的首选。家养的鹅，关了一天了，放出来，让它们在水草丰美的河滩地撒欢，觅食。带上一本《水浒》，或是《西游记》，朝松软的沙窝地里一躺，到野猪林里激战，或在西天取经路上遨游，好不自在。风儿吹过来了。书页被风吹得沙沙响。顽皮的小野蛮骑在小尹身上，发出一阵嘎嘎的叫声，优雅的小尹亮起宽大的翅膀，在水皮上刷刷飞起来，在更远的地方降下了，悠悠地游着，向小野蛮投来不屑的一瞥。

去河滩底，还有一个原因，在那里，有时候会看到平常难得一见的雁阵。河滩地上空的蓝天，与一般的地方不同。仰起头来，看辽远、深邃的蓝天，就觉得那种蓝，水洗的一般，蓝得透明，蓝得鲜润欲滴。偶尔，有一绺白云，细细的，长长的，随风飘起来，轻烟一般，消散了。就剩下镜子一样的蓝，静静地挂在天上。一忽儿，从天际处，雁阵过来了。那雁阵，形成两行，如撑开的剪刀，长长的，两行的头部合成一个尖，由头雁领着，在高远的天空翩翩地飞。瞪大了眼睛，似能看见那些大雁的翅膀在奋力地扇着，形成有规则的、上下起伏的波纹。雁阵飞的时候，还在不断地变幻着队形，一切都因头雁的招引，一忽儿，向东飞，一忽儿，头雁不知发了什么口令，那雁阵在几秒内，竟然刷地变幻了队形，向东南去了。也有只把大雁，一时没有反应过来，就嘎嘎地叫着，奋力地去追那飞远的队伍。一会儿，又融进了那剪刀的雁阵，飞回来了。

望得脖子酸了，眼睛不舍得眨一下。就知道，这大雁，不同于家雀，会落到树枝上，地面上来。也不同于燕子，还会钻到家里来筑巢，在屋檐底下飞进、飞出，偶尔，在窗台上停下来，把那黑白的燕尾，近距离地朝你一亮，让你被它轻灵的身影撩得心里一喜、一跳。

雁阵，不是经常地来。当它们从遥远的天际翩翩飞来，在瓦蓝的天幕下不停地变幻着队形，做那华彩的表演的时候，孩子们的心倏地随那雁阵去了。雁阵飞得太高了，太远了。用树枝子是够不到的，小石子，更是投掷不到。有那顽皮的孩子，捡起一块瓦片，对着深邃的天空使出吃奶的力气投出去，耳际传来的，是不远处的石子坠入溪流的声音，砰的一声，击碎了孩子的念想，新的梦又在小小的心灵里萌发出来，随那悠悠的雁阵，向着更遥远的天际去了。

青目官

　　为什么要把蜻蜓叫青目官？原因不详。讨论了一通，一位研究语言的朋友推理说，蜻蜓的身体、眼睛，是黑色的，还隐隐透着绿色，称它青目没有错。官嘛，黎民百姓以官为大，所以，对于空中飞来飞去的大蜻蜓，就其神气劲儿而言，自然就称其青目官了。一乐，觉得有点意思。难怪民间还有称它为"大青头"的呢。

　　傍晚，落山的太阳，天鹅绒一般，徐徐展开，将橘色的光线洒了一地，就那一瞬，漫天透红，天地人物也清一色的红了。这时候，青目官，从漫空里一群一群的飞了过来，层层叠叠、高高低低，云团一般。那飞的低的，看起来触手可及。孩子的心里撩得痒痒的，跳起来，够不着，再跳，还是够不着。这时，聪明的孩子拖着把大扫帚来了。那大扫帚，竹枝子做的，伞一样铺展开来，头面蓬大，举起来，朝青目官的队伍一扑，再一扑，青目官群一下子散开了。大片的，朝高空里飞，还有的，朝剔透的晚霞里飞去了。力气大的孩子，挥起扫帚，上下左右，反复扑打，直把那青目官的队伍搅得七零八落。一气儿扑下来，掀开扫帚的头，去找那俘获的青目官，偶尔的，能看到一或二只小青目官在蓬松的枝叶缝里挣扎，一时精神大振。于是，挥舞着大扫帚的孩子们，就在这落霞的傍晚，披着一身的红光，与那漫空飞舞的青目官斗阵。青目官也怪，一会儿，散散淡淡地飞过来，在孩子的头上、脸上、肩膀上落下，甚至有的，还在哪个孩子的鼻梁上掸了一下,让那些心里痒痒的孩子,心里腾地蹿起一股子火苗,一会儿,变幻队形向漫空里飞去,让那些挂着大扫帚的孩儿们,仰起小脸,直把那眼珠子瞪得生疼。

那被捕获的青目官,境遇可就不是那么妙了。有些坏心眼的孩子,生把那青目官长长的尾巴掐下一截来,然后,在那剩下的半截尾巴上,拴上一根草,或是一根线,再把它放飞出去,于是,那只断尾青目官,就那样,拖着一根青草,或是一根线,惊慌地朝漫空里飞,那根线,就那样,拖曳着,长长地垂挂下来,引得孩子一阵欢叫,更多的时候,飞走的断尾青目官,支撑不了多久,就一头栽下地来。

女孩儿,不屑去干那挥舞大扫把的活儿,三五成群,就在那枝叶蓬勃的菜田里,芦苇摇曳的河塘边,还有翁翁郁郁的树林里,寻找那些颜色特别的青目官。说也怪了,在那成群结队漫空飞舞的青目官里,难得一见的纯黑的,或是通红的青目官,在田里的菜秧子上,河塘的芦苇上,时不时的见到那么一只,或是两只。就那样,轻轻悄悄的,自由自在地飞。一会儿,在一枝芦苇的叶子上落一下,一会儿,在南瓜还是葡萄的藤子上停住了,久久不动。屏住呼吸,蹑手蹑脚走过去,自己都觉得,脚步轻得鹅毛一般,近了,近了,在小手即将捏住那红的,还是黑的青目官的一刹那,那物什,竟颤了一下,就从从容容,自自在在地飞走了。怪了,难道它的背后有眼睛?还是自己的呼吸吹到了它的背上?痴迷女孩儿,在大热天的午后,人们都躺在地下的芦席上呼呼大睡的时候,顶着毒日头,踩着烫人的热地,在枝叶摇曳的芦苇丛里,或是菜园子的瓜棚架子下,苦苦地追找着那撩人的红的,还是黑的青目官。那只黑黑的青目官,实在是太漂亮了!翅膀又大,又宽,透明的,伸展在身体两侧,翅膀的样子,竟然幻化出蝴蝶的形状来,隐隐的,好像还能看到翅膀上的一层薄薄的绒毛。这究竟是蝴蝶变成了青目官,还是青目官变成了蝴蝶?眼睛已经被太阳映花了,汗,好像流到嘴里去了,咸咸的。不知是第几次,对着青目官长长的尾巴下手的时候,它轻点翅膀,就飞走了。就在女孩儿快要放弃的时候,那黑色的青目官竟翩翩地飞过来,差点落在了女孩的手臂上。就这样,黑青目官飞飞停停,逗引着女孩儿顶着烈日,从河塘边转到了菜园子,从菜园子又转到了树林边,直到远远的,一位母亲吆喝乳名的声音响起来,女孩儿才如梦方醒,燕,怎么还不回家吃饭,晒得跟红头蝼蛄似的?

姐了猴

想来想去，想不出老家那儿，为什么人们要把知了的幼虫叫"姐了猴"。上网查了，这才知道，叫法真是五花八门，蝉猴、蝉龟、爬拉猴、知了猴、蝶拉猴、老哇猴、结了龟、爬爬、洋五子、叫了鬼、小黑叫驴、挤尿虎，各地叫法都有不同。其中最接近家乡叫法的，应是"碣馏侯"。

大凡从小生长在乡间的人，没有一个不知道姐了猴的。夏天的时候，好端端的天气，突然之间，响雷一个跟着另一个，跟头把式似的在空中炸响，乌腾腾的黑云里，撕开了一道又一道火蛇似的闪电，狂风鼓得窗户棂子哗哗响。孩子们躲在屋子里，脑海里响起的，是姥姥或是奶奶教给的古老的歌谣，风来了，雨来了，老和尚背着鼓来了。果然，干打了一阵子雷之后，噼里啪啦的雨点子先是在行人的头顶上不歇气地砸着，紧接着，热风裹挟着一面骤雨的帘子，以猝不及防之势，把路上的行人一下子包围起来，让那些脚不点地的赶路人瞬间变成了落汤鸡。焦躁了几天的尘土，先是被凌乱的雨点子砸出了一个个豆大的土窝窝，旋即，在更大的一串响雷过后，尘土化成了一股股急流，沿着村里的大街小巷，忙不迭地，朝着不知名的方向打着旋儿，疾疾地奔去。

就在那些鸡们、鹅们缩头锁脑，躲在筐篮里、草窝里大气不敢出的时候，太阳不知从哪朵黑云头里钻出来了，笑呵呵地看着那些挑着菜篮子、推着独轮车在泥地里疾走的人群。刚才还缠头裹脑的骤雨,好像接到了什么指令,在太阳露头的那一瞬,失去了朝行人左右开弓的威势,变成了三月河边温柔的垂柳,淅淅沥沥,润揉着惊魂未定的行人,吱——,不知哪棵老槐树上的知了唱起来了。孩子们耐不住被暴雨赶到屋子里的那股子乌糟糟的闷热,推开吱吱叫的木门,三步并作两步,蹿出了自家的篱笆障子,朝那暴雨冲刷过的河沟、街巷去了。

　　暴雨洗过的村庄,大树小树的叶子绿得发亮,像刚出浴的美人,一袭绿纱,散发着迷人的气息。树底下,蹲满了弓腰撅腚的孩子们,眼睛瞪得鸽子蛋一般,在湿润的沙土地上,寻找着那些指甲盖般大小的窟窿,那里,有他们要找的不能告人的秘密。被雨浸泡过的土地,变得松松软软起来,不时的,有一枚或两枚小小的洞眼儿在神秘地眨动,孩子探照灯一样的眼睛,刷地扫了过去,小手钩子一般,朝窟窿的深处一掏,再一掏,一阵心颤,泥糊糊的手心里,出现了一个小小的麦皮色的东西,圆滚滚,胖乎乎,细细的小爪子在缓缓爬动。姐了猴!

　　大雨一过,窗前、屋后、树下,姐了猴藏身的洞窟,像夜空里的星星,开始眨眼了。谁找到的小洞多,谁的战利品就多。大树底下,沙土地上,端着小盆,拎着小篮的孩子们,这儿蹲一个,那儿蹲一个,姥姥说,唱过风来了雨来了的歌谣,太阳公公不久就会从云层里钻出来了,还带来了礼物。这不,姐了猴,这大自然的馈赠,一只接一只,被胖乎乎的小手从窟里掏出来,一阵阵的狂喜,伴着一阵阵的欢叫,雨后一刻,是孩子们的节日。

蚊　子

儿时的乡村，蚊子是夏夜的寻常之物。天还没黑透的时候，蚊子成片的出动了，嘤嘤嗡嗡，忙乎得很呢。这时，正好也是吃晚饭的时候，家家扫了院子，把饭桌子搬到院子里来，盛好的粥摆在桌子上凉着，一件每天晚上要紧的活儿开始了，熏蚊子。

熏蚊子，在农村有许多种方法，最常用的方法是，用棉蒲穗子。这种棉蒲穗子，是一种绿色水生植物棉蒲的果实，橘黄的颜色，香肠般粗细，一拃长的样子，成分是一种细密的绒状物，揪下来一小撮，对着风一吹，就轻轻地飘走了。夏天的夜晚，棉蒲穗子点燃后释放的烟雾在家家户户飘荡着，和着村前村后袅袅的炊烟，给人一种夏天才有的特有的感觉。

棉蒲穗子点着后，袅袅的烟雾很快就弥漫了屋子，门窗一关，屋子里烟雾腾腾，再厉害的蚊子也架不住这种具有独特气味的烟雾，一会儿就头晕眼花，不是撞墙，就是倒地，要么就是顺着门窗的缝隙嘤嘤叫着朝外挣扎着飞。

屋子里烟气缭绕的时候，一家子大人小孩在扫得干干净净的院子里，坐在小板凳上，伴着徐徐的凉风，有说有笑地吃晚饭。晚饭也简单，或是凉面，就着腌好的黄瓜，再拌些芝麻酱、蒜泥，或是玉米面子或小麦面子的糊糊，就着地瓜面的贴饼子，若再炖上一碗鸡蛋辣椒，那就是奢侈品了。那会儿的辣椒，怎么就那么辣？虽然剁成了碎末,和在鸡蛋里炖,出锅后,吃起来还是辣得额头直冒汗,用当地土话说,辣得朝肉里杀。

吃晚饭的时候,就预感到屋子里的蚊子这会儿不好过,飞出屋外的时候,得防着点。这不,正端着个大碗稀里呼噜喝着糊糊呢,就觉得腿肚子一麻,知道是"黑白花"来报仇了。这种黑白花的蚊子,体积小,飞速快,攻击力大。被它叮一口,必起一个大包,同时,还奇痒难耐。所以,刚感觉到腿麻的时候,大巴掌就得迅速跟进,只听"啪"的一声,旁边人说,好家伙,中彩了!松开手心,黑乎乎一团,还隐隐有些红色,就知道,这一掌果然战果不凡。当然,打蚊子,也是技术活,打早了,蚊子只是在腿肚子周围、前后绕着,嘤嘤叫着,还没下口呢,打迟了,让自己吃了皮肉之苦,蚊子却在饱餐一顿之后,顺着巴掌的余音翩翩飞走了。最烦神的,是小孩,皮子甜,蚊子最爱叮。大人惦着,手里的芭蕉扇子,对着孩子,一刻不停地轻轻地扇,生怕让蚊子钻了空子。

蚊子可不是那么容易对付的。虽然在傍晚的时候,被棉蒲的烟雾狠狠地熏了一回,可是,那些蚊子军团的残部躲在更隐蔽的地方,不仅熬过了这一劫,还与打开门窗后混进来的蚊子们里应外合,继续从事着它们每到夜晚必然从事的营生。这样,防蚊子的第二招就得及时跟进了。夏天的时候,家家户户的床上,必有一顶蚊帐。一般是白色的纱布做的。长方形的,帐门左右用钩子一挂,往床上一躺,感觉就是一个安全的小世界。在院子里乘凉到了半夜,感觉可以回屋睡觉了,就躲进帐子里。这时,动作一定要快,不然帐门一掀,蚊子先进。当然,也有一些蚊子,是在放帐子的时候,躲在里面的。这时,进得帐来,还要逐个追杀它们。由于蚊帐关着,这回吸在帐顶的蚊子可就惨了,被主人两掌合击,只听劈啪作响,战果堪称辉煌。终于把战场打扫干净了,这时候,躺下来,美美地朝枕头上一靠,耳听着蚊帐外面蚊子们嘤嘤的哭叫,如筛锣一般,也不用在乎,眼睛一闭,听着院门外不远处水稻田里青蛙呱呱的叫声,悠悠的,就进到梦乡里去了。也有那粗心的,夜里睡熟了,把腿、手伸出了帐外,或者不小心碰到帐门,闪了条小缝,这时,蚊子们就开始了一天来难得的大餐。那睡得沉的,任由蚊子们精叮细品,浑然不觉,也有那被咬醒的,开灯一开,但见蚊帐里四面叮了不少蚊子,个个吃得膀大腰圆,于是,又是一场人蚊大战。

整个炎热的夏季,乡村的人们,与蚊子,这种夏天独有的生灵,不亦乐乎地忙乎着、缠磨着,似乎难舍难分,谁也离不开谁,就这样,成了乡村奏鸣曲里最为难忘的一支小曲。

崖头上

沿着青口河堤往东走，河堤曲曲弯弯，绿树掩映。不用拐弯，也就一二里路吧，就到了青口桥，桥原先是木头的，后来改成水泥的了。过桥后，再往东走一会儿，就进了繁华的青口镇。这个古老的镇子，在少儿眼里，焕发着奇异的色彩，不亚于心中的"阿拉丁神灯"。如果从河堤上穿行，在土路上，踢着坷碴子，看河水浮浮悠悠，心里美得很。要是从河堤下走，望着五颜六色的农田，边走边甩着膀子，间或捋一把顺坡长的棉槐叶子，感觉也不错。

现在，从堤下走，脚踹着沙窝里的泥土，踢踢腾腾，走过了一处涵洞，就要上堤了。通向堤顶的地方，是一条斜路。一些独轮车上坡或者下坡的时候，顺着那条歪扭扭的路，上去或是下来。看那推车上坡的汉子，两手扶着车把，两腿叉开，弓腰低头，车袢带深深勒在肩膀上，每向上挪一步都要使出千斤的力气。下坡汉子的姿势，也透出万般的惊险来。只见那汉子，两手攥住车把，身子尽量下蹲，后仰，使出全身的力气拖拽着车子，不让车子滚下来，碰到滑溜的地方，脚底虽然深深朝土里踹，还是时不时溜出那么几步，令观者无不倒抽一口冷气。

攀到堤顶的时候，举目四望，西边是大莒州，东去是青口镇，眼前不远的地方，是王楼子。景色宜人。就想坐下来，歇歇脚。久了，这一处涵洞口上坡的地方，成了一处观景的所在。崖头上，歇脚的人多了，地面磨得平展展的。上了这个崖头，就有了上青口的嫌疑。"上青口"，在村里人的嘴里冒出来，有着特殊的含义。卖货的、割肉的、扯布的、照相的、相亲的，五花八门。

这一处崖头，是孩子们的最爱。夏天的时候，树影婆娑，孩子们成群结队，呼哨而来。先是你跟我，我跟你，蚂蚁搬家一样，攀上崖头，再找那略微平滑的小径，一溜儿排着，哧哧溜溜滑下坡来。日子久了，那条小径，竟给孩子们的屁股磨出了一条凹槽，形似今天儿童乐园里的滑梯。那些个孩子，正值豁牙变音的年龄，如刚扎大翎的鸡儿，上蹿下跳，哪里惊险往哪里去，哪管它树枝子、坷磖子划破了衣服，硌破了屁股，就觉得天蓝、水绿、蛙鼓虫鸣、林鸟翻飞，天地间一切乐趣尽在其中了。那一回，一对小姐妹正与小伙伴们在树荫里滑得不亦乐乎，突然，一声乳名的呼唤响起来，抬头看，红五星、绿军帽映衬下的一双大眼熠熠生辉，舅舅来了。那一刻的惊喜，如相机的快门，刷地定格在岁月的底片上，无论时间的流水如何冲刷，依然生动鲜活，宛如昨日。

崖头上，不远处，青口快要到了。一切的愿望就在眼前。去电影院里看电影，反特的，到照相馆里照相，摆一个最美的微笑。还有，布店里那块花布，粉红底子带棉桃的，今年过年新衣服的首选。再有，手心里攥着几个大板儿，汗津津的，去一个叫"新华书店"的地方，买那七分钱一本的小人书，期待很久了。那里，还有穿着洋气的城里人。看人，总是下巴扬起，眼神斜睨，说话多在鼻孔里哼唧。回头望，大莒州就在视线可及的地方，蓊蓊郁郁，形如森林。早晨，白雾蒸腾，悠悠鸡鸣在村里时起时落，傍晚，炊烟袅袅，如一缕轻纱在树林中缥缈，似有若无。熟稔的气息，淳朴的乡音，如弥漫开来的空气，一低头，一抬眼，浸润在周围，暖熏熏的。

崖头周围，野菜群集，灰灰菜、马菜（马齿苋）、晨朵子、荠菜，蓬蓬勃勃，一片连着另一片。青草繁茂，叶宽茎长。在树林里，棉槐棵子里，沐树荫，听蝉鸣，挥动小铲小镰，割草剜菜，把那小筐小篮塞得个结结实实。一愣神，耳际飘来笑语喧哗，村里哪几个小姑娘打扮得花枝招展上青口？裙角一闪，留下了一串疑问，一缕嫉羡。再翻开一页。又一群人从远处走来。服饰鲜亮。尤其那几个孩子，脚上穿的鞋，形状怪异。那不是常见的方口鞋，圆口鞋，也未见线纳的鞋底，平绒的鞋面，而是一种高底厚帮的鞋，脚面上白红颜色相间，正中左缠右绕着无数道白色的鞋带。那群人，不急不忙地走过来，你一句我一句地说着"广话"。一时看得呆了。这些孩子，和村里的孩子完全不同。小小的脑瓜里，浮起无数的联想，他们从哪里来？到哪里去？原来，在遥远的地方，还有与河里的鱼、天上的鸟、田里的庄稼不一样的地方，那里的人，是怎样的一种活法？

回到过去

穿透厚厚的时间帷幕,想要回到一个叫过去的地方。这个地方用什么样的文字才能还原,至今没有找到。无论是影视、还是书籍、或是老照片,为了还原比较久远的年代,常常会用一些暗黄的、模糊的颜色,让人从那种似实若虚的画面里去感悟。但是,无论用什么样的手段,最终让人颇感怅惘的是,那成千上万个日子累积的过去,永远不会再来了。

许许多多的时候,使劲儿想,这是一个怎样的过去呢?摘取最为青葱的一段,一遍遍回味当时的场景,便会想起一些不能缺少的元素。天空,天空一定是亮花花的,早春的、还是深秋的太阳,高高的悬在天空,照得人整个睁不开眼睛,扫得光溜溜的院子,在太阳的照射下,也泛着白花花的光。冬天的风,在拼命刮起来的时候,地上,一定会有一绺一绺的白烟,卷着焦枯的树叶子,如一条条蹿地的风龙一般,在你的前后左右遁去了。挎着篮子在田埂上寻找荠菜的时候,裤腿子里钻进来的冷风,一溜奔着脊梁去了。肚子一定会不失时机地叫起来。虽然知道,煤球炉子上那只体态庞大的铝锅子,满满一锅冷水,要炖开来还早着呢。炉子的灰烬泛着灰白红混合的颜色,堆在炉边地下。即使是灰烬,也向人透着一种叫暖的感觉。若是从不知谁的手里借来一本旧书,哪怕只有一个中午的功夫,这时,在堆满了灰烬的炉边坐下来,翻开那一页页软软的,不知被多少人的手翻弄过的泛黄的书页，从那一行行文字里去找为自己不知道的故事，便会觉得，已是无尽的享受了。

当臃肿的棉裤穿在腿上，觉得越来越捂得慌的时候，就隐隐知道，春天快要来了。硬壳样的大地，渐渐变得潮润起来。最先感到春意的，是隔壁家篱笆障子的缝隙里，伸进来的一根绿枝，那是一根长满了瓜子样绿叶的枝子，绿皮的枝干上，还有不少绒绒的小刺。盯着绿色的枝干看过去，就看到一棵婆婆娑娑的植物，正蓬蓬勃勃地生长着，密集的绿叶间，时时见到一两簇绿色的花苞，躯体饱满，头部尖尖的，一律地向上。一天天过去了。当某一天，一大早，背着花布书包刚要出门去，就听到隔壁张奶奶的一声呼唤，毛丫崃，给你一朵花来。隔着篱笆障子，一朵粉红色的月季花顺着秫秸的缝隙递过来了，那是一朵盛开的月季，绒绒的花瓣上还有一滴晶莹的露珠，颤颤的。一时，幼小的心灵为那勃勃的生机一阵悸动。张奶奶，仙逝已久了，邻家女孩，早已长大成人，但那悠远的年代里发生在篱笆障子前的一幕，却深深地刻在了一个叫过去的帷幕上。

若是夏天，那树上的蝉，必是撕心裂肺地叫。尤其是日头当午，汗珠子顺着额角叽里咕噜往下淌的时候，那院子里老槐树上的蝉，叫得你口干舌燥，耳鸣心跳。这还不算，当你举起筷子，在盘子里狠狠夹起一筷子朝天椒，启动了后槽牙精咬细嚼的时候，忽然发现，蝉不叫了，或是前面用力过猛，需要歇上那么一会儿。但是，在咽下煎饼和辣椒的混合物的时候，你忽然感觉到一条火龙奔着喉咙蹿下去了，倏地，细密的汗珠子网住了你赤红的脸颊，这时，一声悠长的蝉鸣，从喉咙深处抻出来了，似是为你被辣椒蜇了而忧伤，渐渐地，由低到高，由细而粗，最后，在你恨不得把舌头浸到凉水缸里去解辣的时候，蝉们必是更加撕心裂肺地齐声合唱起来。

夏天的夜晚，头搁到枕头上的时候，脑海里浮现的，一定是镜子一样的水田，刚栽下去不久的秧苗，箭镞一样，齐刷刷地向空中竖着，绿得不能再绿，那一汪汪碧水里，少不了此起彼伏的蛙鸣，咕咕呱呱，咕咕咕，呱呱呱，由远及近，由近及远，闭上眼睛，也能想象出来,在蛙们欢快地合唱的时候,有一种不知叫什么的虫子,细长的腿脚,在秧田的水里轻轻点了一下水皮,又倏地往远处去了。

　　秋天来了。天空更加幽深高远。虫儿们在草丛里潮水样的欢唱。鸡们鸭们鹅们睁着大而圆的眼睛,深情地与你对望。迈着从容的步子,优雅而散漫。在埋头吞咽那些麦粒、青草的时候,那份子仰头顿脖的快乐,当为世界之最了。鹅鸭们在水里像一只只小船样游过来了。不时扎着猛子,让尾巴高高地竖在水面上,涟漪,在鹅们、鸭们的周围,一圈圈散开去。那份悠游自在,让你也心里痒痒的,多想化为其中的一份子,哪怕只是享受上那么一秒钟也好。现在的人们天天在歌词里矫情地吆喝着,快乐每一天,享受每一天,可谁知道,人工营造的那点子所谓快乐,有几分能与水中的鹅鸭相比呢?蹲在地上,小手向鸡们一招,那只火红尾巴的大公鸡昂首阔步地走来了,来到跟前,乖顺地蹲在小主人的腿上,手心上,任你百般抚弄,没有一丝厌烦,这份感情,岂是一天两天培养起来的?

　　一只只陀螺在地上转着,各有其主。孩子们甩动着一根布条做的鞭子,使出吃奶的力气对着陀螺抽着,让陀螺转得越来越欢。有心的孩子,会在陀螺的中心点上那么一点桃红色,于是,旋转的陀螺会转出一圈桃红的光晕来,看着让人眼热。心里琢磨着,是打陀螺好呢,还是去打纸苞子、打拐、打梭子、或是跳皮筋?正愣怔着呢,耳边倏地响起母亲熟悉的喊声,毛丫嗳,走家吃饭了!

第二篇

乡　思

一只葫芦

父亲不知从哪儿弄来了一只葫芦。这只葫芦,肚子浑圆,饱满匀称,往根蒂那儿,缓缓细上去,坡度舒缓,形成下粗上细的形状。颜色呢,是嫩绿色的,有点像刚出壳的小鹅身上绒毛的质地,用指甲微微一掐,还会冒出一二滴晶莹的汁液来。我们围上来,瞪圆了眼睛看着这只大葫芦,正端详着呢,只听父亲掂着葫芦宣布,今天中午,我家吃葫芦汤。哇,立刻,欢呼起来。父亲把葫芦洗净了,端放在案板上,擦一擦菜刀,好像还运了口气,然后,一刀劈开了这只足有五斤重的大葫芦。现在,大葫芦变成了两只瓢,静静地躺在案板上,向我们展示着肚子里的秘密。嫩绿的外皮下面,是厚厚的葫芦瓤子,雪一样白,按上去软软的。越到里边,瓤子越松,里面还夹杂着一枚枚葫芦籽,比南瓜子小一点。父亲把葫芦瓤刮干净,对着两只绿瓢展示着刀工,横切竖切,一会儿,刚才这只大葫芦就变成了一堆整整齐齐的葫芦块,码放在小盆里。葱丝儿、姜丝儿也切好了,专等花生油冒烟就下锅。

母亲那天心情显得特别好。一向绷紧的嘴唇也松开了,两边嘴角还微微有些上翘,弯出了一丝让人舒心的笑意。她向大铁锅里倒了瓢清水,用饭帚在锅里转着圈儿,反复几个来回,涮干净了,就喊我开始烧火。那天,我坐在风箱前,浑身燥热,也不知是激动的,还是给灶膛里的旺火熏的,额头上沁出细密的汗珠,左右一擦,抹了个满脸花。风箱杆子在我的手底下来回抽送,速度比平时快了不知多少倍。葱花味儿飘出来了,葫芦块下锅了,大铁铲子欢快地翻炒着。那年月,不知鼻子怎么那么敏感,葱花儿的焦香味儿,姜丝儿的辛辣味儿,一缕缕朝我漂过来。葫芦块翻炒的时候,是什么味道?嗅一下,是一种清香味儿,有一丝青草的熏香,甜丝丝的,还夹杂着花生油的特殊的油香。葫芦块子炒软了,添了几瓢清水,接下来,就是油汤里慢火煨煮了。

父亲精通鲁菜加工工艺,在这锅葫芦汤上,当然也不会放弃他的独特烧法。只见他先把几根脆生生的油条切成均匀的丝儿,又把几枚圆溜溜的红皮鸡蛋打成浆,汤锅滚了几滚的时候,油条丝儿下锅了,鸡蛋浆也下锅了。就只见沸腾的葫芦汤锅里,朱红的油条丝儿,金黄的鸡蛋花儿,追逐着嫩绿的葫芦块子,在漂着油花的汤锅里欢歌曼舞。我的肚子不由得叽里咕噜叫起来。那几根油条,平时难得一见,鸡蛋,更不是平常之物了。这些日子,小篮子里的鸡蛋已经积攒了四十多个,家里都还不舍得吃,说是要等卖了有重要的事情做,今天,也是破了戒了。葫芦,除了在各家菜地的架子上枝繁叶茂地耷拉着,就是搁在家家的水缸边,锅灶的案板上,晒得干干透透,发挥着舀水的功能,谁听说还能做葫芦汤喝?这种独特的吃法,从小长到大,今天还是头一回。剁剁剁,父亲这会儿正在案板上忙着切香菜末,刀与案板敲击出的音符,透着说不出的欢快。胡椒粉、芡粉,一一摆在各个碗里,等着鲜汤出锅。母亲正从大缸里拿出一沓子麦煎饼来。饭桌子收拾停当了。一溜排开了七只大碗,七双筷子(那几年,大哥到部队去了),等着热腾腾的汤盆上桌。我等小儿童从《宝葫芦的秘密》热议中停下来,向桌边围过来。

父亲站在锅边,把大铁勺伸进锅里,盛了一口汤,尝尝咸淡,他皱了下眉头,嘴里吧唧了一下。又搅了搅锅里的汤,重新换了半勺,这回,他抿了小半口,还是皱了下眉头。怎么回事儿,咸了?还是淡了?父亲把汤勺一撂,没说话。母亲感觉到了什么。她拿起勺子,在红黄绿相间的汤锅里搅了一下,盛出了半勺,也尝了尝,一丝失望浮到她的脸上来。怎么回事儿，我们都呆住了。纷纷围到锅边。父亲的嘴咧着，眉梢拉下来，显出一股子苦相来。父亲说，你们尝尝看。这下子，大勺小碗都去盛锅里的汤，屋子里吧唧嘴的声音响成了一片。哇。敏感的小嘴巴一只只张开，嘶嘶哈着气。不知哪个哥哥把汤碗朝院子里一泼，鸡们迅速围了过来。亮花花的阳光底下，绿的葫芦，黄的鸡蛋，红的油条，就那样在湿漉漉的地上泛着星星灿灿的油光，那鸡蛋花子特别的黄，葫芦块子特别的绿，油条丝子特别的红。咕咕咕，咯咯咯，我精心喂养的大公鸡胡李扇着翅膀跑过来，叼起一块油条，仰起脖子来刚要吞咽，突然，朝着不知什么方向吧唧一甩，转身跑走了。这一下，鸡们好像接到了号令，刚才还纷纷在地下啄食葫芦汤里的美食，胡李一甩头，鸡们顿时纷纷甩头，四散奔逃。扔了太可惜了。要不然让猪吃吃看。姐姐又建议。一盆葫芦汤倒到猪食槽里了。平时，猪们以青草面子汤为食，偶然放点杂粮糊糊在食槽里，猪们吸溜得那个香啊。这回，鸡蛋油条葫芦汤，猪们该大开尊口了吧？两只猪摇着尾巴过来了。油花子的香味诱得它们迅速把头埋到猪食槽里。哼哧一口，猪们享用起来。大家一喜，还算能用。刚兴奋了半秒，就见猪们把肥大的脑袋朝左右狂甩起来，刚吃进去的鸡蛋油条葫芦块甩得猪圈里到处都是。

  奶奶的，这是一只苦葫芦！父亲终于发话了。

  至今，我也搞不清楚，父亲手里的这只苦葫芦是从哪里来的。

嘎拉汤

早晨，刚起来，揉了揉眼睛，走到饭桌子前，一看，饭还没做好。这时，我的目光盯到了一盆汤上。这盆汤是从哪里来的，不知道，干什么用的，不知道。总之，这盆汤白呼呼的，安静地卧在一只大铝盆里，与我，也没什么关系。但是，一早起来，想想，总得干点什么，于是，就看到那盆汤了，就找到了要干的事情，于是，那盆汤，就这样，在我的用力泼甩之下，呈一个美丽的弧度，飞到院子里去了，潮湿的土地正干渴着呢，这盆不知从哪里来的，干什么用的白呼呼的汤，就这样，在一瞬间里，被泥土吸收得干干净净。干完了这件事，我颇有些自得。那年，我刚五岁。

父亲正闷着头坐在院子里捣鼓什么。父亲，平常看不到他，只要回来，除了给我们小兄妹讲古外，其他时间，大多要捣鼓点什么，尤其在吃饭之前，他捣鼓什么的速度明显加快了。这会儿，他正在仔仔细细地拆着一个筒子骨头上的碎肉。这是一根经过煤炉炖煮得烂酥的肉骨头。骨头上的肉一拽就掉了。吃起来，应该并不麻烦，只要用上下牙咬住一小朵肉，轻轻一拽，就可以品尝美味了。可是，父亲不这样吃，父亲吃东西，一定要有些章法，这不，他现在的目标，是要把大铝锅子里骨头上的碎肉一点点拆下来，集中到一只大盘子里，然后，再用这些碎肉去制作一道谱子菜，黑木耳拌肉，而且是凉拌的。父亲手里的肉骨头，让我肚子里的某种声音又一次响起来。

　　黑木耳拌肉终于做好了。这时，父亲站起身来，转身向屋子里走去。拆骨头肉这项工作，是在院子里进行的。为了完成这项工作，父亲把煤炉子、小板凳都搬到院子里。现在，他正在向屋子里一步一步走过去。父亲是要去干什么呢？不知道，父亲也不需要把他的想法，告诉一个比饭桌子高不了多少的小孩。现在，他要干的，一定还是与做菜有关的事情，而且，一定是到屋子里去履行做菜的某一道工序。

　　一群鸡们围到煤炉边来了。我赶紧跑去轰赶。这是我最乐意干的活儿。这时，我看到了地下的又一只铝盆。这只铝盆吸引了我的目光，不在于它是铝盆，而在于铝盆里的东西。铝盆里盛满了一种让我百吃不厌的东西，这种东西，学名叫文蛤，当地流行的说法，叫"噶啦"。噶啦显然是煮过的。因为，这一只只拇指肚大小的东西，现在都张着嘴。我知道，接下来，父亲要干的另一件事情，就是拆噶啦肉。他会长久地坐在那只小板凳上，不厌其烦地，一只一只地，把嘎啦肉从嘎啦壳子里拆出来，整整齐齐地码放在盘子里，然后，下锅，去制作另一道他会讲出许多道理来的谱子菜。

　　这样说来，我五岁的时候，家里的生活还不错？此言差矣。小时候的日子，差了去了。一向以素菜为主食，鱼们肉们只有在节日里才会显现它那高贵的身影。正因如此，父亲，才会如此认真地对待这几根次高贵的肉骨头，并煮了一大盆嘎啦作陪。这又不能不佩服父亲在捣鼓菜上的智慧。按说，在那个"瓜菜代"的岁月，要想吃到什么好菜，尤其是谱子上那些稀奇古怪的好菜，几乎是不可能的事。可是，父亲，可能是得了鲁菜的真传，隔三差五的，总要带回来一些不知从哪里捣鼓来的食材，比如，一兜子嘎啦，洗干净泥沙以后，在大铝锅子里加上清水，放在煤球炉子上炖煮，直煮到汤汁白浓，嘎啦个个嘻开了嘴巴，才会配以葱蒜，佐以胡椒粉、香菜之类的东西，让孩子们品尝辣椒炒嘎啦肉，胡椒粉香菜嘎啦汤，在大家端着汤碗，稀里呼噜喝个痛快，个个惊呼"鲜！"的时候，才会一五一十地，慢慢道出些许鲁菜的由来。

　　正在我一次又一次轰赶着鸡们，饥肠辘辘地等待着父亲一声令下，喊"开饭"的时候，父亲那浓郁的鲁南口音在北屋子里响起来了，那盆嘎啦汤呢？

苹果的旅行

有个关于一只苹果的段子一直在我的脑海里盘桓不去。几十年了，想忘也忘不掉。这只苹果太非同寻常了。以至于每当想起它，就有一种想说点什么的愿望。

这只苹果是从哪里来的？不知道。听说这只苹果的时候，已经是十几年以后的事了。那时候，曾经持有过这只苹果的人正坐在苏北农村一间低矮灰暗的屋子里，面对着围在他膝盖旁边的一群孩子，讲述着他的那段算得上辉煌的人生经历。"大串联"，这个听起来有点怪的名词，就从那个曾经的苹果的主人的嘴里冒出来了。这个人，是我的四舅。当时才二十来岁，却已进入了回忆的年代。他所讲述的"大串联"，在当时还不到十岁的我听来，就是一群本该在教室里学习的学生，不忙着认真读书，却满世界乱窜，用这种特殊的方式燃烧他们青春的激情。让四舅反反复复，津津乐道的，是那次最高级别的大串联，到北京天安门广场去，在那里，等候国家领导人的接见。

那像滚水一样沸腾的广场，那密密麻麻挤得水泄不通的人的"板块"，曾经在照片上见过。一张张烈焰升腾的脸，其中就有我的青春年少的四舅吗？那时候，他一定穿着一件绿军装，或是一条绿军裤，当然是没有领章帽徽的，斜挎着一只帆布的军用挎包。在那个能够容纳几十万人的广场上，他会挤在哪个角落里呢？那天他吃饭了吗？有没有水喝？这些都不重要了，重要的是，他们不远万里来到这里，朝圣一般等在这里，为的是能够一睹国家领导人的风采，为了这一刻，死也值了！

奇怪的是，今天说起四舅这段辉煌的经历，却无论如何也想不起他到底有没有得到过国家领导人的接见。岁月如流水一般，冲走了大部分记忆，留在脑海里的，竟然是一只苹果。这苹果，印象太深刻了，以至于今天想起来，关于它的形状，它的颜色，它的气味，仍然会有无限的遐想。

天安门广场上的喧嚣，什么时候开始的，什么时候结束的，都无从知晓了。那个斜挎着帆布挎包，穿着一件绿军装或是一条绿军裤的少年四舅，被人流裹挟到哪里去了，二十来岁的四舅后来已经说不清楚了。唯一能够说清楚的，是四舅从北京回来的路上，挎包里装了一只苹果，而且，是一只个头很大的苹果，那只苹果的香气，穿透了半个世纪的时间帷幕，一直辐射到今天。

这只苹果，是不是北京地产的，不知道，是从摊子上买来的，还是组织单位发的，也不知道。这只苹果跟着四舅，是负有特殊的使命的。这就是，它要安卧在帆布挎包里，摩擦着四舅的体肤，一路颠簸，去面见四舅的母亲，我的外婆。在北乡一个叫周宅子的地方，一位裹着小脚的家庭妇女，正在日夜为自己那位不好好读书，却天天要跑出去大串联的小儿子日夜巴望着，临窗的风，不知多少次吹干了她面部的一抹清泪。

回城的路上是辛苦的。少年四舅不曾想过要吃掉那只苹果吗？一定有过。说不准他把那只苹果捧在手心里不知摩挲了多少回，他的灵敏的嗅觉，一定无数次嗅过那只苹果的香气。多少回，他的胃部痉挛着，嘴里的口水攒集着，冒出要啃一口苹果的冲动。可是，这只带着四舅的体温，散发着浓郁香气的苹果，还是完完整整地被四舅带回家来了。

你能想象出这只又大又香的苹果在一路颠簸了一万五千多里后，由儿子传到母亲手中的那种情景吗？那场面，画家画不出，文字写不出。一切的一切，尽在不言中了。

　　让我在岁月翻过去四十多年后还念念不忘那只苹果的原因，是，那只有着不凡经历的苹果，那只被我的一路忍饥挨饿的四舅捧回家来的苹果，被四舅的母亲，我的外婆小心翼翼地藏在了箱底，后来，那只被深深珍藏在箱底的又大又香的苹果，竟然在那陈年的散发着浓郁樟脑丸味道的箱底，由内而外地发生了化学变化，变成了一堆果泥，再后来，那只来自北京的苹果，就化作了一缕带着香气的永恒的记忆。

忌 口

听说过忌口吗？就是坚持不吃某一种东西。忌口，在今天不奇怪，中医疗法里，常有这个不能吃，那个不能喝的讲究，但在前几十年，想要忌口，还真不容易。因为在当时，可吃的东西本来就不多，你再忌口，那不成了自己跟自己过不去吗？你还别说，还真有忌口的，这一点，让儿时的我，百思不得其解。

饭菜端上桌子了，热气在屋子里蒸腾。我急乎乎端起了碗，举起了筷子。大哥稳稳地说，萝卜汤里有没有虾皮子？母亲，还是大姐，赶忙说，哎呀，忘了，刚才炸锅的时候，撒了一小把在锅里。大哥眉头一皱，这汤，我不能喝了。我们小兄妹几个交换了下眼色，哦，知道了，大哥不吃虾皮子。

虾皮子，在我儿时的记忆里，是味道鲜美的一种食品。刚上市的虾皮子，透着一种淡淡的粉红色。捏一撮撒在煎饼里，再佐以小葱，咬一口，满口生津。当然，更讲究的，是将辣椒切成细丝丝，用小虾皮拌炒，出锅的时候，椒丝碧绿，虾皮焦黄，卷在煎饼里，甭提有多爽口了。上学以后，才知道，虾皮子含有丰富的钙质，还是一种营养颇盛的食品呢。

你说怪不怪，就是这种让我念念不忘的食品，大哥不吃。不仅他不吃，害得我们吃饭的时候，很多食物也不能放虾皮子了。比如，水饺。馅子里如果撒上少许虾皮，该有多鲜，可是不行。大哥刚夹起一只饺子，一听说里面有虾皮子，立马放下了。要是大家使个心眼儿，都不说呢？嘿嘿，他吃第一个的时候，速度会越来越慢，吃第二个的时候，就跑到院子里去呕吐了。屡试不爽。没办法。久而久之，大家都知道了。烧饭的时候，互相提醒着，不要搁虾皮子。

究竟是什么时候，虾皮子让大哥犯了恶（wu），我到现在都不知道。那恶（wu）一定是渗到骨髓里的，想必一吃到这玩意儿，就会肠胃紊乱，汗毛直竖，打心眼里生出呕吐的感觉来？若不是这发自内心的感觉，又如何让他无数次抵挡住各种美食的诱惑，甚至放弃他最心爱的韭菜鸡蛋粉丝包子萝卜汤，去端上一碗白开水，拿上一张干煎饼呢？

这还不算完。正在家里为大哥的忌口心生烦恼的时候，大姐也忌口了。说也怪，大姐忌口的东西虽不常见，却是当时大家都在吃的东西，豌豆。那阵子，家里的主食是，豌豆高粱饼子。在我看来，这种食物非常可口。高粱面饼子，朱红色的，软软的，里面掺着一些豌豆粒儿，吃起来，饼子黏黏的，豌豆面面的，多好。可大姐呢，一拿到高粱面饼子，就皱起眉头，用手去抠那饼子里的豌豆，一粒一粒的，不厌其烦，一张圆溜溜的渗满了豆粒的饼子，被她抠得破破烂烂，千疮百孔，这才恨恨地咬了一口，说，下次吃饼子，再也不要放豌豆了。一看到豌豆，身上就会泛起一层鸡皮疙瘩。我等嚼着这平常难得吃到的美味，心里不由嘀咕起来，豌豆怎么了？凉粉不也是豌豆做的吗？为啥凉粉你也吃呢？由是，对这什么忌口有了一丝小小的犹疑。

真是怕什么，来什么。正当我家为高粱饼子里豌豆的去留产生争议的时候，二哥突然也开始忌口了。这回，二哥忌口的东西你想也想不到，是大蒜。大蒜，在农家的饭桌上，是常年的必备之物。今天通过科学的常识，越来越明白了，大蒜的好处真是数不胜数，什么防病抗癌开胃灭菌等等。但在当时，就知道，不管吃什么东西，有了大蒜一配，就吃得特别香，本来吃一碗的，有了大蒜，吃了两碗还想吃。正在家里为大哥、大姐的忌口忙得不亦乐乎的时候，二哥横空出世了，要么不忌口，要忌就忌个最常见的。这就选中了大蒜。农家有言，要拉馋，辣子盐。大意是，一个辣，一个咸，是最开胃的东西了。大蒜，因其特殊的辣味，当然成了家家开胃的最佳食品。这下子可好了，一切菜里，都不能放大蒜。粘了蒜味的东西，一律不吃。说句实话，那虾皮子、豌豆，还真不算是农家餐桌必备，这大蒜，一直以来，也算是餐桌不可或缺的伴侣了。二哥这么一下子，让家里的餐桌顿时乏味起来。

还记得一日中午，二哥从县中出来，顺着大河堤，一阵风样地刮回来了。母亲忙完了村里的工作，一头拱进厨房里，烟熏火燎地忙了一个中午，整出一顿中饭，清浆子。这清浆子，是用萝卜青菜地瓜等一干家常蔬菜，配上黄豆渣子这一类植物蛋白熬煮的，盛在碗里，青菜青、萝卜白、黄豆黄，色彩纷呈，再配以辣椒葱蒜，吃一口辣得满头冒汗，说不出有多过瘾了。我们搬起小板凳朝饭桌子前一围，每人面前都有一碗热腾腾的清浆子，上面，葱姜蒜末糊都放好了，酱油的香味隐隐散出来，特别好闻。怪不得刚进院子时，还听见母亲在笃笃笃地捣什么，原来是用蒜臼子制作葱蒜泥呢。我等小兄妹三人呼呼啦啦开吃了。二哥把书包甩在床上，坐在桌边，脸色黑着。母亲一看，心下明白了几分。小三，怎么不吃？二哥哼了一声。给你另弄一碗？母亲说。二哥把碗一推，哗啦一声，拎起书包，出门走了。

母亲的眼泪一下子弥漫了眼眶。她竭力忍着，不让我们小兄妹仨看出来。可分明的，我们看到了她的肩膀在不停地抖动。我们仨你看看我，我看看你，刚才吃得很香的感觉没有了，嘴里不知嚼的是什么东西。一种愤愤的感觉，从内心深处浮出来，忌口，忌什么口。害得我们这个也不能吃，那个也不能吃。就这还不算，还把我们的母亲气哭了。

你说怪不怪，忌口，就像一股传染病一样，自打传到二哥那儿，再也没有往下传过。我们小兄妹仨，不知凭着一股什么东西，硬是抵住了这种莫名其妙的毛病，让家里的饭桌子，慢慢变得太平起来。

咸烤鱼

咸烤鱼什么时候上了我们家的餐桌？时间不详。第一次看见它的时候，这种一拃有余的小青鱼，头大尾尖，脆蹦蹦的，身上泛着油滋滋的光，不是一条，是一群，睡在碟子里。父亲说，这是咸烤鱼。善于烹调的父亲，在艰苦的年代里，时不时的，总能为家里的餐桌带来一点惊喜。

夹起一条，轻轻就尾部咬了一小口，一股咸、辣、香、脆的混合味儿在嘴里弥漫开来，赶紧喝了一口粥。父亲说，咸烤鱼不能空口吃，要卷在煎饼里吃才好。大家听了，纷纷去拿桌上的新麦煎饼，小鱼松脆的身体在煎饼筒里发出细碎的声音。桌子上响起一片煎饼的咀嚼声。

父亲清了清喉咙，开讲了。从前有家穷人，养了二个孩子。吃饭的时候，饭桌上没有菜。就在墙上画了一条鱼，对两个儿子说，吃一口饭，瞅一下鱼，就当下饭的菜。两个孩子按照他说的做了，一会儿，弟弟就向父亲告状了，爸爸，哥哥他刚才多看了一眼！那父亲听了，回答说，知道了，那就叫他齁（hou，吃过咸的食物之后引起的干渴和声音嘶哑）死吧。言毕，我们的父亲哈哈大笑起来。

那好像是一本古画书里的故事。画面上，穿着长袍大袖，头上扎着一个小圆髻的弟弟，指着哥哥，嘴巴张得老大，在向那位坐在上首的父亲告状。那位同样宽袍大袖的哥哥，一副无地自容的样子。

不过，那父子三人的肩膀上，都缀着大大小小的补丁。

我们有咸烤鱼吃，他们没有，他们不仅没有，连其他下饭的咸菜也没有，只能就着墙上画的鱼来吃饭，这在当时，令我小小的心里很是满足了一下。于是，嚼着嘴里的麦煎饼咸烤鱼，就觉得格外的有滋有味。

吃着咸烤鱼，父亲又讲了不少的话，鱼的种类、鱼的腌制方法、鱼的烹炸技巧等，对于咸烤鱼的吃法，当场又讲了好几种，什么炸啦、蒸啦、熬啦，这其间还要配以文火，佐以胡椒等等。正说得兴致勃勃的当儿，我们家的一只猫凌空而起，从桌子上飞过去了。

那只猫，平常跟着我们吃杂食，常常被糊涂粘住了胡须，无论怎样两爪并用都揪扯不开。看猫洗脸的样子难受极了。前阵子，不知是哪位哥哥从村里的鱼塘里捞来了一些小鱼虾，放在院子里的水洼里。猫儿天天尾巴翘得老高，喵呜声不断，嘴巴也吃刁了。这顿晚饭，猫儿早就嗅到了屋子里浓重的鱼腥味。它高高地竖起尾巴在桌子底下各人的腿部蹭来蹭去，见谁都不理它，终于耐不住了，于是，嗖地一下，纵身跳起，从饭桌子的北头飞到南头去了。

父亲大怒，对着被猫凌空掠过的满桌子碗盘喝道，抓出去，摔死！指令掷地有声。但接令人不详。满桌人，你看看我，我看看你，无一人肯动。怎么呢？长兄心思，这点小事儿哪用得着我？我等小儿与猫儿朝夕相处，贯彻指令难度不是一般的大，趁着责任指向不明的当儿，硬着头皮在那儿挨着。

猫儿，其实早已不知在哪一家的屋顶上凝神屏息了。

包饺子

至今不明白，为什么小时候家里吃饺子，一忙就是一整天。

那会儿，听到父亲底气很足地说，明天家里吃饺子，白菜肉馅的！就像宣布一个重大决定。顿时，欢乐的情绪弥漫了整个屋子，尤其冬天寒风抽打窗棂的时候，这种感觉尤甚。饺子，那白白的、饱鼓鼓的、形似小兔子耳朵的食物，一想起来，口水就在嘴里了。

儿时的记忆里，吃饺子，程序太熬人了。首先，第一道工序是换面。借一辆独轮车子，推着家里的小麦，到十几里外的公社驻地粮管所去兑换面粉。驻地，名叫一沟。小时候从未去过。对于哥哥到一沟换面，充满好奇。听大人说，一沟的土质是黑泥糊，每到下雨，鞋帮子上沾满厚重的黑泥，越走越沉，最后，只好把鞋子脱下来，赤着脚跋涉。这回，哥哥们又换面去了。在笨重的粮食口袋往独轮车筐子里放的一瞬，感到，今天离饺子近了一步。

第二步，就是剁饺馅子。家里的长方桌子抬出来，用清水刷了，摆在院子中央。那张桌子，因年久了，桌面子变得坑坑洼洼的。几颗大白菜洗好，放上来。先是用菜刀将白菜切碎，接下来，就是挥刀剁馅了。就见母亲挥着菜刀，对着桌子上堆得像小山样的碎白菜，上上下下，反复斩剁，嚓嚓嚓，哆哆哆，声音弥漫在院子里，引得南院墙都发出阵阵有节奏的回响。左邻右舍都知道，这家今天又吃饺子了。剁馅子的菜刀声不知响了多久，白花花的菜馅子变得水滋滋的。这时候，就见母亲用一块四四方方的白纱布，把菜馅子包成一个圆球，用两只手掌反复挤压，菜汁沿着纱布缝渗出来，沿着桌子的沟壑四下流淌，很快，桌子底下，就聚起了一片。至今也不明白，这种挤压菜汁的做法，在民间是怎么流传开来的。总之，不论是白菜，还是青菜，只要是用来包饺子的，一定要在剁好后把菜汁挤出来。不止一次，听到放学归来的哥哥叹口气说，这挤出来的，都是维生素啊。

剁肉馅子是个美活儿。父亲一大早就骑车子到肉联厂买肉去了。去迟了，买不到肥的。那时候，谁稀罕瘦肉。在排队卖肉的长长的队伍里，顾客们的脖子都伸得老长，眼看着肥膘一点点被前面的人割走了，心里那个急啊。张大哥，给我留着点。小刀手小张，是村里的红人。当年他婚礼的排场，轰动了整个村庄。来喝酒的，四乡八里，连县政府的人都出动了。新娘是这一带姑娘里最漂亮的。皆因他是肉联厂卖肉的，刀子上掌握着肥膘的分割。父亲拿到的那条肉，肥瘦兼有，还行。现在，这条红红白白的猪肉，小心翼翼地放在案板上了。刀洗得干干净净的，磨得快快的，剁肉的声音有些发闷，不像剁白菜听起来那么爽利。当手腕子变酸了，肉快变成肉酱的时候，香味儿散出来了，是一种油乎乎、晕乎乎的感觉。随着几勺酱油的加入，这股子香味儿更浓了。

拌馅子，是个技术活儿，一向由父亲亲手操办。父亲老家山东，精通鲁菜加工程序，在食材奇缺的年代，身手无处施展，在饺馅子上可找到舞台了。只惦着吃的年龄，不懂父亲是怎么拌的馅子，总之，经他手拌的馅子，就是有一种特殊的香味儿，所以，每到过年，家里总要剁几大盆馅子，这拌饺馅子的活儿，自然每次都是父亲去干。有那好学的哥哥姐姐，也想仿出父亲的技术来，可也怪了，调料、工序一样不缺，就是调不出父亲的味道来。这才知道，原来这酱油、味精、葱、姜、虾皮、茴香什么时候搁、搁多少，都是大有学问的。

父亲拌馅子的当儿，母亲正在桌子上揉面。姐姐在打下手。这回揉好了几大坨子面,静静地卧在盆里,有几斤重的样子。就见母亲用一根小号的擀面杖,把面坨子压扁了,母亲上半身似乎很用劲儿,两只手推着擀面杖,反复来回碾压,一会儿,面坨子就变成了一只厚圆饼。接下来,母亲把饼中间掏了个洞,厚面饼变成了面包圈的形状,两手交替着,把面圈儿捏均匀了,再揪断了面圈,一只一只朝下揪面剂子。说也怪,母亲揪的面剂子,不大也不小,只只均匀。那边,姐姐在忙着擀饺皮儿。一只只圆圆的饺皮儿在她的手下,变戏法儿似的传出来,一会儿就摞了一小垛。

包饺子这活儿,干的人最多。我等小儿童也学着,一手掌皮,一手填馅,将圆圆的面皮儿两边一对,就边上捏上一圈儿,由于水平不佳,包出来的多数是"瘪皮塌子"。大家七手八脚地忙着包饺子,高粱秆子编的圆匾,很快就摆满了一排排元宝状的饺子。父亲到底是有鲁菜的功底,他包的饺子,俗称"一把捂",就是不用一点点捏边儿,只要两手一对,一只圆鼓鼓的饺子就成了。馅足边紧,只只饱满,煞是好看。一家人,一边包饺子,一边说说笑笑,感觉好极了。

煤炉子上铝锅子的开水咕嘟咕嘟冒起泡来,饺子下锅了。第一碗盛出来的,先给父亲。接下来,就是哥哥们。我等小姊妹,忙来忙去,还得等一会儿。说真的,那会儿,对于饺子这种美味的期待,达到了顶峰。嘴里虽然也尝了父兄给的个把饺子,不但没把馋虫儿打下去,反而引起了腹内青蛙们的大合唱。那天煤球炉子似乎特别不争气,一锅饺子要煮好一阵子,好不容易盛出几碗,连哥哥们都不够分的。忙到下午二三点的时候,我还没吃上呢。就见已吃过饺子的哥哥从外边转了一圈又回来了。原来,他们吃过第一碗饺子,在外面忙乎了一阵子又饿了。直至太阳落山,我和妹妹才端上了热乎乎的饺子,这时,对着筷头上的饺子张嘴一咬,一股菜鲜肉香味儿直冲鼻腔,哇。

儿时包饺子,包的是亲情,包的是期待,包的是实实在在付出后的享有……

难得糊涂

糊涂，是我们老家对粥的俗称。就是用各种杂粮粉，加开水熬制出来的糊状的粥，根据口味需要，可稀可薄，厚时"竖勺不倒"，厚厚的粥糊能竖起插进去的勺子，薄时清可见影，喝起来既解渴，又压饿，有时可佐以细盐或白糖，增加口感。

糊涂的叫法怎么来的，无从可考。但这个词儿非常形象地概括了这种饭食的特质。水面相和，糊里糊涂，食材品种虽多，一经搅成糊状，便是你中有我，我中有你，难分彼此。按照百度百科的解释，糊涂，是河南、山东一带的传统主食，主要是小麦面、玉米面加入其他粮食颗粒或者地瓜、南瓜等熬制而成。但据了解，喝糊涂的地区，并不仅限北方，江苏、安徽等偏南方的省份民间也多盛行这种吃法。

儿时对饭食的记忆最为强烈，糊涂便是其中印象深刻的一种。那时候日子过得艰苦，喝得最多的，就是地瓜（又名山芋）糊涂。几块地瓜在案板上一剁，放进开水锅滚上几滚，至烂熟时，就可以将小麦粉或者玉米粉用水搅搅下锅了，家境殷实些的，还可以在锅里放上些碎花生或者碎黄豆渣子，这样喝起来有嚼头。这时，锅底要改为文火慢慢煨着，木柄勺子在锅里不停地转着圈儿，香味儿慢慢飘出来。口水在腮帮子里聚起来了。肚子里隐隐发出疑似青蛙的叫声。肠胃大些的，这会儿，岂是一碗两碗能伺候得了的。六七十年代的时候，大米在农村还不是主食，属于细粮系列。喝大米粥，是一种奢望。喝大米糊涂，更是难得一回。说也奇怪，那会儿的大米粥，在煤球炉子上炖着，香味儿远远地飘过来，竟是炖猪肉的味道。有一种大米，名字叫桂花球。光听这名字，就够遐想一阵子的。再把大米碾碎了吃糊涂，配上些花生、黄豆渣子，那就简直是一种享受了。

　　许是儿时养成的习惯，虽在大城市里生活了几十年，改不了的习惯是早晨喝糊涂。不管多饿多累，只要一碗糊涂下肚，顿时通体顺畅。也曾模仿过城市饮食花样，咖啡牛奶面包黄油地改了几回，可积习难改。只要一顿不喝上一碗杂粮糊涂，就好像这天有件事儿没办。出差在外，住饭店，吃大餐，肥甘厚味，肚子里叽里咕噜，肠胃不适的感觉一日甚似一日。就知道，那点积习又在作怪了。至于在哈罗哈、四海一家这些久负盛名的自助餐厅，也只是被那些琳琅满目的美食晃来晃去，晃得眼花缭乱而已。在店里脚不点地地窜了多少个来回，最后端在手里的，还是一碗糊涂。

　　喝了几十年糊涂，喝出了几分定力，几分沉静。一碗杂粮糊涂，接通了地气，让我在这个喧嚣的都市里，知道了自己该干什么。

烙　饼

吃，还吃什么吃，莫吃了！大哥从喉咙的深处，恨恨地挤出了一句。此时的大哥，也就20来岁的样子。那一脸的焦灼，是我们这些一向崇拜他的小弟、小妹们从没有见过的。二十世纪七十年代的某一个晚上，我们被大哥身上从没见过的暴躁惊呆了。其时的母亲，正在从一个柳条编的长圆形的"斗筶子"（容器）里朝外舀面，用的是一只当地常见的干瓢，母亲的手上沾了些面粉，虎口都染白了。那种面粉是用大麦加工的，没有去麸子皮，面粉里隐隐可见粉碎后的暗红色的麦子皮，这就显得面不是那么白。母亲把面粉盛在盆里，倒了些水，开始和面。她的嘴唇紧绷着，没有回话，动作比平时慢了许多。

当时才十来岁的我，为大哥的质问有些疑惑，也为母亲的沉默感到尴尬。这是怎么了？一向神采飞扬，吹拉弹唱的大哥突然好像换了一个人。在我们的印象里，他是音乐家。小提琴朝肩膀上一放，流水般的音乐就会如开了闸门的水一样奔泻开来。他是演说家，拿把椅子朝屋子的中央一坐，嘴巴一张，故事像熟透了的葡萄一样成串地掉下来。他还是个诗人。就见他，用低沉的声音朗诵着，月华如水的春夜啊……，为什么不用"月光"，而用"月华"呢，听他和哥哥姐姐们旁征博引地解释着，我似懂非懂。

这次回来，大哥变了。在我看到他的几天里，他一个人躲在屋子里不出来,穿着一身笔挺的中山装,浅咖啡色细条的,头发吹成了三七开,头顶有一撮头发被精心吹成了鹅冠,这使得一向穿着帅气的绿军装的大哥突然变得有点怪异。他手里反复拨弄着一只收音机。这在那个年代可是个稀罕物。可惜的是,这个长方形的小匣子在他的手里传出的,始终是沙沙的噪音。显然,大哥的情绪比那些噪音还要烦躁。他已经没有耐心去调一个合适的台了。扒着窗户棂子,我听到大哥暴躁的声音响起来了。你为什么要把户口签到农村来?!声音的指向,是我的父亲、母亲。此刻,除了大哥的这个高八度的调门在屋子里回响外,听不到父母任何的声音。我的父亲,在我印象里一贯达观而又淡定的父亲,我的时常向左邻右舍夸奖儿子的父亲,此刻一言不发,就那样坐着,任由大哥在屋子里像一头困兽一样的咆哮。

　　大哥从部队复员了。14岁参军的少年,英姿勃发,在部队一干就是八年,干的是编导的活儿,一向是天之骄子。为众多姑娘们仰慕。如今,已长成如松树一样挺拔的青年。可是,一天之内,大哥的身份变了。从一个众人仰慕的军人变成了一个农民。大哥的户口又回到农村了。我的父母(主要是我的父亲),二十世纪六十年代响应党下放的号召,全家从城里搬到了一个叫吴山的地方。用父亲的话说。那里,山清水秀。如今,后果在天马行空八年的大哥头上出现了。我的音乐家、演说家、诗人的大哥,从一个人人艳羡的解放军,一下子又变成了农村人!大哥难以接受从天上掉到地下的冷冰冰的事实。他在屋子里走来走去,躁动着,咆哮着。一时,我们这群忠实的粉丝,也呆了。

　　母亲一言不发,只是在案板上用力揉着面团,她要烙饼给孩子们吃。只见她用左手掌压住面团,用右手拇指和食指不停地将面团拽起来,朝面团中心揉,就那样,一拽、一揉、一拽、一揉、一大坨子面团在母亲手里,不断变幻着形状。接下来,母亲又把面团揪成一个个小圆球,用长长的擀面杖在面团上反复滚动碾压,一会儿,小面团就变成一个个小圆饼了。母亲把一张张小圆饼整整齐齐地摆在高粱秸编的圆匾上,端到门外的锅屋里去了。

热气从锅屋檐底下丝丝缕缕飘出来,饼子很快蒸熟了。我们的手上一人分了一张。热乎乎地,吃了起来。那会儿,屋子里热气缭绕。没有一个人说话。大哥的表情也慢慢缓和下来。

三十年后的今天,回想起这个细节,感受最深的是,母亲教会了我,不管遇到什么问题,生活,还得继续下去……

笑馒头

蒸馒头，是我家过年的十件大事之一。要蒸馒头，首先得到公社驻地粮管所去换面。那家粮管所坐落在一个叫一沟的地方，那儿的土壤是一种黑粘土，每到下雨，两脚踹在黑泥糊里，越走，脚上粘的黑泥越多，黑泥不仅粘得满脚满腿，让你迈不动步，踹得久了，黑泥糊竟甩到脊梁上去了。

换面，一定要选个响晴天。一大早起来，把装满了小麦的布口袋放在独轮车两边的车斗里。按一按，口袋里籽粒饱满，实肘肘的，好似要把布的纹路撑开来。推小车是个技术活。一般人干不了。需要有一把子力气，更需要有一定的平衡术。车袢带朝肩膀上一搭，弯腰去拾两边车把的时候，就已经感觉到，脚底下收不住了。一不留心，小车就歪倒在地，所以，推小车的活，多是母亲，或哥哥们来做。

年前的换面，要经历一场大战。这场大战，不是你来我往的拳脚对搏，而是蜿蜒几里路的排队，一场心理耐受力的考验战、煎熬战。有时候，一大早就赶到了，可你早，还有比你更早的，粮管所门口不管什么时候人群都是黑压压的。没法子，要吃馒头，就得排队。这是小时候不得不接受的事实。在见首不见尾的队伍里排着，就这样，从早晨，一直排到深夜。

往回走的时候，顶着熹微的星光，在一溜尘土的河堤土路上，推着两半袋子白面，深一脚，浅一脚地朝家赶，活儿，当然是母亲干的。陪着母亲换面，脚不点地，听着路边草里虫子、蟋蟀的叫声，一开始，挺新鲜，可一会儿，眼皮要往一块儿粘了。一股冷风，顺着棉袄底边钻进脊梁里来，刚才，还冒着汗呢，这会儿，又变得凉飕飕的了。我央求母亲让我推一会儿。母亲犹豫了一下，停下了车子。她把车袢带挂在我的肩膀上，帮我把车子扶起来。我拼命按着两个车把，矫正了车轱辘的方向，歪歪扭扭地朝前推。刚把线走直了，母亲又接过了车子，她说，小孩还在长身体。

面换回来了，接下来，就是发面。发面，要有面引子。一般是到邻居家里去讨。有点疑惑，为什么没有那么一小块面头子，面就发不起来呢。母亲说，这叫酵母，就指着它发面呢。案板上的面，堆得像一座小山，母亲一边朝里洒水，一边用手不停地搅拌，一会儿，那堆散开来的面粉变成了一大坨圆咕隆咚的面坨子。母亲一手用掌心拇指的根部按压住面坨子，另一只手反复揉着面，在两手的配合下，那个圆圆的大面坨子在母亲的手底下不停地转，越转越服帖，越转越周溜，不一会儿功夫，面坨子就稳稳当当地卧在一只大盆里了。那块酵母也揉进了面团。母亲拍拍手上的干粉，又按了按那坨圆滚滚的面团，用一块笼布蒙上了那坨子面，低头微笑着对我们这些眼巴巴的小屁孩说，等着吧。

那只神秘的大盆静静地卧在那儿，一动不动。那块不知在蒸汽锅里蒸过多少回的笼布，早已看不出它原来的本色了。此刻，也正履行着它神秘的使命，静静地等待着揭幕的时刻。有权揭开这块笼布的，只有母亲。在等待的过程中，母亲也曾掀开过那块潮津津的笼布，看着渐渐胖大起来的面坨子，掀开一小块面看了看，闻了闻，说，还得再等等。

是什么时候宣布面发好了的？不知道。感觉那中间等待的过程太长，太长，长得我等小儿童不得不出去打跩、跳皮筋、"来方"（城里叫做"跳房子"），以消磨那难挨的时光。总之，当我再看到那坨子面的时候，母亲已经把面拿到案板上来了。那会儿，母亲朝案板上撒了些干面粉，又开始揉面。那坨子面明显变得比较胖大，而且还发出一股子酸酸的好闻的味道，掰开一小块面看时，发现面里竟有许许多多芝麻样的小窟窿，那些小窟窿随着手的拖拽，渐渐地由圆变长，待你松回手时，小窟窿们很快又恢复了原样。

揉啊，揉啊，感觉蒸馒头的面咋需要揉这么久啊。煤球炉子上，大铝锅子的水早就咕嘟咕嘟滚开了。当一只只圆滚滚的面坨子被放在蒸屉上的时候，喉咙不由地动了一下，感觉离一种叫馒头的东西越来越近了。这只大铝锅子，平时熬煮最多的，是地瓜水、棒豉糊糊、青浆子，偶尔的，会有大米粥饭，面食呢，多半是棒豉面、地瓜面、高粱面的饼子，或是渣个（窝窝头），现在，这种平时难得一见的珍稀食品，馒头，就这样带着我们多少期待，卧在大铝锅子里了。锅底下，蜂窝煤的眼子里，有几颗火苗摇曳起来，一阵袅袅的白气升腾起来。

炉膛里的煤球渐渐的变得灰白，刚才还在唱歌的大铝锅竟然不唱了。母亲说，火力不够了，得换煤球了。她用火钳夹了一块新煤放进炉膛，放的时候，我们的心都提了起来，蜂窝煤的眼子必须对齐，如果错了位，炉子就会熄，那样的话，等待吃馒头的时间就更长了。

掀开铝锅锅盖那一刹那，我们的眼睛都瞪大了。那一锅圆滚滚，白花花的馒头，个个都裂开了。母亲说，嗯，怎么都笑了！这一说，可不是，裂开的馒头个个都像笑着的嘴巴，朝着我们乐呵呢。

母亲把一只只开花馒头用筷子夹出来，摆在大盘子里。有点遗憾地对我们说，一样吃。就是不太好看。我们吃着又松又软的大馒头，丝毫没有感觉到开裂了的馒头有什么缺憾，倒是因为母亲说这是笑馒头的那句话，反而让我们感觉到这馒头吃起来味道格外的香。

奇怪的是，母亲蒸馒头，大多时候都是开裂的。虽然改进了多次，也未能如愿。每当掀开锅盖的一刹那，总能听到母亲呀的一声，那声音里，明显透着一丝遗憾，探头看时，那一锅馒头，果然又是个个笑开了花。每当这时候，大家都会互相望望，然后，一起笑起来。

裙　子

十来岁的我，多么盼望能有一条裙子啊。是宽紧带的那种，穿起来，能把腰束成牙葫芦状，还没有小伙伴们穿过。只是在年画上见过。画上的那个小姑娘，背着个小书包，扎着一束马尾巴，穿着白白的、荷叶领子的衬衣，腰里束着一条小红裙子，脸儿圆圆的，小手扬起来，在对着我笑。在梦里，那条小裙子，像一朵花儿一样，开了。

谁传来的消息？说是城南供销社里，新进了一批人造棉，有蓝底子黄花的，有黄底子蓝花的，漂亮极了，没有比它做裙子更合适的了。心里痒痒起来，先向姐姐游说，再向母亲央求，终于，母亲同意了。哈，我们姐俩攥着母亲温热的手，兴奋得直蹦蹦儿，那股子乐劲儿，比夏天在河滩底捉到紫肚皮的小鱼儿都开心。

爱玲来了。爱玲，是我俩童年的小伙伴，和我俩，就是身体和影子的关系。上学、放鹅、搂草、剜菜，没有一样活动不在一起。这会儿，我俩要穿裙子了，哪能把她拉下？架不住你一句我一句的撺掇，爱玲的心动了。于是，这个忠实的影子，也兴冲冲地跑回家去了。

等了不知多久，爱玲回来了，蔫头耷脑的，一脸的灰色。俺大不同意，说要攒钱盖屋。什么，盖屋，这跟做裙子有什么关系？十来岁的我，一时还很难理解盖屋的内涵。没事儿，我帮你去说。刚尝到母亲恩准的甜头，一时感到，天下没有办不成的事。我俩拉着爱玲的手，呼呼朝她家里跑，一群在地上啄食的麻雀，在鼓点般的脚步声里，飞了。

你可以想象，几个精精瘦瘦的女孩儿，背上都跳着乌油油的小辫子，叽叽喳喳，朝一个方向跑着，满脑子都是裙子的念头，那神情，那走路的姿势，会是怎样一种情景？窜过明岗家门前，经过庆考家的围墙，绕过明星家的桃树，爱玲家到了。

赫然映入眼帘的，是爱玲家的大草垛，那草垛，是麦秸苫的，一直堆到屋檐底，一层摞着另一层，密密匝匝，像梳子梳过一样，显得特别规整，不像有人家的草垛，歪歪着，风一吹，随时都会倒下来。进了院子，草垛是静的，水缸是静的，连屋檐底下那串红辣椒，也默默无语。地下，干净得见不到一根头发丝儿。立刻敛声屏气起来。怪了，她家的院子里，有一种说不出的氛围，就是让你不敢大声喧哗。

进了屋子，爱玲的父母都在，她的几个姐姐好像也在。一律的，都默不作声。那阵势，好像要审什么人。爱玲要做裙子。我嗫嚅着，向坐在大桌子边的男主人，嘀咕了一句，那声音，明显的底气不足。那主人，名叫布汉。一位紫黑脸的中年男人，石头一样，稳稳地坐在那儿，背后，是一条直抵东西墙角的茶几。没有回音。女主人，那位脸目白净，平时极和善的婶子，这会儿脸上也没有一点儿表情。屋子里没有窗户，光线很暗，看不清爱玲几个姐姐的神色。爱玲的哥哥小亮，这会儿，也不知躲到屋子里那个角落去了。"笃笃！"，那是谁在就着桌子腿敲烟袋。喉咙里发出一声闷响，有人清了清喉咙，开腔了。裙子，哪里是我们这号人家穿的？问号像一个长把子榔头，在空中旋转着，砸向每一个人的耳鼓。声音，显然是"石头"里发出来的。也不贵。我的声音越来越小。"石头"的眼睛眯缝着，下弯的嘴角挤出两个字，不贵！？我一鼓作气，索性嗓门高起来。也就两块钱！没人接话，屋子里静得吓人。那几分钟，感觉比一年都长。一只猫在门外叫了一声，嗖地从屋顶跳走了。两块钱？还是布汉的声音。这回，明显是从鼻子里哼出来的，好像喉咙里还夹着一丝冷笑。俺家要给儿子盖屋，哪一样不得省？哪像你们公家人，有吃的，有喝的？不从牙缝里省，钱从哪里来？不干活，吃屁啊。渐渐地，布汉的话变得稠密起来。数道了好一阵子。有些话，我还听不太懂。只觉得喉咙里，有些堵得慌，小脸一定特别难看。就像一窝针尖在脸上这儿扎一下，那儿扎一下。

那种僵硬的气氛，使我感觉到，裙子，对于爱玲来说，不仅不可能，而且，以后爱玲家的日子，可能要过得更紧了。因为，从布汉的絮叨里，我终于听出来，他们家有个宏大的计划，盖屋。而盖屋，就得从牙缝里，一分钱一分钱地省，该用的东西，不用，该买的东西，不买，凡是需要花钱的用项，都得压到最低点，甚至是零。这样，才有可能向盖屋的目标，一点一点地靠近，盖了屋，才能给爱玲的哥哥小亮说媳妇。所有这些，都得从眼下抓起。而裙子，这笔忽然飞来的额外的开支，从哪里支出呢？也许，这笔开支，会让他们家盖屋的计划，一下子倒退几个月，甚至几年？

听母亲说，布汉家是新海电厂来的下放户，家里有四朵金花，一个宝贝儿子。与村里人相比，别的没有什么不同。最大的不同就是，他们家特别有条理，特别爱干净，当门天天扫得能照镜子。用一句更通俗的话说，这家好像特别会过日子。父亲从县城回来，母亲常常要和面捏饺子吃，我的任务就是去村里的"联营"打酱油，这时，只要遇到肩膀上别着烟袋在村里转悠的布汉，就会听到他从鼻孔里哼唧出一句话来，嗯？今晌又饺子啊？那是哪一个中秋节？我俩正和爱玲在一个开会的会场边玩得欢势，听到布汉对准备回家的二女儿小明说，你今天中午回家，把那点荤气儿弄弄。说着，好像还用眼角瞄了我们姐俩一眼。回家一问母亲，才知道，"荤气儿"，原来就是猪油，也叫荤油。中秋节，用荤油做菜，这在他们家里，已是过节的佳肴了。至今，还能想起布汉说话时，那斜睨的眼神，那含混不清的口气，使得不谙世事的我俩，一时猜不出他家过节吃的"荤气儿"，是何等佳肴。隐隐体味出这位当年的下放户，那种不可言传的面子心理，还有，一种在外人面前维系的微薄的自尊。赏月的时候，爱玲来了，手心里捧着的，是一枚圆圆的小面饼，那是她家里自己加工的"月饼"，也许，那小饼里，就揉进了布汉所说的"荤气儿"。

你说怪不怪，就在按下爱玲一家不提，收拾停当，准备去城南供销社扯布的当口，我们的影子，爱玲来了。原来，裙子一事在布汉家不知开了多少次家庭会议，经过了多少轮紧急磋商，这笔划拨巨款的计划，最后，竟然通过了！

河堤上，林木扶疏，郁郁葱葱。三个小女孩儿迈着欢快的步子在林荫中穿行。那一对女孩儿，穿的是蓝底儿黄花的短裙子，另一个女孩儿，穿的是黄底儿蓝花的短裙子，笑声银铃样的清脆，脚步如欢快的鼓点，敲打着脚下的河堤，一眼望去，是三朵盛开的花儿。

愿　望

教室里，凉阴阴的地面泛着明晃晃的光。地面经孩子们踩踏久了，变得又黑又硬，每天用笤帚扫一遍，显得干净又清爽。那天的排练似乎格外不同。因为教室里来了一位新客人，苏萍，一个城市的女孩儿，她的爸爸，也就是付永田老师的哥哥，是个军官。苏萍朝屋子中间一站，好像整个教室都亮了。不知怎么的，我们这些农村里的小女孩儿顿时感到自己矮了下来。

这女孩儿皮肤白得惊人。弯下腰来拎起裤管挠痒痒时，露出的那块皮竟比面粉还白。看到小同学们都盯着她的那块白看，苏萍赶紧把裤腿子放下了。苏萍身上穿着一件深紫色的褂子，扎着一束马尾巴，声音又清又脆，还透着一股子嗲味儿。不知付老师说了句什么，她开始大大方方表演起来了，"我家的表叔数不清，没有大事不登门……"小姑娘嗓门尖尖的，边唱边比划，两手交叉在胸前，那是表示"我家"的意思，唱到"不登门"，右手伸出来摆一摆。一边演唱，两脚还不停地迈着轻快的小碎步，一会儿前进，一会儿后退，一时，让我们看得呆了。一曲唱罢，付老师对我们说，看见了吧？就这样唱。

接下来，我们几个小同学排成一溜，跟着苏萍学唱，那女孩儿唱一句，我们也跟着唱一句，动作也要仿着她，一会儿捂胸、一会儿摆手，一会儿前进，一会儿后退。满屋子里童声吱呀，煞是热闹。

我紧跟在苏萍后面，嘴里唱着，手里比划着，可心思，早已飞到那紫色的世界里去了。那是一种怎样的紫色呀，紫得不能再紫，比紫茄子的颜色还要紫。细密的纹理如箆子箆过一般，在她的脊梁上，两臂间伸展开来。勾引得我小小的思路跟着屈曲回环，没有尽头。

苏萍说话嗲嗲的，声音特别。她说了一句什么，我不由自主跟着仿了一句，那女孩儿竟然"哇"地一声大哭起来。付老师赶紧过来劝解，不料越劝越哭得厉害。我在一边又一次看得呆了。城市的女孩儿是不是都这样，可以为了一句无关紧要的话哭半天？

妈，我要买一件大紫褂子，像苏萍那样的。回到家里，我郑重地向母亲提出请求。母亲看着我，没有回答，也没有拒绝。沉吟了一会儿，说了一句，把鸡蛋好好攒着。这句话离我提出请求的声音太近了，我近乎毫不犹豫地把这两句话联系起来，并在内心深处升腾起一线希望。

我们家的鸡是在哪里下蛋的呢？过去，我不怎么关注这件事儿。现在，有了目标，就不一样了。自那以后，关于鸡什么时候下蛋，在什么地方下蛋，哪几只鸡下蛋，是每天下蛋还是隔天下蛋，都成了我高度关注的问题。以我的观察，家里的芦花鸡们，大多时间是在院子里草垛根部的一个草窝里下蛋。也有的，是在锅屋门后的一只筐篮里下蛋。为了让鸡们下蛋舒服些，我特地找来了一抱软和的麦秸铺在门后的筐篮里，并用手压了又压，防止尖硬的麦秸杆子戳了鸡屁股。院子里咯咯哒，咯咯哒的叫声，成了天底下最美的音乐。只要一听到鸡们这种下蛋过后的吟唱，我便如弹簧一般，噌地奔了院子里去，把那枚刚刚下下来的，热乎乎的鸡蛋捧在手心，小心翼翼地放在橱背后的一只瓦罐里，并准确无误地把这一只鸡蛋的数字加到已有的鸡蛋里去。当然，不忘给院子里那只立了功的母鸡撒上一把稻子。

在县城里上学的哥哥回来了。按照母亲的要求，我们一起到邻居铜坠家去推磨。铜坠，是我们小学的同学，一个放了学还要跑回家去吃奶的男孩，在学校里，不知遭到了多少同学的嘲笑，仍然积习不改。直到今天，说起推磨，我依然心有余悸。这种古老而传统的加工粮食糊糊的方法，对于一些容易晕车晕船的人来说，简直就像受刑一般难受。把一大盆泡酥了的麦子或是玉米朝磨盘上一坐，一人怀里抱着一根棍就绕着磨开始转圈，一边转圈，还要伸出手来，从盆里舀出一勺子粮食添加到磨盘上的圆孔里。随着推磨人不停地用磨棍拉动磨盘，两座旋转的碾盘将泡酥的粮食碾成糊浆。白色的糊糊，顺着两盘间的缝隙汩汩流淌下来。那一点点淌下来的糊糊，慢慢地，积少成多，变成了磨槽里厚嘟嘟的，黏稠的麦糊糊。糊糊加工完成后，再由家里的主妇，或是大一些的女孩子去鏊子上烙成煎饼。

那天起得早了点，天还不太亮。我们就端着粮食盆到铜坠家里去了。去晚了不行，影响人家的活动。就这样，在熹微的晨光里，我抱着磨棍昏昏欲睡，两条腿机械地往前走着。两块石磨盘相互咬合碾压发出的声音，有点像夏天梅雨季节天边黑云头里发出的闷闷的雷声。头越来越晕了，有一种从头晕到肚子里的感觉。正在这时，一股奇怪的煤球炉子的炭火溅了水后发出的刺鼻的味道在空气中弥漫开来，熏得人近乎窒息。怎么回事？哥哥问。还用问嘛。姐姐说。我琢磨着两句话，有点摸不着头脑。一阵猪哼哼的声音响起来了，好像还传来猪嘴拱门的声音。空气里的水浇炭的味道越来越浓。快推！姐姐催促哥哥。铜坠家的猪饿了。这时，连昏昏沉沉的我都听到了铜坠家的猪发出的一声比一声更响的放屁声。空气里屁臭味伴随着一头饿猪近乎凄厉的叫声，让我快要崩溃了！

这回回来是拿煎饼的吧。姐姐问。不，还要交伙食费。哥哥说。伙食费？姐姐好像没听清楚似的，又重复了一遍，接下来，很长时间没有说话。我闻着令人窒息的空气，不知怎么的，心里忽然一紧。那只快要装满鸡蛋的罐子在脑海里浮现出来，快要攒够四十个了。那件紫色裤子不会有什么问题吧？

回到家里，我又跑到橱门后头，专门看了一眼那只装鸡蛋的罐子，罐子里的鸡蛋已经开始冒尖了。每到这时候，就该是送到"联营"去卖的时候了。这罐子鸡蛋,虽然是我们家的鸡下的,但是,从早先母亲与我的那段对话里,表明了,鸡蛋是母亲让我攒的。而攒鸡蛋这句话的前面,还有一句,我要买一件大紫褂子。当时,从感觉上认为,母亲应当是默认了。

　　那天夜里,母亲在隔壁邻居家烙煎饼,忙到很晚才回来。我本来想等母亲回来,问问她大紫褂子的事儿,可是实在太困了。等我醒来的时候,天已经大亮了。母亲,又去开她永远也开不完的会去了。随着院子里芦花鸡咯咯哒的叫声,我赶紧爬起来到锅屋后头去找鸡蛋。等我揣着这枚热乎乎的鸡蛋回到橱子后头的时候,却发现,那只装满了鸡蛋的罐子空了。

一对双

我家有一对双,就是妹妹和我。从小到大,一对双上演了无数的悲喜剧,也给父母,尤其是母亲,带来了很多快乐。

小时候,经常听母亲和来串门的邻居闲聊说,这两毛丫是计划外的,没想到,来了。听的次数多了,就懂了。原来我俩是"不该出生的人"。于是,我嘻着嘴巴,小手指着妹妹,你是多多;妹妹也嘻着嘴巴,小手差点戳到我的鼻梁上,你是余余。

两孩子长得一模一样,也有不少的方便。买东西,不用多考虑,一式两份就行了。买来了新裙子两件。不知谁定的规则,我总是听到耳朵里飘来一句话,你是姐姐,让妹妹先挑。妹妹便神气地把两件新衣服拎起来,前后左右打量,针脚的细密度,扣子的牢固度,看来看去,都差不多,还是不甘心,最后,终于,发现有一处布的纹理有点跳纱,妹妹眉毛一扬,放下这件跳纱的,拎起另一件,说,就这件了。剩下的这件,理所当然,成了我的。套上这件新衣服,心里总是有点那个,为什么呢?跳纱呗。都是妹妹搞的。这个先后顺序,就这样延续下来了。

二年级的时候吧,父亲把我俩喊到面前,通知我俩改名字,那会儿,我俩正以若梅、若兰的名字活动着呢。父亲郑重地说,恁俩,现在,一个叫雪冰,一个叫洁冰,谁叫哪一个,自己商量吧。当然是妹妹先来。她把这两个名字写在纸上,端详了足足有一个多钟头,才胸有成竹地说，我叫洁冰。这样，雪冰，自然成了我的符号了。妹妹选的理由是什么？毫不隐瞒，大意是，洁冰，这两个字更含蓄，更有诗意，雪冰，就显得有些直白了。这下子，我不仅用了个剩下的名字，把感觉也搞坏了那么一点点。

不知有多少回，村里人问我俩，恁俩哪个大？这时，我会老老实实地说，我大！一向逞强的妹妹马上接着说，我高！

上学去。两个人每人都扛着一个小板凳，坐一张桌子。老师分不清我俩。发作业，两本一起发，你们自己分去。提问，两个名字一起喊，反正，总有一个能答出来。如果只喊一个，另一个顶包，哪里分得出来？不用说老师了，左右邻居，住了几十年，还是不知道哪个是哪个。每每和邻居们说起这些趣事儿，母亲总是朗朗地笑着，一幅神清气爽的样子，说起给婴幼儿的我俩洗澡，分不清哪个是哪个，竟然把其中一个连着洗了两遍，另一个还浑然不知呢。

学期末快要到了，评选三好生。不知怎么的，妹妹人气好，评上了，我差了几票，没选上。这可不得了啦，过去不管选什么，先尽着妹妹挑，剩下是我的，如今剩下的也没有了。那天，就觉得落山的太阳也变得凄凄惨惨起来。从村小学回家拿笤帚到学校去扫地，一进家门，看到父亲，再也憋不住了，哇地一声哭起来。父亲问明了原委，赶紧骑车子到学校去找陈老师，怎么，咱俩个一样的孩子，只有一个选上三好，那一个只得了"好半"？陈老师一时解释不了，也觉得是个问题，就到班里说，其实，晓也是不错的。孩子们你看看我，我看看你，小手三三两两地举起来，这样，我也当上了三好。但分明的，耳际飘来不知哪个孩子鼻孔里"哼"的一声，隐隐的，有那么点煞风景。

那时候，前后左右村里，双胞胎好像还很少见。于是，我俩成了远近闻名的明星。这下可麻烦了，不管在哪里，不管什么时候，只要我俩出现了，必然成为众人围观的目标。人们津津乐道地，不知疲倦地，一遍一遍数道着，啧啧，看看，脸一样，眼一样，鼻子一样，个子一样，鞋一样，连袜子都一样。啧啧。久而久之，我俩不堪其扰。

就想了些点子，出门的时候，把衣服故意穿的不一样，然后，一个人走在河堤上，一个人走在河堤下，上青口去。正走着，忽然听到河堤上有人喊起来了，哎，这不是大莒州一对双吗？那一个呢？噢，在下面呢。穿不一样的衣服以为我们就认不出来啦。啧啧，看看，脸目一样，鼻子一样，辫子一样……顿时，我俩涨红了脸，落荒而逃。

两人又要出门了，一个还在屋子里乔装改扮，另一个站在门外等得有些不耐烦，母亲撑了一眼门外的，看了一眼门内的，觉出哪里有点不对劲儿。果然，鬼把戏被识破了。母亲喊起来，怎么回事儿，衣服怎么穿的？赶紧回来，穿一样的。心下隐隐觉得，母亲，对于人家围观她的一对双，好像还挺乐滋滋的呢。

吃了大年初一的饺子，兴冲冲的，揣着父亲给的五毛钱上青口。武装部门前一个小画书摊子吸引了我俩的目光。那个小画书摊，是一个立起来的架子，架子上摆了好几层木板，板子上整整齐齐摆了好多小画书。二分钱看一本。我俩一人租了一本，就在画书摊子前面席地而坐，津津有味地看起来，正看得入神呢，就听到叽叽喳喳的声音越来越多，冷丁一抬头，喝，周围密密麻麻挤满了围观的人群，啧啧声接二连三地响起来，你看人家，脸目一样，鞋一样，袜子一样，连头上扎的花都一样……故景重现了。我俩赶紧放下小画书，又一次落荒而逃。

大哥从部队回来探亲。一个少年文艺兵，大眼后生，绿军装，红领章，牵着两个一模一样的小女孩的手，在青口逛商店，那可真的是难得的风景啊。果然，就在我俩兴高采烈地和哥哥一起在店里闲逛的时候，就觉得身后的脚步声越来越密集，切切嘈嘈的声音越来越大，回头一看，这可不得了，这群看热闹的人，从楼上跟到楼下，从楼下又跟到楼上，啧啧之声不绝于耳，我们停下来，与他们目光对峙着，一时静场。少顷，一个尖脆的童音响起来了，是妹妹，她柳眉倒立，两眼喷火，对着那群不厌其烦的跟屁虫儿大声喝道，干什么吃的，你们！立时，那帮看热闹的人作鸟兽散。

大眼睛的三舅来了。是从秦皇岛部队回来的。他除了耀人眼花的绿军装外,身上还飘出一股好闻的味道,一种类似于苹果的味道。三舅稳稳地坐在大桌子旁边,与父亲叙话。母亲在锅屋的热气里忙进忙出,想着法儿招待这位远方来的兄弟。一如既往地,我又干起了拉风箱的活儿。妹妹到屋子里去了。一会儿,她的手里端着一只大苹果出来了。咔哧,对准那圆苹果的正中,就是一口。汁水从那个苹果的窝里淌下来,香气扑鼻。我咽了下口水,眼巴巴地望着,你也吃一口。妹妹说,话虽说着,苹果却紧紧攥在手里,我两手掰着那只苹果,嘴巴对准苹果的咬面,尽量覆盖大些,再大些,咔哧,确实是一大口,汁水溢满了口腔。妹妹啃着苹果走了。那顿饭,要做的菜有好几种,我坐在锅屋里,拉着风箱,感到浑身不自在,心里,充满了对苹果的期待,眼睛的余光不时瞟着外面,好像看到妹妹又到屋子里去了,一会儿,又出来了,手里,好像又端了一只苹果。这回,她比刚才慷慨,把苹果递过来,你再吃一口。那只苹果,和刚才那只一模一样,香气也一样的袭人。我对准这只飘着浓郁的香蕉味儿的苹果,狠狠地,又咬了一口。终于,饭菜都搞好了。接下来,就是一样一样地,朝堂屋里端。这时,我端着一盘子菜,进了屋子。眼睛却盯着三舅,期待他拿出苹果来。三舅看着我,没有什么变化,还在和父亲兴致勃勃地探讨着"米子猪"问题。不知是谁提醒了一句,给晓一个苹果。三舅张开的大嘴僵住了,谁谁,这个是晓,刚才,晓、燕不是都来过了吗?没有哇,父亲口气肯定地说。刚才是燕,进来了两次。三舅一拍大腿,哎呀,我就带了两个苹果!话音刚落,哇的一声,我大哭起来。

我俩天天在一起玩耍,却没有一天不吵架的。恼了,母亲就让姐姐背一个出去玩,把另一个留下来。一会儿,我俩不见,就互相找起来。可找到一起,不出两分钟,又吵起来。如鸡斗架一般。母亲调解不休,被吵得头疼,就会叨叨一句,你们俩别吵了,拖根棍要饭去,一个到东边要饭,一个到西边要饭,谁也见不到谁。搞编剧的大哥说,我要写一部话剧,主人公是一对双胞胎,一个是地下党,一个是国民党,就让你们俩来演,准火!

张老师

张老师,名叫张玉朴,是我的小学老师,东海人士,也是少年时代最为难忘的一位恩师。四十多年过去了,许多小学老师的影像已经渐渐的隐去,唯有张老师,有关他的一些镜头,久久地留在心头,韵味悠长。

少年的心里,张老师身上有一股正气。这股气息,不是停留在纸面上、口头上的溢美之词,更多的,是一个七十年代的十来岁的孩子,刻骨铭心的感受。那时候,正处十年动乱末期,教育的风气,还没有完全回归正常。课堂上,乱哄哄的。几个乡村恶少,一个叫团,一个叫强的,天天从荒芜的大脑里,挤出些恶俗的馊点子来,并鼓动一群无知的孩子,变着法子在学校里作乱。有好一阵子,我们小姊妹俩成了恶少们耍笑、追打的目标。自习课,团挤巴着一双小眼睛,开始冒坏水了,与另一个恶少强白眼一翻,一唱一和。我等天生胆小,只是战战兢兢地忍着,苦巴巴地熬着,盼着快点下课。一听说上自习课,就不免头皮发麻。有时候,只好躲到教室的外面去。放学了,我俩拎起书包,撒腿就朝家里跑。那段路,要经过一条大沟,跑得再快,也没有恶少们的石子、坷垃飞得快。强、团唆使的那群无知少年一路追打,嘴巴里不停地喊着,晓晓打皮酰(皮球),燕燕打鸡蛋。或是嬉皮笑脸地喊着,三团媳子!那些日子,我们小姐俩心里的郁闷,就像冬日的阴云,久久不散。可巧,村里的公办老师，隔一阵子换一个。这一回，张玉朴老师来了。第一次见到他的样子，感到他身上有一股阴柔之气，面孔白净，举止文雅，穿得干净，走起路来脚步轻轻的，怕是连蚂蚁都踩不死吧？父亲哈哈笑着和来串门的邻居岗叔说，张玉朴，这个朴字也读"piao"，他的名字，应该读"张玉 piao"。

张老师来了。不知怎的，恶少作乱的事传到了他的耳朵里。一段时间，还没看出他有什么动静。自习课上，我们小姐俩刚坐定，就听到后边传来阴阳怪气地一声吆喝，三团媳子！这回，张老师在门口出现了。只见他，眉毛立起来，高声痛斥团、强等几个恶少，因为气愤，他的白净的脸涨得通红。说话声音一向绵软的他，这回变得言辞铿锵，真是句句如榔头一般敲击着耳廓。临了，他指着团、强大声说，你能回家对你姐姐、你妹妹说，你是谁谁媳子，谁谁媳子吗？那群恶少们，一时被张老师的威势震住了。他们没有想到这个说话轻、走路轻的老师，竟然还有这么一种金刚怒目的能量。自此，一群专以作乱取乐的乌合之众作鸟兽散。

张老师满肚子典故。政治课上，张老师从来不讲什么虚头巴脑的政治，总是给我们讲《三国演义》《封神榜》一类的古书。一回没讲完，接着下一回再讲。这在今天看来，真是要有点胆量和勇气。课堂上，张老师一身素净的单衣，一双白底黑面的圆口布鞋，头发梳得纹丝不乱，就那样，绘声绘色讲起故事来。随着他的讲述，一群少不更事的乡村孩子知道了诸葛亮，知道了程咬金……那会儿，政治课，成了我们所有课的期盼。以孩子的眼光观察张老师，竟觉得他身上有一股说不出的古典味道来。他的儒雅，特别像古书里的君子或是儒生。就连他抬起手来拢头发的动作，也有一种特别的韵味。

某一天，校园里突然传开了，张老师的夫人来了。大家都兴奋起来，跑到他的宿舍门口、窗户底下，探头探脑，唧唧喳喳。张老师一看，笑了，就喊他的夫人从里屋出来。这一看，真是奇了。张老师的夫人，一样白白净净的，穿着干净的海昌蓝斜对襟的褂子，头发整整齐齐地拢在脑后，束成了鬏鬏。笑起来也是文文静静的，举止娴雅得很，便觉得，这是一位标准的"娘子"，只有她才配得上张玉朴老师。

　　我家曾请张老师吃过一顿饺子。听说张老师要来了，掩饰不住心里的那股子兴奋劲儿。我们小姐俩跟着大人忙里又忙外。用竹扫帚把院子扫得干干净净，撒上些清水，弥漫了一院子的清新气息。屋子里的桌椅条凳，都擦拭得明光光的，东西摆放得整整齐齐，不忘了在墙上，糊了些新报纸，显得老旧的屋子变得敞亮起来。剁饺馅子、和面是大人的事儿，但学着捏几个饺子，也是挺乐意的。包饺子的时候，母亲飞快地擀着皮儿，姐姐把一个圆圈状的面在两只手里转得呼呼的，一来一往，叙着话儿，嘴底，眼角，都有一种掩饰不住的喜气和期待。张老师终于来了。他面带微笑，从从容容地走进院子。我们小姐俩的心里咚咚跳起来。忙着去赶进屋散步的鸭鹅，也怪，这群一向张狂的鸭鹅们这会儿都屏住了呼吸，扭过脖子，转过身子，似在向张老师行注目礼。母亲忙着招呼张老师，端出茶水，坐下来和他叙话。我俩只有打下手，干小活的份儿，与张老师的对话不超过两句。那顿饭，吃得特别有味道。只是后来母亲一再惋惜地说，那天的饺子，面和得太硬了。

看电影的女孩

如果你是一个十来岁的女孩,给你一张电影票,让你一个人夜晚穿过黑黢黢的树林掩映的河堤,走五六里路,从乡下赶到城里去,看一场电影,你敢吗?这件事就真实地发生在二十个世纪七十年代夏天里的一个夜晚。

那天晚上,月明星稀。女孩不知从哪里搞到了一张电影票,只有一张,要是有两张,就不会一个人冒这个险了。就这一张电影票,也是不容易搞到的。那个年代,到县城里看一场电影,就像过节吃肉一样不容易。

女孩有没有吃晚饭,不知道。那个年月,为了看一场电影,少吃一顿饭,算不了什么。从村子里沿着河堤往县城里跑的时候,天还没有黑透。惦记着电影开映的时间,女孩跑的时候,感觉到脚底下像踩了轮子,五六里路,一会儿就跑完了。待看到老旧的电影院那两扇沉重的木门还紧紧地闭着时,女孩长长地舒了一口气,检票还没开始呢。这时候,四面八方的人,蝗虫一样向着同一个方向蠕动,影院的门开了。

女孩往回走的时候,天更黑了。随着涌动的人流来到大街上时,路灯杆子上的灯光也更加幽暗,好像知道夜深了,照也没用。电影的情节还在脑海里盘旋,嗡嗡嘤嘤的人流带来的那种热气在身边还没有完全散去。但是,当她一个人出了县城,拐上河堤,把那一地的喧哗甩在身后的时候,渐渐的,一种说不清道不明的感觉慢慢涌上来了。

那条通往村里的河堤,此刻好像变得无限的漫长。草丛里的虫子也停止了歌唱。高大茂密的树丛在夜幕的衬托下,在河堤上变化出奇奇怪怪的影子,黑暗,无边无际地包围过来。女孩渐渐感觉到,自己如一片小小的树叶,飘起来了。

那道河堤,没有路灯,磕磕绊绊的土路,因为车辙的碾压,变得坑坑洼洼。走在上面,一会儿踩到了车辙的凹槽里,一会儿,一种叫坷磴子样的东西又硌痛了脚。

女孩就这样,一个人,单薄的身影在黑黢黢的河堤上疾走。她抬眼看看天空,忽然发现,平时亮堂堂的天空,此刻在树梢的掩映下,变成了一条窄窄的缝隙,只撒下了点滴夜色。那条路,本来就不宽,路两边的树在夏天到来以后,蓬蓬勃勃地生长起来,路两边的树梢在高高的梢头,好像合围了,把河堤下的路,变成了一道黑通通的绿色长廊。

当恐惧像一件硕大的黑色风衣把女孩紧紧包裹的时候,女孩在内心深处竭力抗拒着,心里一遍遍地回味着电影里的插曲,"在我童年的时候,妈妈教给我一首歌,没有哀愁,没有忧伤,唱着它,心中充满欢乐……"。那曲调优美、哀伤,把电影里一对男女主人公的离别情感完全演绎出来了。电影里的女孩眨着那一双纯真又困惑的眼睛,似乎还在和河堤上的女孩对话呢。这时候,河堤上的女孩,心里隐隐感到了一点暖。后来呢?后来电影里的故事又会如何发展呢?黑通通的河堤上,女孩展开了想象的翅膀。

那天晚上,女孩看过一生中最奇幻的景象,是夜晚天空掩映着半弯月亮的鱼鳞云,一堆接一堆,风起云涌,云涌月动,将大地照得一片澄澈……

看电影的女孩,现在,是苏北沿海某城市的著名作家。她的作品,曾获得第十一届金盾文学奖、紫金山文学奖,并两次获得省市五个一工程奖。

有梦,就有花开。

哥俩二人转

小刚和小强是四舅家的两个儿子。小刚生下来一岁多，还不会说话，四舅很着急。用小抱被包着他，和舅妈一起，到处访名医。后来，不知是哪位名医把小刚舌头底下的一根筋挑断了，这才打开了说话的阀门。不过，不知是挑了舌筋的缘故，还是其他，自此，小刚虽然学会了说话，但牙齿总有些漏风，加上皮肤黑，表情木讷，所以，小刚打小和小强一起玩耍时，只要小哥俩一旦发生争执，四舅总是对着小刚一声怒喝，一边去！小刚也就诺诺而退。小强则不然。这小强长得白白净净，胖乎乎的，相貌随四舅妈，未说话先咧开嘴笑，落得人见人爱。谁见了都要摸着他圆圆的脑袋夸两句。日子久了，小刚自己也有些自惭形秽，和小强在一起时，不由自主觉得自己矮了下来。

小哥俩走亲戚，来到大姑家，也就是我们家。换了新环境，玩得不亦乐乎。刚叠好的被子，正靠着床头稳稳地放着呢。他俩在床上翻跟头，往被子里一拱，立时，整齐的被子变成了一堆麻花。这还不算，大热的天，这哥俩专爱钻棉花胎里捉迷藏。红头蟋蟀一般，满头满脸的汗在棉胎上蹭，弄得大人脊梁心一阵燥热。不大的两间半屋子，小哥俩一来，所有的东西都挪了窝子。打架，是他俩的主要游戏方式。这边饭菜刚上桌子，那边拳脚相加打起来了。拳头夯在身上那种沉闷的噼啪声不绝于耳。正打着呢，就听得哐啷一声，一碗冒尖的绿豆干饭从饭桌子上滚到地下去了。谁干的？大人厉声问。无人应答。半晌，小刚木木地应了一句，怎的？大人一看小刚答话，立刻劈头盖脸开始训小刚，那边，小强躲在墙拐角，脸上闪过一丝不易觉察的窃笑。

有些东西确实是潜移默化的。小刚由于打小得到的夸奖少，呵斥多，生成了木讷的个性。渐渐的，看人也都有些阴阴的。叛逆期来临的阶段，小刚犯了邪性，说话像兑了炸药，四舅说什么，都翻白眼。目的只有一个，和四舅对着干。四舅说，你要好好学习，小刚学习偏偏一塌糊涂，勉强进了中专，天天和人打架，连毕业证也没拿着。看着四舅痛不欲生的样子，小刚心里说不定还闪过了一丝快意。小强呢？从小享尽了父母的偏爱，在众人欣赏的目光里，如一株幼苗一般，吸足了阳光成长起来了。学习，一路的好。高考时，分数虽然不高，但进南师大够了。这样，小刚和小强的路子，基本定型了。

小哥俩立业了。小刚在农村里炸油条卖。小强在县城里当人民教师。到了娶媳妇的年龄，小强呢，顺理成章地在女同学里发展了一个，两个人牵手，组成了让人羡慕的小家庭。不久，生了个女儿。小刚，没什么好挑的，只好在农村丫头里找了一个，见过的，都说，那丫头的脸还没有个壶盖大。不过，傻人有傻福，小刚头一胎生了儿子，取名叫猛猛。

一晃十几年过去了。再见到哥俩时，发现，这哥俩都成了壮汉。不同的是，小刚家在村里盖了栋两层小楼，天天和建筑队拆一些废建筑的钢筋卖，一年说是能赚六七万。一儿一女，一个比一个皮实。小强呢，中规中矩端着教师的饭碗，住着不大的房子，多年工资没长。有一阵子，还被拖欠了工资。一女一儿，都在上学，日子过得有些紧巴巴的。家里的餐桌上，还时常盼着小刚能送些新米、鲜菜来。

破 案

村小学那间黑乎乎的教室里，发生了一桩盗窃案！不过，发案时间要往回退去四十年。中午，快要放学的时候，有一个孩子喊着，钱不见了。这还了得。那是一个全体孩子天天唱着"要当共产主义接班人"的年代。丢钱，可不是小事，简直称得上是一起大事啊。老师赶紧过来询问。原来是某同学身上带了五毛钱，准备买本子的。现在，身上的口袋翻了不知多少遍了，那两片旧布缝的书包，早已经翻得底朝天，瘪塌塌地撂在一边。周围的同学喊喊喳喳，都被这刚刚发生的事儿吸引住了，一时忘了像以往那样，临近中午，如热锅上的蚂蚁一般，只待钟声一响，就拔腿朝家里跑。

Q老师看着那个呜呜哭的孩子，扫了一眼他的瘪皮沓子书包，眉头皱得像暴风雨即将来临。他的左臂横在胸前，右手食指和拇指呈八字状托住下巴，思忖了片刻，果断地说，只有这么办！孩子们一阵骚动。嗯？"这么办"是怎么办？

老师脸色严峻，来到讲台前，其实也就是一长方形的泥台子前，对着教室里的学生们喊，不要乱说乱动，现在，都在座位旁边站好，等我过来检查。嗯，检查？孩子们你看看我，我看看你，一时不知该怎么办。旁边一个大些的孩子说，把口袋翻出来呗，还有书包。另一个孩子说，对，就是搜身。电影里就是这么演的。嘿，老师是怎么想出这个办法来的？想想看，还有比这个办法更妙的吗？

孩子们为了洗清自己，纷纷把褂子、裤子上的口袋翻出来，让里芯朝外耷拉着。翻完了口袋，接着倒书包里的东西，一时满教室稀里哗啦。Q老师喊，不用忙，自己翻的不算，一个一个的来。说着，他走下讲台，开始从教室第一排左边的第一个同学开始查。只见他蹲下高大的身躯，把这孩子裤子上的两只小口袋摸了一遍，褂子呢，没有口袋，但袖管是卷着的。他把那孩子芦柴棒一样的小胳膊上的袖管一点一点地撸下来，并仔细捏过了书包的每一条布缝，这才开始搜下一个。

孩子们嘻着嘴巴，像平时猜谜语那样，以兴奋的心情期盼着谜底尽快揭开。有的孩子从位子上挪到走道里，一个劲地往前凑，恨不得让老师先搜自己，更多的孩子，抻长了脖子，眼巴巴地看着着又一个被搜的同学，急等着五毛钱从他或她的身上搜出来时，好发出一阵胜利的欢呼。

这时候，校园大树上那个放学用的大铁钟已经当当响过数次。校园里叽叽喳喳麻雀一样的喧闹声响了起来。其他班级放学的孩子在拔腿朝家跑的时候，很快看到了这个班级的异常。越来越多的孩子朝门口、窗口涌过来，一股兴奋的情绪弥漫在空气里。快来看！Q老师的班级在破案！有几个孩子的家长也挤在窗户底下，饶有兴味地朝教室里瞅，一边嘴里还不停地议论着，找！找出来狠狠打一顿，从小不学好，长大了也是个戴手铐的货！

搜过的孩子没有一个走的，都围在老师身边看他按部就班地搜下一个。有那个子矮在人群外面挤不进来的，踮起脚跟看，脖子抻得像被拎起来的鸭。更多的孩子把小板凳摞起来，甚至爬上泥台子张着嘴朝里看，鼻涕都流进嘴里了，也浑然不觉。

这群刚上一年级的孩子，个个长得青皮寡瘦。有的小女孩子还不太清楚男女有别，Q老师那粗糙的大手在自己身上掏来掏去的时候，就觉得有点痒痒，还咯咯笑起来。引得周围的孩子一阵哄笑，一下子冲淡了刚开始比较严肃的气氛。窗外的孩子也和着教室里的笑声一起哄笑起来。

快要接近尾声了。Q老师站起来，伸了个懒腰，动一动蹲麻了的腿，朝剩下来的几个孩子看了一眼。忽然，他的目光变得冷峻起来，皱了下眉头。指着西南角的一个小男孩说，你，过来！那男孩青白的皮肤，长着一双虾皮眼，小小的年纪，背有点驼。他有点不情愿地朝前走了几步，停下了。过来！Q老师大喝一声。那孩子一哆嗦，只好走到Q老师面前来。嗡，人群一阵躁动。Q老师脸色铁青，如老鹰捉住一只小鸡一般，伸出一双钳子一样的大手，先搜了那孩子的口袋，紧接着，开始搜那孩子卷起的裤腿。

那孩子，左边的裤腿只卷了两道，右边的裤腿却卷到了腿肚子以上。Q老师把他的裤腿子一层一层地剥开来，就像剥煮熟的鸡蛋那层薄薄的外衣一样。一屋的孩子都静了下来。连窗户外的家长和孩子们好像也屏住了呼吸。

裤管剥到第三层的时候，Q老师的手停住不动了。他开始小心翼翼捏那卷起来的地方。捏到靠近腿肚子里层的时候，他的紧皱的眉头突然松开了，变魔术一般，Q老师的手心里摊着五毛钱。那五毛钱纸币，被卷成细细的小卷，比一根火柴棍粗不了多少。此刻，摊在Q老师的手心里，一下子，吸引了所有在场人的目光。

豆大的汗珠子，顺着那孩子的额角流了下来，青白的面皮竟泛出了一种灰色。他的眼神里，是一种空洞的死寂……

护 树

有没有听过一种说法？说的是孩子们从小在一起皮打皮闹，是皮肤饥饿作的怪。按照心理学的原理，小孩子，你蹭我，我蹭你，也是一种天然的心理需要。所以，如果你注意一下，就会看到，凡是小孩们在一起的时候，总是处于追逐打闹之中，很少有板板正正站在那儿，或是坐在那儿的。最常见玩耍的一种游戏是，下课了，一群孩子找到一堵墙根，排排挤在一起，一个挤前一个，挤到后来，排在最前头的孩子吃不住劲了，朝地下一倒，后边的一排孩子会像多米诺骨牌一样呼呼倒下来，那种人仰马翻的场面最为孩子们喜欢。问题在于，孩子们还不仅仅是互相之间的挨挨蹭蹭，几乎是脚底没跟，走到哪儿都要挨着点什么。有个孩子走着走着，走到墙上把脸蹭破了。母亲问，走路不看着点嘛，孩子答，没看见。听了让人哭笑不得。那么一堵墙也看不见？

这不，建海一家就遇到了这个问题。建海，是我们童年生活里遇到的一家。这家人大人叫什么名字，不清楚。只知道他们家的几个孩子，老大叫建海，老二叫海波，老三叫海平。我们小姊妹说起来，就会嘻笑道，好不容易建了海，海里有了波，最后都平了。这家孩子，除了老大有点板正外，其余的都皮得一股子汗臭味。尤其是那个叫海波的，走路总是歪歪倒倒的，让人看着，赶紧躲开，生怕被他倒下来砸着。

建海的妈妈最近有了新的烦恼。什么呢？这源于建海家院子里的一棵树。这棵树不知是从哪里挪来的，还在发育期呢。建海的妈妈宝贝的不得了，隔几天要浇一次水。或许，这棵树是从建海老家挪来的，寄托着建海妈妈一腔思乡情结？院子里新移来一棵树，这可是稀罕事儿。建海的弟弟海波，妹妹海平心里掩饰不住的一股自得。隔三差五把小伙伴们喊到院子里玩耍。玩耍的时候，这棵树可就遭了殃了。挤墙根的游戏还好，那藏猫猫和老鹰捉小鸡的游戏，都是满院子追的。追急了的时候，小伙伴们不由自主地要把那棵树当成屏障物，于是，满院子的孩子，只看到狗撵猫一般，绕着一棵树，追来跑去，追累了，不由自主往树上一靠，有的还顺势想往那棵树上爬。

建海妈很快就发现了这个问题。她抄着一把饭勺子从锅屋里出来，指着那些孩子们，谁都不许碰树，谁再敢碰这棵树，就打谁的屁股。孩子们交换了下眼色，两只脚脖子交替搓着，愣了一下。建海妈妈又钻进厨房里，烟熏火燎地忙着烧饭去了。一会儿，她从锅屋里探头朝外一看，喝，海波正攀着一根树枝子"打地坠"（悬挂）呢。嗖地一下，一根秫秸棍子飞过去了。海波吓得哧溜一下从树上滑下来。随即，屁股上火辣辣一阵剧痛，大巴掌扇的。

都说小孩子记吃不记打，此话一点也不假。果不其然，不管建海妈妈用了多少办法，孩子们似乎和那棵树结了缘。只要院子里有孩子玩耍，必然要去蹭那棵树，只要蹭了那棵树，就必然要挨打。说来也怪，这些孩子不知是越打越逆反，还是越打越皮实，总之，建海妈妈的提醒、训斥、棍棒、驱赶都试过了，一概无效。孩子们只要进了院子，不由自主往树那儿凑。玩得热闹的时候，摇树干，折树枝，天王老子的提醒都忘到爪哇国去了。

总不能搬来铺盖，睡在树底下看着哇。正在建海妈愁思不解的时候，建海站出来了，他以长子的身份，郑重地和母亲说，只有一个办法能把这群小孩治住。什么呢？建海妈睁着一双布满血丝的眼睛，充满希望地看着大儿子。建海凑到母亲耳边，低声说了几句。

建海妈当时就咧开了嘴角笑了。

　　这真是一出妙招，简单又实用。什么呢？就是从厕所里舀些排泄物来，抹在树干上。说真的，这一招还真管用，自打树上抹了排泄物后，不要说孩子们绕着树玩，就是进了院子，也都捂着鼻子跑。而且，打这以后，小伙伴们再也不来院子里玩了。建海妈终于松了一口气。

　　喧闹的一天过去了。孩子们从外面回来，绕过小树进了堂屋，准备开饭。建海妈手里端着饭盆从锅屋出来，朝饭桌子上一放。忽然发现，孩子们都用狐疑的目光看着她，那样子，就像看一个天外来客。怎么了？你们，建海妈问。海波嘟哝了下鼻子，捏住鼻子说，什么味道？这一说不打紧，几个孩子哗一下从建海妈身边散开，建海左右打量了一下，忽然正色道，妈，你是不是刚从树那边来？

夜 行

在黢黑的夜晚走路是一种什么感觉？或是在蓝莹莹的月光下走路，树影婆娑，脚下的土路磕磕绊绊，时有物什从路上横穿而过，感觉又会如何？这些，非是今天在城市里明晃晃的路灯下走路所能感受到的。

有两次走夜路，至今难忘。一次是，大哥不知从哪儿搞来了几张电影票，连夜送到村里，要我们小姊妹几个去城里看电影。由于时间急迫，我们拿到票就随大哥脚不点地朝县城电影院去了。那条通往县城的路也得有五六里吧？当时也就是一条河堤而已，下雨的时候总是让人在泥窝里踹。其时已是深夜，我们一行在树影婆娑的路上急急忙忙地走着，心里急，也顾不上说话，就那样一步紧跟着另一步，气喘吁吁地连走带跑，几里路的行程，一会儿就走完了，感觉这段路比平时短了不少。那天晚上，没顾上去感受一般人说的走夜路的惊悚，只是心里揣着不能误了电影的念头，便觉得脚下步步生风。另一次，是和母亲到公社驻地粮管所去换面。新年就要到了。忙年的一件大事情，要用新打下来的小麦去兑换面粉。那一次，是用独轮车推着去的。去时是母亲推的，因粮管所换面的人排了长队，等回来时，天已经黑了。那天晚上，虽然天空黑黢黢的，但因为和母亲在一起，心里有一种安稳的感觉。走夜路，天空蓝莹莹的，又有点黑黢黢的，树影朦胧，四下里，虫儿鸣叫，凭空里好像有蝙蝠飞过，噗噗啦啦。走起路来就有一种腾云驾雾的感觉，脚下的路，也如一条牵引的带子，引着自己的双脚不停地前行。

到底那蓝莹莹的，或是黑黝黝的夜晚，给夜行人带来了多少惊吓，因个体经历有限，不得而知。倒是这方面的传说很多，其中尤以夜行时遇到"鬼打墙"最为诡异。说是走夜路时，遇到一堵墙，转个方向，还是一堵墙。走来走去，走到哪儿，都有墙堵着，你说怪不怪。至于那些吓哭了的，吓傻了的，不是经过了坟地，就是迷失在树林，还有的，路过一条河，或是一片池塘，从此蒸发了。不要说身历其中，光听起来，就一阵心惊肉跳。

不过，有一次，亲耳听到母亲和她的好友曹家兰婶子一起闲聊，倒是听到了另一个版本的夜行，不仅没有平常传说的那种惊悚，反而听出了又一番效果来。曹婶子有一次从城里回村里来，由于夜深人静，中间还要经过一片坟地，越走越怕。便大声唱起歌来。可这黑黝黝的夜晚，只有一个人的歌声，听起来也有些瘆人。于是，曹婶子灵机一动，又想起了一个新的办法。她掏出身上带的一包火柴，每走几步，就刺啦划着一根，让火柴头那点微弱的火光，照着前行的一小段路。过一会儿，再划着另外一根，这样，走一路，划一路，等到家时，一包火柴也划完了。说这话的时候，曹婶子边说边比划，脸上的表情也随着不断变化。母亲边听边笑，到后来，两个人捂着肚子，笑得泪流不止。我在一边受她们的情绪感染，也咧开嘴笑了起来。一个黑乎乎的影子在路上缓缓漂移，时而仰天长啸，时而发出一团光亮，那些躲在林荫暗处的狐妖鬼魅们，不定也吓傻了呢。

两间半

两间半,是我家在大莒洲村住了17年的老屋。为什么叫"两间半"?想来应是按照当时屋的实际面积算的。现在看来,其实只有两大间,里间和外间,那称为半间的,就是东墙边仅能放一张大床的地方。

外间,摆着一张大桌子,一张长方形的饭桌子,周边围了一圈小板凳。大桌子上,摆了玻璃罩子灯、竹壳子水瓶、闹钟一类,充当的是茶几的角色,饭桌子的功劳最大,每天三次,围满了吃饭的大人孩子们,桌上的盆、碗、盘、筷子,总是摆得满满当当,聚满的时候,是八口人,二个大人,六个孩子,那份热烘劲儿,非今天任何一个独生子女的家庭能比,要是来了亲戚,就更热闹了。东墙边,摆放着一张双人大床,床板是深酱色的棕绳编织的,日子久了,棕绳有些失去了弹性,中间形成了网兜子。床上常年挂着蚊帐。那张大床,在孩子的眼睛看来,有些神秘,不亚于皇上的龙床,偶尔大人不在家时,跑上去,躺一躺,打个滚儿,挺过瘾的。

从外间进门朝左拐,就是里间了。里间,靠北墙,是一张大床,靠西墙是一张略小些的床,南窗底下,放着一张朱红色的抽屉桌子,不知出自哪个木匠之手,桌面接榫的地方,有一点凹凸。桌子紧靠着窗户,抬头可见窗外,"爬墙猴"(一种瓜类植物)开花的季节,一些绿色的叶子,宽宽大大的,从屋檐底下垂挂下来,在风里轻轻摇曳。

老屋的当门（地面）常年湿津津的，是一种介于黑泥和黄泥之间的颜色，踩踏得久了，明晃晃的。每天用笤帚扫一遍浮在当门的细土，就显出一种清爽的感觉来。抬头看，屋顶的里边，应该是芦柴编的芭子吧？长长、细细的，筷子一般粗细，密密地排着，中间用绳子还是什么细丝，拦腰捆得一道一道的。南窗顶上的那块屋芭，不知是燕子蹬的，还是老鼠拱的，出现了一个窟窿，有海碗大小，躺在床上，望着那个窟窿出神，望得久了，竟能看见有什么物什从那个窟窿里嗖地窜过，又不见了，心里不免咚咚跳起来。

屋顶上，覆盖着红瓦，一片摞着另一片，层层叠叠，一直延伸到邻家的屋顶，融为一体。太阳红火的时候，屋顶上成片地晾晒着玉米、稻子、小麦，阳光尽情地挥洒着，粮食粒儿晒得脆蹦蹦的，有时，被雨淋过的麦秸、棒敉（玉米）秸子也会翻上屋顶，晒一回日光浴。晾、收的活儿，都是兄长们干的。那种登高望远的感觉，不知让他们的内心产生了怎样的冲动？

墙壁是用红砖垒的，没用水泥粉刷，就那样裸露着，粗朴、本原。日子久了，砖缝里、墙的表面，蓄了一层浮尘，轻轻一碰，就扑簌簌地落下一阵细雾来。当门与墙根接缝的地方，是笤帚扫不到的角落，不知什么时候簸粮食，漏了一两颗萝卜籽、小米粒在那儿，就着墙根底下潮湿的细土，温暖的人气儿，竟发出芽来，叶颈柔长、细嫩，两片绿色的芽瓣，绿莹莹、亮晶晶的，静悄悄地生长着。两间屋子的墙上，各有一扇南窗，一扇北窗，流动的空气，带走了屋子里的萝卜干子，腌咸菜的味儿。

出得屋来，左手边是一间小锅屋，屋内布局简单，一堆草垛，一个灶台，大铁锅端坐在灶台上，灶台左下部，是风箱。儿时的我，对拉风箱有一种特殊的感情。烧饭了，风箱拉起来，不管是树叶子、稻壳子，顺着灶膛口扔进去，风力鼓动起火苗，熊熊的，一会儿。热气冒出来，食物的香味飘满了锅屋。老屋的当天子（院子）是长方形的，左边与明鹤家为邻，中间是一道篱笆障子，右边是明岗家，中间是一点砖头，象征性的标志。院子的右前方是猪圈，圈养着一头猪，不知怎么的，我们家养的猪总是不够皮实，吃食也挑嘴。

两间半，进进出出的，大多是一位母亲，和一群孩子，有少年的、有幼年的。鸡打鸣的时候，天还没有亮，母亲走出来了。她一弯腰进了锅屋，屋檐底下的烟雾和热气慢慢升腾起来。盆端到屋子里了，碗也端进去了。背着书包的少年，打着饱嗝儿，头上冒着丝丝的热气，出门走了。幼年的孩子，是一对双，小手天天在地下抓泥巴玩。少见的，父亲回来了，自行车铃声一响，进了院子，车子朝墙拐角一插，坐下来，变魔术似的，手里竟变出肉包子来，围上来的孩子，一阵欢呼。岁月一页一页地翻过去，青年的母亲，变成了中年，孩子，迎着风长似的，变成了少年、青年。一个赛一个，齐刷刷的，青葱一样蓬蓬勃勃。母亲更忙了。家里的灯光，夜夜亮着，忙啊、忙啊，白头发渐渐冒出来了。来到两间半的乡亲越来越多了，走了一拨，又来了一拨，吵闹的，说笑的，母亲回家的时间越来越晚。

一个暴风雨的深夜，惊雷一声接一声，在天空炸响，一道道闪电像火蛇一样在天空飞舞。大雨像倒灌的河流，朝村里瓢浇碗压下来，曲曲弯弯的村间小道，变成了一条条湍急的河流。父亲出远门去了。母亲在县里开"三干会"还没回来。我们兄妹几人躲在屋里，用蓑衣把门、窗户死死地堵住，风头一个接一个地鼓进来，门、窗摇晃着，当门进水了，渐渐淹没了脚脖子。雨水顺着南屋芭那个窟窿哗哗朝桌子上淌，我们小姐俩拼命地用脸盆子刮起水来朝外泼，不知忙了多久。雨，渐渐停了，青蛙声此起彼伏地响起来。第二天，我们来到院子里，阳光刺得人睁不眼，不知是谁喊了一声，看！屋顶上是什么！我们顺着手指的方向一看，不由倒抽一口冷气，两间半的屋顶上，散布着不少石头，大大小小，有十来块。不知是什么人，在这个暴风雨的深夜里，像鬼一样地躲在不为人知的地方，怀着丑恶的动机，向我们的屋顶扔石块。三哥爬上屋顶，收拢着这些石块，悲愤，聚满了一个十几岁少年的胸腔，他嘶哑着喉咙，向着不知什么地方，大声喊着，大家看啊，天上下石头啦？

母亲回来了。听着孩子们的讲述，沉静下来，没说什么。只在邻居岗叔来串门的时候，说起这件事，母亲嘴里冒了一句，有什么冲我来，对着小孩用这种见不得人的手段，算什么本事！

父亲回来了。母亲，逾千户移民村的掌门人，还在村委会忙着永远也忙不完的公务。村里的电接通了，水渠修好了，小学校建好了，文艺活动搞起来了……，家里，锅是冷的，灶是冷的，孩子们放学了，肚子饿得咕咕叫。夜深了，父亲和母亲激烈的争吵响起来。无法想象，母亲，十多年里，是怎样用身体这根薄薄的扁担，一头挑着公务这座大山，一头挑着家务这座大山，走在钢丝一样的路上，以常人无法想象的耐受力维持着平衡……

春来了，花儿都开了，接下来，沉甸甸的果实摇曳着，向湿漉漉的土地致意。伴着自行车欢快的铃声，大学录取通知书，一份，又一份，飞进了两间半……

两间半，与我们相依相偎了17年，顶住了风雨雷电，庇护着屋内的每一人，一群雏鹰，借助它的蔽荫，褪去了绒毛，插上了大翎，一个接一个地，从屋子里飞走了。老屋不会说话，不然，它一定会向后来的人，讲述发生在老屋内外的、所有的故事……

来电了

　　四十多年前的某一天晚上，位于青口河南岸的大莒洲村突然白花花的亮了！满村一片欢呼声，噢，来电了！孩子们兴奋得嗓子都喊岔了腔。电，把这个夜幕下的村庄照得亮如白昼。能在晚上把人的鼻子、眼看得这么清楚，实在是太神奇了。三哥从屋子里跑出来，手里拿着一本书，离开屋子远远的，翻开书来，还是能看得见书上那些密密麻麻的小字，再朝后退，一直退到院子南边的猪圈旁，借着屋子里电灯射出门外的光线，书上的字，依然能看得见。我们这群正在上小学、初中的孩子，个个嘻着嘴巴，眼睛瞪得老大，就觉得浑身热烘烘的，有一股子热量在体内，像炉灶上开了锅的茶壶一样，在嘶嘶朝外冒热气，不跳上几圈，蹦上几蹦，难以平息下来。

　　电，在这个祖祖辈辈用煤油灯照明的村子，实在是个新鲜玩意儿。村民们不仅很少见过，甚至连想都不敢想。除了在外面工作的人，回来把电吹得神乎其神外，剩下来的，就是村民们各种各样的猜想了。这也不奇怪，因为村里自有史以来，就是用煤油灯照明。煤油灯也是五花八门的，最常见的，是用一只碗装着煤油，碗边搭着一根棉条，被油泡过了，把头部用洋火（火柴）点起来，一粒黄豆大的火苗，便莹莹地亮起来，把黑魆魆的屋子照亮了一小团。一屋子的人，在油灯的光晕里，影子便长长短短地，投放到四周的墙壁上，引来那些刚刚睁开眼睛，认识这个世界的孩子们无数的遐想。

家里条件好一些的，便用上玻璃罩子灯。这种罩子灯，灯台是一根柱子，中间有个圆形的装油的罐子，罐子上方有点火的灯芯，外围用一个透明的玻璃罩子罩起来，玻璃罩子像美人的身材，中间饱满，两头小，点起火来，屋子里亮堂多了。那种玻璃罩子，薄薄的，容易打碎，大人们视罩子灯为珍品，一般不让孩子们去碰。哪个孩子趁家长不在家的时候，斗胆把玩起来，正在得意的时候，耳眼里常常传来一声断喝，你莫去弄那个呢，那还是一毛钱两毛钱个东西啊？

那时的小学，除了一间土坯垒起来的屋子，几排泥巴桌子外，别无他物。白天，要扛着凳子去上学，晚上，自带照明的东西去上晚自习。一到晚上的自习课，煞是热闹。孩子们成群结队，从村子里各个地方钻出来，汇成小股队伍，涌到教室里。每个孩子面前的泥台子上，摆着一个墨水瓶做的油灯。小小的墨水瓶，圆圆的肚子里装了大半瓶煤油，瓶口搭着一根细细的棉绳（细绳省油），一粒粒萤火虫一样的火苗，在教室里亮起来，稚嫩的小手，捏着小得不能再小的铅笔头，在田字格的作业本上，凑着如豆的灯火，一笔一画地写着"大、小、上、下"这些最基本的字。也有那粗心的家长，棉绳搓得粗了些，火头刚开始还算好，一会儿，线穗子竟呼呼着起来，冒着一股股黑烟，那孩子也不晓得如何调试，一晚上下来，眉眼熏得黑乎乎的，连嘴边都像长了一圈黑胡子。

有好一阵子，母亲都没有回来，偶尔回来一下，也是忙忙碌碌的，还没说上几句话，又走了，从大人的嘴里，隐隐听到一个词，电。北乡的果姨来家里帮忙烧饭了。她会做白菜、青菜、大米混合的菜饭，滴上几滴香油，撒些盐在里面，吃起来很香。她还会做菠菜地瓜水。我们不愿意吃她用手挼（攥）过的腌白菜，因为她的手害了冻疮，看起来让人心里一阵阵发紧。中午，在校园里，我们小姊妹俩正在和小伙伴来方（单腿跳，在田字格里踢石子），果姨来了，远远地喊我俩回家吃饭。我俩回头一看是她，拔腿就跑了。她身上的那件短袖褂，补丁实在是太多了。

村里来了一些穿着挺硬的帆布工作服的青年人,他们在一些高高的杆子上爬上爬下,干得非常卖力。我们家也来了两个帆布工人。他俩分头行动,有在屋子外面扯线的,有在屋内墙壁上订一个小盒子的,听说那个盒子的名字叫"电表"。我们小兄妹几个,拎茶壶,端海碗,忙不迭地给工人倒水喝。地下散着一些线头、螺丝帽一类的东西,旁边还有一个长方形的硬纸盒子。我们小姊妹俩嘀嘀咕咕,商量着想用它来装小画书,一个青年一边大口喝着碗里的开水,一边擦着头上的汗说,你们俩是不是一对双?回头我再帮你们找一个盒子。村头村尾都是些兴奋不已的孩子,一群一群的,像跟屁虫一样,从这一家跟到那一家。特别是电线杆子底下,围满了调皮捣蛋的孩子,这些孩子,平常上墙爬屋,像走平地一般,村里的树,没有他们上不去的,今天看他们的表情,傻眼了,电线杆子上的叔叔,在云端里呢。

村里人都知道,有一件大事要发生了。是什么呢?电!这个神秘的字眼,那些日子,在村民的嘴里,被高频率地复述着。电,是什么?有那多读了几本书的,便讲解起来,电流、电阻、正极、负极、短路……,弄得上了年纪的人嘴巴张得多大,半天回不过神来。有那嘴快的,接了一句,电不就是是用来照亮的嘛,比油灯好使,不用使火柴去点。

来电了!大苩洲村变成了阿拉丁神灯里那个辉煌的城堡。村里人都知道,母亲在村里当书记的时候,终于有了电。

搭 车

一个黑黢黢的夜晚，我跟家人到一个村里去喝喜酒，结束的时候，乱哄哄的，大家都在分头找回家的方法。不知是谁的主意，我被安顿在一辆装满了石头的拖拉机上，大人说，小孩，少走两步，早点到家睡觉。那辆拖拉机，昂着头，稳稳地卧在那儿，车斗里，装满了大石头。我是被抱上车去的。那车上的石头，不知是从哪座山上采来的，每一块都有脸盆那么大，边角不甚规则，就那样七出八挣地填满了车斗。看那满满一车巨石，真是佩服装车人的本领，能让那么多棱角各异的石头在一个狭小的车斗里相安无事起来。

现在，小小的我被放在这一车棱是棱、角是角的青石头上了，摸摸前后左右，没有一块石头是平展的，不是鼓起个角来，就是伸出个尖来。好不容易找到一块带点平面的，那块石头，竟是斜着的，身体，无法在那石头的"坡"上安放下来。正急着呢，就感觉到，脚下一滑，哪只脚在车斗里放平实了。嘿，也许，这是个好地方。我扶着左右两块石头，把屁股朝那空隙里一挤，坐了下来。还不错，那块缝隙，仅容一个小身子的空间，挤在里面，感觉四下都有石头挡着，还挺暖和。

这时，就听到底下的人吵吵嚷嚷，乱成了一团。隐隐感到，讨论的中心议题，还是那个话题，回家。围绕这个内容，用什么方式回家，和谁一起回家，大概得多少时间到家，延展了无数个枝杈，这些个话题，基本又透漏了一个中心，怎样又快又好又安全地到家。细听起来，从方式上来看，大约有自行车、独轮车、拖拉机、步辇，从结伙的形式来看，有一人的，有两人的，也有三人以上的，从舒服程度来看，大人有大人的选择，小孩有小孩的喜好。安全程度呢？那种一人夜行步辇的，怕是又慢又不安全了。

这会儿，我夹在石缝中间，属于最早安顿下来的一个，可还是在那个"窝"里蹭来蹭去，左右感觉不踏实。怎么呢？就觉得，脊梁后那块石头，好像越来越重了。这石头，要让我背着回家吗？把身体朝前挪挪，那石头也跟着朝前挪挪，原来那种暖和的感觉没有了，大青石的阴冷和粗粝，透过我单薄的衣服渗进骨头里来。身体再使劲朝前一拱，背后石头滑到了屁股底下，刚好是块平的，就那样坐下了。这石头，也要和我争夺空间呢。

司机上来了，还裹着一股粗重的酒气，在这个黑黢黢的夜空里，把那清洌洌的空气，掺和得怪怪的。嘟嘟嘟，发动机响了，拖拉机颠簸了一下，一股比酒气还难闻的气味弥散开来，熏得人头晕。嘟嘟嘟，又颠簸了一下。就感到，随着车身的颠簸，有些石头不安分起来。空间小的，想要块大的，空间大的，想要块更大的。还有，那原来委曲求全悬着的，现在也要动一动，下到底下歇歇了。我把小身子从石缝里抽出来，想站起来活动下手脚，这一动，又有一块石头，随着车身的颠簸跳起舞来。

再见啦。有一群人在朝我招手。那是结伴步辇的一群。他们的口气里，透着艳羡。这些人，要穿过一个村庄，越过一个小镇，还要涉过一条河流，才能回到家。再……见。我举起瘦精精的小手，嘴里回了一声，那一声，听起来连我自己都不相信，不是两个字，是一句话，我不要坐拖拉机！惊愕、责怪、哄劝，一切都无济于事，我扒着车帮子爬下来，一头拱进了步辇的人群。

后来，听大人们闲聊时说，那车石头，驶到村后的河堤时，翻了。

过　河

约了几个小伙伴们到青口去玩,不知怎的,早晨去的时候河水还浅浅的,刚没过腿肚子,傍晚回来的时候,河水已经涨得浮浮漾漾的了。在河滩底浅水里吃草的鹅儿们早已不知去向。端着盆子蹲在水洼边洗衣服的村妇也不知到哪里去了。河水一个漩儿追着另一个漩儿,泛着泡沫,不停歇地向东淌着。看样子,水是越来越大了。心,不免咕咚咕咚跳起来。

太阳已经落山,嗖嗖的凉风掠过河面,泛起一阵一阵的波纹。那波纹,不再像平时丽日下那么柔和,而是泛着神秘的光泽,似乎掩盖着什么无言的秘密。小伙伴们没有一个迟疑的,纷纷脱衣下水。水有多深呢?不知道。就那样,把衣服顶在头顶上,一步一步朝河中心走。刚抽条的身子骨,立刻被流水包围,左缠右绕,似有一股力量拽着你往什么地方走。脚,刚落到水底的沙地上,就不由得悬起来。水草、浮游的小虫儿从身边漂过去,不时有白色的水鸟儿从空中斜冲过来,用嘴在水面探一下,又沿着一条斜线,向更远的天空箭一样射过去了。边走,边用手打着水花儿,感觉还挺好玩。走着,走着,水越来越深了,水面先是齐着肚脐,到后来,没过胸脯了,再往前走,水,渐渐到了下巴底下,淹到嘴唇了。脚下踩着的沙子,流得越来越快。好像有一股什么力量把你朝下拽,拼出浑身力气,还是不能把身体浮起来。脚尖跷起了,已经是跳芭蕾的样子了，就那样，借着水的推力，用脚尖朝前挪着。不知在哪个地方，脚底下一滑，浑浊的河水顿时灌进嘴里，连着吞了几口，甜滋滋的，一股子泥沙的腥味儿，鬼使神差地，身体又被水浮起来了。嘴唇下的水面也渐渐退到了肩膀。

左右一望，伙伴们的头，浮在水面上，远看过去，像一个个漂在水皮上的葫芦。也有那会游泳的伙伴，身体呈大字形拉开，俯卧在水面上，两只手臂不断地划水，还用两条后腿打着嘭嘭，在身体的尾部，溅起一阵阵的水花，那些飞溅的花儿，一律的恣意绽放。不过，会游泳的孩子，衣服是湿的，回家后免不了屁股上那股火辣辣的滋味。

看前后左右，没看到来时的那位老人。那老人，不知是个乞丐，还是个孤独的行人，身上穿得破破烂烂，衣服看不出本来的颜色。在伙伴们纷纷跳到浅水里，打着水花朝河北沿欢跳的时候，他抱着那包破衣服正在一步一步过河，黝黑的身体在阳光下泛着奇奇怪怪的光来。孩子们对着这位裸体老人指点着，嘻笑着。每逢孩子们的目光袭来，那老人就一阵战栗，本能地弯下腰来，两条干瘦的黑腿朝中间收拢，用破衣服遮挡着下身，远远望过去，依然能感觉到那老人一阵一阵的，难以言传的羞愧。

临近河岸，脚底的沙子越来越稀，取而代之的，是越来越粘腻的淤泥。这种淤泥，滑溜溜的，充满了黏性，脚底板踹在淤泥里，五个脚指头不再像浴在河沙里那么舒展，而是五指并拢起来，像五齿的钩子，紧紧地勾着淤泥下的河底，稍不留神，就会滑倒在淤泥里。连人带水一阵扑通，爬起来时，也是一身的泥彩。就那样，一步，一步，勾住淤泥下的硬地，手脚并用，爬上陡坡的岸。在岸边菜地旁坐下来，顺手从草里拔一根茅草的根，在嘴里嚼着。

回头望，大河的水好像更急了。

会飞的鹅

　　细细想来，在鸡、鸭、鹅这三个种群中，鹅们是最得咱小姐俩宠爱的一类。鹅，和小鸭子差不多，只不过小黄鹅的身子更皮实些，没有鸭子娇贵，与机灵的鸡们比较起来，又显出某些憨态。鹅小的时候，先在小篮子里过夜，长得太快了，篮子很快装不下鹅群了，就改装到大柳条筐子里，很快，大筐子也装不下茁壮的大鹅了，只好在院子的墙角处搭了个草棚供鹅歇息。小时候的鹅们，晚上睡觉的时候，自动钻进篮子或者筐子里。有时，起来的时候，圆圆的筐篮随着鹅的动作满地乱滚，鹅走路的时候，被大筐篮挡着了，不知道绕路，噼里扑通从筐篮身上蹿过去，把个筐篮绊得东倒西歪。

　　也有聪明的鹅。但不容易遇到。家里早年曾经喂养过一只很聪明的鹅。这只鹅，很会看家护院，家里每逢有陌生人来，它总会扑上去，狠狠地拧咬一番，大人还不打紧，要是小孩来就麻烦了，有个邻居家的孩子来玩耍，被这只大鹅追出去多远，咬住屁股上的肉不放，还把嘴巴反复转两圈，在我们那儿，这叫"拧"。母亲举起一把大扫帚，对准大鹅扑打了几次，但忠诚的大鹅习性不改，后来，母亲只好忍痛把大鹅送人了。

　　这群鹅很好喂，随便到那个田间地头找个茂盛的草坡，把它往那儿一赶，就放心了，不出半个时辰，肥硕的青草能把鹅的肚子撑得鼓鼓的。看鹅吃食，也是一景，歪着脑袋，不管是青菜，还是白菜，用带细密锯齿的两片长嘴拦腰一锯，齐刷刷裁下来，顺着嘴巴就吞咽下去了。要是吃一棵白菜，就可以看出，粗粗拉拉的鹅，也有讲究的时候，先是歪着头把叶子一片片锯下来，享用了，再开始一点点去锯那些菜帮子，不是乱锯，而是很有章法，沿着顺序来，待菜帮子也被消受完毕的时候，就是菜根了，也是一样，一点一点地，轻锯慢裁，直到菜根的尾巴梢子也下了肚，这才甩一甩脖儿，满意地叫两声，摇摇摆摆地走了。鹅的食囊（胃）在脖子上，吃饱了，就变成了双脖儿，食囊的那个脖儿，一层薄薄的外皮，包裹着里面胀鼓鼓的食物，皮儿几乎成了透明的，一种吹弹可破的感觉。

那会儿，我俩就有了责任承包的意识。一人负责几只，赛着喂，这样，各个都抓住一切机会，给自己分管的鹅吃偏食。我管的那几只，最讨我喜欢的，一只叫小平，一只叫小野蛮。小平刚分到手的时候，在鹅群里，显得个头比较小，估计是抢食不过其他鹅造成的。我便早早晚晚，采些叶片肥厚的青草给它吃，时间不长，小平的身子像气吹似的长起来，变成了鹅群中最雄壮的一只。在赶鹅们去草地的时候，有时拿树条子赶，有时拿青草来逗引。用青草逗引的办法最省事，就是采一把长长的青草，在手里左右摇摆着，吸引着鹅的注意，待鹅发现了青草时，就在鹅群的前面跑，一边跑一边向鹅们挥舞着青草，鹅们看到青草就拼命地追赶，可越赶越吃不着，就这样，鹅追着青草，一路跑到了河滩地。

河滩地，水洼一个连着一个，青草长得蓬蓬勃勃，蓝天上游走着一朵朵白云，棉花团一般，倒映在清清的水洼里，鹅们吃足了水草，在水洼里游来游去，时而歪着扁长型的脑袋，瞪大了圆圆的眼睛，看着天上的云朵，喉咙深处发出一阵阵轻柔的"哗哗哗……"的声音，显得很心满意足的样儿。小野蛮，是只霸道的雄鹅，在水里玩足了，就去欺负其他俊美的小雌鹅，还赖在小雌鹅身上不肯下来，飞起一脚，踢开小野蛮，救下其他小鹅。后来，看到鹅驮着鹅，一副快快乐乐的样子，便觉得，外力介入，许是在给它们添乱呢。

鹅们去河滩地次数多了，有时趁我俩不在家的时候，沿着熟悉的小路自己去。放学归来，我们还有一个主题，找鹅，十次有八次，能在"撅把子"菜地下面的河滩地里，找到它们。喝！个个吃成了双脖子，在水洼子里游弋，好不自在。只有一次例外，不知哪只带路的鹅记错了路，鹅们来到了一个村民的菜地里，那会儿，青菜叶子像片片荷叶一样，层层叠叠，鹅们在菜地里尽情地享用了，便盘起身子，把长长的脖子弯到脑后，嘴巴埋进厚厚的羽毛里，个个睡得呼啊哈的，屁股后头，没忘了给菜地施上点肥。那个村民扛着铁锨来了，一边给一块空地松土，一边嘴里嘟囔着，咦，这是哪来一群鹅吧。我们小姐俩找得满头大汗，嗓子都快喊哑了，终于在菜地里发现了它们，一看那阵势，不由倒抽了一口凉气，悄悄地，趁着那人下河挑水的功夫，一人抱起几只鹅，飞也似的跑了。

鹅们一个赛一个地下起蛋来。鹅蛋真大，椭圆形的，一个能有三个鸡蛋大。装鹅蛋的篮子，很快就满了。

端午的早晨，我俩起来头一件事就是去灶间，母亲披着一件棉衣，坐在风箱边打盹，灶膛的木柴火变成了红色的木炭，火星子一闪一闪的。母亲看到我们来了，站起来，拍拍身上的灰土，掀开了大铁锅的盖子，哇，一锅碧绿色的粽子，变得青黄青黄的，原来白色的大鹅蛋浸在水里，也变成青绿色的了。我俩一人一个，用小碗端着，喜滋滋的，只听母亲说，鹅蛋不能多吃，吃多了有点发渣。

起风了，天气，像孩儿的脸，说变就变。搅天搅地的风刮着，满地的尘土、树叶儿、细碎的树枝儿随着一个一个风头，打着旋儿，飞向了天空。村里人蜂拥着朝打麦场上跑，一溜人声喊岔了腔，不得了了，麦子被风刮走了！我俩从黄风黑雾里摸回家来，鹅不见了！找鹅！刚跑到村口，看见一群鹅，正在一晃一晃地往回走，细一看，是小叶家的。风越刮越大了，我们分头奔了撅把子、大西圩、大河滩……，一声炸雷，大雨像布帘子一样从天空披挂下来，铜钱大的雨点把尘土砸出一个个纽扣大的窝，旋即，雨水混合着泥水，顺着七拐八绕的小沟、小坡，汇成一股股急流，直奔大河口去了。雨水瓢浇碗压一般，顺着我们的头顶倒下来，上哪去找鹅……

雨停了。水洗过的空气,像透明的镜子一样。太阳从厚厚的云层里透出半个脸来,笑呵呵地看着这个风雨过后的村庄,一道道沟壑里的细流,还在汩汩地流淌,细流下的泥土,特别的细腻,水冲过后,形成一种"流"的形状。

问遍了村里所有的人,都说没见到过我家的鹅。后来,有人说,那天刮大风的时候,曾经在河北沿的树林里,见到过一群鹅。看来,那个起风的日子,鹅们,真的起飞了……

冰上的"一撮毛"

一说起鸭，人们就会说，娇鸭娇鸭，言下之意，鸭子不好养活，但这一点儿也不影响我和妹妹养鸭的兴趣。这不，村里刚走了鸡贩子，鸭贩子又来了。一样的大扁筛子，筛底上密匝匝地挤满了黄绒绒的小鸭子。这些鸭子长得有拳头大，椭圆的身子，披着黄澄澄的羽毛，太阳照过来，毛尖亮晶晶的。鸭子和小鸡一样，都是身体紧紧地挤在一起，很抱团的样子。我和妹妹一人抱着母亲的一只膀子，眼巴巴地看着大筛子，嘴里一声接一声地哼唧着，耐不住缠磨，母亲掰开我俩的手，绷紧的嘴角微微笑起来，"去拿吧！"我俩争着去选小鸭子，身子几乎扑倒在筛子上，吓得鸭贩子脸都白了，连声喊，慢着……

宝贝鸭子捧回来了。朝院子里一撒，喝，小鸭子四散开来，个个脚底板轻点地面，打鼓一般。母亲说，除了喂食，鸭子不能缺了水，要多弄点水给它喝，还要给它耍水。我俩一个去案板上剁碎青菜末，一个拿小盆去舀水，忙得脚后跟打腚。青菜末撒在水里，小鸭子欢叫着围上来，圆圆的脑袋凑成一圈，长圆型的小扁嘴巴，硬硬的，插到水盆里，好一通吐噜，碎菜叶拌和着清水，顺着长长的、柔软的脖子，麻利地滑下喉咙。一会儿，黄绒绒的小鸭子就变得湿漉漉的，凹陷的肚子也渐渐鼓了起来，一些小鸭子开始排泄，稀溜溜的鸭粪，射程可真不近，弄得地下脏水淋漓，母亲笑着说，鸭子是直肠子，你们俩有得忙啦。

　　鸭子天性喜食鱼虾，可村里人怕鸭子下了水找不回来，一般都旱养，不让鸭子下水，我俩也不敢去河沟里放鸭，天天弄些菜叶、剩饭喂鸭子，有时，也到小河沟里去捞点小鱼儿小虾子来，放在小盆里，让小鸭子就着水花吐噜，小鸭子在水里吐噜鱼虾时发出的那种欢畅的声音，唧唧呱呱的，特别感染人，好像一个接一个地说，过节了，过节了。

　　天渐渐冷起来了，鸡们早已披上五彩缤纷的羽毛，鸭子的大翎还没有长出来。专供鸭子睡觉的筐篮里，除了厚厚的麦草，还垫了一层棉花垫子。放寒假的大哥帮队里看鱼塘，要早早出去。他轻手轻脚地拉开门栓子，推开一扇门朝外走，谁知鸭子们也惊醒了，顺着大哥的脚后跟朝门缝里挤，大哥没发现，两手一关门，挤死了两只小鸭子。他吓得脸煞白，自知闯了祸，赶紧朝鱼塘跑。待我俩早晨爬起来喂鸭子时，看见鸭子们都在院子里撒欢，头天刚下过雨，院子里积了不少小水汪，小水汪里奇迹般地出现了不少小鱼儿小虾，在水里游来游去，鸭子们伸着长长短短的脖子，在水汪里尽情地吐噜、享用，可我俩数来数去，咦，怎么少了两只？……

　　另一个暖融融的中午，全家围在饭桌前吃饭，二哥吃饱了饭，打着饱嗝，从桌边站起来，伸了个懒腰，往门口退了两步，一不留神，踩到了门边一只正在晒太阳的小鸭子。那只小鸭子休息的垃儿，是门槛进门一脚的一小块空地儿，太阳刚好从外面斜射进来，把那小块空地照得暖洋洋的。小鸭子选了这个垃儿，就着饭桌子边热闹的人气儿，把脖子弯在后背上的毛里，正睡得香呢。不料二哥这一脚，踩得小鸭子"呱"的一声，再也站不起来了。我和妹妹哇地哭起来，大姐赶紧把小鸭子托在手心里，仔细检查了伤情，又找来了针和线，小心翼翼地对伤口进行了缝合。我们在锅屋里堆草的地方，找了个最松软的草窝，把小鸭子安顿在那里，可是，一连几天，小鸭子不吃不喝，眼看着，咽了气……

　　西北风一阵紧似一阵。人们纷纷穿上了臃肿的棉袄棉裤。鸭子的队伍也越来越小了。最后,只剩下一只小鸭子。这只小鸭子,顶着寒风,终于扎出了大翎,身体也一天天变得壮硕起来。鸭子的羽毛是黑色的,但不是纯黑的那种,而是长着杂色的花纹,就像花狸猫的颜色,一双长长的凤目,眼梢挑起来,像唱戏的,最引人注目的,是鸭子的眉眼上方,有一根羽毛一直翻翘着,随着身体的摇摇摆摆,随风摇曳,我们都很喜欢它,给它起了个名字叫"一撮毛"。"一撮毛",就像一棵移植的小树苗一样,在陌生的生存环境中,度过了一次次险关,成活了。这只鸭子,成了我们小姐俩的最爱。每当放学归来,头一件事就是看"一撮毛"在不在,肚子是不是饿瘪了,接下来,赶紧把它吐噜了一天的一盆脏水倒了,放些新鲜的水在盆里,让它洗澡。鸭子也怪,平时不论盆里有水无水,总是弯腰伸脖作撩水状,再抬起头来,用它那灵活无比的脖子、嘴巴,在全身四处梳理,抓挠,看它那优哉游哉的姿态,我俩隐隐感觉到,鸭子天生就是水里的精灵呢。

"一撮毛"一天天长大了,院子里的天地变得越来越小了。好几回,放学回来,"一撮毛"都不在院子里。我们姐俩撒开脚丫子满村子找遍了,最后,在村南头一个大河塘里找到了它。这个大河塘,是村里用来养鱼的。每当过年的时候,总是要用抽水机"呼呼呼"抽上几天几夜,直到河塘见了底,白花花的鱼儿在河底的淤泥上翻腾跳跃,才算罢休。平时一池碧水,芦花飞扬,也是恋爱男女常来光顾的地方。看见了,"一撮毛"和一群不知从哪里来的鸭子在一起,悠游自在地在水里游着,河塘边的芦苇一丛一丛的,迎风摇曳,一会儿,"一撮毛"就游到芦苇深处去了。我俩扯破了嗓子喊,用竹竿子赶,用小石子打,"一撮毛"终于认出了小主人,呱呱叫着,水淋淋地上了岸,跟在我们后头,一摇一摆地回了家。

一个滴水成冰的日子,白毛风刮得铺天盖地的。我和妹妹放学回来,手、脸都冻得青紫了。果然,"一撮毛"又不在家。冻得铁壳一样的地面上,静静地卧着一枚青皮鸭蛋!我俩三步并作两步跑到了大河塘,天已经完全黑下来了,上哪儿去找"一撮毛"呢?喊了半天，没有一点儿动静。

　　第二天一大早，我俩爬起来，饭都没吃，就去找"一撮毛"。大河塘一夜过来，变成了一面白花花的镜子，在刚升起的太阳的照耀下，泛着清凛凛的光，蹲下来，用石块砸砸，纹丝不动，完全冻严实了。我们眯缝起眼睛，朝远处瞭望，妹妹惊喜地喊起来："一撮毛！"我揉了揉眼睛，真的是"一撮毛"。远远的，芦苇荡边，"一撮毛"静静地定在水面上，一动不动，显然，厚厚的冰层把它挡住了。我俩赶紧喊来哥哥们，密集的石块像雨点般地飞过去，冰块渐渐被打破了，水流重又流动起来，"一撮毛"在化开的一小块水域里游动着，可是，要把这么多冰面都打破是不可能的。我们只能眼巴巴看着"一撮毛"在远远的一小块水域上游着……

　　春天来了，冰河解冻了。可是，"一撮毛"再也没有回家……

鸡们物语

春天里,村里来了鸡贩子。我和妹妹缠磨着母亲,买小鸡,买小鸡。母亲架不住缠磨,带着我俩来到村头。鸡贩子的大扁筛子被一些孩子们团团围住。黄绒绒的小鸡,铺满了筛底,挤挤挨挨,只只嘴里发出唧唧的叫声,一起和鸣,就成了悦耳的小合唱,一种很好听的水音,像小溪流欢快地跳跃着。小绒鸡颜色繁多,有纯白的,有乌黑的,还有杂花的,买主各有偏爱,但小白鸡最受欢迎。贩子想了个办法,不许挑拣,只能把筛子盖起来,让买主伸手在筛子里摸,摸到什么是什么。我和妹妹伸出小手,在热乎乎、叽叽叫的小鸡群里摸了几个来回,摸到了2只小花鸡、2只小黑鸡,1只小白鸡,交了钱,兴冲冲地用小篮子捧回家去了。

小鸡朝地下一撒,小小的爪子牢牢扒住了地皮,芝麻粒大的小米,黄黄的,是它们的主食,尖尖的嘴巴啄起来,灵光得很,也配些菜叶,不过要剁得碎碎的。小鸡们吃东西时,散开来,抢着吃,吃饱了,就你挤我,我挤你,挤成一团。我和妹妹想逮哪一只玩玩,越抓,小鸡越朝鸡群里挤,很快就挤得找不到了,被鸡们保护起来了,就觉得小鸡们从小真是抱团的。

时间过得飞快,一眨眼,小鸡开始扎大翎了,先是绒绒的细毛渐渐地褪去,只剩下薄薄的一层,隐隐露出粉红的皮肤来,身子渐渐变得高了,长了,不知从什么时候,翅膀的哪个部位,冒出了一两片大的翎毛。在少年鸡群里，很奇怪的，出现了一只不扎大翎的小鸡。原来的绒毛基本上褪完了，大翎迟迟没有出来，眼看着天冷了，这只小鸡整天冻得瑟瑟打抖，其他小鸡看它长相有点怪，也排斥它，甚至啄它，不和它玩，大姐看不下去了，用布和棉花为小鸡缝了一件小棉袄，晚上，穿着小棉袄的无翎小鸡被安顿在草窝里，第二天，再来看它时，已经冻死了。我们难过了好一阵子。

鸡们进入了少年期，这是最讨人嫌的阶段。饭桌子、橱肚子、屋顶上、粮食缸，没有它们不敢造访的地方。个个身手矫健，翻上跳下，我和妹妹天天用树条子从屋顶上、粮食缸里朝外赶。有时，饭菜刚上桌子，鸡们先飞上来饱餐一顿，一不留神把纪念品（鸡粪）留在了桌上。这也是最让我们头疼的地方。每天放学回来，院子里的鸡粪，繁星点点。放下书包，找来小铲子，得先把鸡粪一点点地铲了，才敢放开步子走路。那一次，教地理的金老师突然说要来家访，我箭一般地跑回家去告诉母亲，不忘指着院子说一句，来不及了。我和母亲以最快的速度收拾着鸡们一天的"作品"，正忙到一半，金老师进门了。金老师，是下放来的。籍贯不详。有阵子传说他上过唐山炮校。普通话舌前音发不清楚，肚子里有些知识。裤缝总是笔直的，常被乡村小学的恶人欺负。母亲落落大方地迎上前去，金老师接过了一碗白开水，叙起话来。我是又兴奋，又懊恼，小脸红得像刚斗过架的公鸡。

长齐大翎的少年公鸡们，一个个雄赳赳的，尾巴梢子也五彩缤纷地扬起来，小母鸡们个个长着一双俊美的眼睛，优雅地在院子里咕咕叫着，踱着方步。渐渐的，鸡们之间的战斗越来越激烈了。一只只小公鸡满院子追逐小母鸡，并骑在小母鸡身上撒野，我和妹妹就拿着竹竿子去调解"纠纷"，久了，才悟出原来这是少年鸡们在享受生活呢。鸡们的合作不久就开花结果了。俊美的小母鸡们在门后草筐里，在锅屋的麦秸堆里、在院子里的草垛里，咕咕叫着，产下了一枚枚带着些许血丝的鸡蛋，我们又集中训练了几次，终于让鸡们明白，下蛋要集中在门后的草窝里下，这样，下过蛋后，只要一喊咯咯哒，就可以挣到小主人犒赏的大米。

鸡们渐渐变得成熟起来。步子也变得稳重多了。一只母鸡看到地上有一颗玉米粒，便叨起来，放下，放下，再叨起来，嘴里还咕咕叫着，想吸引雄鸡的注意。雄鸡来了，母鸡代答不理的，雄鸡不敢造次，就上前来，先讨好地叫几声，母鸡看公鸡顺眼，就咕咕再叫几声，如果没看中，就飞也似的，倏地没了踪影。

那边，一群鸡正在土窝里洗澡，踹啊踹啊，一个土窝踹疏松了，鸡们就在松土里"洗澡"，也怪，这种踹土洗澡法，让每一只鸡的毛里都蓄满了松松的泥土，等洗好了，鸡们从土窝里站起来，浑身一抖，松软的泥土从身上簌簌落下，鸡们又都变得毛发鲜亮起来……

胡李，是最抢眼的一只小公鸡，披着一身火红的羽毛，那种红的颜色，不是清一色的，而是从根到梢，循序渐进地红，羽毛表面，泛着一层晶亮的光泽，在太阳底下，闪着些五彩斑斓的光来，胡李的脖子底下，长着两朵鲜红的"胡子"，配着头部一双炯炯有神的眼睛，散发着一股逼人的赳赳之气，尤其它那高高举起的尾巴，由一丛黑黑的羽毛组成，根根毛发茁壮，在进攻的时候，伴随着脖颈环状的毛根根乍起，尾翼像一把立起的蒲扇，它身子微微下倾，两脚岔开，目光聚焦，凝视前方，随时准备发力。对方对峙数秒，自感不是对手，往往咯咯叫上两声，掉头离去。每当胡李占上风时，我便抓起一把玉米，攥在手心里，在蜷曲的拇指与食指间留出一个圆圆的小槽，露出些玉米粒，胡李便盯着这个玉米槽，得意地啄食起来。为了让胡李有进攻能力，童年的我想出许多训练的法子，比如，伸出小拳头，不停地向胡李一伸一缩，做攻击状，引逗胡李发怒，胡李先是不在意，可经不起一只莫名其妙的物体不停地向它冲击，一会儿，脖子上的一圈毛乍起来了，面部也因愤怒涨得通红，它身体微蹲，一个前扑，冲上来，用橘黄色的两片尖嘴，对准我的手一阵拧咬，小拳头的皮肤表面，立刻起了一道道白印子，不太疼。就这样，几次三番地训练，胡李的进攻能力慢慢增长起来。再接下来，不用小拳头训练，改了个方法，把胡李抱在手心里，在鸡群里寻找对手，感觉哪个小公鸡有战斗力，就把胡李的身子朝前一冲，再缩回来，对着那只小公鸡做反复攻击的动作，一会儿，胡李完全进入状态，对手也愤怒起来，松开胡李，就是一顿搏杀。在这些模拟训练中，胡李往往赢多输少，成了家中公鸡中的"鸡王。"

作为胡李的主人，我对生活在鸡们中间的胡李，自然很是偏爱，时常把一些舍不得吃的食物，偷偷喂给胡李，让胡李吃些偏食，果然胡李长得格外茁壮起来。久了，不管在哪儿遇到胡李，只要蹲下来，把手一招，胡李就乖乖走过来，跳到我的手臂上，任我用小手反复抚摸它的漂亮的羽毛。有时候，手上没有吃食，仍造些假象，把小拳头攥紧了，让胡李用两片硬硬的尖嘴在食指与拇指形成的环状槽里掏食，小小的我，咧着嘴巴，心里乐开了花。

刚上学的时候，学会的字不多，却萌发了写诗的愿望，写什么题材的作文，都是一串顺口溜。自然，胡李也成了诗歌的对象。拿出作业本，攥紧那只短短的铅笔头，一笔一画地，在纸上写下了几行字，"咱家有只小金鸡，它的名字叫胡李，嘴下两朵小红胡，越看越是逗人喜"。小兄妹们传开了。在部队当兵的大哥回来探家了。那天晚上，来了不少邻居，家里热闹非凡，欢声笑语一片，小小的屋子弥漫着温馨的气息，每个人心里都热乎乎的。在大家的笑声里，不知谁突然朗诵起我的第一首诗歌《胡李》，哈哈哈，哈哈哈……大家那个笑啊，大哥连声称赞写得好，并说，要把它谱成歌来唱，随口，才华横溢的大哥就着《胡李》的词，嘴里哼出了一串串明快的音符，"咱家有只小金鸡呀，小金鸡呀，它的名字叫胡李，叫胡李呀，嘴下两朵小红胡，小红胡，越看越是逗人喜，逗人喜，越看越是逗人喜，逗人喜。"这时，不知谁提议，要作者来唱一遍。"晓呢？""晓呢？"大家左看右瞧，开始找诗人，不知什么心理作怪，躲在人群里的我倏地跑进里屋，钻进床上的被子里，用被子紧紧地蒙起了头。母亲进来了，她俯下身子，用手臂揽住被子里的我，一个劲地说好话，劝我出去，说是大哥要教我唱歌，是唱胡李的，说也怪了，不劝还好，一劝，我倒犯了拧劲，就是不肯出去，好像出去,大家就要把我怎么着似的。

　　家里来客了。没有钱去卖肉。有人提议,杀小公鸡下酒。一群人满院子找胡李,胡李见有人追它,倏地没了踪影。不知谁建议,晓有办法。怯怯的我,从哪儿被他们找到的?想不起来。总之,胡李见我来了,乖乖走过来,蹲在我的手心,我摸了摸它的羽毛,鼻子酸酸的,把它交给了大人。

卖 鹅

阳光照在河堤上，亮花花的。堤边树林的影子，映在河堤上，影影绰绰。就在这花荫凉的路上，我和妹妹一人怀里抱着一只大白鹅，急急地走着。紫平绒小布鞋在土路上踢踏着，溅起一层薄薄的轻烟。晓，燕，快一点。长着酒窝的慧玉表姨在前头催着，一条大辫子甩啊甩的，她的声音又脆，又甜，和她的名字一样，听起来很舒服。

抱着怀里的大鹅，开始，还觉得挺自在的。那鹅，像一只小白船，就那样稳稳地卧在怀里，长长的脖子，高高地竖起来，在空中晃悠着，鹅头上橘黄色的嘴巴，向前指着。渐渐的，便觉出鹅的沉来。鹅的暖暖的身子，随着步幅，在怀里反复摩擦着，脊梁上的细汗，渗出来了。白底带红圆点的短袖褂，也不觉得有多凉快。膀子越来越酸了。

扑啦啦，不知是我的，还是妹妹的鹅，经不住一路的颠簸，敞开出口，泻出了一滩稀便，那稀便，就像画家泼墨的颜料，斜刺里飞了出来，白底红点的褂子，立时，染上了一溜青斑。那是临出门的时候，我俩犒劳两只鹅的，最肥美的青草的加工物。咯咯咯，慧玉表姨回头一看，笑得差点岔了气，嘻着的嘴巴里，一溜整齐的牙齿，显得特别的白。晓，燕，这是鹅惦记你俩的辛苦，要给你们留点纪念呢。

这一说，兀地，鼻子酸了起来。唉，鹅，我俩朝夕相处的小伙伴，今天，就要去一个它们不知道的地方了。在那里，等着它们的，不是肥美的水草，而是一只大磅秤，那里，也没有它们温暖的家，而是一些铁笼子，还有候在门外的，突突冒烟的机动三轮车，给我俩带来无数快乐的两只大白鹅，将要和更多的鹅们一起，被运向遥远的地方。

鹅，想起鹅，就想起它那种黄黄的，绒绒的小模样来。春天里，在鹅贩子那只又大又圆的扁筛子里，密密匝匝地挤满了小鹅，一只紧挨着另一只，圆圆的小脑袋，一个劲儿地朝鹅群里挤。扁筛前围满了孩子，心里个个痒痒的。买鹅！这个念头，在我俩小小的心里点起了一把火，一旦冒出来，就再也难以熄灭了，脚不点地地跑回家，一左一右，抱着母亲的膀子央求着。母亲微笑着，和我俩一起从鹅贩子那里捧回了四只鹅。

多少个日月哇，我俩和这群鹅们守在一起，形影不离。清汪汪的河滩底，绿油油的青草地，鹅们，在那里，沐浴着蓝天白云，逍遥自在。开头，只有小拳头那么大，吃些细碎的小青菜，蹒跚学步，慢慢地长起来，褪掉了黄黄的绒毛，换上了雪白的大翎，高高地昂着头，摇摇摆摆走过来，雄鹅威风，雌鹅优雅，像一幅流淌的风景画。鹅们，没有辜负小主人的一番辛劳，在草窝里，筐篮里，献出了一枚枚雪白的鹅蛋。端午的时候，这些在粽子锅里躺了一夜的鹅蛋，捞出来，卧在红毛线编织的网兜子里，挂在我俩的胸前，别提有多美了。

拐过河北沿，绕过后陈庄，从武装部门前斜插过去，收购站就要到了。脚步，越来越沉重起来。好像每迈一步，都很艰难。那只叫小因的，平常多乖啊。像个绅士一样，很少欺负其他的鹅，小野蛮，虽然平时皮了点，可那也是为了讨小主人欢心呢。还有，它俩除了和其他的鹅积极合作，为我家贡献了多多的鹅蛋外，平时真的很少犯什么错误哇。可是，现在，它们就要被卖掉了！一想到这个"卖"字，不由得心里一揪，就觉得，卖，于鹅们，就是永远不再回来了。

　　老远的，看见收购站张着大嘴，吞吐着前来卖鹅的人群。嘎嘎的叫声从门里，一声接一声地传出来。那不是在河滩地里，青草坡上听到的呢喃细语，而是一种从内心里发出的嘶喊，哑哑的，像是被一只粗大的手掐住脖子的感觉。那一瞬，我怀里的鹅挣了一下，似乎想从我手里逃走。赶紧地，用手摸了摸它的脖子，似在告诉它，没事儿，有我呢。可怜的鹅儿，听信了小主人的安抚，暂时安静了。一时，又有点后悔起来，刚才路过青口河时，怎么不把它放了，到树林里去，到河流里去，即使遇到风雨，也比到这儿强哇。

　　你俩磨蹭什么，快点儿，还得排队呢，表姨吆喝着。那两只大白鹅，卧在我俩的怀里，一动不动，圆圆的眼睛里，流露出了无限的悲戚，但它俩没有挣脱，就那样，偎着小主人温热的身子，伸着软软的长脖子，惊慌地看着四周，不远处，鹅的粗噶的叫声，像燥热天里老槐树上的蝉鸣，形成一股又一股声浪，哗地灌满了耳廓。

瓦盆记

你有没有用过瓦盆？没有，那就听我和你娓娓道来，关于瓦盆的故事。

瓦盆，在二十世纪六七十年代的民间，是最常见的盛装粮食的器皿。那时候，家家都少不了要有十来个大小不等的瓦盆。瓦盆，最常见的是青灰色，其他颜色的有没有，也许有，可我没有见过。印象里，我们家的瓦盆都是那种介乎青蓝灰之间的一种颜色。瓦盆，与我们的日常生活息息相关。盛饭、装菜、端汤水、装粮食，用途多样。总之，一切必须用器皿装盛的东西，瓦盆都可以胜任。那个年代，搪瓷盆子也不是没有，但在不发达的民间，还是稀罕物，要不，怎么会把搪瓷盆子叫"洋盆子"或是"广盆子"呢。由于"洋盆子"的稀罕，这瓦盆可就成了普通百姓家的寻常之物了。

瓦盆，至今为什么让我念念不忘？一切皆因它的一大特点，易碎。瓦盆，应是窑厂里烧出来的。如果没猜错，和瓦屋上的瓦的制造流程大致一样，只是用的模具不同罢了。大风刮起的时候，如果谁家屋顶上有几片瓦被吹下来，那结果就可想而知了。瓦盆也一样，这东西是土胚烧制出来的，质地一点也不像它的外观一样看起来牢固。

吆喝声一起，就知道，村里来了卖瓦盆的了。一定是用小推车推来的。独轮车的两个长条框里，摞满了各式大小不等的瓦盆，都用很粗的草绳牢牢地捆着。卖瓦盆，要走平路，不能颠簸，否则，就会出现意外。吆喝声就是命令，主妇们纷纷放下笤帚疙瘩围了上来。有买两个的，有买四个的，最多的，要买十来个。怎的？买得越多，说明，他们家原先的瓦盆碎得越多呗。要不，就是买回去，先备着，待哪只瓦盆碎了，随时替补上去。

我家的瓦盆买回来了。一摞，十多个。大的套小的，小的套更小的。整整齐齐，摞在一起。小心翼翼地，把那瓦盆放在空的水缸里。从那儿过的时候，谁都得小心点，一不留神磕碰了，就麻烦了。可真是怕什么来什么。我家的瓦盆，碎的最快。这不，准备从水缸里取一只瓦盆装猪食，谁知这摞瓦盆放在空水缸里多了几天，瓦盆们团结一致，只只间的缝隙越变越小了。小心地想从最上层揭一只出来，扣扯了半天，也没有扣出来，一着急，顶上这只被扣碎了。这可糟啦。碎了一只，不知下面的怎么样。赶紧把一摞瓦盆从缸里取出来，摞在凳子上。想着，琢磨一下，怎么又快又好地把这一摞瓦盆一只只地分开。正忙着呢，邻村的李大麻子来了。李大麻子，五大三粗，当年到过朝鲜，当过志愿军，还带回来一位朝鲜媳妇，是个具有一定传奇色彩的人物。那天，他来咱家干什么来了？不知道，总之，李大麻子来了，朝那条凳子上一坐，那摞瓦盆顿时四分五裂。李大麻子是个高度近视眼，他一到咱家，第一件事，就是帮着把这摞瓦盆解决了。

瓦盆全碎了。怎么办？再买！卖瓦盆的，隔几天就到村里来一趟。反正不愁生意。这回，咱家不仅买了十多个瓦盆，还买了一部分瓦罐。由于用的瓦盆碎的多了，经验也有了，就是小心再小心就是了。端瓦盆的时候，要两手捧着。挪瓦盆的时候，要轻挪轻放。棍啊，棒啊，离这些物什要远点。那几天，家里正在打凉粉，打好的凉粉盛出来，放在一只只小瓦盆里，凉透了，冻歪歪的形状，煞是喜人。

可是，小心归小心，随着时间的推移，瓦盆们，还是一只接着另一只，出了各种各样的问题。不是端不住，打了，就是一不留神,用了点力气,好好的瓦盆,"炸纹儿"了。就是在盆体上,或是底部,裂开了一条缝,这条缝隙,若隐若现,但已经预示了盆的结局。只能将就着装些干货了。那会儿,少年的大哥,是我们的青春偶像,他的智商,在我们看来,远在一般人之上。这不,为了解决瓦盆"炸纹儿"的问题,他发明了"钻",就是一种锥子样的东西,左右用绳子拉着,在瓦盆的"纹儿"周边,反复钻,钻出了一排排眼儿,再用细麻绳从眼子里外穿起来,像球鞋上穿鞋带一般,这样,盆体的"纹儿"被麻绳固定住了,不至于继续开裂。对于磕碰出窟窿的地方,还要用一种铝制的疤子去补上。就这样,大哥反反复复,用他自制的"钻",不知补了家里多少瓦盆,让那些本来能盛汤水饭食的瓦盆,在"炸纹儿"之后,又赖赖巴巴地多坚持了些日子。

烫发女孩

什么时候,女孩的头发以曲为美?不太清楚。但是,当美的意识萌芽的时候,便觉得,把直发的刘海,变成弯曲的样子,果然就有了一分妩媚。许是反特的电影看多了,觉得里面的那些穿旗袍的女特务,烫发都特别美丽的缘故吧。

说也奇怪,为了美,人的创造的潜能大得很呢。没听说过火钳子烫发吧?烧饭的煤球炉子,配有一把火钳,状如剪子,但又细又长,专门用来在滚烫的炉膛里添加蜂窝煤用的。一只蜂窝煤,黑黑的,放进炉膛,在炖开了几壶水,或是烧煮了一顿饭以后,就从黑色变成灰红色的了。眼看着火力越来越弱,这时,就要趁着灰红的蜂窝煤还有隐隐的红光,用火钳子把一只乌黑的煤球叼进炉膛,让新煤的眼子和尚未燃尽的旧煤的眼子对起来,一一对齐了,这火势就会从旧煤上渐渐燃到新煤上来。那火钳子,在炉膛里停得久了,尖尖的头子就会变得通红,是一种透明的红,如铁匠烧红的配件一般。大人们怕烫着孩子,拿出来后,往往会把钳子对着盆里的凉水哧溜一下,冒出一股白烟后,慢慢冷却了,才放心。一来二去,女孩们就觉得,这么烫的热力,用来烫发如何?有那特别巧手的姑娘,用火钳子将额前的头发烫出了特别有韵味的弯儿来,顶在脑门上,在街头上走过来,走过去,对着左右的行人,尤其是脚步轻快的小伙子,一瞥,轻轻的,就那么一下子,定力不足的小伙子,就酥软了半截身子。这诀窍不久就弥漫开来。于是,大姑娘、小媳妇的刘海儿,辫梢子,一律的,都变成了菊花的瓣儿。不得不承认,放眼望过去,学校里,会场上,田间,地头,妩媚像三月里的春风,弥漫了女人们、女孩们的眉眼儿,让劳作了一天的大老爷们看了,皱褶了的心里也有了些舒展。

两个十来岁的小女孩,受那美的诱惑,无师自通地操练起来。先把那柄长长的火钳插到蜂窝煤的眼子里,耐心地等着,直等得那块蜂窝煤的火苗子呼呼冒起来,这才把那烧得透明的火钳子拿出来,举在空中,看那袅袅的青烟在钳子上消散,嗅着空气里一股说不清的味道,互相看了一眼,你先来?你先来!钳子,不知在谁的辫子梢上触了一下,吱的一声,一股子焦燎味儿散开来,头发烧糊了。再等等,等那红红的钳子头渐渐地变成了暗灰色,一绺刘海轻轻地裹在滚烫的钳子上,把那钳子的尖儿,转一圈,再转一圈,让那滚烫的钳子亲吻着女孩的秀发,等一会儿,直到托着钳子的手臂都酸了,便将长长的火钳子松开来,原来那绺长长的刘海,能遮住眉毛的,现在,变短了,卷到了眉毛上方,变成一溜圆圆的卷儿,在额头上微微颤动着。哈,成了!两个小女孩脑门上顶着一溜弯卷的刘海儿,兴冲冲地在河堤上行走。火钳子烫出的花卷儿,虽然好看,可维持不了太久。现在,到照相馆去。在那里,请那照相师傅拍个照,要彩色的,这花卷儿的美丽就会永远定格在额头上。

美的追求是恒定的。两个女孩来到哪一座城市里了?理发师傅过来了,把那洁白的围布朝她俩脖子上一搭,年轻的小伙子将一个带着转轮的架子车推过来了。托盘上面,放满了各色零件,大瓶、小瓶、夹子、皮筋、塑料手套……一应俱全。手法熟练的小伙子将她俩的小辫子松开来,把那浓密的头发分成了一绺,又一绺,分别抹上了一种刺鼻的药水,再用夹子裹起来,拿来皮筋,左一缠,又一绕,绷得紧紧的。也就半个小时的功夫,满头卷起了细密的小卷儿。大热的天气,一头的小卷儿,头皮被橡皮筋绷得生疼,头顶上还焐上了一个大塑料帽子,说是需要电加热。不知折腾了多久,终于成功了,待那满头发臭的药水味儿散去的时候,对着镜子一照,乖乖,满头的小碎花儿,掩盖了十来岁女孩子的清纯,不知怎么的,竟打理出了两个成熟的小妇人来。远不如那火钳子烫出的两个花儿来得美丽。两个女孩面面相觑,傻眼了。

踩着一地焦脆的棒豉秸子在大街上走,繁盛的小碎花儿在头顶上盛开,许是怕那意想不到的轰动效应,烫发的女孩嘀嘀咕咕,商量了一会儿,走了没几步,就掏出皮筋来,互相把那脑后的碎花儿扎成了两坨绵羊尾巴,一走一颠,说不出是得意,还是别扭,正忐忑着呢,一位少年不知从哪垛棒豉秸子里钻出来了,顶着一头的棒豉叶子,手里还拿着一本缺角少页的古书。他只扫了俩女孩一眼,就叫起来了,哎嘿,城市人回来了!

过 节

今天是什么节？我眨着迷茫的眼睛看看周围的同学。这些个半大不小的孩子，有用布绺子抽陀螺的，有跳皮筋的，还有打梭子、来方的（跳田字格）。但令人不解的是，今天好像都特别带劲儿。一些孩子，仨一群，俩一伙，嘀嘀咕咕，脸上都是一种无法言说的期待。要过节了。七十年代早期的一天上午，乡村小学的教室里弥漫着一种说不出的喜气。看看孩子们，眼神、动作、嘴角的微笑，喉咙的声响，泥巴凳子上扭动不安的屁股，好像都在传达着一个词，过节！过节，孩子们的最爱。那是可以吃到白米干饭的时候，或许还能吃到猪肉白菜炖粉条，那种撩人口水的香味儿，只有文火的煤球炉子才能炖出来。

那天上午的课，变得特别长。下课的哨子，迟迟不能吹起来。有一阵子，孩子们甚至怀疑负责吹哨子的人嘴巴可能长冻疮了。老师的课，也讲得又臭又长。比如那位冬瓜脸老师，一遍遍重复着，"建筑工人，不会读，不会写，也不知道自己的利益和民族的利益……"，这和皮得一股汗臭味的孩子们有什么关系？孩子们现在关注的中心点，就是快点下课，回家过节，让平时塞满了青菜、地瓜的肚子，加一些吃起来特别香的东西，今天才知道，那是一种叫蛋白质、脂肪的东西。直到某一个同学的屁股，耐不住泥巴凳子的折磨，发出曲里拐弯的一声抗议之后，全班同学再也忍耐不下去了，伴随着一阵哄笑，泥巴团子，小石子，雨点般朝那个叫"粘"的男生的头上、身上打过来，冬瓜脸老师拍桌子的声音淹没在学生嚣叫的声浪里，还算识相，无奈地喊了一声下课，算是给一窝困在笼子里的鸟儿放了飞。

随着蜂拥的人流，我三步并作两步往家里跑，那些瘦精的同学们，个个像脚踩风火轮，从我的身边倏地一下就飞过去了，只留下了匆匆的表情、急吼吼的眼神、能够想象出，他们的喉咙管子里似乎都在长出手来，要去攫取这个什么节的餐桌上的美食。进了院子，远远看见，家里还是常见的样子，铁将军把门。母亲又去忙那些永远也忙不完的工作去了。在门沿顶上摸了一会儿，找到房门的钥匙，打开了门。一股子潮霉味儿扑面而来。心里不免有些怏怏的。想去做那平常最易做的地瓜水，又有些不甘。

正愣怔着，母亲风尘仆仆地回来了，脚步也比平时快了许多。她没说什么，拿起一只干瓢，弯腰在墙拐角的一口大缸的一只口袋里，挖了一干瓢什么，放在簸箕里，迎着风，反复簸了几下，把沙土、小石子簸干净了，又装到小盆里，转身对我说，晓，你到隔壁山叔家"雌碓"（捣石舂）去。我看着这一干瓢黄黄的细细的颗粒，知道这叫谷子，必须经过"雌碓"的工序，才能变成可以食用的黄色的小米，这种小米，平时家里也少见，只在春季里买到毛茸茸的小鸡雏的时候，才会出现那么一小把，那是小鸡们在婴儿期才有资格享用的。我耐住肚子里咕咕的叫声，闻着左邻右舍家里飘出的阵阵香味儿，判断着，这是炒鸡蛋的味道，那是熬猪肉的味道。

山叔家的石舂，是用一根长长的木头做的，木头的顶端，是一个榔头一样的东西，对准一个石头窝窝，把谷子放在石窝窝里，我再回到架在轴上的木头的另一头，用脚反复踩，让木头顶端的榔头翘起来，落在石窝的谷子里，翘起来，再落下去，如是三番，用榔头与石窝的反复对冲，磨去谷子身上的外衣，为我们的节日奉献小米。那个中午，我小小的身体不知哪儿来的一股劲儿，对着那个轴上的木头踩起，落下，再踩起，再落下，反反复复。

母亲的簸箕又端起来了。随着簸箕迎着风一起一落，谷子的外衣纷纷随风飘走了，簸箕里剩下的是黄灿灿的小米。母亲把小米淘在锅里，添上水，开始烧火做饭。她一边拉风箱，一边拿了一只碗给我，晓，你到张大爷家去借点油去。我端着那只碗，拔腿就朝张大爷家跑。心里有些别扭，张大爷的儿子跟我在一个班上小学，看到我来借油，会怎么想？硬着头皮进了张家的院子，一条大黄狗对我吠了几声，张家9口人围着桌子正吃得热火朝天，而且是静悄悄的，一点说话的声音都没有，吃饭人的表情，是那样专注，那样迫切，真的好像除了频繁举起的筷子，喉咙管子里也有手在伸出来。张大娘慈眉善目，热情地招呼着扭扭捏捏的我。我满脸通红地说明来意，她拿出油壶来，朝我的盘子里倒了一点花生油，那油，黄黄的、很黏稠，好像用筷子一挑，就能拉出很长的丝来。

小米干饭做好了。掀开锅盖的一刹那，我看到了黄澄澄、热腾腾的小米干饭，透着晶莹剔透的光泽，发散着一股甜丝丝的清香味儿，抽抽鼻子，深深嗅着阵阵诱人的清香味儿，沉浸在说不出的喜悦里，噢，这就是我的节日……

暖

天气说冷就冷,前几天还暖和和的,突然就刮起白毛风来了,气温骤降到零度以下。大地一下子换了面孔,从湿润的、柔和的感觉,变成了结实的硬壳子。变化最大的,是树上的叶子,蝴蝶一般,飘下来,绕着行人的肩头、脚底下,不停地打着旋儿,再飞向不知什么地方。树枝子没了叶子的点缀,显得直愣愣地,伸向了天空,衬得瓦蓝色的天空又深、又远。

这是七十年代初的某一个冬天的早晨。我肩膀上斜挎着一只花布缝的书包,混在一群乡村孩子中间,撒开腿朝教室里跑。空空的裤腿子,随着刮起的白毛风,不停地钻进一股股的风来,腿肚子、脊梁凉飕飕的,一会儿,脸就变得青紫起来,清水鼻涕也出来了。这是一间土坯垒起的教室,室内的桌子、凳子都是泥巴做的。一股子潮渍渍的泥土味儿。喧哗的孩子们呼一下朝屋里一涌,顿时小屋变得满满当当,嘴里哈出的热气,弥漫开来,人气足了,屋里竟然有了暖的感觉。看看前后左右,不少同学已经穿上了棉衣,都是那种叫"老粗拉"的粗布棉衣,细密针脚的凹槽外,绷得胀鼓鼓的,衬得穿衣人形状怪异,忍不住要笑出来。穿上棉衣的孩子,两个腮蛋子上,有一种红色,那是暖的。比较起来,我的单裤、单褂,显得格外的萧索。他们的妈妈都是干什么的?我心里寻思,他们穿的棉衣是事先缝好的吧?不然不会这么快就穿上哇。趁着下课,我们一群孩子到教室外去玩耍，大家堆在墙根处，排成多米诺骨牌的形状，你挤我，我挤你，有那排在队尾的同学，听到上课的哨子响了，抽身一撤，顿时倒了一片。

放学了。顺着河塘边朝家里跑。风更大了。身上的单衣好像变成了一层纸。一进院子，鸡飞、狗跳、猪们嗷嗷叫，都冻得不行，饿得不行。我们小姊妹俩分头行动，抄起水瓢，舀了几瓢剩饭菜汤给猪们，又抓几把棒子粒儿，撒给鸡们、鸭们，拿起铁锨，把天女散花般的鸡屎除了，剁几块地瓜（山芋）到大铁锅里，加上几瓢清水，拉起风箱，开始烧晚饭。一直忙乎到吃晚饭，母亲还没有回来，开的什么会？咋这么长哇。地瓜水上桌了。还有一盘酱油腌萝卜干子。瓜干面煎饼又拿出来了。还没吃，胃里就泛出了酸水，是习惯性的，也是冷风灌的。

凑着昏暗的煤油灯，赶紧写作业。小小的铅笔头，快握不住了。田字格里的字，慢慢多起来。母亲怎么还不回来？一群兄弟姊妹，各人手上都有一本书，大部头，小画书。兄弟们在讨论着，什么是氯化钾。黑魆魆的院子里，有个人影渐渐近了，是母亲！一阵欢呼。母亲总是那么稳当，那么安详。海昌蓝的斜对襟褂子，齐肩的短发，嘴角抿着，微微有些笑意。母亲把我冰凉的小手握在暖暖的手心里，说，怎跟冰块子似的？母亲回来了。昏暗的小屋顿时温暖起来，是那种心里的安宁、踏实的感觉，弥散在每一根汗毛孔里。有了母亲，风也不怕，冷也不怕了。同学都穿棉衣了！我和孪生妹妹争着朝母亲喊，好像母亲是个万能的魔术师，这一喊，就能吹口气，变出暖和的棉衣来。

母亲在外面干什么，我不知道。反正觉得，肯定是"国家大事"。但母亲回来了，被一群冻得瑟瑟发抖的孩子围起来，母亲在想什么，我有点知道，也不全知道。夜深了，我和妹妹合盖一床被子，各人睡一头，通腿，这是冬天取暖的好办法。隐隐的，感到有人走了过来，脚步轻得几乎听不见。当盖在身上的被子的四角，被掖了又掖，脖子周围的被角被塞得严严实实的时候，我知道，是母亲。昏暗的灯影里,母亲一会儿进来,一会儿出去,她的身影被灯光映在墙上,一会儿拉长,一会儿变短,许久,母亲在桌子前站下来,不动了。但她的腰微微弯着,手底在忙着什么。这么晚了,母亲怎么还不睡觉哇。她怎么就不困哇。我躺在暖暖的被窝里,眼睛迷糊了……

"狗狗喽!狗狗喽!"大公鸡胡李准时叫起来,一声,又一声。我一激灵,踹了妹妹一下,赶紧从被窝里爬起来,揉了揉眼睛。那一瞬,简直不敢相信自己的眼睛,床头上,竟然有一摞棉衣,叠得整整齐齐的,摸上去,松软松软的……

袜子里的电影票

　　一听说下午要到县城里去看电影,班级里立刻炸了马蜂窝。正吵嚷的当儿,班长进来了。班长,名叫什么"早"。高挑的个子,脑袋偏又出奇的小,就觉得,那脑袋,真的像竹竿头上的一枚什么"枣"。他扬着手里的一沓子电影票,看着大家眼巴巴的样子,感到自己这会儿比国王还神气。票,一张张发到同学们手心里了。发票的脚步声朝我走来的时候,我的心里早已"咚咚"跳了起来,就觉得呼吸困难,头晕眼花,待那一张红色的小纸片放在手心里时,才感觉到,汗,已经像蚯蚓一样顺着额角缓缓爬下来,脊梁,也变得冷飕飕的了。

　　从村里到城里的电影院,要走大约三四里路。那会儿,正是夏天,水草丰茂的季节。一群半大不小的孩子,结伙来到了河南沿。以孩子的眼光,河宽得一眼望不到头。大水刚刚过去,余脉还在拐着弯、打着旋儿,缓缓向东流淌。河上,那个长板凳样的小桥,颤颤巍巍地支撑了一个夏天,朽透了的桥板,终于耷拉下来。没听见谁说什么,就见左右的小伙伴都在忙着脱鞋褪裤,左一个,右一个,鸭子一样,扑通扑通下了水。眼看着他们向远处游去,我也急了,学着左右的样子,将长裤盘在头上,准备过河。一直攥在手里的电影票怎么办?这会儿,一股燥热在脊梁骨里冒出来,就觉得像有无数的小蚂蚁,刺攮得浑身不自在。裹在衣服里?不行,口袋没拉链,漏出来怎么办？放在鞋子里？也不行，口太大。眼看伙伴们在河面上像一朵朵蘑菇漂到了对岸，甚至有几个孩子已在河北沿沙窝地里翻跟头了，小蚂蚁刺攘的感觉更厉害了。就在泪珠绕着眼眶打转的时候，也不知是谁的主意，那枚珍贵的电影票，最后，被安放在袜子里。

过河了。水没到了膝盖，脚下的流沙在脚脖上、脚趾缝里，缓缓地亲吻着，流淌着，一会儿，脚窝处就踏出个流沙的洞来，间或，好像还有些小鱼儿过来，挤挤挨挨，咬脚趾头。一只白色的大鸟，在水面上顿了一下，一展翅子，嗖一下飞上了蓝天。一想到马上能坐到影院里看电影，那种喉头发堵的感觉又来了。

到了电影院门口，就像一头拱进了马蜂窝，四面都是嗡嗡嘤嘤声，震耳欲聋，听不清人语。班长脖子上的青筋暴得比蚯蚓还粗，他把两手做成喇叭状，嘴巴张得像一只干瓢，那只干瓢刚开口，就被拥挤的人群淹没了。不知在一群充盈着屁臭味、汗馊味的人群里钻了多久，我终于被裹挟到了检票口。检票员是个中年男人，披着一件皱巴巴的军大衣，面相粗野，头发蓬乱，瞪着一双通红的蟹子眼，他的手钳子一样，从无数的手里夺过票来，看也不看，夺一张撕一下，恶狠狠的，好像和那小小的纸片有仇。

挤到门边，我这才想起到袜子里去摸那张票。这一摸，汗刷地一下出来了。票不见了！过河的时候，小心翼翼地放在袜子的最里头，怎么会不见了呢，那袜子，自打装了电影票以后，就没敢再穿，一直紧紧地握在手里。而且，那双袜子，是尼龙的，松紧性特别好，平时穿在脚上，帮子都是紧紧箍在脚脖子上。放票的时候，我小心翼翼地把票放在袜子的最里头，还撑开松紧性很好的袜帮，悄悄朝里面看了又看，那枚玫红色的电影票，静静地卧在里面，就像一只母鸡卧在松软的草窝里孵蛋，那样儿，要多熨帖有多熨帖。

可是，现在，票不见了。那双袜子，被里外翻了不知多少遍，松紧带已经快要拽断了，身上，鞋子里，甚至头发里，都翻找了个遍。还是不见那张票的踪影。就听到影院里好像音乐已经响了起来。

那种小蚂蚁刺攘的感觉弥漫了全身，我急得嘤嘤地哭起来。

　　T老师不知从哪儿冒出来了。他问了几句，吼了两声。T老师，平常脸铁板一块，绝少见到他的笑容，同学们都说他的"狼眼"里难得挤出一丝柔光来。这会儿，T老师低头沉思了数秒，向检票口挤过去，他的头吃力地朝密不透风的人群里拱，因缝隙太小，不得不弓腰缩肚，活像一只拱墙的土猪。此刻，他朝那位凶神恶煞的检票员灿烂地笑着，虽然那笑容，看起来比哭还难看，一直冷峻的眼里竟也挤出了些许的柔光，一口一个大哥，叫得比蜜还甜，还变魔术一般，不知从哪儿变出了一根香烟，殷勤地帮检票员点上火。他嘴里冒出的话，有解释，有哀求，有感谢，还有对不懂事的我的责骂。那股子谦恭劲儿，就差给检票员跪下了。说也怪了，那个狠巴巴的检票员深深吸了口烟，从鼻腔深处徐徐呼出来，嘴里竟哼了一句，算啦，小孩。就这四个字，我像得了特赦令一般，被后面的人呼一下拥进了影院。

　　那张小小的纸片，从发到我的手心里，就紧紧地攥着，在过河的时候，又小心翼翼地藏到袜子里，究竟在什么时候，它翩然而去了呢？

天空之影

　　一幅白色的，四四方方的银幕在天空悬挂起来，紫平绒的滚边，四角用绳子吊着，显得更加平展。一看到银幕，孩子们的心里像油锅里撒了把盐，炸开了。还没到放学时间，就盼着下课，下课，哪里还有心思去听什么根号1、根号2？

　　黑乎乎的机器底下，围满了圆头圆脑的娃娃头们，那个立起来的播放拷贝的圆家伙，激起了无数孩子的好奇，怎么回事儿，听说人、马、枪、炮都是从这里走出来的？曲里拐弯的巷子口上，人群像蝗虫一样涌过来。手提肩扛的凳子五花八门，方的、长的、圆的，还有三条腿的。有只红漆方凳子，不知是用什么好木料打的，死沉死沉的，斜骑在一个少年的肩膀上，杠得他肩胛生疼，咧着嘴。黑压压的人群杂乱地挤满了不大不小的一块空地。朝里挤，看不到屏幕，再朝里挤。就这样，你挤我，我挤你，幕布周围，很快就密不透风了。一抬头，屋顶上，树杈上，草垛上的孩子，像雨后森林里的蘑菇，密密匝匝地盛开着。

　　清风徐来，星星眨眼，月牙儿高高地挂在天边。电影开始了。这是一部黑白片子，《列宁在一九一八》。影片上，瓦西里和夫人作战前告别。两人紧紧拥抱在一起，一阵激动人心的热吻，深度的，舌头交换舌头的那种，看得人大气不敢出。吻毕。全场头晕目眩。稍顷，沸腾了。嘻嘻嘻、哈哈哈，笑声一阵，又一阵。一中年村妇咯咯地笑完了，冒出一句，就这点够什么？立时，全场又是一阵爆笑。乌拉！战场上，马队发起了冲锋，英俊高大的瓦西里挥舞着马刀，嘴里喊着乌拉，纵马奔驰，跃过战壕，飞过悬崖，咴！马一声长嘶，立起前蹄，马背上的瓦西里，英姿勃发，倾倒了无数少女。

孩子们看电影看疯了。邻近的村庄，哪里有电影，消息跑得比兔子都快。王楼子、张城子、新庄子、申城子，一连串村庄的名字，交替在孩子们的嘴里传递着。这班愣头青，成群结队，爬沟过河，成了放映场的铁杆观众。在孩儿王的指挥下，常常是蜂拥而来，挥着树条子，吹着口哨，从农人的瓜田里、菜地里呼啸而过，呼呼隆隆，哗哗啦啦，瓜掉叶落，留下一片狼藉。偶有情报失误，扑了空的，那股失望之情，无处宣泄。要是刚好从谁家麦田里经过，庄稼可就遭殃了。

那是个英雄精神天马行空的年代。想想吧，正是意气风发，满脑门子英雄梦的年龄，谁不想像着自己就是战争片里的男（女）一号，在疆场上纵马驰骋，叱咤风云一番啊。幽蓝的夜空，白色的银幕，上演着多少荡气回肠的故事。一位女游击队员，划着一只小船从江面上漂来，渐行渐近，快要靠岸时，女队员拄着划船的篙，朝岸上飞身一跳，燕子一般，轻盈地落在岸上，那撑篙一跳，划出的美丽的弧度，衬着迎风摇曳的芦苇，碧蓝剔透的天幕，浩浩淼淼的水域，让人意乱神迷。那高大英俊的男军人攥着女主角的手，一声深情的"同志！"，又让正处青春萌动期的少男少女醉了。

看电影，应当与夜空为伴，伴以星星、月亮，还要有若干枝繁叶茂的大树，一两个麦草垛，不高也不矮的几间瓦屋，再配上一群青皮萝卜头的孩子，扎着两条黄毛小辫儿的少女，就齐了。

查 票

　　二十世纪七十年代的乡村，人们很少有机会去城里看电影。公社电影队时不时的也会来到村里放电影。那多是《地雷战》一类的战斗故事片，或是一些新闻纪录片。到县城电影院里，坐在舒舒服服的椅子上看电影，那就是一种奢侈了。不是不能去，而是买不到电影票。那张小小的纸片，是观影的通行证，少了它，插上翅膀也飞不进电影院里去。

　　世间的事就是这样，越难就越富有刺激性。到县城电影院看电影，成了一种近乎强烈的愿望。一听说电影院又放新电影了，心里好像有小蚂蚁在爬，坐卧不宁，孩子反复缠磨着大人，怎么着也得想办法看电影去。

　　大人们被缠磨得急了，还真是的，没搞到票，也把小孩带到电影院门口来了。你见过电影院门前那种万头攒动的情景吗？今天，即使是《阿凡达》这样的美国大片，也不可能有这种超强的号召力了。还没开始检票呢，影院门前不大的场地上已经是人山人海。四下的路口里，还有无尽的人流朝这里涌动。谈恋爱的、同学聚会的、追求艺术的，小小的广场上人声鼎沸，真真是一场超级 party。

　　乡下来的大人们牵着小孩的手，正在角落里站着，两眼四撒。口袋里没有票，心里头敲着小鼓，期盼着检票的时候，越乱越好，乱了，就可以乱中取胜，把孩子塞到电影院里去。

开始检票了。前面的人手里捏着那张珍贵的小纸片顺序进场。检票员的脸绷得紧紧的。眼睛瞪得老大，揪着一张张递过来的纸片，目光近乎狰狞。一位穿大衣的检了票正要往里走，忽然检票员拽住了他，原来大衣的下摆里藏了个孩子。那孩子不知什么时候拱在大衣下摆里面紧跟着往里走，不注意还真看不见呢。孩子被拽出来了，一时张徨失措。后边的人明显有点不耐烦了，哄的一声，人群朝前涌了一下，就像一个浪头打了过来。检票员招架不住了。正喊着慢慢来呢，人群涌动的频率加快了。好像有人吆喝了一句，电影都开演了，还检什么票哇！这一喊，成群的人就像涨潮的潮头一样，哗一下漫过江堤，将检票口淹没了。那位面目狰狞的检票员立刻被潮涌的人群挤出了围栏，只剩下在一边跺脚。

电影果然开始了。是一部黑白片，叫《秘密图纸》，是演白毛女的田华主演的。扮演的是一位英气气逼人的女公安员，正在眨着一双犀利的眼睛，办理一起抓特务的案子。放眼影院里，怪了，什么时候进来了这么多人，而且一个萝卜一个坑，都稳稳地坐在座位上，津津有味地看着电影呢。那剩下来的几个位子，被后来的人哗一下填满了。更多的人流挤在过道里。随着人流混进来的孩子迅疾塞到了椅子之间的缝隙里或是在大人的腿上落了座。

那场电影好像是县里三级干部会的招待电影吧？因为在乱哄哄的影院里，我们小姐俩也趁乱进来了，还找到了在县城里开会的母亲，看到了母亲的好友祁洪兰大姨。她们看到我们小姐俩进来了，喜出望外，赶紧把我俩抱过去坐在腿上。哈，终于看到电影了，而且，还是在妈妈和大姨的怀里。兴奋的心情自不待说。那女公安，一双眼睛射着寒光，戴着无檐帽的面庞在屏幕上有脸盆那么大。每一句台词都是那么铿锵有力。

查票了！查票了！忽然，耳边传来一阵嘶哑的吆喝声，嗡的一声，影院顿时大乱。坐在影院过道里观影的人群纷纷爬起来朝黑影里躲。我们小姐俩缩在大人怀里，恨不得缩成一只小球。一只大手直撅撅地伸过来了，票呢？母亲和祁洪兰大姨极力和查票员解释着、争辩着,但没有用,我俩还是被那只大手拽出来推出了门外。

　　特务到底抓到没有哇?被清除出电影院的人群围在影院门外,迟迟不肯离去。一些人绕着影院不知转了多少圈,最后发现,影院的后门有一条缝隙,扒着门缝朝里看,能隐隐看到电影屏幕上的一些画面。于是,越来越多的人都涌过来去扒那条门缝。我们小姐俩个子矮,很快就从大人的腿空里钻进来了。我俩占据的缝隙还真够大。不过,脸对着缝隙的时候,要侧着,就像鹅抬头看天的样子。我俩就那样,扒着影院的门缝,瞪大了眼睛看那些在白色的屏幕上晃动的人影。不过,不知怎么的,刚才那位英气逼人的女公安员,原来圆圆的脸庞现在变得又扁又长……

小古书

讲古代故事的小画书,大多纸页泛黄,有的连封面都没有,内容也残缺不全了,但越是这样,越激起人们阅读的好奇。最早接触的古典小画书,是哪一本,已记不太清楚了,但有那么几本,现在想起来,当时的场景还历历在目,就像某一首歌曲,虽然过去了好多年,只要那旋律响起来,马上所有与之有关的气息都灵动起来。

一天傍晚,我正在村里打麦场上玩耍,不知谁的手上传来一本古典小画书,那本画书的名字叫《张骞出使西域》。画面上的张骞,长袍大袖,胡须飘飘。一路读下来,知道了古代有这么一个大官,为了国家的利益,走到西部很远的地方,还差点丢了性命。看完了,说不出心里的那种悲凉,就觉得,原来,这种穿着宽袍大袖的人,命运都是和国家大事连在一起的,自此,一看到画书里有这种打扮的,就知道,这种人,又要到遥远的地方去,而且,去了多数就回不来了。于是,那个薄暮的黄昏,扫得干干净净的打麦场,场上那一排无言的大草垛,一本泛着古旧味儿的小画书,画页上那个迈着大步,甩着大袖子的人,从遥远的古代走来,与一个才几岁的乡村儿童,穿越古今的灵魂交流,就在那一瞬,定格了。

看得最带劲儿的,是《三打祝家庄》。这本小画书里,讲了梁山好汉如何攻打祝家庄的故事,一打,二打,三打,每一次开战,都充满了惊险和曲折。第一次,从画书里,知道了解珍、解宝兄弟的解字，读"xie"而不是"jie"。最佩服的，是一丈青扈三娘，看那画面上，扈三娘头插雉鸡翎，长长的披风飘起一个美丽的弧度，英姿飒爽，纵马而来，大战若干回合后，擒王英于马下，真是佩服到家了。现在，去那《水浒》的书上找扈三娘的段子，看到有这样的描写：蝉鬓金钗双压，凤鞋宝镫斜踏。连环铠甲衬红纱，绣带柳腰端跨。霜刀把雄兵乱砍，玉纤将猛将生拿。天然美貌海棠花，一丈青当先出马。不由佩服起画插图的那位画家来，如何能将这样美妙的文字形之如画，让一些大字不识几个的孩童，通过画面，真切感受到这位女侠的英气来。

在郯城高峰头镇大姑家，吃到了细白面捏的饺子。更难忘的，是在她家找到了一本小古画书，名叫《千里寻弟》，讲的是一对失散多年的兄弟经历了万般的苦难，终于聚到一起的故事。那种骨肉同胞间的亲情，很感人，画面上的人，线条都很柔和，很温婉，只把那个牛氏，画出两道恶眉来。由于印象太深，每每想起来，俩弟兄的名字就会浮现到脑海里：张纳，张城。现在，知道了，原来那故事改编自蒲松龄的《聊斋志异》，是一九五六年版的，陈履平绘的，当时定价只有一毛八分钱，发行量达到了二十一万三千册，可见对当时的孩子影响之大了。除了《千里寻弟》，还见到了一本印制精美的古画书，彩页的，名字叫《金殿装疯》，看那画面上的古代美女，头上戴的帽子，装饰了数不清的小珠子，亮闪闪的，身上的衣服，花纹叠着花纹，金光灿灿，那个女的，美得耀眼，哪有一点疯女的样子呢？但这个"疯"字，让小小的心灵掠过一丝惊悚的感觉，为什么这么漂亮的美女疯了？现在，也知道了，这是汉剧大师陈伯华的代表作，五零年版的。讲的是秦二世时期忠奸善恶的故事。

古典小画书，自记事的时候起，在民间，都是藏着掖着看的。唯其不好找，才格外有吸引力。那种从梁头上、床底下、墙肚里翻出来，如获至宝的感觉，只有那时候才会有。纸页泛黄，绵软，几十页的小画书，看得遍数多了，竟变得"厚"起来，再到后来，珍贵画页不断地被一些人窃走，小画书更加残缺不全，但也怪，越是这样，那缺掉的部分，越能激发起读者无数的想象，有的读者，甚至无师自通，画起续集来。比起那些人物性格单一的战斗英雄故事，这些泛着陈年古旧味儿的小画书，向孩子们展开的，是更加幽远的世界。

藏书记

我们小姐俩,一人手里拥有了一只装电表的方纸盒子。那份隐秘的激动,只有我们自己知道。珍藏的小画书,越来越多了,是该给它们找个家了。把积攒的宝贝拿出来,一本一本,按照种类、新旧、厚薄,开始整理。这些小画书,已经在手心里摩挲许久了,有几本,页边都卷了起来。还有的纸页有点泛黄,那是因为太好看了,在很多人手上辗转的结果。每本小画书的背后,都有一个难忘的故事。我俩叽叽喳喳地商量着,互相交换着方法,很快,编号法产生了。各人给自己的藏书编号,在小画书上,工工整整地写上,1号,2号,3号……,盒子真大,一大摞小画书,放进去,还没装满一半呢。

这些小画书,都是用我们的压岁钱,还有平时大人给的一点零花钱,一本一本攒出来的。大多数是几分钱一本,最贵的,也就一毛多钱。平时,最大的乐趣,莫过于攒钱买画书了。一分一分地攒,直到接近某一本画书的价格,就呼呼往新华书店里跑。我俩正进行着一项宏伟的计划,攒钱买系列连环画,妹妹买《艳阳天》,我买《金光大道》,各人都买了三本了,这套小画书,出的比较慢。这样,出来一本,钱基本上攒得差不多了,再等下一本,漫长的出版周期,给了我俩足够的期待。为了看下一本出来没有,往新华书店去的那条河堤,把我俩小布鞋的鞋底都快磨穿了。

现在,每个人怀里抱着个画书盒子,慢慢欣赏吧。这些小画书,翻看了不知多少遍。有些故事，都会背了。还有的，不看画面，光看下边那行文字，闭上眼睛，都能想出配的什么画来。看久了，便生出些新的想法，换画书。一本换一本，如果不能完全对等，一方还要补给对方几分钱。特别好看的画书，一本能换两本。这样，交换了几次，双方的家底儿基本摸清楚了。在妹妹的小画书里，最让我喜爱的，是那本《小雁齐飞》。讲的是一群少年学习预测天气预报的故事。这本小画书，不仅画面生动活泼，而且里面的孩子们也特别可爱。尤其是金斗和方灵，性格活灵活现，简直就像我们身边的小伙伴。为了换这本小画书，我煞费苦心，想了许多办法，都不能如愿。先是想一本换一本，不行，咬咬牙，两本换一本，还是不行，后来，干脆，拿出一毛钱，要买那本画书，妹妹仍然不为所动。真邪门了。可能是我对这本小画书的穷追不舍，让妹妹更加意识到此书的价值了吧。条件在加码，交换却越来越难了，只好悻悻地按下不提。但心里，一直被这件事儿折磨着。那天，学校搞什么活动，不知怎么的，我竟然比妹妹先到家。一看妹妹不在，心下一喜，找到她存放画书的地方，把她的宝贝盒子抱过来，兜底一翻，哈，《小雁齐飞》在下面！我轻轻把这本书拿出来，放在手心里，反复摩挲着，不忍放下。再看一遍吧。就一页一页地看起来，其实，那个故事，已经完全会背了，比如，"方灵说，乌头风，白头雨，我看准是起风，不会下雨，话音刚落，黄豆大的雨点竟哗啦啦落下来了……"。我近乎贪婪地欣赏着那一幅幅画面，心里翻江倒海起来。翻到其中一张最喜爱的画页时，激动地快要哭起来了。看看门外，妹妹还没有回来。于是，克制着内心的狂跳，揪住那张画页的尾部，哧哧撕起来。人的听觉就是这么灵敏，这细微的声音惊动了大姐。她过来了，一眼就识破了我的举动，劈手将画书夺过去，狠狠瞪了我一眼，神情里，充满了惊讶、愤怒，甚至还有一丝厌恶。我刷一下红了脸，脊梁上像有无数小蚂蚁在爬，真想找个地缝钻进去。

　　妹妹回来了，什么也没说，把那页画粘起来，小心翼翼地放进了盒子，又反复用手压了压。那只盒子，我再也找不到了。

年　画

二十世纪七十年代的时候，年关将近，家家户户忙年的节奏快了起来。空气中时不时传来的一声小鞭的脆响更营造了过年的紧张气氛。正在河堤上玩耍的我们，看到东去的青口河堤上，推车的、挑担的，往来穿梭，个个头顶热气腾腾，就知道，过年的脚步，一步步的更近了。

一个壮汉推着一辆独轮车从青口方向走来，车襻挂在肩头，两只粗壮的膀子攥着车把，弓腰低头，一幅牛耕地的架势。车把上挂着一挂猪肉，随着车轮的嘎吱声晃悠着。看到这里，我原本想顺着河堤的滑梯朝下跐溜，这下，停住了。心下咯噔了一下，马上就要过年了，可我们家，到现在，还有十件大事没办呢。以往这时候，家里早已忙起来了，父亲，一定会在院子南头洗着猪下水，吹着猪肺，停下来时，他还不会忘了和来串门的明岗叔讲一讲"年"的由来。

妈，离过年就还有五天了，我们家，还有十件大事没办呢！我心急如焚地跟母亲说。哪十件？母亲总是不慌不忙。炒炒米、炒花生、烙煎饼、蒸渣个（窝头）、换面、奏（做）豆腐、嘎（割）肉、抬沙垫当天子（院子）、抓屋（掸尘）、贴年画。我如数家珍说了一遍。母亲笑了，大家都笑了。没事！母亲拍拍我的肩膀。到过年时一定能忙完。转身又忙去了。

现在，我脑海里晃悠着独轮车把上那挂红白相间的猪肉，耳边听着空气里不时传来的一声脆响。心急火燎地和妹妹回家找母亲，一推门，屋子里空空的，母亲又开会去了。哥哥姐姐也不知到哪里忙去了。院子里，只有鸡们鹅们在无聊地闲逛着，大公鸡胡李跑过来，在我的手心里餐（啄）了几下，猪圈里的猪在咕咚咕咚拱着那扇木头门，好像要把那几块木板子拱散了。

心下一阵失落。家里，哪有小伙伴家那种忙年的气氛呢？我们小姐俩互相看了一下，想起来了，上次无意中听母亲和隔壁邻居明岗叔说，快过年了，公社还来通知，说要到县里去开三级干部会，连吃带住三天。离过年也就还剩下几天了。家里这种冷冷清清的样子，再不忙起来，过年真的来不及了。

我们姐俩拔腿就朝青口跑。开会的地点，就在武装部那条巷子里，走不多远就到了。一进母亲和祁红兰大姨开会的地方，那里的人哄地笑起来了。老周，你闺女来了！还没顾上和母亲说话呢。一个男人的声音响起来，那声音又干又硬，来来来，俺干闺女来了！今天就跟我回家。那是李群叔叔，另一个公社的书记。他伸手把我拉进怀里。八岁的我吓得满脸通红，想起了大公鸡胡李斗架时涨红的脖子。

李群叔叔，是母亲的上级。曾经到我们家来过几次，每次在长条凳上坐一会儿，喝一碗水，和母亲谈些工作上的问题。他的声音，还有他的长相，有点像电影《英雄儿女》里面王芳的父亲，那个志愿军政委。脸孔瘦瘦的，眼睛深凹，说话的嗓门又干又亮。自从他和母亲说，要让我当他的干闺女后，每次只要他到我们家来，我就吓得拔腿就跑，躲在篱笆障子后头，中间让妹妹回家刺探几次，一直等他走了才敢回家。有一回没来得及跑，被他捉住了，拢在怀里，他的手在我头顶上摸着，和父亲、母亲哈哈说着，笑着，我浑身刺攘攘的，说不出对他的讨厌。

母亲看我快要哭起来了，赶紧从口袋里掏出一块钱来，说，你俩买年画去吧。下午散了会，我们一起回家忙年。

买年画，这可太对我俩的心思了。我们直奔武装部门外的新华书店。那家书店，我们熟悉得不能再熟悉。我和妹妹，正在分头一集一集地购买《艳阳天》《金光大道》的连环画呢。妹妹的《艳阳天》已经购到第三集了，我的《金光大道》才购到第二集。不知画家画的怎么那么慢。又要一分、二分地攒钱，又要等着下一集尽快出来，新华书店的那条道，都给我俩踩得不长草了。

新华书店里挤满了人。新到的年画被高高地挂在一根线绳上，一字儿排开。我俩眼睛都不够用了，踮着脚，一张一张看过来。有解放军叔叔手握钢枪的、有系着红领巾的小女孩背着小书包的、有胖娃娃骑在金鱼身上的，有飒爽英姿女民兵，那些画上的标题大多是，胸怀祖国，放眼世界；拒腐蚀，永不沾；人欢鱼跃；荷香鸭肥等等。我俩选来选去，脖子都梗得酸起来了，还是拿不定主意。

一直挑到新华书店关门，这才定了下来。等我们一溜小跑再次来到母亲开会的地点时，发现母亲他们已经散会，正在住处收拾东西呢。那是一个很大的房间。打满了地铺。地铺是用稻草铺的，坐下来挺软和。我俩兴冲冲地把年画一张张在地铺上展开来，炫耀战果。开会的人都围过来，一边欣赏，一边啧啧称赞。正得意着呢，李群叔叔进来了，他扫了一眼年画，忽然哈哈大笑起来，老周，你看，你让小孩去买年画，结果买回来的都是小孩画！

压岁钱

过年了，起来放过鞭炮，父亲会把我俩喊到床前，发压岁钱。攥着那张纸币，说不出的有底气。一分钱能买一枚糖果，五毛钱，简直就是一笔巨款哇。吃完饺子，只有一个念头，进城去。奔糖果店？不去，去花布店，不去？电影院？也不去！盘算过多少回了，五毛钱，可是五十个一分钱啊，买黑扣子，可以买五十个，买大糖球，可以买五只，还是那种粘芝麻的。怎么花费这笔巨款呢？

那本《房东大娘》，静静地卧在新华书店的柜台里面，好久了。多少回，我俩徘徊在柜台外面，手里攥着几分硬币，久久不想离去。还有另外的那些，光看那封面上的画，就让人产生无尽的遐想，但估摸厚薄程度，没有一毛以上的积蓄，是不敢过问的了。薄一点的，只有这本了。不知跑了多少趟，终于鼓起勇气，请营业员拿出来看一看，那城里人，眼光从我俩头顶上掠过，随手拿出来，朝柜台上一撂。一翻那背面，7分钱。离目标，还远着呢。回到家里，抓耳挠腮想点子。卖鸡蛋，不行，那是要派大用场的。捡拾废铜丝，到哪里去找啊。不知琢磨了多久，躺在床底旮旯里的一只小球鞋，被翻了出来。那只小鞋子，绿色的帮子，塑胶的鞋底，比着脚底板一照，显然是不能再穿了。我俩一前一后，跑到村里的联营（代销店），踮着脚，将那只小球鞋递到冰凉的柜台上。那个龟腰子（驼背）老店员一步一步从里间挪过来。不知怎的，他家里，有好几个人都是这种体型,头快拱到地了。他的皮肤特别白,好像是住在地窖子里捂出来的。他的头,刚好齐着柜台,慢腾腾地,说,只要鞋底,不要帮子,回家把帮子去掉,再来。

一溜小跑,回到家。不知找了些什么工具,想去掉那鞋底上的帮子,谁知不管锯、切、割、剁,帮子就像焊上去的,纹丝不动。怎么这么结实哇。我俩急了,满屋转着,拉抽屉,找笸箩,在母亲的一堆针线里,找到了一根长柄锥子。这家伙好使,戳吧,连戳了十几次,鞋帮子被戳了个小小的洞,接下来,顺着这个小洞,连撕带锯,连切带割,把那只小球鞋搞得四分五裂,一不留神,鞋底子也剁下一小块来。这回,比刚才的兴奋劲儿还大。马上就能换回一笔巨款了。

一脚迈进联营,还是那个龟腰子,动作比刚才还要慢一些,好像天塌下来与他也没有关系。他伸出那只长长的白手,把那只小鞋底接过去,放在一只又大又圆的秤盘子上,端起那根细细的杆子,把一只黑乎乎的秤砣,一会儿朝里面赶一赶,一会儿朝外面赶一赶,许久,从薄薄的嘴唇里崩出了几个字,二分钱!顿时,我俩傻眼了。

现在,很牛气地站在新华书店,和那斜眼营业员说,我要这本《房东大娘》!七分钱,花出去了。很爽。还有四十三分钱呢,还可以买好几本画书,但且慢,这柜台里的书,哪一本能达到看了还想看的效果呢?我俩瞪大了眼睛,把那柜台里的一排排小画书,打量了再打量。那些封面上,有圆圆脸的娃娃吹军号的,那一缕红绸子,像一团火在迎风飘动,有海军战士站在军舰上航海的,海军帽后边那两根飘带,比燕子的翅膀还要长,还有什么?眼睛都望酸了。还是定不下来。不着急,回家去,想一想,明天再来。

夜里,做了一个梦,梦见自己成了店员,在一排排小画书间来回走动,翻开这一本,看一看,又翻开那一本,看一看,像一条鱼儿,在一望无际的大海里,快乐地甩着尾巴,游过来,游过去。

小布孩

这阵子，村里的小女孩们流行玩小布孩。我和妹妹馋的不得了，就去找俺姐。俺姐眨着一双又大又圆的眼睛，说，这还不好办嘛。她在家里翻找了一阵子，找出来一些碎布头，又找出来一小团棉花，就开始动手缝制小布孩。

绣花都难不住俺姐，缝小布孩当然就更不在话下了。俺姐先是用一小块粉红色的布头包住一小团棉花，缝了一个扁圆的脑袋。又用一块长方形的蓝花布，同样包上棉花，缝成了一根扁圆的柱子，这就是小布孩的身体，接下来，依法炮制，为小布孩缝了胳膊、腿。哈，忙乎了好半天，一个软绵绵的小布孩做成了。

好了，现在，要给小布孩安装五官了。俺姐拿着铅笔，在小布孩那扁圆脸上画上大大的眼睛，高挺的鼻子，微微上翘的嘴巴，一个笑嘻嘻的娃娃就这样对着我们笑起来。小布孩还光着身子呢。我俩说。这也好办。俺姐又找来了剪刀，对着几块布头左边铰一下，右边铰一下，说，给小布孩做件衣服。那几块散着的布片，经她飞针走线，一会儿，就成了，还是个对襟的小蓝花褂子呢。

下面，还有更厉害的。俺姐说，要给小布孩褂子上装上纽扣。她找来了一只蜡烛，把蜡烛芯点燃，然后，让着火的蜡烛头朝下，对着小布孩小褂子两片前大襟合缝的地方，让蜡烛油滴下来，那滴烛油有绿豆那么大，一滴到小布孩胸前，就凝固了，变成了一枚圆形的带点小窝的"纽扣"。顺着大襟一溜滴下来,小布孩的胸前就有了一排闪闪发光的晶莹的"纽扣",漂亮极了。

我们眼巴巴地看着俺姐的创造,心里充满了隐秘的好奇。小布孩,当然不能只做一个。俺姐以最快的速度,又开始做第二个。就见她紧紧抿着嘴巴,一对大眼睛盯着手底下那一堆碎布头烂棉花,两只手好似在变魔术,一会儿上脑袋,一会儿安胳膊,眨眼的功夫,又一个小布孩诞生了。一样的,有眯眯笑的眼睛,微微翘的嘴巴,一样的,有一排白色的亮晶晶的蜡烛纽扣。伸手摸一摸,一样的都是又松又软。

俺姐拍了拍身上的棉花屑,把两个饱鼓鼓、软绵绵的小布孩递到我俩手上,眼里流露出欣喜的神采,轻声说,拿去玩去吧。

这两个软绵绵的小布孩,带给我俩许许多多的快乐。白天和小伙伴们比高低,晚上回到家,进被窝睡觉的时候,不忘给小布孩找个睡觉的地方。找了好多地儿都不放心。最后,在靠近床里面墙上的一个小洞里安下了家。那个小洞,有一砖大小,两个小布孩放进去,恰好合适。

小小的心里,感觉到,小布孩是有生命的。和我们一样,有喜怒哀乐。冬天一样怕冷,夏天一定怕热。肚子饿了要吃饭,晚上困了要睡觉。还有什么呢?小布孩是我们无声的小伙伴,会听我们许多想说又不敢对大人说的话。这种无声的情感交流,让我们感到,小布孩不仅给了我们许许多多的快乐,还特别的忠诚呢。

小布孩天天晚上在窗洞里眯着弯弯的眼睛对着我俩笑,让我俩的觉睡得特别甜。

美人头

俺姐在家中排行老二,但因在三姐妹中位居第一,所以,俺姐就是大姐。

俺姐在家里,有半个家长的地位。父亲上班去了,母亲也开会去了,管理家庭的任务,就落在了俺姐身上。在父母不在家的时候,维持家里的基本秩序,捎带着调解小兄弟间的纠纷,都是俺姐的活。那会儿,她也就十来岁吧。不过,做饭、洗衣服、烙煎饼、织毛衣、做鞋子,她样样都能来。村里流行在鞋头上绣花蝴蝶,我们小姐俩的鞋头上,就一定会有五彩的蝴蝶在扇翅子。在我童年的眼里,没有俺姐不会的。唱简谱、缝小布孩、画美人头,用现在的话说,她真是太有才了!

邻居家的红玲姐又来了。她是俺姐的铁杆闺蜜,几乎每天都要来我家一趟。这回,红玲和俺姐在嘀嘀咕咕说着画美人头的事儿。她们不知从哪儿找到了一张古代美女的画,铺在白纸底下,白纸上洒上几滴洋油(煤油),那张纸就变得近乎透明了。美人头的线条比较清楚地洇出来,这样,用铅笔照着美人头的轮廓描就行了。

很长一段时间,俺姐都在兴致盎然地描美人头。我们小姐俩偎在她的身边,看她捏着一根铅笔头,在散发着浓重的煤油味的纸上左边一弯,右边一弯,很快,一张古代美女的轮廓就出来了。那美女耸着高高的发髻,发髻上头插着珠子串成的小坠子,鼻翼的线条流畅地弯出好看的弧度，脖颈处的衣服领子上有曲里拐弯的花纹，那种繁琐的优雅，让我们看得呆了。

一天晚上，俺姐和红玲比赛画美人头。就是互相不见面，分头在各自的家里画，画好了放在一起对一下，看看谁画得好。这回不用洒煤油了。俺姐铺开一张作业纸，开始起头了。我们小姐俩又偎了过来。红玲这回会画什么样的呢？我和妹妹嘀咕起来。俺姐手底停了一下，显然，她受了我俩的影响，在脑子里转着红玲有可能画的美人头的模样。去看一下，不知谁提醒了一句。这个念头刚说出来，我俩就一前一后朝红玲家跑去了。

红玲是庆考的大闺女，在兄妹七人里排行老二，长得有点像歌星殷秀梅，身上有一种说不出的大姐范儿，什么呢，形象点说，有点像穆桂英。那会儿，她正趴在自家窗户底下的桌子上，凑着昏暗的煤油灯光，小心翼翼地在纸上描着什么。我俩蹑手蹑脚地凑过来了。嘿，她画的速度还挺快的呢，一个古典美人头的轮廓已经出现在纸上了。那是一张半身的美人头，胸脯上的流苏呈现出一个弯圆的弧度，发髻上的饰物很多，有串珠的链子，还有凤凰坠子。一时我俩看得眼花缭乱。心里不禁有点嘀咕。回到家里，俺姐问，红玲画的什么？我俩你一言我一语描绘起来，越说，俺姐越疑惑，红玲有这么厉害吗？她低下头，继续画美人头，嘴里问了一句，美女的手是怎么画的？嗯？我俩愣了一下，忽然，妹妹把手举起来，是这样的。她的中指与拇指合成了一个圆圈，食指微微翘着，指着前方，无名指和小指呈自然弯曲的弧度，就是古画书里小姐翘兰花指的样子。俺姐就让妹妹的小手一直摆成那种造型，照着画起来。

不得不佩服俺姐的创造能力。一张美人头画成了。那个穿着华彩衣服的古典美女，不仅柳眉杏眼，发髻上流光溢彩，还伸出有着美妙姿势的小手，那只小手，让美人活了起来，她的樱桃小口似要发出嘤嘤之声，凝神听时，却是似有若无。

那天晚上，我们姐几个都有些莫名的兴奋，隐隐感到，与红玲这一比，结果可能会有所不同。为什么呢？一直以来，俺姐和红玲都在美人头上下功夫,哪里会琢磨头像之外的东西呢?

　　事实上,那晚我俩刺探情报时,看见的红玲的那幅画,手是怎么摆的,因为来去匆匆,还真没搞清楚。但恰恰是因为没搞清楚,俺姐和红玲的美人头PK,才因着这只美妙姿势的小手,占了上风。

来　信

两间半的那个院子里，每到秋季，地上总是铺满了棒豉秸子。那些棒豉叶子失去了在田地里的碧绿，长长的叶子变成了赭色，傍着棒豉的秸子，卷曲起叶片，成就了一地的酥脆。每次进了院子，都绕不开这些沙沙作响的叶子，踩着一溜酥脆的沙沙声进了屋子。

在这样的季节里，捧读大哥从部队的来信，是全家人的乐事。那会儿，大哥当兵时间不长，每个星期都会有信来。每当院子里响起大姐惊喜的声音，妈妈，俺哥来信了！一家人就会从心底里发出一阵欢呼。大姐打开信封，拿出几张信纸，大家都会围上来。读信，不是默读，不是传阅，而是由大姐朗读，全家人围着听。信里，有部队生活的记述，有对国家大事的评论，有对父母的牵挂，还有对弟弟妹妹的问候。听起来，每一句都是那么新鲜。

大哥在信里说，刚到部队的时候，早晨惦记着吹起床号，怕起不来，半夜里爬起来，溜到大街上去看钟楼的大钟。第一次自己洗衣服，不知道洗衣粉放多少，把半袋子洗衣粉都倒到盆里了，洗着洗着，泡沫爬满了胸脯和脖子。大哥在信里说，《洪湖赤卫队》电影开禁了，不久，你们就能一睹为快了。大哥在信里还说，因为他的文字功底好，已经开始当编剧了。

读完了信，就是写回信。通常，都是大姐执笔。大家你一句，我一句，把想说的话凑在一起，有时，信都写完了，已经折叠好放在信封里了，母亲问，还有一件事说了没有？于是，复又打开信来，再添上一两句话。

最为激动的，是有一次打开大哥的来信，里面竟然掉出一张小照片来。那照片，也就一寸大小。画面上，大哥穿着冬天的军装，脖子底下的风纪扣得紧紧的。一顶火车头的绒帽子端端正正戴在头顶。浓眉大眼的大哥，嘴巴紧抿着，透着一股说不出的英气。全家人心里那个乐啊。要知道，在那个年代，军人的社会地位是非常高的。每到年底，军属家门框上都会贴上"光荣之家"几个金光闪闪的大字，那是上级给军属家庭专门颁发的。

大哥去部队了，带走了我们一家人的牵挂。那年，他才十四岁。还是我家兄妹六人的孩子王呢。留在家里的小弟小妹们，最小的当时也不过才七八岁啊。正是大人说什么就是什么的年龄。大哥作为我们小姊妹的偶像，真是一言一行，一举一动都牵引着我们。

其实，这种崇拜不全是因为他比我们大，还因为他干的事儿，我们都干不了。他会骑在牛背上吹笛子，我们会吗，不会，他会在墙上写宣传标语，我们会吗？不会。还有，他还会自制钻子补锅补盆，我们会吗，那就更不会了。总之，大哥就是大哥，他的创造能力，可不是我们想学就能学来的。

尤其是征兵的人来的时候，父亲带他去考试。他往考官面前一站，放下笛子抄二胡，放下二胡抄口琴，一曲接一曲，掌声不断，整场的人都震住了。父亲在充分享受那份荣耀的同时，也不免心里有些纳闷，这小子是什么时候无师自通的呢？这个场景，成了我们孩童时关于大哥的一个传奇。

大哥当兵临走的那几天，忽然天不亮就爬起来练功，等我们起床时，他已经练了好一阵子了。看到我们探头探脑的，他理一理腰间一条宽宽的黑布带子，把一条腿在地瓜窖子上支成直角形，用手一拍，说，你们，谁敢上？我们你看看我，我看看你，都不敢上来。他说，要练功，就得冬练三九，夏练三伏，没有这个毅力，什么也练不成。

大哥跟着带兵的人到部队去了。院子里的早晨冷清了许多。但是，每次走到地瓜窖子那儿，耳朵边似乎都飘来了一句话，你们，谁敢上？

大哥刚到部队那阵子，母亲惦记着长子，每次寄信，都要姐姐在信封里夹两元钱。在徐州这样繁华的城市，身上没有钱怎么行？母亲紧缩了家庭的开支，挤下生活费，攒起卖鸡蛋的钱，郑重地让大姐夹到写好的信里，给大哥寄去。

又是一个棒豉叶子在院子里沙沙响的日子，大哥来信了。全家人又一次围了上来，共享这份精神盛宴。一打开信封，嗯，里面掉出十元钱来。不由一愣。信里，大哥说，当兵了，各方面的生活用品部队都发，不需要花钱，还是把这钱用在家里最需要的地方吧。说这话时，算了一下，家里一共给他寄了四次钱，每次二元，一共八元钱，就是说，大哥收到钱后，一分钱没花，还添了两元钱，凑了个整数，又一起寄回来了。那一刻，不知母亲是什么心情，我们这些小姊妹们，心里酥酥的，又一次感到了，这就是大哥。

讲故事的哥哥

听大哥讲故事,那份精彩,很难用语言形容。不需什么场地,也没什么道具,就见他或站,或坐,就着一个什么话题,开讲了。那神情,那口气,那用词,一下子就把你带到某种特殊的氛围中,让你的思绪跟着他,一忽儿天上,一忽儿地下,一会儿哭,一会儿笑,真个是"思接千载,神游八极"了。

留下最深记忆的,是三个故事。第一个故事,《就是她》。讲的是深夜医院里,太平间里"炸尸"的事儿。那个故事似乎也是晚上讲的。灯光把人的影子映在墙上,影影绰绰,门外黑乎乎的,风吹草动,让人心惊肉跳。大哥脸上的表情绷得紧紧的,眼睛瞪得大大的。他的声音抑扬顿挫,传达出故事情节的每一个特定的含义。随着他的讲述,真的好像我们小姊妹也身临其中了。"……医院的走廊里静悄悄的,穿白大褂的女护士蹑手蹑脚地走了过来。墙上,大挂钟的指针刚好指向夜里十二点。滴答,滴答,秒针走动的声音在静夜里,显得格外响。女护士转过拐角,上了楼梯,迎面是太平间,落地窗帘的下摆忽然动了一下。护士头皮一炸,听见自己的心咚咚跳了起来……"彼时没有相机,否则捕捉住几个小听众的表情,一定有世界上最惊悚的眼神。

在大哥的讲述里,一个女护士,在深夜12点到医院的太平间里去干什么呢?一时还不知道。但是,时钟、窗帘、脚步声、心跳,这寥寥几个细节，就足以铺垫出吊人胃口的悬念了。故事讲的是太平间里的一个冤死者在午夜里，面对着来探看的护士，讲述自己被害的经历，待讲到女护士询问谁是凶手的时候，大哥道，白布下面的女尸"忽"地坐起来，手指着女护士的脸，说"就是她！"我们吓得一哆嗦，一叠声地惊呼起来，啊？！因为大哥彼时眼神空洞，好像跌入了什么隧道，随着"就是她！"的一声断喝，他的手指的，分明就是我们姐俩。那时候，我们还不知道什么希区柯克，但分明的，大哥就是我们眼里的悬念大师，他在某天深夜里，面对着童年的我，一声"就是她！"的断喝，至今还在耳际回响，嗡嗡的，随着那声音，思绪向着几十年前的时空隧道，翻了个跟头，一下子复原了。

第二个故事，《一块牛排》。讲的是早期资本主义国家，一位老拳师，因为年迈体衰，被后来者在比赛中击败的故事。说真的，世上催人泪下的故事有成千上万，但是，在当时我们的心里，没有比这位老拳师命运更悲惨的了。老拳师一生英雄豪迈，击败强手无数，获得荣耀无数。但随着年龄一天天大了，身体也一天天衰弱下来。更糟糕的是，不光是身体的衰退，生活也一步步陷入了困境。大哥的口吻，充满了同情，声如洪钟的叙述不见了，取而代之的，是赵忠祥讲述《动物世界》时，那种融满了同情、悲悯的声音，那声音，很轻，很柔，但里面传达的，是无尽的内涵和情感。我们甚至能看到，大哥圆而亮的眼睛，蒙上了一层薄薄的水雾，眼角似能看见盈盈的泪光。"被击中的老拳师睡在地上，脑袋像无数根针扎了一样，麻酥酥地疼，他艰难地撑着地，一点一点地，想爬起来，可是，身上像软棉花一样，一点力气也没有，昏昏沉沉的，要是吃早饭的时候，能有一块牛排，该多好哇。……"。大哥充满感情的声音，似从天外传来。老拳师一次次被新来的拳手打得睡下去，又一次次艰难地爬起来，最后，这位伤痕累累的老拳师，睡在地上，眼冒金星，再也爬不起来了，而这一切，缘于老拳师早饭吃不起一块牛排。哦，一块牛排！想着老拳师趴在地上，奄奄一息的惨状，我们的心都要揪起来了。

第三个故事，叫什么名字，想不起来了，说的是美国珍珠港事件前夕，一对日本兄妹，哥哥要上战场去打仗，妹妹成为谍报人员潜入敌方的故事。那对兄妹生离死别的时候，搅得人心里那种酸酸的感觉，永久地刻在脑海里了。原来讲述竟有如此神奇的力量，能让人为了那个世界里人物的命运去悲、去愁、去辗转反侧。大哥平时讲故事，大多如奔腾的江河，汪洋恣肆，气势磅礴，那股气场，让你一起血脉贲张。但讲这个故事的时候，大哥不知用什么神奇的招法，拨动了我们内心深处最柔软的一根弦，让我们一个个鼻子酸酸的，就差"哇"地哭起来了。哦，那位美丽的妹妹，那么年轻，就要去赴死了，还有那位哥哥，对妹妹，不论有着怎样的柔情，都无法尽其一丝呵护之爱了。因为，等待他的，同样是死。原来这就是战争，让亲人分离，让美丽破碎。

大哥的故事一直伴随着我的童年、少年。一共讲了多少故事呢，一时还真数不过来。上大学的时候，大哥在省戏剧学校进修，顺道来学校看我。在宿舍里，他和一群女生们讲起了当时正在热映的一部日本电影《蒲田进行曲》。他的绘声绘色的讲述，磁石吸铁一般，深深地吸引了正值芳华的女生们。吃午饭的时间到了，没有一个人愿意离开。后来，一位女生还专门跑到新街口大华影院看了这部电影，回来对我说了一句，电影没有你大哥讲得好！

风吹过

大哥要找什么样的女朋友，我们小姐俩有绝对的发言权。这不，只要大哥一征求我俩的意见，我们就会异口同声地回答，找女兵！到部队去看望大哥那会儿，一次，随大哥去看歌剧《江姐》的演出。熙熙攘攘的大礼堂里，观众黑压压一片。还没开演的时候，我俩和大哥在观众席里你一句我一句地闲聊着。有一个梳长辫子的女孩，穿着白色的连衣裙，皮肤白白的，眼睛大大的，老在我们面前晃来晃去，眼睛还不时朝大哥这儿瞟，看神情，好像还有点羞答答的。20岁的大哥说，这个女孩当我的女朋友行不行？14岁的我俩一叠声地说，是女兵吗？大哥说，不是。我俩便一叠声地说，不行！

找女兵。这是我俩给大哥提出的唯一要求。可事物的发展，往往不依人的意志为转移。这不，大哥转业回来了。更没想到的是，大哥带到家里来的女友竟然是一位女护士。这位女护士，名字叫许洁。在徐州市的一家医院工作。许洁穿着一件白色的花边短袖褂，藕荷色的百褶裙子，着一双线条简洁的白色凉鞋，就那样轻悄悄地到我们家来了。她的一对小辫子，辫梢烫过了，搭在肩膀上，像一对盛开的菊花，一下子吸引了我俩的目光。父亲高兴地说，好，我们家就缺一位南丁格尔！南丁格尔是谁？父亲说，南丁格尔是第二次世界大战时期战场上一位杰出的女护士，因为功勋卓著闻名于世。这就是我们的父亲，不管什么，都能讲出些道道来。

大哥和女友在屋子里嘀嘀咕咕地说话。我俩扒住门缝朝里看。他们怎么那么开心？永远有说不完的话。连我们这一对最讨大哥喜欢的小妹妹也靠不上边了。许洁说话轻轻的，走路轻轻的，连打个喷嚏都轻轻的。还没过门呢，就对母亲"妈""妈"叫得细甜。母亲神情舒展，心里说不出的熨帖。要知道，大哥那会儿已经转业回来了，虽然工作在文化馆，但户口还落在了农村。许洁，这个从小在徐州城市长大的女孩子，图大哥什么呢？只能是他的人吧。当然，这人，可是个不一般的人啊。否则，也不会有那么大的吸引力哇。

　　许洁在我们简陋的两间半里住了几天，就回徐州上班去了。临走，大哥提议，许洁把我俩带到徐州去玩。许洁像接到了圣旨，毫不犹豫地答应了。继我们小姐俩第一次到部队去探望大哥以后，我俩又二赴徐州了。

　　许洁的妈妈是一位温婉的女人。看到我俩来了，说不出的高兴。每天的伙食都倒腾着做出些花样来，连豆腐干子做得都特别好吃。许洁还有两个妹妹，一个瘦一些，和我俩一样，十来岁的样子，利用暑假时间在练体操，一回来，就说苦得受不了啦，说话间，就在床上，两手一撑，把整个身体甩到了空中，就那样，头朝下，靠两只手臂支着，颤巍巍的，看得令人心惊胆战。另一个胖乎乎的，也就七八岁的样子吧，一说话就挨姐姐的呛。来到这座城市，不知怎么的，我俩无师自通地操起了普通话。没有谁教我们。课本拼音学来的，广播里听来的。就那么一转合，成了。许洁尽力打扮着我俩，先是把我们的辫梢也烫成她那样的菊花朵儿，接着，也给我俩配了白衬衫，藕荷色百褶裙子。奇怪的是，她把这种藕荷色说成是雪青色，让我俩十分不解。这一改造，我俩真的与"城市人"一般无二了。这个嫂子还真不错。心下，我俩已经暗暗地承认她了。

　　谁知世事变化就是这么快，快得令人反应不过来。多年后，许洁没有进我家的门。虽然她的母亲，那位温婉的大姨，大老远的从徐州乘车来到了偏僻的乡下，想尽办法做大哥的说服工作，但是，我们的极富个性的大哥，就像一头憋足了劲的牛一样，朝着南墙去了，任何人的劝说也不回头。今天看来，这世界上的恩恩怨怨，难分是非，只能一声叹息，大哥和许洁之间，从相识到相离，只是少了那份缘了。

但是，那个夏天。那个曾经把我俩变成"城市人"的夏天，曾经是那样的阳光灿烂。灿烂到我俩的心里一路欢歌。从徐州乘车回青口的时候，在一个岔路口，一拐弯，我俩惊喜地发现，迎面来了一辆卡车，我们的小伙伴玉、英正在对面一辆卡车的车斗里坐着呢，哈哎——我俩高兴地从座位上跳起来，一叠声朝卡车上的小伙伴喊起来，玉、英也从车斗里站起来，拼命地朝我们招手，两辆车并行了一下，就那么一瞬，迅疾向两个方向去了。

恋曲 1970

1970年，我们14岁的大哥成了一位英俊挺拔的解放军。在8岁的我们小姐俩的眼里，大哥是一切优秀名词的代表。那会儿，大哥探亲回家来，串门的人很多，姑娘小伙尤其多。我们小姐俩，一人牵着大哥的一只手，在村子里走，引来无数艳羡的目光。小伙伴们成群地跟在后面，远远的，不敢靠到前面来。有那想造次一点的，刚凑到前面几步，妹妹那锥子一样的目光射过去，立刻，做鼠窜状。这位解放军，是我们的大哥，不是你们的，谁想多看一眼都不行。

渐渐的，大哥变得越来越神奇了。没当兵之前，他会在冬天里，一大早起来，在腰里扎上一条宽宽的黑布带，说是练功。时不时的，把一条腿支在地瓜窖子拱起的顶部，拍一下，回头对着我们这些露头露脑的弟弟妹妹们说，你们，谁敢上？现在，探亲回家的大哥，拎着一个长方形的匣子，从里面拿出一个细颈宽肚，有点像牙葫芦的东西来，朝下巴底下一夹，将一根长长的弓子朝那几根细弦上一搭，排山倒海般的音乐响起来了。那乐声里，有溪流声、有松涛声、有鸟叫声、还有类似于老虎的叫声。大哥甩头晃脑地拉完一曲，看着目瞪口呆的我们，说了一句，打虎上山。再接下来，山东快书、快板……，他一个人唱念做打，硬是把二间半小屋变成了熠熠生辉的大舞台。

探亲的日子，大哥的一举一动，都纳入了我俩的视线。一大早，我俩刚醒过来，就看到大哥伏在桌子上，埋头在雪白的稿纸上写着什么。凑到身后一望，那纸上的字，只只有蚂蚁大，那蚂蚁的手脚，肆意地展开，很张扬的样子。那些蚂蚁，每行不多，都是竖着排的。噗，一张稿纸被揉成团子，对着旁边的篓子飞过去了。噗，又一张飞过去了。看来，这会儿，思路不太顺。我俩小小的心里也不免着急起来。

　　大哥是编剧。他在创作。他的创作状态时好时坏。好的时候，能听到他低声哼唱着，那调子非常优美，词儿写得也有味，"……，拖拉机那个开进了，咱呀么咱的村呀，机耕队的那个小伙子儿，可就抵住了门啊，大婶子，大娘啊，叫得个脆生生啊，可是他要看见那个小地兰他就没有魂啦，哎嗨哎嗨吃……"，凝神听下去，只听大哥清了清嗓子，接着唱道"……，第一次那个串门啊，他说是借个盆啊，白手套那个揉啊，揉啊，揉成了一摊泥儿啊，第二次那个串门啊，他说是借根针啊……"。听歌词，好像说的是一个机耕队的小伙子爱上了村里一个姑娘的事儿，那姑娘可能叫"小地兰"还是"小提篮"。大哥只要唱起这只歌来，说明稿子就写得顺了，他的声音柔柔的，低低的，听起来特别舒服。

　　到家里来串门的小姑娘越来越多了。隔壁那个大姐姐，是我姐的闺蜜，平时就长在我们家里，这下子，连吃饭都不想回去了。她是宣传队的骨干，嗓子比鸟儿还清脆。只听她捏着舌尖喊着我哥的名字，平时清脆的嗓门不见了，嗓音里，不知揉进了什么东西，柔柔的，甜甜的。很晚了，她还泡在我们家不走。那会儿，大哥已经睡在被窝里了。熬了几个夜，实在吃不消啦，今天睡得早。邻家大姐姐就在床头边转过来，转过去，眼神不时瞟一下露出被头的哥哥的脑袋。那脑袋，浓发乌密，衬着红里透白的满月样的面孔。那位姐姐满盈胸中的温情掩饰不住地朝哥哥的头上、脸上、被子上洒下来。她的手里，还在纳着一只雪白的鞋底，前两天她就说了，要为哥哥做一双鞋子。我们小姐俩在那温情的目光里感受到了什么，当她的目光又一次从大哥的头上、脸上瞟过去时，我俩异口同声地

"哼"了一声,那目光,就像春天里拂过溪水的杨柳,倏地缩回去了。怎么呢?我们姐俩早已感觉到了,那位大姐姐喜欢大哥。那可不行。大哥是我们的。怎么能喜欢你呢。再说了,我们对大哥的要求是,一定要找个女兵。找对象,大哥得先过我们小姐俩这一关呐。

这以后,大哥再探亲回来,我俩就不客气了。找到女兵了嘛?我俩一人抱着大哥一只膀子,热切地问。大哥给我俩缠磨得急了,说,女兵太多了,哪挑得过来哇。以后你们俩抽空到部队来,帮我挑一个。这得到什么时候啊。我俩为大哥找女兵的事儿,心情一天比一天迫切起来。

趁着大哥出门的当儿,我俩把大哥的包拿到院子里,开始非法搜查起来。拉开拉链,伸手一翻,一沓子稿纸,上面密密麻麻写满了字,再一翻,一本书,封面上有《红与黑》三个字,还有什么?可着劲儿朝底下掏,这一掏,嗯,有一个牛皮纸信封,长长的,浅酱色的样子,上面写着大哥的名字。朝里一掏,一阵狂喜,喝,一张照片掏出来了。

这张照片,黑白的,六寸大小。画面上,是一位女兵的半身侧面照。天呐,这世界上怎么会有这么漂亮的女兵?她的一头秀发用手帕挽在脑后,眼睛黑葡萄一般,水灵灵的,鼻梁秀挺,好看的嘴巴微微笑着,领章、帽徽清清楚楚地标明了她的身份,女兵!我俩简直高兴得晕了。打开里面那封信,赫然映入眼帘的第一行字是:"我的XX……",那几个字明明就是我俩崇拜的大哥的名字嘛。一封言词烫人的情书。哈,女兵找到了!

正在我俩沉醉在幸福之中,有点晕头转向的时候,大哥回来了。他走进院子,看到翻得乱七八糟的包,有点诧异。我俩扬起手里的信,还有那张照片,喜滋滋地,等着大哥发话。他走过来,从我俩手里拿过信和照片,又塞到信封里去,放进包里,拉上拉链,进屋去了。嗯?这可不像大哥。我俩跟屁虫一样跟进屋里,心里慌慌的,感到有点不对劲儿。

大哥的眼里,好像蒙上了一层水雾,声音哑哑的,好像在说别人的事儿。那个女兵,确实曾经是大哥的女友,可是,现在不是了,而且,她已经从徐州军区,调到遥远的福建军区去了。

你为什么不能跟她去?你为什么没带她到我们家来?你现在为什么不能跟她再联系?我们小姐俩的心都要碎了,拽着大哥的膀子,一叠声地责问。大哥把那张照片再一次掏出来,指着照片背面的一行字说,你们看到了吗?诀别留念。诀别,就是再也不能相见了!隐隐的,感到大哥眼里的泪光闪了一下。刚才光忙着看照片了,这几个字,我们怎么没发现?听了大哥的解释,知道了,这个女兵,这个漂亮的,曾经爱过大哥的女兵,已经调到遥远的地方去了,而且,再也不会回来了。顿时,我俩像从天上掉到了地下,一个跟着另一个,呜呜地哭起来。

那段伤心的日子里,背着哥哥,我俩紧急商量着,看还有没有挽回的余地。趴在家里的饭桌子上,我们决定,给女兵写封信。这封信,两个人商量了好久才写出来。信里,真诚地表达了对大哥的热爱,又对那位女兵进行了一番发自肺腑的赞美。最后,热切地期待他和大哥再次联系起来,并表达了我们两位小妹妹由衷的期待。

信,没有寄。随着一天天过去,我们终于明白了,很多失去的,永远不可能再回来。

县里来了杂技团

沛县杂技团到县里来演出了。这个消息激动人心。不独是杂技,更重要的,是杂技团里有哥哥的战友小甄。无疑的,我们小姐俩成了观众席里最重要的一员,而且,还坐到了前排。不时的,还吃到了工作人员送过来的冰棍,白色的冰棍,甜甜的,那可是演员才有的待遇哇。

台上,各种各样的杂技节目让人眼花缭乱。杂技,这个词儿,一开始,是在一张年画上看到的,那还是在小伙伴爱玲家。那张年画上,有个漂亮的小姑娘正站在椅子上玩碟儿。椅子,是一把摞到另一把顶上的,不是平着放,而是歪着的,一只椅子的腿就那样歪在另一把椅子上,就那样,一把一把摞上去,一直摞到半空里,在椅子的最顶端,有小姑娘在玩碟儿,好像用一根长长的杆子样的东西顶着碟儿,更惊险的是,那碟儿还在转,不是一只,是一串。那张年画让我俩惊叹不已。刚上学的时候,认识的字不多,对于"杂技"的"技"字,读音有点把不准。这时,爱玲的大姐很有把握地说,这念"杂zhi",显然,她中了"中国字念半边,不会错上天"的毒。虽如此,可当时我俩听了,就觉得,这个字的读音怎么有点怪怪的呢。

杂技团真的来到眼前了。而且,我俩早就知道了,杂技,念ji,不念zhi。这回看的杂技,可不是画里的。在眼前走来晃去的,都是清一色的小伙子、小姑娘,他们在台子上,走马灯一样地轮换着,咳嗽声，都听得清清楚楚的。现在，一个英俊的小伙子正在台上骑独轮车。那小伙子穿着一条草绿色的紧身裤，一件白色的小坎肩，显得特别的精干。他骑在一辆构造奇特的独轮车上，在台上转来转去，像一条水里的鱼那么悠游自在。那辆车子，和一般的车子完全不同，结构简单到不能再简单，好像是一根杠子顶起了一个又大又圆的车轱辘，既没有车把，也没有车座。小伙子在车子上，屁股是悬空的，但他两腿夹着那个大圆轱辘，在台子上，想怎么玩就怎么玩，一会儿人骑车，一会儿车骑人，有时还把那个轱辘扛在肩膀上，有时，让那个轱辘飞出去几圈，又转回他的屁股底下。那个潇洒劲儿，让人不由得想，哪吒来了，也不过如此吧。

玩碟儿的上来了。果然是一个漂亮的小姑娘。可能小姑娘最适合玩蝶儿吧。只见她把一只碟儿定在一根长杆子上呼呼转着，一会儿，又撂了一只上去，也怪，那碟儿像听到指令一样，嗖一下飞到杆子的顶部，另一只碟儿也像听到了指令，自动从杆子头向下挪了一点，给那只新来的碟儿留出了足够的空间，两只碟儿一起呼呼转起来，再抛、再接，一会儿，杆子上的碟儿像糖葫芦一般，变成了一串。小姑娘还不罢休，刷地亮出了一打杆子，旁边筐子里的碟儿好像一只只麻雀，纷纷飞向一根根杆子。小姑娘两手各举着一把杆子，成串的碟儿在杆子上飞速旋转着，漫天开花，热闹非凡。正在大家目瞪口呆的当口，一个俊小伙儿翻着大跟头上来了，肩膀上还斜扛着一把椅子。那椅子的一条腿歪支在他的肩膀上，似倒非倒，迟迟没有倒下来。只见他歪扛着那把椅子，白色泡泡袖衬衣里两只长长的手臂还伸展开来，做出白鹤亮翅的样子。这边，观众正担心着那把歪椅子呢，那边，举着两把转碟儿的小姑娘竟然翩翩而来，一个花哨的跟头，翻到了歪椅子的背上，立足的地方，也就二指那么宽。就这样，俊小伙儿扛着把歪椅子，歪椅子顶起了小姑娘，小姑娘举着上百只转碟儿，直看得大家的心提到嗓子眼儿。这还不算，那边厢，又有一个小伙子翻着连环跟头蹦上台来，手上还举着另一把椅子。只见他来到刚才的歪椅子、碟儿群旁边，与刚才那位扛椅子的小伙子不知交换了个什么动作,手下的椅子竟然神奇地垫到了刚才的歪椅子下面,那椅子与椅子间的支点,也是歪支的,就是用一条椅子的腿,象征性地歪支在下一把椅子的背上。还不算完,翻连环跟头上台的小伙子越来越多,椅子一把接一把地摞起来,一直摞到了漫空里,和那张年画里的姿势一模一样,耍碟儿的小姑娘一只秀脚轻点在最高端的那把椅子上,两手旋转着错落有致,层层叠叠的碟儿,如一朵鲜花之王在漫空里盛开。哗哗哗,大家仰着脸,巴掌拍得生疼,心里却颤颤的。

小甄过来了,轻声问,你俩要不要到台上看?下一个节目是空中飞人。我俩做梦一般,脚不点地,跟着小甄来到了台上。他在舞台的左边,找了一小块空地,给我俩一人一只小板凳坐下了。每人手里,又塞了一根甜冰棍。这个位置看节目,看得更加真切。映入眼帘的,不仅有台上的演员,还有台下的观众。这回可开眼界了。舞台后面,退场的,上场的,往来穿梭,演员们气喘吁吁,脚步杂乱。一个小姑娘的腰里,正在捆着一根粗粗的绳索,显然,她就是马上要被吊到空中的飞人。小姑娘脸儿圆圆的,胖乎乎的,一双眼睛描成了"凤目"。在身体被绳索抽向空中的一刹那,"凤目"的脸上,闪过了一丝惊慌。一个女老板模样的人在旁边喊着,小凤,加油!刚退下场来的顶椅子的小伙子,从我俩身边走过去,衣服已经被汗水湿透了,大口喘气的声音显得特别粗重,那玩碟儿的小姑娘也一样是满头满脸的汗,接过一只递到手里的冰棍,近乎贪婪地吮着,一点也不像刚才在台上那样淡定和优雅。快快快,女老板一叠声地不知在催着谁。演员一个跟一个,急急地忙着换场,脸上的汗都在顺着面颊淌,不知怎的,那神情、脚步声,竟传达出掩饰不住的紧张和慌乱来。

哗哗哗!掌声又响起来了。显然,是小凤的飞人表演。闭上眼睛,也能想象出小凤像一只大鸟,在天上悠游自在,飞来飞去的样子,她的两只手臂,一定优雅地舒展开,那双好看的凤目流出动人的神采,为了这一刻,所有的紧张、慌乱,都化作一缕青烟,随风飘散了。

小皮鞋

下次回来，我要给你俩一人买一双小皮鞋，脚面上带丁字襻的那种。当兵的大哥眨着大眼睛，看着我俩，一字一顿地说。小皮鞋？我们小姐俩你看看我，我看看你，没有觉出这句话的特殊意义来。低下头，看看踩在地上的小布鞋，这不挺好的嘛，要小皮鞋干什么。脚下这双小布鞋，紫条绒的面子，手工纳的鞋底子，穿得久了，松松软软的，别提脚趾头睡在里面有多舒服了。小皮鞋不同。大哥肯定地说，不仅是服脚的问题，还有许多其他的东西。穿上以后你们就知道了。

知道了。小皮鞋是不同于其他鞋子的。不仅仅是服脚的问题。大哥的话像一只风筝，在我俩的脑海里转起来。想想啊，长这么大，穿过小布鞋、小球鞋、甚至穿过芦花编的"毛窝子"鞋，就是没有穿过小皮鞋。小皮鞋，会穿出什么感觉来呢？

小布鞋，都是大姐，或是北乡的哪个表姨做的。做鞋的过程可不一般呢。先要找一个鞋样子，用剪子照着样子铰出鞋底的形状，再找来些旧布，一层摞一层，当厚度足够的时候，就用糨子糊起来，上面敷一层白布，把边子抿整齐了，就开始用锥子、麻绳纳鞋底了。看纳鞋底的过程，真是一幅画啊。就见那个大娘，或是大姐姐，左手拿着一只雪白的鞋底子，右手拿一把锥子，对准某个部位用力扎一下，一个小小的圆眼儿出来了，紧接着，放下锥子，拿起一根穿着麻绳的长长的针,把那针在厚密的头发里抿一下,然后,对准那个锥子眼穿过去,白色的麻绳便穿进了鞋底,由于麻绳很长,纳鞋的姑娘或是大娘就要用右手使劲去拽那根麻绳,这就要尽量把手臂伸展得很开,像白鹤亮翅的样子,把线拽得够长,一次,又一次,把鞋底上面那根长长的线,拽到鞋底的下面来。扎眼儿、抿针、穿线、拽线,一连串的动作一气呵成,巧手的媳妇动作优美,引得旁边的人看了又看,尤其是漂亮姑娘纳鞋底,直叫那些小伙子们看得呆了。看那纳鞋女人的神色,几分沉静,几分陶醉,说不出的娴雅,便觉得,女人,在那一刻,手底做的,心里想的,真的在那神色里浑然一体了。低头看时,白色的鞋底子上,已经纳上了一行又一行不知是按照什么规则排列的,横平竖直,如漫天的星斗,密而不乱,得而知,就见那鞋底上的针眼快要铺满的时候,原来硬邦邦的鞋底,经过千纳万绗,已经在姑娘或媳妇的手里变得松软软的了。底子纳好了,接下来,就是做鞋帮子。鞋帮子的面子有多种,最常见的,是黑条绒、红条绒,也有平绒的,要更金贵些。各色的鞋面,都是白里的内衬,一律仿鞋样子剪出来,再用针脚绷好后,朝纳好的鞋底上"上"鞋帮子。上鞋,也是一个技巧的活儿,稍有差池,针脚不匀,上歪了,鞋的四周不对称,就难看了。我俩穿得最多的,应是紫条绒的小布鞋。唯有一回,大姐给我俩一人做了一双绣花鞋,鞋面的右上方,用各色彩线绣了一朵蝴蝶,那蝴蝶展开翅膀,欲飞未飞的样子,灵动极了。

是谁从哪里拿来一双毛窝子鞋?四四方方的,毛茸茸的,看那质地,不像是蒲苇,倒像是芦花编的。细看时,从编织物的缝隙里,渗出毛毛絮絮的东西来,很像秋天的时候,在池塘或者河沟里随风摇曳的芦花,白花花的,公鸡的尾巴一般,只是没有公鸡尾巴那么多彩。毛窝子鞋,只有一双,我俩分别尝试了一下。暖和归暖和,就是鞋子里面毛毛刺刺的,有些扎脚,套上袜子,没问题了。这鞋真新鲜,那几天,我俩疯狂地穿着它到处游走,引来了无数小朋友艳羡的目光。原来这芦花还能做鞋呢。一些巧手小媳妇扒拉着鞋的纹理，琢磨着编织的方法，嘴里啧啧有声，让我俩觉得，这双鞋真的让我们身份不同了。好景不长，一天哗哗下起了雨，是我，还是妹妹，不知道这鞋没有防水的功能，穿着它到处踩水玩，这下完啦。轻暖的毛窝子很快变成了一坨湿漉漉的乱草，走了不远就散架了，只好把那双毛窝子的"尸体"捧了回来，头发湿漉漉的，心里沉甸甸的，说不出的惆怅。

父亲到北京出长差回来，给我俩一人买了一双小球鞋，一条黄色和藕色相间的花连衣裙。那双小球鞋，草绿色的面子，橡胶的鞋底，鞋面子上，有两排对称的眼子，长长的鞋带，就从那些眼子里，左右交叉，穿过来，伸出去。这双小球鞋，要多皮实有多皮实，晴雨两用，好穿极了。只是我俩在偏爱小球鞋的同时，也给它的超负荷行走带来极大的压力，没几年，小球鞋就开胶绽线了。更要命的是，随着我俩的身体像春天的杨树一样噌噌往空中蹿的时候，小球鞋，再也穿不进去了。最后，出掌大的小球鞋东一只，西一只，在床底下，柵下的垃圾堆里安了家。偶有一次，为了凑钱买一本小画书，其中一只小球鞋被我俩从床底下掏出来，然后，一个拿剪子，一个揪帮子，费尽了吃奶的力气，才把那鞋底子撕下来，从小店里换回了二分钱。

吹拉弹唱样样精通的大哥果然没有食言，再探亲的时候，他给我俩每人带回了一双黑色的小皮鞋，十四元一双。说是花掉了他攒了好几个月的积蓄呢。那双小皮鞋，圆圆的鞋头，黑油油的鞋帮，正中间，有一根丁字形的鞋襻子，在脚脖子的地方，又有一根手指头粗细的带子，拦腰穿过来，在左右脚踝的下面，各用一枚黑亮的搭扣扣着。端在手心里，仔细打量，隐隐的，一股子熏人的味儿散发出来，有点呛鼻子。大哥说，那是猪皮的味道。也就是说，这是猪皮做的小皮鞋。这鞋子，不能用水刷，穿脏了，用鞋油擦一擦就行了。大哥颇为内行地说。他的话，在我们小姐俩眼里，总是代表着一种方向，而且，后来的事实也证明，他的话总是正确的。

看着穿上小皮鞋，左右转着脑袋，脚跟在地上拧过来转过去的我俩，大哥一字一顿地说，到城市去，那里还有比小皮鞋更重要的东西。

舅奶奶的故事

外婆病危了。母亲到北乡去照顾自己的母亲去了。外婆，在苏北老家都称舅奶。我的舅奶，应该生于晚清年代。她，方面大脸，声音洪亮，眼睛大而圆，穿着海昌蓝的斜大襟的布褂子，一排手工做的8字状的布扣子，密密地，从左肩头沿着前胸，一粒紧挨着一粒，一直斜排到右胯以下。舅奶给我印象最深的，是裹着一双像粽子一样的小脚。大家都知道的情形是，锅里做饭的水已经烧开了，等米下锅呢，舅奶还端着一干瓢稻子，左一摇，右一摆，一步挪不了四指，走在去邻居家跐碓（捣石臼）的路上。晚上睡觉时，舅奶会把自己缠了一道又一道的裹脚布一层层解下来，对着我们这些好奇的孩子，笑着说"九九，裹脚妞"，意思是，我们都九岁了，该裹脚了。裹脚疼啊。舅奶讲，给9岁的女孩裹脚，都是用布条子勒住正在发育的脚指头，把脚趾的骨头硬生生勒断，然后按照裹好的形状生长。那些女孩子那个哭啊，喊啊。有的甚至偷偷瞒着大人，把裹脚布解下来，所以形状没裹好，长出一双难看的"大脚"。因为那时农村人娶媳妇，大家都争着去看花轿布帘子底下新娘的小脚，谁的脚越小，谁就越美。舅奶讲这些的时候，朗声笑起来，她的笑声很有感染力，一点也没有苦难感，像是在讲别人的故事。

我们家住在离舅奶家大约四十公里外的另一个村。只在母亲工作最繁忙或者出长差的时候，舅奶才到我们家里来，做饭、洗衣，

发　髻

　　舅奶奶的发髻是哪个年代传下来的梳法？不知道。那是一种今天很难看到的形状，就是一种竖 8 字形，村里的老年人好像都梳着这种发式。看村前村后的老妈妈，一律斜大襟的褂子罩过膝盖，藏青色的，宽大的大腰裤子在裤脚那儿扎起来，走起路来一摆三摇，各个显得重心不稳的样子，都是小脚闹腾的，想快也快不起来。从前后左右看过去，一溜的，都是竖 8 字的发髻，无一例外。这好像是六十岁以上的老年妇女梳头的统一梳法。再年轻一些的，就是在后脑勺上梳成圆形的发髻，用黑色的丝网罩着。更年轻的少妇，就一律的是齐耳短发了。无论是竖 8 字的发髻，还是圆形的发髻，脑门上都不配刘海。比起那些电影里，留着齐眉的刘海，或是在额角耷下长长一绺头发的样式，这里似乎更贴近生活的原貌。

　　舅奶奶梳头，是她个人生活里的一项隆重的仪式。她忙完了手底的活，就端个小板凳，把她的宝贝笸箩端出来，在院子里坐定了，开始了一天生活里的重要内容。舅奶奶从笸箩里拿出了一把梳子，一只篦子，开始梳头了。她先把昨天的发髻解开来，然后一手拢着一绺头发，另一手用梳子轻轻地从头顶往下梳。梳完一绺，再梳另一绺。一会儿，她的满头白发就梳得顺溜溜的了。接下来，她会用篦子把头发再篦一遍，说是篦一篦麸子皮，果然，在她用篦子篦头发的时候，一种白色的粉尘顺着细密的篦齿纷纷落下来了。用梳子梳头的时候，落发并不多，可是用篦子的时候，舅奶奶的面前，一会儿就积了一小堆落发。看着舅奶奶粉红色头皮上稀疏的白发，真担心这样每天梳头，会不会把头发都梳落了？舅奶奶会把这些落发轻轻地拢到一起，小心翼翼地缠成一小把，收到一只盒子里，说是等货郎子来，换针线用。

已经梳了好一会儿了，舅奶奶还是那样不慌不忙。她看看蹲在面前的小外孙女儿，再瞄一眼卧在脚下熟睡的懒猫，笑吟吟的，在梳子上沾点口水，又梳上一遍，这样，头发就变得油亮亮的了。现在，终于进入了最后一道程序。舅奶奶把头发顺着脑门朝后拢成一把，绷得紧紧的，再左一缠，右一绕，用头绳扎紧了，一只8字状的发髻就稳稳地缀在后脑勺的下部，成了。

那会儿，早晨的太阳已经透过婆婆的树叶在院子里撒下一地斑驳陆离的光。梳过头的舅奶奶显得神清气爽。

家里来了姨奶奶

家住土城前庙子村的姨奶奶到我们家来了！姨奶奶和舅奶奶一样，穿着海昌蓝的斜大裉子，一直盖到膝盖下面，也是肥大的抿裆裤子，到裤脚那儿扎起来，一双小脚，和舅奶奶一样，走起路来，一摆三摇。姨奶奶的模样，和舅奶奶差不多。母亲说，那是因为，姨奶奶和舅奶奶是姐妹。这就明白了。舅奶奶的老家在哪里，我不知道，但舅奶奶和姨奶奶两姐妹，一个嫁到官河周宅子，一个嫁到土城前庙子，这个，我一点小的时候就知道了。

姨奶奶一进门，我们这群半大不小的孩子立刻围了上来，不仅是姨奶奶，那时候，不管家里来什么客人，我们的脑海里，都有一种小小的期待。一颗糖果，一枚香瓜，或是其他什么东西。姨奶奶果然没有辜负我们的眼巴巴的目光，她不慌不忙地从臂弯里的小斗笼里拿出来一些熟栗子分给我们。

这种深酱色的圆滚滚的果实，早在长在树上的时候，我们就见过了。在村西北，河沿附近的一片栗树林里，我们曾经随村里的大人们一起去那里砸栗子。负责砸栗子的人用一根长长的竹竿子在枝叶繁茂的树上一通乱捣，那树上长着的一个个刺猬样的绿色的绒球就纷纷跌落下来。我们一阵欢呼，赶紧弯腰去捡那些宝贝。那会儿，不叫栗子，叫毛栗子，因为栗子所包裹着的绿色外壳上，全是绿茸茸的小尖刺。正捡得欢实呢，突然觉得头顶一麻，一个大大的毛栗子从树上掉下来砸到头上了。不过,虽然有着绿色的带尖刺的外壳,但那尖刺是软的。拨开外壳,一枚深酱色的果实,就睡在里面,再拨开这枚深酱色的果实,里面,又睡着一枚果实,穿着浅酱色的薄薄外衣,把这层薄薄的外衣剥掉,一枚鹅黄色的果实就出来了。咬一口,又鲜又甜。大人说,这才是栗子。

现在,这些煮熟了的深酱色的栗子,就在我们的手心里,被一枚枚地剥着。当鹅黄色的果实,面面的,在我们咀嚼下,嘴里竟相发出栗子特有的香味儿的时候,我们看姨奶奶的目光,就和看舅奶奶一样了。

姨奶奶看我们的目光,也和舅奶奶一样,她俩本来就是姐妹嘛。她微微笑着,从那块笼布蒙着的小斗篷里继续往外掏东西。这回,掏出来的是什么呢?大家一齐盯着看。姨奶奶就像变戏法一样,竟然从里面掏出一只碗来。那只碗里,装了半碗肉丸子!那些肉丸子,只只有鸽子蛋大。我们的眼睛,当时一定也瞪得像鸽子蛋那么大了。姨奶奶还是微微笑着,说,今天中午,我们吃肉丸子!

那天中午,吃的是大米干饭,白菜烩肉丸子,里面,还放了一些地瓜粉条。肉丸子的威力可真够大。这么一烩,不仅肉丸子好吃,连白菜粉丝也变得特别好吃了。吃饭的时候,母亲和姨奶奶一起叙话。隐隐的,我听到姨奶奶说,从土城前庙子乘车来村里的时候,在青口汽车站下了车,因为没吃早饭,就去了车站旁边的人民饭店,在那儿,花两毛钱买了一碗白菜粉丝汤,泡了块煎饼吃了。并且,姨奶奶夸耀说,那个饭店里的菜真便宜,两毛钱就能买一大碗白菜粉丝汤,里面还有荤气。听到这里,我心里咯噔一下,嗯?荤气?在我的印象里,只有猪肉、猪油才能叫荤气,姨奶奶说的荤气,是指什么呢?难道是我们目前正在大口窝腮吃的肉丸子吗?在就着肉丸子朝嘴里扒拉米饭的时候,脑海里闪过一丝疑问,这些肉丸子从菜汤里朝外捞的时候,汁水沥沥的,姨奶奶不会把肉丸子一个个从嘴里过滤一遍吧?可那肉丸子实在太好吃了,这点小小的念头一闪,就从脑海里飘走了。

姨奶奶在我家住了下来。正好，母亲当支书忙得要命，父亲在县城工作，早出门晚归家，家里的一大摊子家务就落到姨奶奶身上了。姨奶奶果然和舅奶奶一样，左手拿着饭帚，右手拿着水瓢，里里外外，忙得团团转。不过，那阵子，家里端到饭桌子上的饭菜，可是空前的准时。姨奶奶还一直夸蟹渣下饭好吃。看来，土城前庙子离海比较远，姨奶奶对于凡是沾了海味的东西，还挺稀奇的呢。

　　中午，我们小姐俩放学了，在外面贪玩，没有按时回家吃中饭，姨奶奶扭着一双小脚到小学来了。左右同学一起对着我们喊，快走家吃饭，恁家舅奶奶来了！

　　一向喜欢捣鼓食材的父亲又带东西回来了。这回，带回来的，是一条大鱼。那条海鱼睡在盆里，翻着白眼，显然，早已不能喘气了。父亲刚放下东西，不知想起什么事，又急急忙忙骑车子出去了。姨奶奶扭着一双小脚过来，看了下盆里的鱼，伸手摸了摸，问我们，恁爸呢？有事出去了！我们一叠声地说。姨奶奶拍了拍鱼肚子，说，这东西我还没弄过呢。说着，她把盆端到锅屋去了。

　　过来一阵子，父亲回来了。一进门，就问，鱼呢？大家一起说，在锅屋。父亲心急腿慢地奔了锅屋。忽然，锅屋里传来了父亲那特有的鲁南口音，这鱼，是谁弄的？话音刚落，姨奶奶从锅屋出来了，是我弄的。她说这话的时候，神色明显有些紧张，扭着一双小脚，朝磨台西边去了。

　　父亲脸色阴沉着从锅屋里出来，没有说话。那天晚上，饭桌上的气氛明显有些沉闷。第二天，姨奶奶和我们说，我来了好几天了，该回家了。

俺舅老

青口镇北去有一条沙面公路，路不宽，黄沙的路面，似一条弯弯曲曲的带子，向远方蜿蜒而去。踏上这条沙面公路，一直向北，越过不少道沙面公路上的"岭"，大约四十里左右的路程吧，就到母亲的娘家，周宅子了。

远远看见，路左边有一间又矮又暗的小屋，里面货架上摆放着一些罐头、饼干，路右边，是一大片平平展展的农田，麦苗齐刷刷地立在田间，一溜白杨树掩映着远处几户农家，舅姥家就在那里。

这个村名真有意思，在当时的地名里，有叫"张城子"的，有叫"王楼子"的，有叫"大毛庄"的，还有叫"半村"的，唯有这个地方叫"周宅子"。

村前有一条东西向的深沟，里面是干的。只在沟顶上有一两处狭窄的通道，拐进去，绕过三舅姥家，再绕过五舅姥家，一直往里走，就进到舅姥家了。

舅姥家的院子里，和普通的农家一样，首先映入眼帘的，就是一个大草垛。那草垛比锅屋还高。草垛的颜色，早已失去了当初的鲜亮，风吹雨淋，变成了深赭色。但那麦秸纵向的纹理，又使得不论下多大的雨，草垛只是表面湿，里面依然是干的。

说起舅姥爷，我只能连缀一些片段，这些零星的片段从多侧面合成一体，有助于认识我的舅姥爷。

舅姥爷在家里，有相当的权威。锅碗瓢勺这些女人家的活，是绝对不沾的。跟着母亲到舅姥家走亲戚，只见舅奶在锅屋里烟熏火燎地忙活，从未看到舅姥爷搭把手。我们这些小外孙、小外孙女进了家，也从未感受到舅姥爷的怀里是什么滋味。舅姥爷很稳实地坐在桌子边，抽着一根杆子足有一尺长的烟袋，那烟袋锅好像还是玉石的吧，慢条斯理地陪来人叙话。他的嗓门厚重洪亮，中气很足。一张嘴，字字敦实，清楚地钻到耳朵里。很奇怪，舅奶也是这样的嗓门。有时感觉到，北乡的水土一定有它的特别之处，不然，怎么滋养出这种既瓷实又富有磁性的声音来呢？

舅姥爷对乡邻极为宽宏大量，这从他一年到头晚上免费提供油灯、场地为周围乡邻说古书可以想见。但是，舅姥爷对舅奶却非常苛刻，时常还要来点家暴。我们走亲带去的罐头、饼干一类，舅姥爷只要一看见，总是拎到自己床头上去。这让母亲无可奈何，每次回娘家，不得已，就备就两份礼品。舅姥爷的大男子主义是从哪里来的呢？这让人着实费解。想必孔老夫子的"唯女子与小人为难养也"对他的影响不仅根深蒂固，也外现在他的行动上了。在这里，又不得不佩服舅奶，在与舅姥爷夫妻白头的一辈子里，除了超出常人的隐忍外，还始终保持了慈善、仁爱、大气的性格，并与舅姥爷这个"硬汉"一起，把所有的优点传下来，使儿女们在立人的同时，也都能出人头地。

父亲在他的个人传记《山风海雨》里介绍过舅姥爷，说他"是个聪明人，没读过书，但爱'说唱文学'，连听带看能自阅鼓词，押宝桌子上一叠砝码，开宝时他能算出该吃该赔的数字，1955年打井时，他能算出3.1416。虽不知叫'圆周率'，却能算圆度。没上过私塾，却能啃下《三国演义》，他是无师自通的能人，算得上'博古通今'"。

但在我等儿童的心里，从来想像不出舅姥爷年轻的时候是什么样子。好像自从看到他的第一眼起，就是一个紫脸膛，神情威严，背着长杆烟袋锅的老头。这个老头，从来不会把小蒲扇样的大手温热地抚摸一下我们的小脑袋。只是山石一样端坐在桌边和我们的父亲叙话，讲到什么有趣的话题时，还会从喉咙的深处发出闷响的笑声，那种笑声，牵动着肺脏，连带着气管，要是笑得厉害了，尾音处还会带出一串结结实实的咳嗽，那种咳嗽，在农村蹲在墙根晒太阳的老人那儿，经常能够听到。

母亲头上顶着毛巾帕子，在小锅屋里忙进忙出。也怪了，母亲虽然身为大队书记，但从来也没有在舅姥爷来我家时，能够坐下来和自己的父亲叙话。总是父亲坐在那里和舅姥爷摆山海经。那一回，母亲终于和舅姥爷拉上呱了。好像拉的还是一个关于我的几个舅舅的话题。也就是讨论的是舅姥爷和自己的儿子的父子关系问题。大舅，当时在兰州部队，已经是工程兵的营长了，三舅，在秦皇岛部队，也已经是团长了。他们的媳妇们，都已经迎进舅姥爷家，并为舅姥爷家添进了孙儿、孙女若干家口。这在舅姥爷家里，又进一步复杂了人际关系，比如翁媳关系、婆媳关系、祖孙关系等等。两个媳妇暂时还没有随军，都住在家里。这对于舅姥爷，这个长期以来一言九鼎的家长地位来说，不能不说形成了一种挑战。那正好是一个破旧立新的年代，年轻一代，最不买的就是长辈的账。那两位军官媳妇，可以想见，与这位大男子主义的公公，相处起来，矛盾在所难免。

大舅妈生了四个孩子，把一个叫小红的孙女留在了舅奶家。这个叫小红的孩子特别难带，动不动就哭，一哭就满地打滚。舅姥爷还得帮忙哄孩子。以他那样的脾气哪干得了这个。于是，时不时听到舅姥爷筷子一摔，对着在饭桌子边哭闹不休的小红大喝一声，我摔死你！那是舅姥爷用于说书的特有的瓷实的声音，用来训孩子过过有余。说也奇怪，那个叫小红的长大了心理素质还特别好。虽然在四姐妹里人憨点，长得也普通，但嫁了个有一定社会地位的老公，生活的幸福指数还不低。你说怪不怪。

母亲还在和我们的舅姥爷交谈。但不知怎么的，看表情，气氛好像紧张起来了。舅姥爷说了些什么我没有听见，就只听母亲在用比较激烈的话语反驳着舅姥爷，大体的意思好像在为自己的两个兄弟说好话。正说着呢，忽然，舅姥爷把长杆子烟袋锅对准桌子猛一磕，从椅子上爬起身来就朝院子里走了。母亲正在气头上，坐在那儿没动。父亲急了，以最快的速度一瘸一拐地拽住了已经冲到院子里的老丈人。

那会儿，饭桌子上的一盆酱油拌腌的猪肉馅子安卧在瓦盆里，正散发着诱人的香气。今天舅姥爷进家，父亲要显一显身手，包一回猪肉馅的饺子招待自己的老丈人。母亲没有说话，两手就着桌面用力地揉着一大坨子面团。父亲见状，清了下喉咙，开始和老丈人继续谈武侠。那会儿，父亲的话锋更健，谈兴更浓。我们的舅姥爷就好这个，不一会儿，舅姥爷的喉咙里就发出了那种牵动气管的带有沙音的笑声。屋子里的气氛明显缓和下来。

晚年的舅姥爷天天肩膀上挂着烟袋锅子到十村八乡赶四集听书。腿脚子练出来了，身子骨也一直很硬朗。不过，他的视力退化得厉害。儿子给的零花钱，十块钱当五块钱用的时候常有。在摊子上买东西，有时钱掉到地下了，也看不见。渐渐的，儿子们知道了这一点，钱也给的少了。

舅奶走后不到几年，舅姥爷也和舅奶一样，在周宅子北边的一片青苗地里安歇了。一对老冤家静静地看着这个充满生机的小村庄，像地里的庄稼一样四季轮回，上演着他们这一代人有或没有的故事。

喝喜酒

四舅要结婚了。头一天,母亲的娘家周宅子来了一个远房大舅,推来一辆带着两只长方形柳条筐的独轮车。母亲让我和妹妹一边筐里坐一个。大舅顺着河堤,沿着曲里拐弯的土公路,吱吱呀呀推了四十多里,把我俩推到舅奶奶家里去喝喜酒。

四舅结婚,对我们小兄妹来说,可是个新鲜事儿。从小,四舅就天天泡在我们家,带着我们一起玩耍。母亲外出开会的日子,四舅也常来帮着烧一阵子饭。他会擀面条,会做发面饼,当然,最难忘的一顿饭是葱花酱油汤。那次他想从冰冻的河面上抄近道,结果连人带车子掉到冰窟窿里去了。湿漉漉的四舅进门后,看到围在身边的一群肚子饿得咕咕叫的小孩,当机立断,做了一大铝锅葱花酱油汤,很快的,大铝锅里的酱油汤被喝得一滴不剩,四舅看看小孩们一个个喝得肚子圆滚滚的,不由咧开嘴笑起来。四舅几乎是母亲一手带大的。那会儿,舅奶奶生病了,我的母亲带着年幼的四舅,承担起姐姐和母亲的双重角色。记事的时候起,就感到,四舅对母亲特别亲。

从四乡八里赶来喝喜酒的亲朋好友越来越多了,舅奶奶家用稻草打了一些地铺,大人小孩挤挤挨挨,睡在一起,大人拉着家常,小孩们追逐打闹,又暖和,又热闹。我和妹妹来到陌生的环境里,充满了新奇,兴奋得睡不着觉。夜里,懵懵懂懂的,好像三舅妈进来了。当小学教师的三舅妈是方圆村里有名的美人儿，眼睛笑起来像月牙儿，眼睫毛长长的，有时到我家来和母亲诉说着家长里短，婆媳不和，坐在小板凳上会抽抽搭搭地哭起来，也怪了，她哭的时候，泪珠在长睫毛上挂着，亮亮的，快要掉下来了，可就是掉不下来，连哭的姿势也那么好看。三舅妈轻手轻脚的，电筒在我和妹妹的脸上、身上划过，最后，停在我俩的脚上，她嘴里啧啧夸着，你看这姊妹俩，一人一双花尼龙袜子！我假装睡着，心里却美得很，这双花尼龙袜子，可是我们姐俩来喝喜酒的"盛装"，睡觉的时候，都要把腿支起来，免得稻草挂坏了宝贝袜子。

四舅的新房里，什么都是新的。双人大床、桌子、凳子、茶几，都是才打的，散发着一股子新鲜油漆的味道。有个远房大舅会打家具。这些看来都是他的拿手活儿。床上摞着两床大红花的被子，看起来特别松软，小孩子谁都想跳上去翻个跟头、竖个蜻蜓。屋子粉刷得干干净净。门上的大红双喜字，向每个来看新房的人发散着特有的喜气，不知是出于村里哪个巧媳妇的手心。新木的脸盆架子是空的，就等着送亲的队伍带来红双喜脸盆往架子上放了。

太阳升起来了。一切都准备好了。这个喧嚣的小村子，此刻每个人的脸上都挂着几分神秘、几分期待。一大挂长鞭，用竹杆子挑起来。只待送亲的队伍一到，就由耳朵上别着香烟的人来点信子。人们跑到河沿上，望了一回，又望了一回。都说送亲要赶早，怎么还不到？送亲，是要抢先的。如果一个村子有两家人结婚，更是谁家抢个早谁家吉利，传说两家送亲的队伍因为都要赶早，在村口上遇到了，两方各不让路，打耳光，踢飞脚，打起来了。我和妹妹在河沿上向远处踮着脚张望着，腿站麻了，脖子也望酸了，怎么还不来呀？

来了！来了！日上三竿的时候，送亲的队伍终于从河沿上逶迤而来。这支队伍，花红柳绿，前面是抬轿子的，轿子后面，是一长串送亲的人，每个人脸上都掩饰不住的喜气，有抬着柜子的、有抱着花被子的、有捧着花枕头的、有拿着花脸盆的、还有抱着两只花暖瓶的，连印着红双喜的痰盂，都是一对儿。新娘子到了！小村子顿时沸腾了。砰——啪！噼里啪啦、噼里啪啦……，高升（二踢脚）直冲云霄，大挂鞭炸起来。穿着崭新中山装的四舅，三步并作两步迎上前去，想掀轿门帘子。且慢！几个宽肩头，壮腰肌的大汉把他拦住了。蒲扇样的大手一伸，拿喜钱来！四舅顿时涨红了脸，咳，什么喜钱？这一时上哪找去？作揖打躬，大哥长大哥短地叫了半天，对方岿然不动。有那腿脚利索的，早飞也似的回去找主事的通报去了。终于，一叠长短不一的人民币不知从哪几个乡邻那里凑来，递到了几个壮汉手上，顺带两包《海港》牌香烟。我们小姊妹俩挤在看热闹的人群里，眼见的四舅的汗珠子顺着脸颊淌下来，四舅也顾不上擦，急吼吼地掀开了花轿的门帘子。哇！四舅妈从轿子里出来了。细条条的个子，脚上穿着绣花鞋，一对花蝴蝶儿在黑平绒的鞋面子上展着翅膀，好像马上要飞起来。头发黑黑的，皮肤桃花面色，一笑，眼睛眯缝起来，浅浅的酒窝，还有一对虎牙。穿着一身红花棉袄、红花棉裤，真格一个俏新娘哦。那是我们第一次看到四舅妈。一时看得呆了。四舅可靠不上去。新娘由送亲来的伴娘搀着，款款送进了新房。新房里挤满了人。四舅妈靠在床头，左手攥着一条新毛巾，右手托着腮，笑眯眯的端坐着。四舅蓝色中山装口袋边上别着一支钢笔，那可是他与众不同的地方。他一会儿进来，一会儿出去，一会儿又进来，一会儿又出去。不敢到床边上坐，也不敢和四舅妈说话，偶尔，用眼角悄悄去瞄一下新娘，眼神一对接，触了电一样，马上又缩回来。哈，一向在我们小兄妹面前逞能的四舅，竟也如此害羞。

喜酒开场了。院子里，一桌桌酒席，团团坐满了喜客。大菜一道道传上来，盘摞着盘，碗摞着碗。热气腾腾的。大块肥肉一进嘴，瓜干子酒一下肚，划拳猜令的声音响起来了。院子里一片欢腾。正闹腾着，打呱啦板子的要饭的也来了，一进门，就是一长串贺喜的顺口溜。给少了还不行。酒桌子上，各路神仙在斗酒话，推杯换盏前，先斗嘴上功夫，斗不过的，就得仰着脖子喝。有那拙嘴笨腮的,就成了整场戏耍的对象,只待扑通一声,此人喝倒在桌子底下,被架出去了,这一桌才算尽兴。尤其是新郎新娘来敬酒的时候,更是闹翻了天。只见一只粗大的手攥住了四舅的手腕子,一股浑浊的酒气直喷到四舅的脸上,"新娘喝了这一杯,晚上睡觉不来尿(sui)!","哄!"周围的人一阵大笑。四舅额角的汗珠子像断了线的珠子一样滚了下来。连连打躬作揖,"大哥,行行好,让俺俩过去。"

小孩子们在人群里钻来钻去,哪里热闹奔哪里去。有捡些小鞭炮,放在小瓶子炸的,有爬在桌子底下学狗叫的。我们姐俩也跟着一些小孩到处去串门,潮漉漉的当门,一股子萝卜干子、腌白菜的味儿。看那些家庭,虽都没什么摆设,可也不一样,有干净得地下难得见到一根头发丝儿,有家里锄头撂钉耙,苍蝇乱飞的。要是发现哪家有一两本小画书,就可真是难得的珍品了。

在舅奶奶家喝喜酒,和乡村小屁孩们结结实实闹了一回洞房。一群群小孩躲在墙根里,窗户底下,门缝边,一遍遍喊着,给俺块糖啊,给俺包果子啊,缠磨着,棍子都打不散。那种油炸江米果子,弯弯的,细细的,有半拃长,放在牙上一嚼,又脆、又甜,是孩子们一晚的期待。鸡都打鸣了,这些顽皮的愣头青们还扒在窗边,偎在门缝,窸窸窣窣,唧唧歪歪,闹得新郎新娘心里猫抓一般,无法合欢,磨急了,就散出半包江米果子来,这下可不得了,整个村庄的小孩都来了,一直闹腾到天亮……

贺喜的亲朋好友们陆陆续续回去了。我和妹妹临回家前吃的那顿饭,是腌白菜烩饭咯吱(锅巴),那种咯吱,是大铁锅做米板,用劈出来的柴火烧火才会炕出的糊锅底,用大铁铲子把一整张炝下来,黑黄黑黄的,又脆又香,我虽小而懵懂,捧着咸菜泡锅巴饭,还是隐隐觉得,缸里可能没有米了,但那顿锅巴饭,吃得特别香……

父亲的老家

从记事的时候起,每到年关将近的时候,我们家有一件大事,就是回老家过年。老家,不是我们一家当时居住的地方,也不是母亲出生的地方,而是特指父亲的老家,山东省郯城县一个名叫蒲汪的地方。回老家,是我们家每年一度的一大盛事。每到年关,父亲,总是备齐各种过年的食材,米面肉蛋菜,还有成口袋的粉丝。其中,给我印象最深的,是一只猪头。全家候在路边,等候车来。那只猪头,就那样搁在地上,两只肥大的耳朵扎撒着,圆长的猪嘴拱在地上,一副奇怪的模样。回家的车什么样的都有,有时,搭乘的是一辆大卡车,我们小姐俩就被安排在驾驶室里,那车的车斗里,是满满一车煤炭。

回到老家,首先要拜见的是爷爷。爷爷的个子又瘦又高,穿着长长的袍子,下摆盖住了脚面。胡子长长的,拖到胸前,肩膀上挂着的,是一根长杆子的烟袋。他的形象,威严,冷峻,还透着一种说不出的神秘。不仅在于他不苟言笑,还在于他的屋子里,竟然一直摆着一口黑色的大棺材。那棺材里,藏着他的各种宝贝,有时候,他会打开盖子,从里面拿出几块细点心来,分给我们小姐俩。那方黑糊糊的物什,一直是我小时候难解的一个谜。

老家过年的热闹,非一般地方能比。叔叔、婶婶、姑姑、姑父、堂哥、堂姐、表哥、表姐一大群,真的是热闹非凡。对我们小儿童,长辈们特别友善，哥哥姐姐们就更不用说了。除了过年吃不完的美食，还有各种玩耍的东西。印象最深的，是到二叔家去看灯笼。那灯笼，是菱形的，不停地转，里面的烛光映照得整个灯笼发出昏黄的光来，灯笼转时，身上骑马的小人儿也一起跟着转，一个追着另一个，总也追不到头。二叔家的几个姐姐，脸上有几粒雀斑，声音又绵又柔，轻轻从嗓子里发出来，听着很舒服。有一个姐姐，会一边纳鞋底儿，一边笑眯眯地看着我们小姐俩，讲深山老林里鬼神的故事。她的调门儿细细软软的，说，有灯就有人儿，有人就有神儿，使那神怪的故事，也透出了些许甜味儿来。三叔家的女儿，身上穿着蓝花布的小棉袍子，下摆一直垂到脚面子上，头上戴着虎头披肩，披肩的周边绣着好看的图案，特别像古代大老爷升堂时，旁边听差戴的那种帽子。几个姑姑和婶子，都带着那种圆形的黑平绒的帽子，有点像武松打虎里武松带的那种，在右耳朵上方，有一朵绒花，花瓣层叠，和帽子是一个颜色。

　　家家过年的时候，堂屋的正中央都有一只烤火的盆，盆里烧着木炭，慢慢地，炭灰积得越来越多，盆边上，烤着几只红辣椒，于是，满屋里，就弥漫着那股辣椒特有的焦香味儿，还有，木炭燃后的锅沫烟子味儿，很久以来，想起老家，就想起那种味道，也许，那就是老家的味道了。

　　过年的时候，在二姑家里，特别热闹。不仅在于二姑特别善良，特别能说，还在于几个表哥，个个都是多才多艺。那个大表哥，在乡里做事，通体都透出"政府"的味儿来。二表哥，画得一手花鸟的好画，一张，又一张，还是彩色的，那些鸟儿，看着，看着，好像都要从画上飞出来。他好像还会吹笛子，一根细细长长的棍子，带着一排窟窿眼，就那样往两片嘴唇间一放，悠悠的声音就从眼子里飘出来了。最喜欢的，是三表哥，他长得也好看，眼睛圆圆的，会打快板，说快板书，还会说山东快书。就见他把两片薄薄的铁片儿，夹在右手指缝间，举起手来，在空中扬了几扬，当里个当，当里个当，清脆悦耳，三表哥眉毛一扬，就字正腔圆地说起来，闲言碎语不多讲,听我表一表好汉武二郎。三表哥和我们小姐俩的交往最多。他带我俩到一个小护士那里去住。那个小护士,长得像薛宝钗,穿着白大褂,说话轻轻的,走路轻轻的,不知从什么地方,拿了些好吃的糖来分给我俩,晚上洗过上了床,倚在床头上,她的怀里还放着一本书,让人想起这就是白衣天使了。三表哥和她说话的时候,好像有一种特别的神情,很奇怪,说不出来,但就是与一般的男女之间说话不同。还有六表姐,在我们心目中,永远都是美丽的象征,她带着我俩到镇上去玩,还给我俩一人买了一双花尼龙袜子,穿在脚上,又松又紧,弹性好极了。

蒲汪,想起这个词,眼前好像出现了一片大水,浮浮漾漾,汪里还长着一人多高的芦苇,微风吹来的时候,纷纷弯着腰,枝叶摇曳,好像在向远处的什么人问候。汪里的水很清,终日流淌不息,时见鱼儿游动。我们小兄妹会和邻居家的孩子大壮、二壮在汪涯边玩耍,有一个镜头怎么都忘不了,就是哥哥在和那几个小兄弟忙捉鱼儿的时候,光着屁股,用一条毛巾竖起来系在脖子上挂着遮羞,那毛巾的下摆就一直通到脚面子上,现在看来,当时哥哥长的,也就毛巾那么高了。汪里的鱼儿并不好捉,常常会见到葵花子大的小鱼儿,一群一群的,从东边游过来,向西边游过去,这时候,一个远房的大伯儿说,领头的,是黑鱼精,它一定藏在鱼群下面。他拿起一只脸盆,对着游来的鱼阵,迎头一舀,又朝岸上劈手一泼,岸上的泥土,倏地把水吸干了,湿淋淋的地面上,蹦过来跳过去的,只是几尾比葵花子儿还小的鱼儿,但那关于黑鱼精的说法,久久萦绕在幼小的脑海里。

回老家,小时候,在父亲的嘴里,频繁提起,并被频繁实践着。那当然主要是过年。十六岁就离开老家的父亲,总会讲起老家早年的辉煌,并在家里的饭桌子上,频频露出退休后回老家安家的想法。这个动议,随着儿女越来越长大成人,持异议的好像越来越多,不知是哪一位哥哥,对于父亲回老家的想法,一次,在饭桌子上,当着全家人的面,大起胆来,进行了深刻的、逻辑严密的质疑,结论只有一个，那样一个贫穷落后的地方，哪里值得去叶落归根呢？再说，大家目前都在天南海北工作，随父亲回老家更是不可能的了。那以后，父亲久久无语，回老家安家的话题不再提起。

龙年的清明，全家人回老家给老祖宗上坟，终于来到了父亲一直念叨着的那片北老林，放眼望去，一马平川，白杨密植，郁郁葱葱，隐见祥云缭绕，瑞气升腾，果然好风水。已是耄耋之年的父亲，下了车，不顾长途旅行的颠簸，竟然不需要任何人的搀扶，就在那狭窄的田间小路上，轻快地迈起步来，妹妹眼明手快，摄下了这神奇的一瞬。

在异域他乡一生闯荡的父亲，有一个愿望，就是百年之后，回老家的北老林安葬。可是，随着老家开发大潮的来临，这一动议也很难实现了。

也许，父亲的老家，只能在他的心里。

京剧缘

　　一间大屋子里，挤满了黑压压的人群，说话声、咳嗽声、嗡嗡一片。一些抽旱烟的人吐出的白雾弥漫在人群上空，满屋子散发出一股浓重的"人"味。灌南口音的周老师说，可以开始了。他弯下腰来，把我们小姐俩抱上一张大桌子，说了句什么，我俩就开始大声唱起来，"我家的表叔数不清，没有大事不登门……"。清脆的童音在那间大黑屋子里回响。所有的人都直瞪瞪地看着台上这两个一模一样的小女孩，被她们清脆的歌声惊呆了。

　　那是二十世纪七十年代初的某一个冬天。那个冬天，广播里几乎每到一个固定时段，就要响起革命现代京剧的歌声。在一个求知欲特别旺盛，接受能力空前强烈的年龄，这些充满革命激情的唱段，一直到后来号称八个样板戏的现代京剧，很快，就倒背如流了。

　　家里北面的墙上，贴着李玉和在铁道边见到拾煤渣的小铁梅的剧照。李玉和方面大脸，手拎号志灯，一条洁白的围巾搭在缝着补丁的肩膀上。小铁梅穿着红底梅花的上衣，膝盖上的补丁也补成好看的梅花状。那女孩一条大辫子弯到胸前，明媚皓齿地看着爹爹，吸引着所有人的目光。大家都对妹妹说，你很像小铁梅。妹妹，对那个长着一双大眼睛的生动鲜活的小铁梅不禁看了又看。不久，墙上又多了一张小常宝的剧照，画面上的小常宝，面如满月，穿着毛茸茸的皮坎肩，束着一条大辫子，眼睛瞪得比小铁梅还大。大家又对我说，你长得很像小常宝。一时，小铁梅和小常宝，成了我俩儿时的偶像。

父亲下班回来了。嘴里还在哼着刁德一的唱段。说是县里正在组织学习班学唱样板戏呢。那些咿咿呀呀的拖腔，学起来还真不容易，没有几个人能唱成调子的。倒是父亲，一张嘴惊了四座。父亲还说，京剧是有流派的，刁德一唱的是马派，奇袭白虎团的王团长唱的是裘派，"趁夜晚，出奇兵突破防线……"，他有节奏地摇晃着脑袋，让声音从喉咙的深处带着一种低沉的后鼻音发出来。接下来，一些从来没有听过的名字从他的嘴里流出来了，像什么梅兰芳、李多奎。一时，哥哥们和父亲讨论得很热烈。

看我们哇哇啦啦唱得起劲，父亲对我说，你唱一段给我听听。我便仰起脸来，声音洪亮地唱了一段李奶奶的"十七年"。父亲听罢，哈哈大笑，说了一句，你唱的是京剧歌。直到后来，才知道，这京剧，原来最讲究的是韵律、板眼。可在那个时候，小学老师里，有谁是懂京剧的呢？不得不说，在全民大学京剧样板戏的年代，由于缺少一大批专业师资，大多数人只是学了一些类似于京剧唱腔的"歌"而已。

我们懂不了那么多。就知道，大家都流行唱京剧，唱得好，会受到家长老师们的夸奖。这不，小学里，也在组织大家学。有合唱、有独唱、有表演唱。大家都说我像那个胖乎乎的小常宝，我就重点学小常宝"八年前风雪夜"那段唱。逢到室外演出刚好下雨时，我唱得声情并茂、泪水盈然。后来，唱多了，激情消退，变得干巴巴的，大家就质疑道，怎么不如上次唱得好？我便振振有词地回击道，上次不是下雨的吗？

一个阳光灿烂的早晨。母亲给我们四个小兄妹吃过热腾腾的早饭，还让我们带上了酱油炒鸡蛋卷煎饼，到县礼堂去汇报表演现代京剧《红灯记》。演的是送情报的那一场。我演李铁梅，妹妹演李奶奶，二哥演交通员，三哥演李玉和。锣鼓家伙一响，我们依次登台了。妹妹穿着蓝大褂，盘起了圆圆的发髻，脑门上描了几条皱纹，从容不迫地走上台来，用手在大襟上一掸，再把手朝头顶的头发上一抹，还没开口唱，"哗！"台下的掌声一片，这是哪里来的"俊老妈妈"？待到三哥演的李玉和，带着一股子少年英气走上台来，把脖子上的白围巾朝背后一甩，手提号志灯，一个亮相，喝！母亲和一群乡村干部坐在台下，心里如喝了蜜一般。我们一个个走上台，慈祥的、娇俏的、老练的、从容的，姿态各异，开口唱了，哇呀，满堂生辉，掌声哗哗响起来。父亲的同事说，这是老李家的孩子，母亲的同事说，这是老周家的孩子。哈，后来他们才闹明白，原来他们是一家人。母亲那会儿，也就三十来岁吧，我能感受到她在台下的那种自豪，母亲无疑是那天礼堂里笑得最开心的。

谁知世事难料。班里有个孩子患了口吃。一些喜欢搞恶作剧的孩子跟着学，大家也都觉得好玩，纷纷跟风，一来二去的，还真传上了。逢到紧张的场合时，口吃就犯得特别厉害。小学老师陈世香想了个办法，让我和妹妹演双簧。这样，我的主打剧目《深山问苦》继续上演。不料，这口吃传起来，比感冒还快。班里的孩子，一大半都口吃。妹妹自然也不能幸免。勉强演了一次双簧，就再也演不下去了。后来，才明白，口吃，有两种，一种是生理性的，一种是心理性的。这后天的，多由心理因素造成，随着各种障碍因素的消除，这学来的口吃自然而然地消失了。

遗憾的是，随着口吃的消失，学唱现代京剧的热潮如涨潮的潮水一样渐渐退去了，只留下了一片沙滩。

第三篇

春　晖

听父说武侠

屋子里光线幽暗,只在桌子周围,弥漫着一团黄晕的光,光源来自桌子上那盏玻璃罩子灯。由于用得久了,浑圆的灯罩子糊上了一层浅黑色,过滤了灯芯处的光亮,使那本该透彻的光亮变得朦胧起来。

父亲,此刻正坐在一只高腿方凳上,半边身子斜倚着右侧的大桌子,开讲"五鼠闹东京"。孩子们一人一只小板凳,你挤着我,我挨着你,团团围坐在父亲周围,眼睛瞪得溜圆,生怕听漏了一个字。

父亲浓重的鲁南口音在静静的屋子里响起来。只见他神情淡定,不慌不忙,一句一顿,娓娓道来。此刻,展昭展大侠黑衣飘飘,脚尖一点,就飞上了屋顶,借着窗缝幽暗的光线,凝神谛听着屋内人的窃窃私语。

屋子外面,夜是黑的,院子也是黑的。远远的屋顶上隐隐传来一声猫叫,孩时的我,心里一紧,想象着那黑衣蒙面的侠客,燕子一样飞上屋顶,飘起的衣裾如黑色的羽翼,掩映着鹰一样的目光,此刻,正呈一个倒挂金钩的姿势,朝着屋子里昏黄灯光下的一群大人小孩观瞧。

那远古的大侠,就这样,在二十世纪六十年代,苏北一座小村子一间光线幽暗的小屋子里复活了。他上天入地、闪展腾挪,武艺再强的高手也奈他莫何。在父亲不露声色的讲解中,我们,一群不谙世事的儿童，就这样，化作御猫展昭、锦毛鼠白玉堂，在北宋时期开封府的府内府外，展开了一场惊心动魄的智与勇的搏杀。

父亲讲武侠，是我们小兄妹夜晚的盛宴。在县里上班的父亲，不是每天都回来；回来了，不是每晚都讲武侠。这就让我们小小的心灵充满了期待。每逢合适的时机，父亲开讲武侠的时候，我们小姐俩总是早早拿着小板凳，挤到父亲跟前坐下来，眼巴巴地等着开讲。

父亲讲的最多的是"三侠五义"。展昭展雄飞这一飞檐走壁的一代豪杰，就这样深深镌刻在幼小的心灵里了。不得不佩服父亲驾驭语言艺术的能力，在没有任何画面辅助的情况下，我们的父亲，仅凭"舌卷三尺剑"，就把一出"五鼠闹东京"讲活了。

开讲前，几个哥哥似乎还要和父亲讨论一阵子。那会儿，就听哥哥们以商讨的口气和父亲说，讲"三侠五义"吧。父亲摇摇头，今天，我给你们讲一段"鹰爪铁布衫"。那是明朝神宗年间，兵部尚书刘天的部下肖如风苦练少林功，协助朝廷铲除奸佞的故事。光听这名字，我们的胃口就被吊了起来。老鹰的爪子，铁制的布衫，这里透出多少冷幽、肃杀之气？

童年的脑海里，隐隐觉得，凡称为"侠"的人，一定是来无影去无踪，他们活动的场景，一定与黑夜有关；故事的发生，一定在深宅大院，或是在深山密林。还有，这些人不过凡夫俗子的日子，更不买官府的账，就这样，为了内心某一个恒定的目标，行侠仗义，浪迹天涯，在需要的时候来了，在想挽留他的时候又走了，在留下一地感激的同时，给所有那些被他们解救过的人，尤其是想爱他们而不能的人，空留下了一肚子的惆怅。

奇怪的是，父亲讲武侠，不是有求必应。每一次，都是经我们再三央求才开讲。有时，央求了很长时间，父亲还是不讲。也不知是卖关子，还是其他什么原因，这叫我们很是扫兴，但也没有办法。尤其有一段"小孩捏劈柴"的故事，说的是一个村子被官府扫荡过了，只剩下一个孤儿，那孤儿被侠客抱到了山上，从孩子刚懂事起，老和尚就训练他捏劈柴，每天，都必须把一大堆劈柴捏一遍。父亲说这是练武功的基本功。后来呢？父亲说，今天就讲到这里。下次再讲。

下次来了，我们又围了过来。讲什么呢？父亲问，显得很民主的样子。讲"小孩捏劈柴"，我们小姐俩一叠声地说。哥哥说，讲"三侠五义"，争来争去，父亲继续开讲"鹰爪铁布衫"。"小孩捏劈柴"的故事再也没有讲下去，这让我们很长时间心里一直很纳闷，那个捏劈柴的孩子后来到底怎么样了？

哥哥们渐渐长高了，对于听父亲讲武侠好像也不是那么热衷了。一天晚上，大家又围了过来。父亲好像是有备而来，兴致勃勃地说，你们想听什么？大家你看看我，我看看你。"小孩捏劈柴"，我们小姐俩又喊起来。父亲说，三侠五义？哥哥们摇摇头，鹰爪铁布衫？哥哥们又摇摇头，白发魔女传？哥哥们还是摇摇头。我们小姐俩都觉得奇怪，哥哥们今天这是怎么了？这时，二哥嘴里忽然冒了一句，你讲的这些，我们都听过多少回了，这一次能不能讲点新的？

我们的父亲，我们的曾经在这间光线幽暗的房间里构造了许多武功高强的侠客的父亲，脸上隐隐的，闪过了一丝复杂的神色。他知道，这些天天围着他听武侠故事的孩子们，已经在不知不觉间长大了。

我有一个心愿

上高中那年,我和妹妹说,我们一起来写写俺妈。妹妹眨了眨眼睛,摇摇头,以我们现在的能力,写不了。

那时的母亲,负担正重,几个子女,三个上大学,两个上中学,一个刚成家,自己还担任着一个移民村的支书,忙碌的程度,一时难以形容。我们这群半大不小的孩子,虽然各有各的兴奋点,但冷了要加衣,饿了要吃饭,就见母亲忙得里外不落座,头上的白发也日渐稠密起来。孩子的眼里,越来越清晰地看到了母亲粗糙的手、眼角深深的皱纹,母亲不容易!

随着一年年长大,这种感受越来越强烈。当我能用歪歪扭扭的字体写出一些小作文的时候,内心深处,就隐隐涌起了一个愿望。我要写母亲。我要用自己的笔,去写下我眼中的母亲。

可是,妹妹自小饱读唐诗宋词,写的文章一直是中小学的范文,她都说写不了,我粗拙的文字能行吗?一时,写母亲的念头按下了。

考上大学了,我对妹妹说,我们一起来写写俺妈。妹妹说,写母亲,要么不写,要写就一定要写好。我们现在还没有这个能力去写,等准备好了再写也不迟。内心深处写母亲的冲动又一次潜入心底了。

太阳东升西落,周而复始。一眨眼,大学毕业了。生活的节奏从滚动的轮子,变成了陀螺,转啊转啊,没有停息的时候。就业、成家、生孩子……几十年过去了，文凭一个一个地拿，论文一篇一篇地发，职称一级一级的评，追逐尘世的杂念越来越多。

写母亲，这个尘封心底的愿望，被岁月的尘垢厚厚地覆盖，就像一粒珍珠，渐渐淹没了光泽。

树叶子绿了，黄了，黄了，又绿了。妹妹，已经成为齐鲁大地上小有成就的作家。从《年画》《盐豆子》等小散文开始，一直到《十月》《钟山》等大型文学期刊都向她伸出了橄榄枝。

为什么不写母亲？我读到她的一篇篇作品，不乏质问的口气。母亲是一本大书，这本书很厚重，不准备好了不敢动笔啊。那时的妹妹，电脑里已经积攒了数万字的母亲口述的资料，但她那份越来越虔敬的口气，让我也越来越迷惑了。我所期待的母亲的这本书，到底要到什么时候动笔才合适呢？

在我们还讨论不休的时候，母亲走了，永远地走了！带着锥心的痛，我一遍遍追悔着。母亲，那么多的日子与我朝夕相伴，为什么我就没有在纸上落下一个字？

我拖着沉重的双腿，在记忆的隧道里穿行，寻找着母亲熟悉的身影。在灶间里忙碌的母亲、在田地里收割的母亲、在深夜里缝补浆洗的母亲，还有，忙着永远也忙不完的公务的母亲，哪一个，才是我的最真实的母亲呢？

我向父亲、兄弟姐妹、保姆、亲戚、邻居，一遍遍询问着母亲的话题，一点细节、一点记忆，近乎贪婪地吸收着，消化着。

我痛心，母亲离去的那天夜晚，我没能和母亲在一起，我甚至嫉妒那个和母亲彻夜长谈的保姆，她在母亲人生最后的夜晚，还听到了母亲许许多多语重心长的忠告。

母亲离开我们八个年头了。八年来，我一直在寻找母亲。在我几十年的成长轨迹里，在父亲厚厚的回忆录里，在兄弟姊妹的记述里。随着寻找半径的进一步扩展，我越来越发现，自我记事时候认识的母亲，并不是完整的母亲。

母亲的整个人生，是一部极为厚重的历史大书，用妹妹的话说，她的人生轨迹和共和国风云际会的历史有关，和生生不息的齐鲁大地有关，和妇女解放的命运变迁有关。沿着母亲的生命旅程一直往上寻找，我们所发现的，远远不只是一个六个孩子的母亲、一个逾千户移民村的支书，而是一个伴随着新中国的成立，从古老的苏北土地上走出来，在建设新中国的锣鼓声里，挣脱一切有形无形的羁绊，去追求妇女解放、追求自我价值、追求爱情的一个敢想、敢干、敢爱的新女性。在《我和我的祖国》系列纪录片里，那些欢天喜地走上街头，参加识字班、秧歌队的姑娘、身着列宁装的女干部身上，都有着母亲当年的影子。

母亲是怎样带着六个孩子度过了饥饿的岁月、动乱的年代，更是母亲这部大书里最为揪心的章节，与母亲的人生经历相比，我们的文字实在是太苍白太无力了。

可是，不能再等了！母亲走了，我终于拿起笔来，一点一滴地去写关于母亲的文字。虽然稚拙，不再犹豫。为母亲，更为自己未了的心愿……

妈妈，你要上哪儿去啊

2007年的12月11日，大哥打来电话，说，母亲去世了。接到电话时，我的心揪痛不已。许是真的有感应了，那一天，我一直心神不宁，其间有一刻，我的心突然倏地痛了起来，难道是母亲在与我告别吗？在驱车夜赴老家的路上，望着窗外深邃的夜空、莽莽苍苍的原野，我仍然不敢相信这是真的。对着无比遥远的夜幕，我在心底呼喊着："妈妈，你要上哪儿去啊？"就像小时候，每回母亲出门，我们这群孩子，都要睁大迷瞪的眼睛，问一声："妈妈，你要上哪儿去？"看着妈妈出门的那一刻，就眼巴巴期盼着她归来。

母亲最后的日子，与医院、药水为伴，儿女们想尽一切办法为老人救治，但事实却在向不乐观的态势发展。我因长年在外地，没有尽到女儿之孝，每回想起来，悔恨不已。在母亲深度昏迷的日子，我从外地乘飞机急回母亲身边，奇迹发生了，母亲竟然醒了过来，坐在床沿，和儿女们有说有笑，听到孩子们讲起童年趣事，老人朗声笑起来，大家都说，神了，原以为母亲不再醒来，可是，母亲以惊人的生命力回到了儿女身边。母亲，是对每一位远方儿女的牵挂使你不忍离去吗？那段时间，母亲状况良好，我不得已又回外地去上班。临别那一刻，我攥住母亲的手忍不住失声哭起来，姐姐告诉我，那天我出门后，母亲号啕痛哭了许久。妈妈，你是在牵挂远行的孩子吗？你的每个孩子都是你的生命，在你最后的日子里，孩子却不在你的身边,这是怎样的一种痛啊。

很多时候,我都在外地跑来跑去,自以为干的是了不起的事业,即使节假日回趟家,也是同学朋友三五成群,天天聚会,忙得不亦乐乎。很少有时间偎在母亲身边,与老人好好叙叙家常。在母亲最后的日子里,我回到家也在忙什么课题、创作,没有静下心来好好听听母亲说一说她的心里话。那次回老家调研,我只是回家坐了几分钟就走了,母亲哽咽着说了一句话,"没来得及说话,又走了。"我当时有些愧疚,还为母亲唱了一遍《说句心里话》。母亲含着泪说"真好听。"母亲的要求并不高,就是儿女能够围在身边说说家常话啊。

母亲去世前的那段日子,常常彻夜无眠,陪伴在她身边的儿女们听到她许许多多心里话。只有我没有倾听过母亲的彻夜长谈,在听到母亲去世的消息时,我的心是锥心地痛!

那位淳朴的小保姆说,母亲也和她谈了许多许多,并告诉她,人这一辈子不容易,要和爱人好好过日子。妈妈,你上哪儿去啦?女儿多想跪在你的身边,请你原谅她的不孝,女儿愿用所有的时间来倾听你老人家的心里话!

母亲晚年曾经在我这里住了些日子。老人家天天爬山、读书、练字,人也变得神清气爽起来。每当下班回来,看到母亲端着一本古书,或者一张报纸,从眼镜框上方抬起眼睛看我,那么安详、那么沉静,使我从头到脚都变得温暖起来。那阵子,孩子太小,爱人工作又忙,我上课疲于应付,常常来不及认真备课,抓起老讲稿就进课堂,母亲语气里就透出一些责备来:"你这是做的什么学问!"今天每每想起这句话,感觉母亲说的是真理,是母亲督促着我做学问要有板有眼,不能偷懒。

那些日子,母亲以花甲之躯,帮我忙里忙外,还骑车到几公里外的幼儿园接送外孙女,邻居们都羡慕地说,你看人家就是不一样。有一次,我应邀到南昌去上课,母亲心里很不踏实,出门那天,母亲送我到楼梯口,泪水一下子涌满了眼眶:"你到那里去上什么课啊?"那份担心、那份牵挂,让我感受到那是一份怎样深厚的爱啊,今生今世我都无能报答!

　　妈妈,你要上哪儿去啊!你什么时候回来?从小到大的一声声询问,永植我心。今天,我想说,妈妈从来就没有离开过我们,她老人家永远活在我们心里!

怀念母亲

母亲是一位干练、爽朗、大气、善良、博爱、坚韧的母亲,当年看日本电视连续剧《阿信》,高尔基的长篇小说《母亲》以及韩国电视剧《大长今》,都能从那些坚强的女性身上,看到母亲的影子。

从我懂事起,母亲就整天在劳作中。一家八口人的衣食住行都是她操持,父亲是读书人,腿脚欠佳,所有重体力活都落在母亲身上。冬天到了,气温骤降,为了让孩子们能穿上棉袄裤,她熬了一夜又一夜,把六个孩子的棉袄棉裤缝制好,让他们在滴水成冰的冬天免受冻疮的侵扰。在那些寒冷的冬夜里,母亲是怎样扛过寒冷和饥饿,就着煤油灯那如豆的灯火,一针一线缝制好那些棉袄裤的?在温暖被窝里的孩子们无从知晓。炎热的夏天,屋子里潮湿闷热,母亲点燃了一些棉蒲穗子,用这种植物释放的浓烟驱赶屋子里的蚊虫,无法入眠的时候,她又不辞辛苦,把屋子里的床一张张搬到院子里,挂起蚊帐,让孩子们在漫天星斗的照耀下,与静谧的夏夜共眠。艰苦的岁月,伙食都是简陋的地瓜、玉米、白菜等粗粮,难得见到荤腥。偶尔吃到炒鸡蛋,也算是珍品了。每次吃饭,母亲都是在最后,即使是粗陋的饭食,也常常盘光菜尽,母亲是怎样忍着饥饿的折磨度过那些挨饿的日子的?到处欢蹦乱跳的孩子们也无从知晓。八口之家的衣食住行,其负担之重可以想象,但印象中母亲从没有让孩子为家务耽误学习。也就是在这一宽松的家庭氛围中,全家养成了浓厚的读书氛围。一切能找到的书都被兄弟姐妹们如饥似渴地传阅。能积攒下来的一分一毛都换成了连环画和各种书籍。在知识的滋养中度过了贫困但很充实的童年。

那领导一个村子数千人的工作责任、繁重的春种秋收的农活,以及周而复始的沉重的家务劳动,母亲是怎样以山一般的坚强承载下来的?如今只有一个孩子就累得叫苦喊累的我们难以想象。记事起的母亲,短发齐肩,穿着海昌蓝的斜大襟褂子,抿紧的嘴角,永远是温存祥和的模样。我们在院子里玩耍,母亲回来了,微笑着说,晓、燕,我给你们带来件礼物。那是一对小搪瓷茶缸,很小巧精致,喝水、装分食的月饼、鸡蛋,珍藏了我们许多童年的梦想。

母亲的生活能力以及对生活的热爱程度超出了我们的想象。乡村过年是一年间的最大盛事。每逢过年,母亲总是率领全家炒花生、炒炒米、做豆腐、打凉粉、蒸窝头、抓屋(掸尘)、贴年画、拆洗翻新被褥、做新衣服,到公社驻地去换面,抬些河滩地的新沙扑撒在院子里,将大水缸里灌满井水,一直忙到年三十深夜,不忘在院子里的磨台上放上一碗糖水浸萝卜。一切齐备,只待大年初一凌晨起来放鞭炮了。那种热闹,那份期待,那份忙碌之后的闲适和快乐,今天看来,不亚于当下过年期间任何金钱堆砌出来的豪华盛景。年关的时候,看母亲做豆腐,凉粉是一种享受,那些圆滚滚的豌豆,饱鼓鼓的黄豆经过磨盘加工成一盆盆糊浆。其中有道程序叫"推磨",即由人抱着棍子绕着磨盘转,让转动的磨盘把豆子磨成浆。母亲会适时让孩子参与些劳动,帮着推磨,推啊推,有时真是推得头晕眼花,有种从头晕倒脚后跟的感觉,但看着豌豆、黄豆经过一道道程序,最后变成了白花花的豆腐,"冻歪歪"的凉粉,心里那个乐呀。尤其看豆腐浆在大铁锅里烧开的一刹那,真是惊心动魄。一旦豆腐锅沸腾起来,想用大勺扬汤止沸都很困难,因此,要在灶间烧火的时候,格外注意火势,在豆浆将沸未沸时降下火候。凉粉一旦开锅,就要盛到碗盆里。那时家里条件困难,哪有那么多盆来装呢,于是大碗小盆一起上,凉粉凝固后,一盆盆、一碗碗凉粉形态各异,煞是可爱。感谢母亲，让孩子们参与了制作过程，使大家从小就知道一切的来之不易，因而吃起豆腐蘸辣椒、油煎凉粉来也觉得格外香甜。

母亲是个很大气，有爱心的人。她担任村支书期间，时常有交不上学费的学生家长到家里来借钱，虽然自己孩子也较多，生活也困难，但母亲总是想方设法帮他们解决。不时有邻居来借个块儿把角的，买本子，买笔，此后就再也没有见他们还过钱。每逢过节的时候，如中秋、端午等传统节日，母亲会把她自己分得的一点月饼或者水果送给隔壁邻居家的孩子。那个年代实行推荐上大学制度，母亲没有利用职务之便为自己的儿女谋任何便利，都是严格按照规定，集体研究，把上大学的机会给了村里那些品学兼优且家境特别贫寒的孩子。记得他们一个叫"会"、一个叫"德"，他们如今在教育岗位上也应该有三十多年了，不知他们是否还记得那个公正无私，慈祥大气的"老周婶子"？而母亲应当欣慰的是，她的孩子也很争气，恢复高考制度后，都是凭实力先后考上理想的大学，并在事业上传承着母亲的优秀品质。

母亲老家是比较穷困的地区，父老乡亲们生活一直比较艰难。母亲虽然早年走出家乡，参加革命，并在后来为事业、家庭所牵累，不能经常回老家，但她的心一直牵挂着那片土地，以及生活在那片土地上的乡亲。每逢老家里远亲近邻有婚丧嫁娶的事，她总是想方设法回去，给他们送去一点心意。家里平时来的远亲近邻，有穷有富，母亲一律平等对待，笑语相迎，并挖空心思给予他们好的招待。孩子们放学回来，看到一些衣衫褴褛的乡亲在饭桌边坐着谈笑风生，而饭菜却早已风卷残云，有时会有怨言。特别是看到母亲把一锅刚煮好的饭的第一碗盛给了乞丐，不由嚷起来时，而母亲总是耐心告诉孩子们，他们的生活不容易，要尽可能多帮他们。是母亲教会了儿女什么叫尊重，什么叫平等。母亲这份爱心无处不在，处处发散着人性的光辉。村里一个叫"瞎瘦"、一个叫"庆"的贫困青年，是否还记得他们在"老周书记"家随时得到的那份尊重和厚待？或许这种爱的力量就是菩萨或者说圣母的力量吧？当阅读高尔基三部曲时，在高尔基的外祖母身上也感受到了这种大爱的光辉。

　　母亲十六岁参加革命，以她的勇气和毅力向旧的生活方式告别。她曾夜奔十八里路去参加一个重要会议，星斗满天，那种天下无敌的精神令人惊叹。母亲在担任村支书期间，把一个村子治理得风正气清、欣欣向荣。她为那个贫困的移民村兴修水利、兴办教育、通电、丰富活跃乡村文化。她在岗期间，那个村子的教育最发达；恢复高考制度后，那个村子考出的大学生位居当地村庄之首。文化生活也很丰富，乡亲们生产劳动之后自编自导自演内容健康的文娱节目，丰富业余生活，使那些面朝黄土背朝天的农民，在枯燥乏味的劳动之余，头光面尽，充分感受到了生活的乐趣和意义。如今回到那个村庄，人们都在怀念老周书记，念叨她在任时的那个繁盛时期。有首歌是唱焦裕禄的：古道黄河东流去，留下一片荒沙地，党为了给咱除三害，派来了焦裕禄好书记……其中有句唱道"……唯独没有你自己"，在母亲身上体现出当年干部的一切优良传统和优秀品质。如今的村民们，享受着她的大爱胸怀带来的福祉，可还记得当年老周书记那爽朗的笑声？

　　母亲在灵魂深处葆有对文化深深的尊崇。母亲的父亲，我的舅姥爷是一位古典评书爱好者，老人活了八十多岁，最大的乐趣是别着旱烟袋到处赶集听人说古书，回来后往村头一蹲，围上一群老人听他摆龙门阵。母亲从小耳濡目染，深受古典文化的熏陶，里面的忠奸善恶、是非曲直对母亲的人生价值产生了很大影响。成年后，多次听到母亲称赞舅姥爷的古书段子多、讲得好。母亲的大仁大义大忠大爱与中国传统文化的熏陶也是分不开的。参加革命后，由于母亲是新女性，加上容貌端庄，追求者甚众，但母亲把绣球抛给了父亲，一位知识渊博、才华横溢的革命军人，虽然父亲腿部有点残疾，但他厚实的文化底蕴和卓越的口才吸引了母亲。当年舅姥爷舅姥奶还有微词，好好的闺女，找个残疾人怎么行？但父亲不请自来，主动到舅姥爷家拜见老泰山，并和老人侃了一通山海经，父亲深厚的古典文学底蕴和一张铁嘴，让舅姥爷放下架子，欣然接纳金龟婿。自我记事的时候起，每逢父亲从县城工作回来，母亲总是炒鸡蛋、烙油饼、或者包水饺给父亲吃。那时的我们会在父亲膝下绕来绕去，而父亲则把那些美食一点点送进了我们的小嘴巴。由于父母都是文化的尊崇者，家中便养成了浓重的读书研讨氛围。晚上最大的乐趣是一家人围着父亲，听他讲武侠故事。那会儿，母亲总是承担了所有的活计，让父亲尽情发挥他的才华。也许，母亲从中又看到了当年舅姥爷讲古的盛景？正是那种"随风潜入夜、润物细无声"的文化氛围，造就了后来一家子冒出一个剧作家，五个大学生的奇迹。母亲对父亲的全力支持和对子女读书空间的极大宽容，给了子女成才发育的肥沃的土壤。今天想来，这种氛围的营造需要母亲付出多少艰辛和努力啊。那周而复始的繁重的家务、吃到嘴里的热腾腾的饭菜、穿到身上的干净衣裤、那农田里一刻都不能松懈的四季农活，哪一样不需要母亲以极大的耐力和超出常人的承受能力去精心准备呢？

母亲的坚强和韧劲是罕见的。母亲一生生育了六个孩子，其间经历了三年自然灾害时期。至今无法想象母亲是怎样在忍饥挨饿的情况下把孩子一个个养大的。产期的母亲连吃的东西都没有，哪来的奶水哺乳孩子？曾听母亲说，月子期间，她连碗红糖水都喝不上。嗷嗷待哺的孩子从母亲身上吮吸的不是奶水，而是母亲生命的精髓啊。有一次，一位舅舅从老家远道而来，看望产期的母亲，带来一小包鸡蛋，可搭乘的拖拉机不慎翻了车，舅舅连人带鸡蛋从车厢的草垛上滚下来，鸡蛋全打碎了。舅舅忙不迭从泥土里捧起一些碎鸡蛋的汁液装在手帕里带给母亲，因为没有东西招待舅舅，那捧碎鸡蛋又成了待客的唯一珍品。

稍微懂事的时候起，母亲已经是一个数千人的移民村的支部书记，工作忙碌的程度超出人的想象。同时，母亲遇到了所有事业女性都将面临的家庭和事业的冲突。母亲把大部分精力给了工作，余下的时间按说应该是休息，可回到家，迎接她的是更加艰巨的相夫教子的活,那是另一项艰巨的工程,内容浩繁,压力巨大。母亲以惊人的毅力承载着山一样的责任,并最大限度地压缩休息时间,向人所能承受的最大极限挑战。记事起,母亲从没按时睡过觉,常常孩子一觉醒来,母亲还在忙家务。深夜忙累了,只能吃块萝卜或者干煎饼充饥。母亲没有穿过新衣服,头发白得也早,双手的皮肤青筋暴绽。一切都是母亲在承担繁重工作任务下完成的。母亲极度疲劳、极度缺觉、极度缺少营养,每感冒一次,就久久难以痊愈,而咳嗽更是长年伴随着她。

母亲从不说教,而她的所有行为,就是一部无字之书。曾记得一次家中断了柴火,母亲远赴北乡山区去筹借,她一个人推着独轮车,推着上百斤重的湿漉漉的松枝,赶了几十里沙窝路推回家来,那种沙窝路,一脚踩下去陷多深。独轮车压上松枝的重量,车轮深深陷入沙土中,真是往前推一步都艰难啊,母亲是怎样挣扎着把车子推到家的?当孩子们发现她时,她正在隔壁邻居家昏睡,叫也叫不醒,是累的,也是饿的。在五个子女上大学期间,从不求人的母亲也不得不踏上了借钱求学之路。常常是孩子第二天就要开学,头天夜里学费、路费、生活费还没有着落。她硬着头皮去敲开一些父老乡亲的门,这家几元、那家几角。有个儿子在火车即将发车前,才拿到匆匆赶来的母亲带来的学费和生活费,儿子什么也没说,跪下来给母亲深深磕了个头。母爱无边、大爱无言,今生今世也还不完母亲的养育之恩啊。母亲去世后,已是大学教授的儿子说,过去我的一切努力都是为母亲做的,现在母亲去世了,我做得再好,母亲也看不到了,言毕泪如泉涌。

母亲是一位优秀的村支部书记,又是一位伟大的母亲。在任十几年,全家八口人住着村里的两间半公房,落实政策全家回城时,不假思索把两间半公房还给了村里,还给邻居留下了许多衣物及生活用品。作为一位母亲,她一生养育了六个儿女,并把他们全都培养成对社会有用的人。在这一点上,我的母亲堪称英雄母亲。

有一支歌我很喜欢但轻易不敢唱,就是《烛光里的妈妈》,每唱一次都是泪流满面。母亲虽然只活了七十六岁,可在我心里,她的生命的质量却远远超越了年龄,向无限的未来延伸。因为,她的坚韧、执着、超凡的耐力已成为一笔宝贵的精神财富,支持着她的儿女们在人生的旅途上不畏艰难,一直向前。

我的母亲是支书

二十世纪七十年代的某一天晚上,昏黄的灯光下,村前任支书明喜来到我家的两间半黑糊糊的屋子里,在长条凳上坐了很久,说了些什么,我没在意。临了,只听他拍了一下父亲的腿,笑着说:"老李,以后老周陪你的时间少了,要多包涵啊。"什么事儿也难不倒的父亲,被将了一军,尴尬地笑了笑。

母亲,以她单薄的身体,在抚养6个孩子的情况下,又担起了逾千户移民村支书这座山。在童年的我的眼里,母亲在家的时间越来越少了。放学回来,肚子咕咕叫,问起来,俺妈呢?姐姐说,开会去了。十几岁的姐姐,成了家务的帮手,生炉子、做饭、推磨、烙煎饼,天天忙得团团转。由于烙煎饼的手艺不佳,粘菇头煎饼成了桌上的主食,大家不免抱怨着,姐姐只好一个人吃起那些聚着面糊疙瘩的煎饼,把面皮均匀的煎饼分给小兄妹。俺妈什么时候回来?不知道。"俺妈忙啥去了?"我尖尖的童音响起来。父亲说,办学校,哥哥说,植树,姐姐说,修干渠,来串门的邻居明岗叔说,拉电……

母亲到城里去开"三干会",得住在县城里好几天。保道的母亲张奶奶扭着一双小脚来了,她穿着一件蓝色的大围裙,钻进烟熏火燎的厨房里,帮着办饭。张奶奶最拿手的是菜干饭。葱姜油盐起了锅,把菜翻炒软呼了,添上水,淘上米,拉起风箱来,火苗呼呼的,热气弥漫开来。熬好的菜干饭软糊糊的，有时还带着黄澄澄的锅巴，很好吃。

文艺汇演时间快要到了。宣传队在村里一个大屋子里，不分昼夜地排练着。拉二胡的三山，演主角的明鹤，唱独唱的红玲，各有各的绝活儿。我们小兄妹组成主唱京剧的"李家军"，一张嘴，个个技惊四座。那些日子，眼见得母亲忙里忙外，嘴边的燎泡老的去了，新的又来。

晚上，学校大操场上灯火通明，大汽灯高高地挑在树上，丝丝响着，一群群小虫子团团绕着光晕飞着。看演出的群众围得人山人海，周围的大草垛上，树杈子上，坐满了看热闹的孩子们。后台，拿惯了锄头把子的演员们，拿起化妆盒来，描眉秀眼，小学老师不知被谁画的妆，小眼睛更眯了，眉毛夸张地挑着，看起来有些滑稽。我在后台的演员中间钻来钻去，看着热闹。蓦地，一副画面让我愣住了。母亲，和衣躺在后台拐角处的一张大桌子上沉沉地睡着了，她的身上，什么都没有盖。一屋子的人依旧在高声谈笑着，没有人注意到这个沉睡的人是谁。

电灯亮了，干渠通水了，新建的小学开学了……母亲更忙了。"俺妈在忙什么？"我眨着圆圆的大眼睛，嗓门亮亮的。父亲说，抓双抢，哥哥说，忙计划生育，姐姐说，旱改水，岗叔说，搞民调……一个满脸喜色的男青年在我家坐着，一口一个"俺婶子"，千恩万谢的样子。母亲正在和他说着一些鼓励的话。金德，村里最穷的王大爷的大儿子，搭上推荐这班车，上大学了。正说着，一个紫膛脸男人气汹汹地进来了，袖子撸得老高，一阵吵吵嚷嚷，母亲听完了原委，劝说起来，那男的听不进去，反复喊着一句话："你去给我把她起出来！"母亲脸上出现了少有的严肃，口气也变得强硬起来，"谁去替你把她起出来？你有什么凭据这样说话？"原来，这男子的老婆不见了，他怀疑老婆和后院子的另一个男人私通，藏在他的家里，让母亲带人去搜人。母亲否定了他的胡思乱想，并劝他好好反省一下自己，男人气哼哼地走了，金德喜滋滋地走了，临走，不忘说上一句，俺婶子，没想到你怎么忙。

猪圈里的猪在寒风中嗷嗷叫着。父亲迈着一条不灵便的腿，弯腰到锅屋里去拿勺子，勺子上粘着厚厚的一层糊糊，刮都刮不下来。父亲举着浆糊糊的勺子，对隔壁岗叔苦笑着："这不是个女人！"天黑了，母亲去村南井边挑水还没回来。父亲对着我们小兄妹嘀咕着，怹妈挑水怎还不回来？是不是掉到井里了？黑黢黢的院子里，母亲挑着沉重的两个水桶回来了，脚步很沉，喘气很粗的样子，放下水桶进了厨房，菜刀在案板上哆哆哆响起来，青萝卜条子很快堆得像小山一样。忽然，一阵激烈的争吵声在厨房里响起来，案板上切菜的声音更响了，"哐"的一声，菜刀撂到地下的声音，一阵压抑了许久的哭声传过来。我惊悚地捂住了耳朵。甚至胡思乱想起来，父亲、母亲都攒了一肚子火，吵一吵，发出来也许好些？躺在被窝里，耳边好像传来父亲说话的声音，一句话飘过来，"回到家里，心里冰凉……"，父亲说了很久、很久，那样的条理、那样的严密，听完了，感觉道理都在父亲那儿，可母亲呢？想着，想着，我渐渐迷糊了……

搬离大莒洲的日子，村里水清了、树绿了、电通了、风气也空前的好……那些年里，村民家的粮缸一直是满满的，青年才俊们的文艺细胞也空前活泛起来，耕读传家的观念让更多农民的孩子跳了龙门。长大后的我，终于深深地知道，这一切的一切，都源于我的母亲是支书……

少年与母亲

少年三哥从舅奶奶家回来了。一进门,我们小姊妹俩就围上去叽叽喳喳,三哥,你天天在舅奶奶家干啥来?三哥去的时候,家里给他做了一件方格布的大裤衩,穿起来,很神气的,我们都有些眼热。现在,这件大裤衩变得脏兮兮的,一定是好久没洗过了。三哥的头发也变得乱糟糟的,才去的那天,洗了脸,剃了头,穿着新裤衩,一个英俊少年的样子。现在,头发变乱了,个子好像也长高了。三哥说,干什么?拉风箱,烧火,办饭呗,还有,挑水,你们干过吗?我俩摇摇头。三哥像见了大世面一样,兴冲冲地讲起来。舅奶奶端着一干瓢稻子去跐碓(捣石臼),我管拉风箱烧火,锅里的水呜嘟呜嘟开了,舅奶奶还没回来。跑出去一望,嗨,舅奶奶端着那只干瓢,还在去邻居家的路上,一步一步挪着呢。哈哈哈,我们小姐俩嘻着嘴巴笑起来。三哥眼睛一亮,你们猜,我到舅奶奶家最大的收获是什么?是什么?我俩眼睛瞪得一个比一个圆。最大的收获嘛,是在俺舅奶的庄上看了一场电影《龙江颂》,简直太好看了!三哥把拳头对着桌子一捶,那里面的江水英,跟俺妈长得一模一样。我看了一遍,还不过瘾,又跟着电影队到大毛庄看了一遍……三哥还在滔滔不绝地讲着,我们小姐妹俩的脑门儿里,画面一个一个飞来了,有个电影叫《龙江颂》,里面有俺妈……

"担重任,乘东风,急回村庄……",随着一阵韵味悠长的歌声,一弯碧水奔泻而来，一丛青绿的芦苇迎风摇曳，一个着红色细方格上衣，脖子上搭一条白色毛巾的青年妇女，持一竹篙，脚踏一只小船从遥远的天际飘来，小船靠岸，青年妇女用竹篙朝岸边一撑，身子一个鱼跃，翻身上岸，撩起肩上的毛巾擦了把汗，画面近了，那青年妇女的脸映入眼帘，清新、爽利、眼睛又大又亮……我和妹妹惊喜地喊起来，俺妈！

这是四十多年前的一个镜头。镜头里的青年妇女，是龙江村的支部书记，到县里开会，接受堵江送水的紧急任务，刚刚回村里来。镜头之外，是一群乡村少年，眼巴巴期盼着母亲回来。母亲，也是支部书记，到外地开会去了，好几天了，还没有回来。母亲会领回来什么任务呢？不会是堵江送水的任务吧？这里没有江，也没有那样的大旱，会不会有破坏拦洪大堤的"黄国忠"呢？

担忧的情绪，像一股缥缈无形的烟雾一样，在我们几个少年的脑瓜子里弥漫开来。下雷雨了，我们躲在两间半小屋里，门窗被风鼓得呼呼响，哥哥姐姐忙着拿蓑衣和扫帚去堵，撅把子菜地里，有坏人出于邪恶的动机，把我们小兄妹辛辛苦苦栽的白菜，一棵一棵的，从根部挪了窝子。我手里端着张大娘盛来的一碗菜饭，忽然呜呜地哭了起来。张大娘摸着被烟熏得通红的眼睛，说，晓，你哭啥来？一绺子白发被汗打湿了，黏黏的，粘在她的额头上，我鼻子酸酸的，眼泪啪嗒、啪嗒朝碗里掉。这阵子，班里传染结巴子（口吃），不知怎么的，我也传上了，说话磕磕巴巴的，很费劲儿，特别是站起来发言的时候，凡是"大""旦"一类的字儿，卡在喉咙里，急得跺脚、瞪眼，还是发不出来。偏偏班主任，一位姓陈的老师，盯上了我，要我到台上去演《智取威虎山》里的小常宝。晓，你还演不演啊？他阴着脸，看着我，嘴里一遍遍地说。一块沉甸甸的大石头压在我的心头，哭了……

雨渐渐停了，淅淅沥沥的细雨里，红彤彤的太阳又在天上笑起来。我们几个，推开门，赤着脚，趟着院子里的水，有拿铁叉的，有爬屋顶的，有捆麦秸的，把淋得湿漉漉的麦秸递到屋顶上去晒。

俺妈回来了！大姐喜滋滋的声音在院子里响起来，是那种水萝卜嘎嘣脆，在嘴巴里嚼的感觉。母亲，一步一步的，走进了院子，总是那么沉稳，笑吟吟的。少年们拥上来，像一圈葵花盘周围的花瓣儿，仰起脸来，少年三哥手里紧紧攥着一张奖状，腼腆地挤在一群小兄妹后头，脑袋摸过了，肩膀拍过了，卷曲的叶子，一片接一片，舒展开来……

艰辛的岁月里，母亲，以她单薄的身体，到底承担了多少？我们这群懵懂少年看到的，永远只是很小的一角。母亲，从来不在我们面前诉苦，但是，在我们看到的有限的镜头里，是饥饿年代喝着刷锅浑水的母亲、是冬天通夜点着煤油灯做棉衣的母亲、是顶着一块破旧的毛巾久久地坐在通红的鏊子前烙煎饼的母亲、是父亲嫌母亲没空顾家，发生激烈的争吵后，躺在冰冷的地上痛哭的母亲……

今天，已近花甲的大哥，在他的摆满了山一样书籍的书房里，回忆起母亲当年，厚厚的镜片后头，是一双被诗书浸润已久的眼睛，眼神深邃，他呷了口茶，缓缓地说起来，那么乱的年代，那么繁重的工作，一个"破瓦窑钟"（残破）的小村子，电灯亮起来了，瓦屋盖起来了，大学通知书一张张的飞来了，连文艺活动的锣鼓板子也敲起来了，你敢想吗？六个孩子，没有一个不感受到母亲浓浓的爱，饥饿加动乱的日子里，没有一个走散丢失，没有一个磕碰得缺胳膊少腿，甚至没有一个出现什么心理问题，齐刷刷地考上大学……

母亲，一部大书，你读懂了吗？

马陵山道上的母亲

过年了,初二那天上午,我和女儿到二哥家去拜访。进得门来,二哥一向厚实的嗓门响起来,啊,欢迎!他的嗓音,这个"啊"字,音节一般拖得比较长,还拐了点弯,显出一定的抑扬顿挫来。自小到大,对二哥的总体印象,属于"和气中透着威严"的那种。加上老牌师范生的功底,更叫我有了一丝敬畏。深黑色的外套,穿在他的身上,有点哐当,看来一年多来忙于讨生活,清瘦了不少,眼泡有点浮肿,气色还算不错。

茶杯端在手上,二哥定定地看着我,声音比较低沉。"你安排给我的任务,我没有忘记。有些细节,我可以提供给你。你来写吧,我是不能去写了。"二哥说的是关于母亲回忆录的事情。一位兄长说过,母亲的一生,是不可复制的,通过回忆录这种载体,让母亲一生的经历,成为一笔财富,传承下来,这无论对于母亲的六个儿女,还是对于正在蓬勃生长的下一代,都将产生极为深远的影响。想来,关于母亲早年的最为厚重的记忆,应当在大兄妹仨那里,因为他们最为清楚母亲早年经历的乱世、饥饿,这也是我这个妹妹斗胆给二哥"安排"任务的由来。

"蒲汪离赣榆180多里,马陵山道,坡岭众多,母亲骑自行车一夜打来回,差点送了命,你们写了没有?"二哥问。我摇摇头。"跑反的时候,我们兄妹六人分送了四处,断粮了,母亲到山东四处去借粮，一粒儿也没借到。有个舅舅攒了些粮票寄到山东，结果被邮局一个无良人给扣下自用了，我们差点饿死，写了没有？"我又摇摇头。"跑反的时候，造反派武斗，出人命了，有个叫传民的老乡，用小推车推着你们小姊妹俩，星夜从大莒洲走到蒲汪，走了100多里路，腿肿得多粗，袜子从脚上褪不下来，你们写了没有？……"二哥喑哑的声音好像从遥远的地方传来。几句话，勾勒出缤纷乱世，马陵山道深夜急行的母亲、饿得"皮枯筋绽"的孩子、绝境中的世态炎凉……，我的心，在一点点往下沉。这些细节，与生死有关，与生存有关，求生、逃命、口粮的争夺，乱世死亡线上挣扎的母亲和她的孩子们，一点点从岁月的尘土深处浮现出来。

"你见过大金鹿自行车吧？"我摇摇头。想一想，应当是一种带大杠的，比较粗笨的那种车子，骑起来难度比较大。"母亲就是骑着那样的自行车，从山东蒲汪走马陵山道，到大莒洲去拿布票？还是粮票？反正是急于活命的东西。那是冬天的一个晚上，母亲从蒲汪骑车子出发了。180多里啊。那种山道公路，你没有见过，都是一道岭连着一道岭，一个坡叠着一个坡。母亲骑着车子，第一次走那样的公路，还饿着肚子，骑了一百多里，到了大莒洲村，连口水都没来得及喝，就连夜往回赶……"二哥讲得越来越慢，好像每一句话说出来都很艰难。"……到了马陵山路的一个坡顶上，母亲因为极度饥饿、极度缺水，体力透支超过了极限，昏厥了，连人带车栽倒在山坡上……"两眼潮红的二哥讲不下去了。一种酸酸的东西从鼻腔里涌上来，我的心里一阵揪痛。"……深夜的寒风一阵阵吹过来，母亲冻醒了，她用最后的一点力气，爬了不知多久，终于爬到坡底下一条河沟边，母亲，趴在冰凉的河沟边，用舌头，一点一点地，去舔那冻得挺硬的河里的冻，让自己慢慢地活过来……"一向善于表达的二哥，此时艰难地，一个字一个字地朝外挤着，说到这里，再也控制不住自己，一阵想压而又压抑不住的撕裂心肺的哭声，从他的喉咙深处发出来。腥咸的、热辣辣的泪水，瞬间无声地覆盖了我的脸……

母亲昏厥在马陵山道上。身后,是一群饥饿的孩子,眼巴巴等待着去找粮的母亲,二哥,就是其中一个。当时他几岁了?听大姐说饿得皮包骨,肋骨一根一根的,历历可见,脑袋无力地歪在一边。母亲四处找粮的日子,他躺在芦席上昼夜嚎哭,母亲从外面回来,看见二哥在芦席上一边哭一边用脚反复蹬着芦席,不知蹬了多久,他的脚后跟被破芦席磨去了一层皮,血淋淋的……

"年前,我去给母亲上坟了。烧了纸,清理了杂草,培了新土。关于母亲早年的事,我永远也不会忘记,但是,我,无法落笔,说出来,你们,去写吧。"二哥扶着桌子边,艰难地站起来……

心之痛

热腾腾的饺子端上来,只只饱满晶莹,蒜末香醋倒进碟子里,香气弥漫了屋子。举起筷子,刚要开吃,父亲说,晓,端一碗饺子给恁妈。父亲这句话,让我鼻腔一酸。哦,母亲,你若地下有知,心里该是怎样的熨帖?

一个寒冷的冬夜,我们小姊妹俩被一阵撕心裂肺的哭声从梦中惊醒。母亲和父亲又吵架了。母亲睡在冰凉的地上伤心地嚎哭着,父亲把一条老伤腿担在床头,一言不发。三哥去给母亲披一件棉袄,被母亲更凄厉的哭声拒绝了。母亲的心里在流血!我和妹妹裹紧了被子在床上拼命地哭叫着,打着滚,大姐流着泪来哄劝,可我俩一句话也听不进去。为了排除恐惧,我俩穿起衣服,跑到院子里"来方"。这种在地上画的田字格里踢小石子的游戏,平时是我们的最爱。现在,小鞋子不停地误踩在线上,犯规了。青森森的月光下,两个衣着单薄的小女孩儿,分别圈起一条腿,用一只脚来回蹦着,在简易的田字格里絮絮梭梭地踢着一枚小石子,那情景,一定怪怪的。屋里的哭声还在继续。小姐俩不知是谁出了个主意,去找张奶奶吧,说不定管用。顺着庆考家的院墙,明星家的草垛,在布汉家屋檐的左前方,来到了张奶奶的小屋门口。这是一间土坯垒成的泥巴小窝,矮矮的,在黑魆魆的夜幕下像一座无言的山包。冰凉的小手拍拍老旧的门,稚嫩的童音一遍遍喊着,张奶奶,张奶奶。许久,屋子里传来西西索索的声音。吱呀一声，门开了。一股子潮霉味儿混合着老咸菜疙瘩味儿传出来，还有张奶奶身上那股子捂在陈年被窝子里的热烘味儿。听罢来由，张奶奶扭着一双小脚，一步三挪地随着我们朝家里走。张奶奶是我家的常客，总在母亲出差的时候来，为中午放学的我俩焖上一锅土豆或白菜的菜干饭。更小的时候，她还喜欢为我俩梳辫子。现在，擅长烧菜干饭的张奶奶被我们领进了门。母亲的衣服终于披上了。在这个白发老奶奶怀里，母亲哭得更伤心了。

这场锥心的争吵，究竟为何而吵，直到今天，也不完全清楚。父亲腿有残疾，常年在外奔忙。母亲以单薄之躯，担起工作生活两座大山，压力的程度，不是常人能够理解的。大动乱、大饥荒的年月，父亲一年多没回家，生存压力全都压在母亲一个人身上。活着，成为最残酷的现实命题。一个女人，拖着六个孩子，在那个命如蝼蚁的岁月，是怎样躲过瘟疫、水灾、大旱、武斗这些天灾人祸生存下来的？母亲曾经昏死在骑车去山东老家找粮的马陵山道上，也曾经累昏在孤身一人去吴山推松枝的沙窝地里，还曾在家里正和邻居说着话就昏过去了。这些偶尔得知的情景，揭开了母亲苦难人生的浩浩大书的一页。父亲回来了！母亲该得到怎样的抚慰？一艘在风浪中飘泊了许久的船，多么渴望进入风平浪静的港湾。可是，因着许多难以说清的原因，父母吵架的次数越来越多了；积怨，也越来越深了。

父亲，一向饱读诗书，一身的风骨，可在解决现实问题时，没有一点可以依托的人脉。16岁就走出周宅子寻求自由解放的母亲，一向要强，可是，为了一群孩子的生存，不得不东挪西借，四处求人。

母亲一生，对父亲爱恨交织，至晚年，积怨甚深，几乎和父亲无话。但每当大家回来欢聚的时候，坐在轮椅里的母亲，总会对孩子提醒一句，你爸早晨起来，要先喝水。吃饭的时候，看到桌上拿来了煎饼，母亲又会说一句，你爸要吃馒头，要蒸一下。几十年的老夫妻，形成了一种无言的默契。可是，隔在父母心中那堵冰冷的墙，始终没有融化。

母亲走后，父亲时常在儿孙满堂年节欢聚的时候，不无感慨地说，要是你妈还活着，该多好！

2012年8月，父亲40多万字的长篇回忆录《山风海雨》终于出版了。书中，父亲回顾了自己一生传奇的革命经历，动荡年代家族变迁的历史，对风雨相伴几十年的母亲，艰辛隐忍的付出，颇多感念。首发的日子，身为作家的小女儿捧着书，哽咽着说，母亲活着的时候，一些亲属，甚至有的子女，对父亲的不谙世俗颇多怨言，这使得母亲对于自己的人生选择，多了一份复杂的情感。要是母亲在世，能看到父亲这本书该多好啊。

窗外但闻风雨声

天气骤然大变,一股狂风裹挟着急雨,从斜刺里打过来,又在各个楼群间呜呜叫着旋出去。密集的雨点借着狂风的惯性,在脖子上、脸颊上跌落,留下一阵麻麻刺刺的感觉。风头吹来,阔大伞面顺着伞骨"嗖"一下翻出去,带得行人跟着伞骨一溜小跑。

这一天,是"雨水"。时令果如老人所言,在新年的鞭炮刚刚回落,就以猝不及防的姿态,眷顾了地面上所有的人。行色匆匆,将厚实的冬服朝怀里裹了又裹,依然感到透骨的寒意,河柳刚刚泛了点绿色,冬的感觉又回来了。

窗外,风的声音千奇百怪,有哇哇大叫的,有嘿嘿冷笑的,更有一种凄厉的叫声,呜呜咽咽,在窗缝里徘徊,刺激着人的神经。往窗外看,骤雨的细线随着风势在空中变换着各种姿势,风势猛时,如一条鞭子,在空中抽来抽去,恶狠狠的,风势弱时,便如河边垂柳的丝儿,发出依依的韵味来。

静闻窗外凄厉的风声,雨声,似有一种熟悉的气息唤醒了,一缕尖溜溜的风声,牵引着你,向记忆的深处走去,在那里,回到了乡间的小屋,回到鸡鸭成群的地方,回到了童年。

童年里的风声雨声,是大鬼小鬼的博弈,要是再伴上一个漆黑的夜晚,战斗就更加激烈。砖砌的窗户用厚厚的垫子塞起来,依然能够听到刀枪剑戟的叮叮当当,打败了的小鬼哭得伤心欲绝,更远处，还时而传来一两声凄厉的嚎叫，听了令人毛发直竖。母亲在家的时候，孩子们浑身都觉得暖和和的，哪怕是母亲的一声咳嗽，一阵脚步声，或是油灯下斜射在墙上的影子，都能让孩子在被窝里眯起眼来，继续去做永远也做不完的梦。母亲出远门去了，一群孩子嘀嘀咕咕，一天天期盼着母亲回家的日子。是谁出的主意？让几岁的妹妹躲到桌子底下去算，说她算的最准。妹妹当真团起小小的身躯，拱进了桌子下面，报出了她一直在心里默念的数字。兄弟姊妹们一片欢呼，就是今天！

母亲还是没有回来。呜呜咽咽的风声夹着哗哗哗的雨声，一直敲打着窗棂，那不时传来的凄厉的嚎叫，总在遥远幽深的夜半时分响起，一声比一声瘆人。这奇怪的声音让孩子们心惊肉跳。蒙上被子，塞住耳朵，还是遮挡不住。似乎觉得，那声音离小屋，越来越近了。

天亮了，孩子们走出小屋，向远处打量。小屋门前，一簇绿莹莹的植物吸引了大家的目光。这丛植物，长得蓬蓬勃勃，叶子圆圆的，像浮萍，比浮萍的叶子小，像花生的叶子，又比花生的叶子亮，颈子是细圆的管状，掐断了，断颈处竟冒出乳白的汁液来。少年的大哥皱紧了眉头，语气肯定地说，叫声就是这个发出来的！绿色的植物从土里拔出来了，扔得很远、很远。说也怪了，自从植物消失后，嚎叫的声音也跟着消失了。

那丛植物，学名不详，民间称它"麻猴眼"，说是有毒。从那以后，无论走到哪儿，只要看到那种植物，心里不由得莫名惊悚起来，至今，难以改变。

跟着母亲回老家

人不管到哪里去,疲了,累了时候,总是想尽快回家。这个家,应是与母亲、父亲有关的地方。因此,不管在哪里,不管长多大,一说到回家,常常会想起慈祥的父母,一切与他们有关的人、物、事都会一一浮现出来,使得心里,无论有多少皱褶,总是在回家的途中一一舒展开来。

离开故乡三十多年了。的确奇怪,至今听到回家这个词,想起的,依然是位于千里以外的那个繁闹的小镇,那个虽不宽敞,但是充满了欢声笑语的小屋,因为,在那里,有生我养我的父母。

于母亲,说起回老家,浮现出的,无疑是距离那个小镇大约三十多里,一个叫周宅子的地方。

儿时,经常跟着母亲回老家。最初,是坐在独轮车的长条筐子里的。我和妹妹一边一个,那车把式应是从周宅子来的某个舅舅,蹲下来,一用力,就推着我俩上路了,车身颠起的一刹那,似能感觉到舅舅挽起裤管的腿肚子上的青筋,绷紧了,像一条条攀爬的蚯蚓。沿途看了些什么风景,今天想起来一无所知。或许,经过那一路的颠簸,我俩早已睡得熏熏然了。母亲是骑车子,还是步辇?总之,能睡得那么安逸,无疑的,母亲就在周围了。

大一点的时候,我俩坐上了自行车。一辆自行车,几嘟噜礼物,就那样,叮铃哐啷上路了。那车子,是大金鹿牌的,不知用过多少年头。浑身的架子,都成了锈红的颜色。就那样,车把上挂着一嘟噜干辣椒,或是两包虾皮子,车前横梁和车后座上,分坐着我们小姐俩,坐在前头的那个嘛,可以看风景,后面的那个呢,可以搂着妈妈的腰。嘻着嘴巴,拍着小手,那感觉,比躺在独轮车的长条筐里还惬意呢。

再大一些的时候,跟着母亲回老家,我也能骑车子了。那是多少个夜晚的梦哇。家里那辆自行车,静静地插在院子的拐角。待父母一不注意,我就推着那辆比我还高的车子出了院子。奔了村后那条土路,先用一只脚踩住踏板,把车子推得速度快起来;另一只脚在地上溜,一来二去的,竟然能把那挂又高又大的车子骑得呼呼的。

我们家的自行车队向周宅子出发了。那条土公路又瘦又长,路边长满了白杨树,蜿蜒伸向远方。黄沙的路面,因着车辆的碾压,有点像干涸的河床,由那些黄色的沙土形成"流"的纹理。一眼望去,看不到路的尽头。母亲说,前面有几道岭,要费很多劲才能骑上去呢。岭?好奇的念头驱使着我,一个劲地朝前蹬啊蹬。母亲、哥哥、姐姐、妹妹,很快就被我甩在了后头。这辆车子,结构简单,简单得像是几根铁杆子焊在一起的。前无横梁,后无座位,还没有刹车。就那样,高高地矗在那儿,但骑起来,只要两只脚板不停地蹬,就灵光得很。

腿肚子越来越吃力的时候,就知道,岭到了,待车速越来越快时,又知道,下坡了。不知爬过了多少道岭,下过多少次坡,终于,远远的,看到了母亲的老家,那个小小的村庄,一头老牛正在村前的麦田里,悠闲地甩着尾巴,啃着青草;三五儿童,追逐打闹着,沿着窄窄的田埂,向这边跑过来。田埂边的小杨树,又变粗了许多。抹一把满头的汗,回头望,母亲他们也到了。跑那么快干什么,你的车子没有刹车。母亲的声音里,有些明显的气喘。看看母亲,再看看大家的神情,心里不由一热。

跟着母亲回老家,快到周宅子村头的时候,母亲停下车来,进了公路边的一座"联营",那间"联营",光线阴暗,货架上摆满了各色干鲜果品，点心瓶罐。母亲拿了这样，又要了那样，一只网兜子，一会儿就塞得满满当当。

越过路面，下了沟渠，推着车头上叮铃哐啷的网兜子，跟着母亲，脚步轻快，向村里走去。豁牙的舅奶，肩扛竹管烟袋的舅姥，还有那些叫不上名来的孩童，一会儿就要围上来了，耳边似隐隐响起了舅奶洪亮的嗓音，俺外孙女儿来啦！

忙 年

元宵节，轰鸣的鞭炮、璀璨的烟花，把秦淮河边的龙江小区，装点成了一个五颜六色的世界。搬来小区十几年了，十几年的元宵节过下来，感觉这种热闹、喧嚣都差不多，大号烟花在夜空中绽放，最初带来的那种心颤，渐渐变淡了。

忘不了的，倒是小时候和母亲一起忙年的日子。腊月二十四，辞灶一过，乡间的年味儿，越来越浓起来。大人们忙得团团转，不时有小鞭炮在寒冷的空气里炸响。年关将近了，我的心里，也随着大人急促的脚步声，咚咚擂起鼓来。妈，快过年了，咱家还有十件大事没办！我朝着母亲嚷着，急急巴巴的样子。哄的一声，大家都笑了，母亲笑得流出了眼泪。晓，你说说，有哪十件大事没办？我掰着指头，一五一十地数起来，面换了没？那是要用小推车推着麦子，到公社驻地粮管所去换的。可能今年排的队更长呢。蒸馒头，不能忘了朝馒头上盖桃红色的"福"字噢，还有，咱家蒸馒头的火候，总也把握不好那个"点"，白花花的馒头出锅了，大多数馒头都是裂开嘴"笑"的。烙煎饼，还要推几天的磨？麦糊子，一盆两盆不够，要烙上百张煎饼呢。这次烙煎饼，谁来烧火？鏊子底下的火，大了不行，小了不行，不然，不是糊了，就是青皮，青皮粘菇头，我可不吃，……还有，换面、炒炒米、炒花生、做豆腐、蒸窝头，抓屋（掸尘）、洗衣被、割猪肉剁饺馅子、贴春联过门子、贴年画、抬河沙垫当天子、做新衣服、买鞭炮高升（炮仗）……这么多事儿，三十夜里十二点前能忙完吗？母亲拍了拍我的肩膀，微笑着，没说什么。

炒炒米，炒花生，我乐不颠地跑去拉风箱。母亲在锅台边，像变魔术一般，把河滩底扒来的新鲜的沙子，放在铁锅里炒热了，花生放进去，和热沙子拌匀了，就着烧红的铁锅底子，用铲子，翻一遍，再翻一遍，不知翻了多少遍，花生一个接一个，在锅里炸响了。母亲拣出几个啪啪炸的花生，放在锅边上，让我也尝一下，还不忘说上一句，花生放到嘴里时是软的，冷了就脆了。要是炒到脆了再出锅，就糊了。我小心翼翼地剥开一个炸响的花生，把饱满的仁儿朝嘴里一丢，滚烫的仁儿竟然在嘴里吱吱袅袅唱起歌来，上下后槽牙一对，一股松脆的香味儿弥漫开来。炒炒米，和炒花生略有不同，大米放在烧热的铁锅里，用的不是锅铲，而是刷碗的饭帚，反复把大米扫过来，再扫过去，随着动作的不断重复，大米渐渐变成了金黄色，炒米的香味儿飘出来了。我一边拉风箱，一边朝嘴里撂炒米，嘎嘣嘎嘣脆响。

院子里，饭桌子抬过来了，清水刷过桌面，几颗大白菜切成了碎末，几把菜刀起起落落，剁起了饺馅子，白色的菜汁顺着桌子缝朝地下流，那边，剁好的菜馅子放在纱布包里，用劲地挤啊挤，菜汁顺着纱布包滴滴拉拉地流下来。哥哥放学回来了，指着地下四溢的菜汁惋惜地说，这些都是维生素啊。大桌子摆在院子中央，上面铺上了笔墨纸砚，父亲挽起袖子，和几位哥哥议了议，父亲运了口气，甩开手臂，在对联上一挥而就：老翁点头新年至，童子招手幸福来。

院子边的煤球炉子上的大铝锅里，吱吱叫着，热气腾腾，一锅猪蹄子正在慢火细煨。父亲的拿手菜，猪蹄糕，是三十晚的一道主菜，那种冻成固体状的蹄糕，切成一块一块的，只待三十晚上尽情享用了。猪蹄子炖了一天一夜，终于炖烂了，肉皮与骨头完全分离时，父亲拿了个小板凳坐在炉子旁，把煮得透烂的猪蹄子上的皮、肉拆下来，准备拌上茴香、胡椒粉等调料，再回炉蒸煮。拆过的骨头上还剩下些筋筋道道的东西。我和妹妹一人一根拿在手里，歪着头啃得欢，也怪了，骨头上那点筋道肉，就是啃不下来。母亲见了，很是不忍。顺手从盆里拿了两个整猪蹄子，给我俩一人手里塞了一个，去啃吧！

两间半的东西都搬到院子里了。抓屋，是个技术活儿。几个哥哥忙起来，一人一个大扫把，站在凳子上，前后左右挥舞着，把屋顶、墙壁、屋拐角、地面，全都抓了（清扫）一遍。够不着的地方，长竹竿也用上了。蜘蛛网挪了窝，墙上的浮尘一扫而光。两间半，陡然变得亮堂堂的。家具一一搬进去时，有一股说不出的新鲜感。哥哥们头顶上、眉毛上挂着一两绺蛛丝、落了不少粉尘，南极仙翁一般，你看看我，我看看你，不由得"扑哧"笑出声来。

大木盆里，泡了一大堆脏鞋子，我用鞋刷子蘸着些洗衣粉在一个个鞋壳朗里（鞋子里面）费劲儿地捣鼓着，两只小手冻得通红，母亲用茶壶给木盆又添了些热水，洗衣粉的泡沫涨起来了，一些泡泡在阳光下泛着彩色的光泽，鞋壳朗里的脚汗味儿弥散开来，熏得人一阵窒息。父亲坐在一个脸盆边，正在起劲地搓洗一盆猪下水，他把一副肥大的猪肚子举起来，放在嘴边，费力地吹着，显然是吹的气力不够足，猪肚子的管子鼓不起来，试了几次，父亲的脸涨得通红，脖子上的筋爆得老粗。我也对这一只只鞋壳朗捣鼓得有些失去了耐心，"爸爸，这堆鞋需要刷几遍？"我喊了一声。父亲头都不回，嘴上套着猪肚子，嘟噜了一句，"刷几遍？一直到刷干净为止！"

馒头、煎饼摞满了扁筛，花生、炒米也装满了筐篮，对联、过门前子披挂起来了。一盆盆饺馅子，有素的，有荤的，静静地候在案板上。猪蹄糕撩人的香味儿传得很远。崭新的年画，贴上了墙，那是奉母亲的命令，我们小姊妹俩到青口新华书店买来的。有《人欢鱼跃》，还有《荷香鸭肥》，大多是少年儿童为主角的画。

三哥奔到村里的"联营"打酱油去了。哥哥姐姐从河滩底抬来了几筐河沙，一锹一锹的，朝院子里撒，很快，一层金黄色的沙子，铺满了院落，走在上面，一股新鲜的、潮润的气息悄悄从脚底朝身上蔓延。零星的鞭炮声渐渐稠密起来，好像夏天里的闷雷，预告着后面还有更大的"暴风雨"。天色渐渐暗了下来。三哥拎着一瓶酱油，进得门来，喊了起来，大街上一个人也看不到了！我们互相看了一眼，心里一紧，乖乖，我们忙得大钻一般，还没忙完，他们都团团围桌子吃上了？正愣怔着，忽然，就像一声炸雷，在空中"砰"的一声炸了。"啪！"更响的一声。是二哥！他嘴角挂着一丝快意，直起腰来，戴帆布套子的手上，拿着一根香烟，袅袅的烟雾随风飘着，像跳绸子舞的美人儿。喝，咱家的第一枚高升！双响的！瞬间，像引燃了一枚信号弹，整个村庄的鞭炮声沸腾了……

夜深了。我们小姊妹俩钻进了暖暖的被窝，套有新衣的棉袄盖在被子上。新衣的图案，是我俩和大姐在商店里跑了几个来回选来的。粉红色的底子，一朵朵含苞欲放的棉桃，在枝头摇曳。哥哥们说，明天初一的鞭炮，由我们小姐俩来放，越早越好。夜里，我做了一个梦，竹竿子上的一挂大鞭炸响了，我和妹妹举着竹竿子的另一头，被剧烈的震响吓得不敢回头看，轰鸣的大鞭底下，一群顽皮的小孩，蜂拥着抢那些散落下来的小鞭……

院子里的磨台上，一碗糖水萝卜静静地浸润着一片又一片晨霜。母亲，还在里里外外地忙碌着，三十晚，是母亲的又一个不眠之夜……

照　相

刚睁大懵懂的眼睛，认识这个花花绿绿世界的时候，对于照相这种事儿，充满了神秘感。怎么回事？照相的师傅把头埋在架子上的一块布里，捣鼓半天，就能把人的相貌清晰地印在一张小小的硬纸片上？那上面的人，对着你或表情僵硬，或是咧着嘴傻笑着，一点也不像现实中的自己。那时候，照相馆少得不能再少了，偌大一个县，可能也就县城里有那么一家吧。那家照相馆，坐落在县文化馆的旁边。门面不大，就一间屋子，进门以后，里外间隔开，外间是用来接待来客的，里间自然就是照相的暗室了。那间暗室，光线不太好，黑乎乎的，后来听说，照相用的屋子，都是这样，光线强了还不行呢。

真难为了母亲，不知她想了些什么办法，从拮据的家庭开支中挤出了一点，又挤出了一点，带着几个孩子，尤其是我和妹妹，这一对人见人羡的双胞胎女儿，到照相馆照相去。

早期照的那几张照片的情景，我可一点印象也没有了。一张照片，是兄弟姊妹六人的合影吧？那上面的人，排成了两三排的样子，我和妹妹站在最前排，如果没记错，应该都是短头发，好像我俩都光着屁股。几个哥哥站在后面，一个比一个瘦，现在常在一些河沿上看到新栽的小白杨，大概就是那种样子。今天迷糊地想一想那张照片的年代，应该是在65年以前。能够光着屁股照相，一是可以看出在当时的农村，儿童们的无拘无束；二是依稀记得母亲说过，那是在吴山照的。那就对了，一定是在3岁以前。第一次看到这张照片的时候，不是在我们自己家里，而是在大莒州村的小玉家。那会儿，我们已经上小学了吧？小玉是我俩的同学。小玉家的墙上，挂着一只长方形的大相框，里面整整齐齐摆满了一些一寸、二村的黑白照片，相框的表面用玻璃板压着。我们小姐俩在小玉家玩的时候，小玉的弟弟小奎就会嘻着嘴巴，小手指着照片对我俩笑着，嘿嘿，光腚猴！我俩顿时羞红了脸，不知道这张照片是怎么流到小玉家的相框里去的。至今，看到韩剧《六个孩子》里面，那兄妹六人的合影，都不免唏嘘一番。

说到这里，今天打心底里又涌出另一丝遗憾。那就是，那时的我们，怎么就没有一丁点儿"档案意识"哇。那张珍贵的六兄妹合影照，今天再也找不到了。家里来人串门，在啧啧称赞我们小姐俩的同时，母亲，会慷慨地应来人所求，把我们那为数不多的合影，尤其是我和妹妹的合影，从相框里取出来，馈赠给亲友，或是邻居，以至于到后来，我俩小时候虽然照了不少照片，但留到今天的，所剩无几，尤其是幼儿时期的照片，几乎一张也没有了。

母亲的这种慷慨，也遗传给了我们。最直接的结果是，经我俩之手，在我俩还在上小学的时候，又流走了一张更珍贵的照片。那张照片上，我和妹妹穿着红底白点的棉袄罩衣，半身照。我俩的眼睛，都睁得又大又圆，我们的瞳仁都亮晶晶的，隐隐还能看出有一丝晶莹的泪光，两张小脸胖乎乎的，大而亮的眼睛盯着前方，两个多么可爱的一模一样的小女孩哇。这张照片，放在我家的影集里，逢来人我俩就拿出来夸耀一番。

那阵子，村里忽然来了一家柳琴剧团，上演古装戏。家里，也随即来了一位女演员，叫石银萍。看她的样子，真是天仙下凡一般，走起路来风摆杨柳，说起话来莺声燕语，我和妹妹一下子被她迷住了。早早晚晚像跟屁虫一样跟着她，看她演戏，听她说话，有时看她正说着话，突然从喉咙的深处飘出了一声柳琴戏的拖腔，要多婉转有多婉转，简直太神了！

家里来了贵客，要盛情款待哇。少不了的节目，是展示我们家的影集。看来看去，石银瓶的一双凤眼锁定了我俩那张半身合影照。只听她清了清喉咙，对我俩说，这张照片照得真不赖。给我一张吧。我俩一时又喜又忧，喜的是，照片给石银萍，真是名花有主啊；忧的是，就这一张，如果给了她，我俩小时候的合影就再也没有了。石银萍抬起那双凤目，看了我俩一眼，露出一口白牙，咯咯笑了，不要紧，你们给我，我会拿去"翻拍"，到时候，这张还还给你们。翻拍？听着这个陌生的词汇，一时还没缓过劲来。石银萍到底是见过世面的，她说，翻拍，就是用相机对着这张老照片重新拍一遍，那样，有了底片，不是想洗多少就洗多少嘛。这一听，我俩几乎是毫不犹豫地说，行！就这样，我们眼看着石银萍把这张珍贵的合影从相框里取下来，小心翼翼地放进了她随身带来的一只咖啡色的小包里。整个过程，没有人发出质疑，也没有人想到，这个走四方的农村草台班子剧团，究竟能够维持运转到多久？总之，石银萍走后，就再也没有回来。后来，听人说，她人生坎坷，几经蹉跎后，去了新加坡。

现在，我的影集里仅存的一张小时候的照片，是母亲带我和妹妹去照的一张扎小刷子的合影。看年龄，应是介于童年和少年之间了。就像小绒鸡样，是褪去绒毛扎大翎的阶段。我俩穿着白色的衬衣，并排坐着，懵里懵懂地看着前方，眼神没有给石银萍的那张照片上亮。但就是这张照片，被县照相馆的师傅看中了，放大到半张画报那么大，摆在橱窗里，向来人展示着。旁边，同样放大了一对男双胞胎的照片，就这两对双胞胎的照片，那几年，一度成了县里前来照相的人必看的风景。我们的父母，不知为此听了多少邻居、来客的夸赞。给那些朴素的日子里，增添了许许多多的喜色。要是搁在今天，我俩还要去相馆里讨论一下肖像权的问题呢，可在当时，哪懂这些啊。

与这张半身照同时拍的，还有一张全身照。画面上，我俩瘦条条的，站在那儿，不就是两棵正在抽条的小树苗嘛。这张照片，谁看了，谁说，怎么搞的，衣服也没整理好。怎么呢？原来，我俩的裤腿子，有的挽着，有的放着，很不对称，另外，小褂子上的小口袋不知道什么时候开线了，两个人的小口袋，都分别有一只，半边口袋歪挂着呢。本来，母亲是让那位师傅照半身的；不成想，师傅一时兴起，半身、全身一起照了。

一个杏子成熟的季节，母亲带着我们小姐俩去青口照相，从一卖杏的小摊贩面前经过，她蹲下来，用手抚摸着那一个个圆滚滚，黄澄澄的杏子，与小摊贩讨价还价，我俩眼巴巴地望着，嘴里聚满了口水，但不知怎么的，好像为了一句话谈不拢了，母亲把杏子往摊子上轻轻一丢，说，不买了，就带着我们快步离开了。

只有今天，我才读懂了这个细节。艰苦的年代，在照相和买杏子之间，我们，只能选一样。

赶饭时

呜哇（唢呐）在河堤上由西到东一路响过来的时候，我们小姐俩刚好在河堤上玩耍。看到西边走来了一支红红绿绿的队伍，就知道，有人家办喜事了。随着看热闹的人群一路跟到村东头，在一间低矮的屋子门前停下了。门上大红的喜字贴着，告诉所有来看热闹的人，这里就是新房。

新娘子穿着红花的袄裤，坐在屋子的里间，胳膊支在桌子上，手托着腮，手里，还拿着一条新毛巾。屋子里，脸盆架、梳妆台，抽屉桌子，所有东西都漆成红色，发出一种特殊的味道。新娘子温和地看到人群里的我俩，你俩是晓、燕吧。说着，给了我俩一人一把糖果。

回到家里，说起新娘子，母亲说，你俩以后要叫她姑姑。原来，这位姑姑，是我们家在北乡吴山居住时一家要好的邻居的二女儿，名叫得果。经母亲牵线，嫁给了大莒州村里一个在县城大修厂当工人的男青年，张保道。

这以后，我们姐俩到保道家去玩了几次。每次去的时候，都看到张保道在喝酒，桌子上也就一两碟菜。保道喝酒前，把筷子在桌子上"站"了一下，然后去盘子里夹菜。得果姑姑说，怎么吃菜还要把筷子点一点？保道说，这里就是这个规矩。

保道的第一个孩子很快就出生了。起名叫巧玲。由于保道的皮肤较黑，所以巧玲的皮肤也黑黑的。按说，小孩子总是很讨人喜欢的，可是不知为什么，我俩打小就不喜欢巧玲。因为这巧玲，从映入我俩眼帘的那一刻起，就好像"长"在她奶奶脊梁上似的。巧玲的奶奶，和村里的那些老太太们没有任何区别，都是斜搭襟褂子，髽鬏头，扭着一双小脚。这祖孙俩，走到哪儿，整个就是一幅游动的雕塑，"祖孙乐"。

巧玲祖孙俩到我们家来，早不来，晚不来，一定要在吃饭的时候来。由于母亲乐善好施，每次这祖孙俩来了，总要一起共进午餐。久而久之，我俩看出规律来了。所以，每到中午开饭时，我们的眼睛就会不由自主朝门外瞅，果不其然，第一碗饭刚端上桌子的时候，门外这祖孙俩露头了，比报时的钟还准呢，看来也是掐着钟点来的。

过节了，家里难得地焖起白米饭，大铁锅里还做了白菜猪肉炖粉条。我坐在灶膛前起劲地拉着风箱，也不知是灶膛里的火熏的，还是心里激动的，脸变得红腾腾的。但在内心深处，默默地祈祷着，这回巧玲和她奶奶不会来了吧？

白米饭上桌了，白菜猪肉炖粉条也上桌了。筷子我俩都一双一双分发好了。眼睛朝门外瞅了三次，都没见巧玲祖孙俩的影子。心里不免松了口气，今天，终于可以消消停停吃这顿节日盛宴了。

谁知，怕什么，来什么。这第一口饭还没有下肚呢，眼睛的余光就瞥见，移动的"雕塑"在院门外又露头了。巧玲像往常一样，"长"在她奶奶的脊梁上，挥舞着小手，似在催她奶奶，快点快点呢。母亲依然微笑着，拿碗，拿筷子，盛了饭菜给巧玲奶奶，我们吃饭，她们也按惯例，开张了。

那孩子一口一口地吃着奶奶喂的肉和饭，一边拿眼角瞄着屋里的人。显然，我俩斜乜的眼神让她感受出来了。奶奶，她嘴里一边窝着饭菜，一边伸着小手指着我俩，晓跟燕瞅我了！巧玲会的话不多，但这句话表达得很清楚，显然，她在向奶奶告状呢。奶奶看看我俩，尴尬地笑一笑，说，快吃。那孩子低头就着小勺又吃了两口，忽然又叫起来，奶奶，晓跟燕又瞅我了！看她嚷起来，我俩只好埋头吃饭，不再理会这祖孙俩。

那祖孙俩走后，说起这件事儿，我俩和母亲抱怨起来。看到我俩气鼓鼓的样子，哥哥姐姐们笑起来。母亲嘴里啧了一下，这两小丫怎的。她耐心地告诉我俩，保道没有父亲，就这一个老母亲，巧玲刚学会说话呢，巧玲的妹妹巧来又出生了。家里生活特别困难。以后，恁俩不兴这样对待她们。

母亲说的话一点也不假，的确，巧玲家就在我们的小伙伴爱玲家的隔壁，与周围的瓦屋比起来，她家的那间屋子，有点像瓜田里看瓜的趴趴屋，又低又矮。还有，巧玲奶奶穿的衣服补了好几块补丁。看来，家里是真穷呢。

想想，母亲以前出去开会的时候，巧玲的奶奶还经常到我们家来帮着办饭吃。她办的菜饭又香又软，特别好吃。另外，她还会给我俩梳辫子，把我俩的辫子梳得油光光的。后来，无意中听她说是蘸着口水梳的，我俩再也不让她梳头了。想想这些，再想想母亲的话，我们俩觉得，对这一对游动的"雕塑"确实有点过分了。

这以后，巧玲祖孙俩一如既往奔着饭时来，我俩再看巧玲的时候，眼神渐渐变得平和起来。

善 待

我家在村里住的那两间半屋子,有一个长方形的院子,左邻是明鹤家,右邻是明岗家。与这两家邻居间相隔的,是棒豉秸子编的篱笆墙。院子的南门,也是棒豉秸子做的,留一出口。南门正对着的是三山家。那个中年汉子会拉二胡,每天,都能从前院里传来三山的二胡的调试音,"正给正"。

这个长方形的院子,就像现在情景剧的舞台,除了我们这个八口之家作为主角外,不时会有各色人物登场。这其中,有亲朋、邻居、老师、还有一些要好的伙伴。除了这些主角、配角外,还有一种角色值得一提,这就是要饭的,正规的说法是乞丐。

乞丐除了破旧的衣服外,有三样是不能缺的,都是背着个长口袋,腋下夹着一根打狗棍,手里端着一只饭碗,而且多数是豁口的,端碗的指缝里夹着一双筷子。就像猫儿天生会洗脸一样,乞丐们,不知经过了多少代的演变,这才相因成习,牢牢固定下来,形成了口袋、棍子、碗这经典三样。

乞丐进了院子,话不多,其实就那身打扮,还有那只向前伸的饭碗,已经说明了一切。这时,我们一看来者不凡,赶紧行动起来,拿煎饼的拿煎饼,盛糊涂的盛糊涂。直到把这位乌糟糟、脏兮兮的乞丐打发走了,这才松了一口气。

乞丐上门,我们的心情各有不同。对于一些年龄小的乞丐,我们小姊妹赶紧去找吃的。但有时看到乞丐站在门外，是个横高竖大的家伙，脸膛还有些红润，身上虽然带着经典三样，也不免有些疑惑，这么大个人怎么要饭呢？那是个崇尚劳动人民的年代。我们从小脑瓜里就被灌输了劳动光荣，好逸恶劳可耻的观念。所以，对于大块头乞丐，不由得产生了一丝怀疑。

给乞丐递吃食的时候，有点战战兢兢的。那盛糊涂的勺子高了不行，低了也不行，若是撒到了碗外，那是对乞丐的大不敬，但是，如果饭勺子碰到了乞丐那只灰垢多厚的破碗，心里，也有一股说不出的滋味。所以，每当乞丐来了，小姊妹们你看看我，我看看你，谁去？这还是个技术活呢。

要是遇到父亲，看到一位身材魁梧的家伙站在门外，伸着个饭碗要吃要喝时，总是口气严厉地问几句，你是从哪里来的？怎么不去找活干？这么大个人还要饭！要是通过盘问，得知是山东老家一带的，遭了灾荒，那更不得了，除了盘问乞讨的原因，还要给这位远道而来的"家乡人"上一课。总的意思是，"穷且益坚，不坠青云之志"。

大姐手里拿着一把瓜干子，一边听着父亲的盘问，一边朝院子里走，越听越有理，越听，越觉得院子里站着的这个不劳而获的乞丐太可恶了，隔那乞丐还有两三步远，就把瓜干子朝那人脚底下一撂，走了。

这会儿，母亲本来正在存放煎饼的大缸里翻找那些剩煎饼头子呢，听到父亲的滔滔宏论，心下很是不悦，她放下几块碎煎饼头子，拿了一张整煎饼，朝院子里的乞丐走过去，一边口气严厉地对大姐说，以后不兴这样子，人但得有一点办法，是不会出来要饭的！

一个秋天的傍晚，母亲出去开会还没有回来，父亲也不在家。煮了一大锅棒豉糊涂，正准备开饭呢。院子里传来一阵窸窸窣窣的脚步声，抬头一看，是乞丐。那乞丐伸着饭碗，一幅饥肠辘辘的样子。是小姊妹中的哪一位？赶紧去找来了勺子，奔到锅屋，掀开锅盖，朝那实肘肘的棒豉糊涂里深深地挖了一勺，盛到乞丐的碗里。

乞丐的碗,立刻变得满满当当。

没有多少人留心那乞丐。大家忙着找勺子盛糊涂上桌子。碗盆叮当,正忙着呢,忽然,有人问了一句,谁先吃过了?

端午节随想

今天是 2012 年的端午节。早在节前的很长一段时间,大街上就有小商小贩在兜售粽子,艾叶、咸蛋一类与端午有关的东西也热销起来。那粽子,有鲜肉的、有红豆的、有蛋黄的,还有蜜枣的。有煮熟了卖的,也有生的。不少人在买粽子的同时,捎上了一把艾叶,说是插在门上,辟邪用。

不知怎的,一样是过端午,忘不了的,还是小时候过的端午节。那时候,离过端午早呢,孩子们就兴头头地到河沿去寻找芦柴叶子去了。那些五月里的芦柴,长在河边清清的水里,蓬蓬勃勃的,随风摇曳着,刷刷响,说着谁也不懂的密语。面相宽大的叶子,藏在密密的芦丛里,成了包粽子的首选。钻进芦丛,专采那些面宽的叶子,一片一片的,采下来,一条摞着另一条,一直摞成厚厚的一扎,用细绳勒起来,再接着采。家里的大木盆里,白花花的糯米用水浸泡着,胀起来了,上了尖,粽叶子采回来了,也泡在水盆里,就那么绿绿的一盆,绿得醉人。

母亲是包粽子的高手。只见她把两三片粽叶叠在手心里,折成一个菱形的筒子,再从米盆里捞起一小把糯米,朝筒子里一装,接下来,把伸展开来的粽叶子折叠一下,就那样,左边一折,右边一绕,顷刻功夫,一只立体三角形的粽子成了!为了固定形状,要用红色的细线,或是白色的细线缠绕一下。看着母亲变魔术一般,一会儿就在盆里堆起了粽子的小山,我们这些小儿心里痒得不行,纷纷下手包粽子。说也怪了,看起来那么简单的活儿,干起来一点也不简单。几片粽叶子,左一绕,右一绕,不是形状不够对称,就是缠裹完了米从底部漏出来了。要不然,就是扎裹的粽子形状肿大,怎么看怎么不如母亲包的粽子美。母亲看到孩子的窘态,咯咯地笑着,眼泪都笑出来了。她一遍遍教着,直到孩子小手里的粽子有模有样了,才去忙其他事儿。

煮粽子,是印象最深的一件事。母亲说,煮粽子,一定要用大火煮。于是,早早地,木料就备下了。那是一堆树根子,还有粗粗的树杈子,正处少年期的哥哥,一身的蛮力没地方使,挥舞着斧头,汗珠子四溅地忙了一下午,那堆原始材料终于被改造成比较规则的一堆。绿色的、三角形的粽子被一只一只,整整齐齐地码放在大铁锅里,一瓢一瓢的清水浇在粽子身上,很快,粽子就被淹没了。我能看得见,自己包的那几只形状不太规整的粽子,稳稳当当地安卧在锅的中央,粽子旁边,还有几枚又大又圆的鹅蛋,那可是我放养的大白鹅小野蛮下的。

风箱拉起来了,灶膛的木料引燃了,熊熊的火苗舔食着黑黑的锅底,一会儿,锅底就变成亮红色的了。我起劲地拉着风箱,看着那堆木块子变成黑的,再变成红的,接下来,就是一大片火苗的舞蹈,舞姿摇曳,眼花缭乱。锅开了,热气丝丝缕缕的,变成了袅袅的舞蹈的小人儿,在木质的锅盖边环绕,升腾,一股子好闻的粽叶子特有的清香味儿在锅屋里弥漫。贪婪地嗅着,肚子里的馋虫拱动起来。这是端午的前夜。大锅里的粽子还在沸腾着。夜深了,我等小儿纷纷钻进了被窝,只有母亲,还坐在灶间,一下一下拉着风箱,灶间的火苗欢跳着,忽明忽暗,映着母亲疲惫的脸。

端午的早晨,揭开锅盖,那是最激动人心的时刻。粽子的香味儿,充盈了整个灶间。那几只白白的大鹅蛋,都变成黛绿色的了。碧绿的粽子,个个变成了绿黄色。一夜未眠的母亲从灶膛边站起来,掸了掸衣服上的灰尘,从锅里盛出一只大鹅蛋,放在凉水里拔了一下，用一只玫红毛线织的网兜子装好，挂在我的胸前。那天夜里，我刚好掉了一颗牙，咧着掉了门牙的小嘴，看了看母亲，一起笑起来。

月白色短袖褂

几个小姊妹围在母亲身边闲聊的时候，母亲不止一次地说，她曾经有过一件月白色短袖褂，穿起来不知有多神气了。说这话的时候，母亲的眼睛里会有一种动人的神采，让人感觉到，那件月白色的短袖褂，是母亲心底的最爱。从记事的时候起，从来没见过母亲说的这件短袖褂。到底有多好看呢？这成了我儿时心里的一个谜。

从小到大，没看到母亲穿过几件像样的衣服。最先映入眼帘的，是母亲穿着那种农村里最常见的，海昌蓝斜大襟的褂子，那种蓝色，有点像天气好的时候蓝天的颜色，母亲的胸前，总是坦坦荡荡的一片蓝，弥漫着一股柔和的气息。傍晚的时候，母亲从院子外面走进来了，脚步稳稳的，嘴唇微微抿着，我们小姐俩蹲在地下玩泥巴，一抬头看见她来了，就像两只小鸟，"噗啦"一下飞起来，飞到母亲的怀里。母亲总是摸摸这个的头，捂捂那个的手，要是冬天的时候，就会说，看，手冻得跟冰块子样。那会儿，母亲的手心真暖啊。许久，许久，对母亲的印象，就是母亲那暖呵呵的手心，还有，弥漫在她胸前的一片坦坦荡荡的蓝。

割麦子的时候，田间地头，到处都是忙碌的人群，蚂蚱在收割过的麦垄间轻快地跳。秧田的青蛙，也不失时机地唱起来了。打麦场上，脱粒机轰鸣着。看到的人群，走路都是一溜小跑。那会儿，母亲是大队书记，一样的，和乡亲们在田间地头、打麦场上忙碌着。

有时候，我们小姐俩到打麦场去找她的时候，会看到她满头满身都是碎麦屑，眼角红红的，眼里布满了血丝。母亲怀里抱着一个麦捆子，嘴角泛着霜花一样的白色，她身上穿的，是一件深蓝色的对襟褂子，那件褂子，不知经过了多少年头，最早的颜色已经看不太出来了，仔细猜，应该是当时人们常穿的那种蓝咔叽布，但因洗的次数多了，蓝色快要褪尽了，变得有些泛白，衣服的下摆，也有些縻了，布缕疏松，有的线似乎随时要顺着磨毛的边子掉下来。睁大懵懂的眼睛，也想不清楚，这件褂子，原来新衣服的时候是什么样子，要经过多少个年头，才能洗成现在这种颜色，还有，这种布缕疏松的状态。看久了，又觉得，这就是我们真实的母亲，想想啊，如果有一天，母亲身上穿着一件新崭崭的褂子回来了，是不是我们小姐妹俩会觉得有陌生感？

哎呀，那件月白色的褂子，要多好看有多好看！很少眉飞色舞的母亲，不知怎么的，说起这件褂子来，声音高了许多，嘴里，还会加进一些感叹词，有啧啧的赞美，还有一些轻轻的叹息，我们，随着她的描述，脑海里都会浮出各人的想象来，月白色，是一种什么颜色？在儿时的眼睛里，月亮在深邃幽远的夜空里，不同的时间，会是不同的颜色哇。是瓦蓝瓦蓝的夜晚，衬着无数眨着眼睛的星星，那种青里透白的颜色呢？还是八月十五的时候，高高地悬在天上，那种透着金黄的白色呢？

从来没有见过穿月白色短袖褂的母亲。但在母亲的嘴里，那是她一生穿过的最美丽，最动人的一件衣裳，那件衣裳，究竟带给母亲多少快乐，今天，我们无从知晓，只能以各人已有的阅历，去揣度，母亲，在她的青春的岁月里，曾经有过一件短袖褂，月白色的，围绕那件褂子，一定发生过一些鲜活动人的故事，才让我们的母亲，如此的难以忘怀，还有，在那段时光里，我们的穿着月白色短袖褂的母亲，一定拥有了凤凰般的美丽。

母亲的好友

  母亲的好友并不多,祁红兰大姨是其中的一位。祁红兰大姨走到眼前来的时候,给人的感觉是,皮肤怎么那么白哇。白净脸上皱纹很多,不是小细纹,是深深的,粗粗的那种,密密地盘踞在她的眼角,像刻上去的一样。说话的时候,一股红潮漫到脸上来,渐渐地,一直红到脖子。不说话的时候,又恢复了白净的颜色,这样,随着话音的起落,她的皮肤红了白,白了红,显得情绪的波动一览无余。她说话的嗓音细细的,有些沙哑,是平时难得听到的某种外地的口音,后来听母亲说,那是城东一代的土话。看着还不到她膝盖的我们小姐俩,笑眯眯地,嘴里嘟囔了一句,小燕喃。她发这个"燕"音的时候,不像我们本地,舌头卷起来,发出一个饱圆的音,而是舌头扁而后缩,使这个音也变得扁扁的,因着她的哑而细的嗓音,让这个音平添了一些嗲味儿。祁红兰大姨看我们的时候,那眼神,和母亲的眼神一样,暖暖的。

  祁红兰大姨从事的是什么社会角色,小时候我们不太清楚,只知道,她和我们的母亲一样,很忙,忙到整天不归家。难得看到她回来。偶有在家里的时候,她和母亲的对话,总是笑声不断。有一年冬天,领来的布票不知怎的弄丢了。于是,一种类似于麻袋布的料子成了缝制棉衣的主要替代品。这种布料,又粗又硬,俗称"老粗拉"。我们小姐俩就穿了这种叫"老粗拉"布料做的背带式棉裤到处踩水玩。这种棉裤嘟嘟囔囔的，走起路来，屁股上的两坨棉花包，随着步幅左一扭，右一扭，煞是笨拙。祁红兰大姨哈哈大笑，母亲也一起笑起来。好像她们都在弯腰低头笑，笑得眼泪都出来了。风里还飘过来一句，"就像背着个屎包子似的"。

　　那会儿，社会上还不够太平，有一阵子，我们一起借宿在一个叫桃花涧的地方。睡的是稻草地铺，吃着比枕头还长的白面馒头。那种馒头，就像今天的切片面包一样，是长方形的。排队打饭，食堂师傅切下一块来，撂到你的盆里，有斤把重，兴冲冲的，端着就回来了。祁红兰大姨的儿子，名字叫锣坠，也就比我俩大几岁的样子，走路慢慢腾腾的，看到我俩跟头把式地朝食堂欢跑着，嘴里不紧不慢地冒出了一句，小燕喃。借宿隔壁的那家子，有一阵子，不够友善，时常捣鼓点什么乱子出来，给我们添些麻烦。实在忍不住了，锣坠一句续不上另一句，吃力地和他们吵起来。祁红兰大姨刚好从外面回来，看到儿子的争执，不免又惊又喜，哎呀，俺家锣坠会讲理咪。

　　一天深夜，地铺上的我俩不知怎么的，被一阵竭力压抑住的哭声惊醒了。睁眼一看，母亲正在和祁红兰大姨的小女儿娥拼命地忙着什么。爬起来一看，祁大姨晕过去了。她们正在忙着拍打大姨的后背，掐她的人中，好半天，祁大姨才苏醒过来，紧接着，就是一阵撕心裂肺的哭声。原来，祁红兰大姨的大女儿不知做错了什么事，让她受了刺激，一口气噎在心里，闭气了。黑乎乎的屋子里，微弱的灯光下，母亲低声的劝着，娥哀哀的哭着。祁红兰一声嘶哑的嚎哭后，沉寂一阵子，又发出一声更为嘶哑的哭声，好像把肝肠肚肺都要呕出来了，我吓得赶紧钻进被窝，蒙住头，胸口咕咚咕咚一阵狂跳。怎么回事儿，一向爱说爱笑的大姨，还会"死"过去？

　　从桃花涧回来以后，就很少再见到祁红兰大姨了。那阵子，广播喇叭里一天到晚播放着一些战天斗地的好人好事。有一天，母亲突然对我们说，你们听，广播里讲的是祁红兰大姨。竖起耳朵来，果然听到喇叭里一个男播音员朗诵一般地说着什么，普通话不太标准，透着浓重的"地瓜味儿"。广播里，讲的是祁红兰大姨带着社员们挖河，大冷的天，河里结了冰，为了不影响挖河进度，她率先跳下去，带头挖河，她的举动，极大地鼓舞了社员们，在她的带领下，顺利完成了挖河任务，云云。听完了，什么也没记住，只有那位男播音员朗诵般的腔调在耳廓嗡嗡回响，"……洼地娃子多，穷人孩子多……"。母亲叹了口气，对我们小姊妹说，"这么冷的天，你大姨的腿下了凉水……"。

  渐渐地，没了祁红兰大姨的消息。冬天的一个傍晚，我们姐妹仨从青口逛街回来，走在崖头上，正要拐弯回家呢，忽然看见母亲从远处一步一步挪过来。母亲走得很慢，神情也很落寞。她穿着棉裤，老寒腿又犯了，一双旧布鞋在沙土里吃力地踹着，鞋头周围飘起一阵阵尘雾。妈，你要到哪里去？我们一叠声地喊。母亲抬起头来，看看我们仨。你祁红兰大姨去世了。我得去看看。啊？我们都惊呼起来。妈，你怎么去？大姐问。走着去。母亲说。这里到城东，要走多少里路啊，天都黑了。我们愣在那儿，看着母亲一步一步地，朝着黑黢黢的河堤走去了。

夜　谈

　　四十多年前的一个夜晚，我知道了，母亲曾经有过一份特别的舒心。那是什么季节？一时想不起来，天，应该不太冷，也不太热。就在某一天的深夜，我突然从睡梦中醒来了。昏黄的灯光映得屋子里影影绰绰的，灯影里，隐隐的，传来说话的声音。声音不大，隐隐能听见，音调里，传达的，是一种无法言传的欢欣。你一言，我一语，轻轻的，间或，还会传来一阵笑声，同样轻轻的。那笑声，也须是从润泽了的声带里发出来的，前提是心情非常愉快。睡在拐角的床上，在黑暗中睁大了眼睛，仔细辨着，有母亲的声音，还有二哥的声音、三哥的声音、姐姐的声音，属部队回来探亲的大哥声音最高。话题很稠密，部队的见闻、乡间的趣事、家里的菜地、鸡鸭鹅兔，还有，每一个家庭成员的成长状况。就那样，议着，说着，说着，笑着。蓦地，说到我们小姐俩了，支起耳朵，极力想听清楚，还是难以听清，只能从空气里，感受到愉快的呼吸，间或的赞叹，会心的笑声，还有，发自内心的那种令空气都变得暖融融的舒畅。大哥的声音飘过来了，她们俩，来日方长。嗯，听了从部队回家探亲的大儿子的话，母亲从喉咙里应了一声，也许，向隔着一道门帘的屋里看了一眼，大家又一起会心地笑起来。

　　许久许久以后，潜意识里，对于昏黄的灯光，一直有一种好感，就觉得，那股黄晕的氛围里营造的感觉，与那个温馨、愉快的夜晚再也分不开了。对于那个夜晚,母亲和孩子们交谈了些什么,没有过多的记忆,但远道而来的大哥,一身秀挺的军装,锐气逼人,围绕在他身上散发的各种神秘的气息,以及他滔滔不绝地讲述的关于"城市"的故事,让母亲,让哥哥姐姐们,度过了一个怎样的愉快的不眠之夜,渐入梦乡的我们小姐俩,已无从知晓了。

这样的夜谈,在我俩童年的时光里,还发生过好多次。每次,都是大哥从部队回来。他的超健的谈风,完全承接了父亲的真传。那样的夜谈,是怎样一种精神大餐?母亲,看着自己的大儿子一天天成熟起来,其余的孩子,齐刷刷的,如拔节的庄稼,也都沐着风,浴着雨,噌噌地灌浆、成长,内心该多么熨帖啊。

岁月沧桑。渐渐的,孩子们都忙自己的事去了。夜谈,越来越少了。后来,母亲连见到孩子的机会也越来越少了。母亲,一生对物质没有追求,为肩上的责任、为子女的成长倾尽了心力。在子女们渐行渐远的时候,不知她内心深处是怎样的一份孤寂?

母亲最后的日子,躺在病床上。儿女们都回来了。大哥也来了,满头花发,谈锋依然不减。他正在兴致勃勃地讲着自己小时候吃蛋糕的事儿。"我把那块蛋糕粗纸包细纸裹了,藏在一个别人不知道的地方,心想,等找个机会来好好享受一下。一直等到大家都出门去了,这才把蛋糕找出来,小心翼翼地解开了包装纸,我两手捂着一个蛋糕,对准中间狠狠地咬了一大口,哎呀,一股子化肥味儿冲得我差点晕过去!"。大哥声如洪钟,边说边比划,他的口气、动作、神情,无不透着当年的那股子饿劲儿,生猛劲儿,还有,弯着腰,两手捂着嘴的那个架势,把一刹那被蛋糕熏晕的味儿演绝了。咯咯咯,母亲舒心地笑起来,笑出了眼泪,大家也哄地一声笑起来。大哥的讲述,母亲的笑声,一下子把我们拉回了当年,拉回到那些个黄晕的灯光笼罩的夜晚……

赶 车

赶车，在我们老家那儿，是到车站坐车的通俗说法。但为什么要用"赶车"这个词，来源不详。以我本人从小到大的切身感受，对赶车有一种特别的恐惧。感觉这赶车的"赶"字，着实形象。而一提起赶车，胸口就下意识地咚咚跳起来，一种来不及的感觉。这可能是幼年的时候，每次赶车，都要目睹那种人喊马嘶的场面，所产生的心理障碍吧？

遥远的岁月，还不怎么记事的我，跟着各位兄弟姊妹在母亲的带领下去赶火车。那列停在那儿的火车，被蝗虫一样的人群糊满了。我们是怎么上的火车，现在都想不起来，想必是随着蜂拥的人流，被裹挟进车厢里的。母亲护卫在我们身后，两脚踩着车门边，手紧紧地扣着车门两壁，还没来得及进入车厢，火车就喷着浓烟缓缓启动了。密不透风的车厢内，前胸贴后背，脚踩不到地，头顶还有人在爬。小兄妹几人被挤散在不同的车厢内，我和妹妹被挤进了厕所，一个成年人瞪着牛一样的眼睛，对着我们大声呵斥，不知铁锨还是钢叉从头顶上掠过。惊险的一幕幕，告诉了我什么是赶车。

一辆敞篷卡车，要往哪里开？大人们争先恐后地朝上爬。不少人扒着车厢边子，身体一纵就跳上去了。我们这些小孩子，只能让大人托着屁股往车上扔，车厢挤满了人，还有人不断地往上爬，司机发动了车子，留下一溜尘土和一群追赶的人群。还好，我们都上了车。那车子在坑坑洼洼的路面上，一会儿上坡，一会儿下坡，随着车身的颠簸，人群像风摆的杨柳，东边倒过来，西边倒过去，刚刚坐稳，一个颠簸，从座位上蹦起来老高，再跌坐下去，一顶遮阳的草帽，被屁股重重地拍扁了。

母亲晕车了，晕得厉害，停车间隙，昏睡在一间屋的走廊下，不停地呕吐。我们这群小孩，蹲在母亲身边，不知该怎么办。远去的车子带走了我们家的一个包裹，里面有母亲最珍爱的一床被面，上面印着球拍的图案，在母亲此后无数次的描述里，我们知道了，那是一床天底下最美的被面。

去车站。四舅骑自行车带我们小姊妹俩去。那是一辆带大梁的车子。我和妹妹被安排在前梁上一个，后座上一个。四舅不会骑"死驴"（身体骑在静止的车身上，将车子往前移动，随着速度的加快，借助惯性，将车子骑走）。幼小的我们也不会自己跳到行驶中的自行车后座上去，就想了这个不是办法的办法。四舅让我俩一前一后，先在车子上坐好，然后，他推着自行车跑起来，待车速越来越快的时候，四舅左脚踩住脚踏板，右腿从坐在后座上的我的头顶飞快地掠过，就可以踩住右踏板，把车子骑走了。这可是带有一定难度的技术，在自行车快速移动的时候，四舅能不能右腿准确而及时地从我的头顶掠过，并稳稳地踩住踏板，确保车身匀速前行，完全看他的临场发挥。不记得有几次，四舅估计失误，跷起右腿上车的时候，由于高度不够，把我从后座上"呼"地一下扫下来，跌坐在尘土中的我，一阵哇哇大哭，大家纷纷围上来，我的手心还被塞进了一粒糖豆。在如此三番的试验中，终于，在某一次，四舅把腿抬到了跳芭蕾舞的高度，成功地从我的头顶上掠过，车子被稳稳地骑走了。但是，中途，妹妹带襻的鞋子从脚上脱落了，只有一个小脚指头勾着，摇摇的，眼看要掉下来，路边有人喊着，那小孩鞋子要掉了！四舅听见了，只当没听见，咬咬牙，走吧。

我和母亲在晨雾弥漫的河堤上疾走。到县汽车站去。那里有一班车，路过北乡一所中学。那是我就读的地方。这条线的车，一天只有一班，赶不上就要误车。母亲背着一大包煎饼，带着我，一言不发，一个劲儿地往前赶。走到一半路程的时候，天渐渐亮起来。我们穿的布鞋都被露水打湿了。走在母亲身边，能听到她的呼吸声越来越重。她把包裹换了一个肩膀，解开了衣服的扣子，气喘吁吁地说，年轻时经常赶路，现在不行了。她讲起自己十六岁参加工作的时候，经常到各个地方去开会，那时没有车子接，都是靠两条腿。那会儿，不知走了多少路，也走过不少夜路，有时是从黑魆魆的麦田里穿过，但她从来都不知道害怕。

从小到大，赶车无数。每次都有一种赶不上车的感觉。赶车前夜，总是做一些情节离奇的梦，不是车开跑了，就是跑错了车厢。小时候，有母亲老鸟护小鸟一样的呵护，虽然害怕，但在内心深处，有一丝心安，因为知道，有母亲在。长大了，耳边有母亲的叮咛，包里有母亲煮熟的温热的鸡蛋，不管走多远，在赶车的凄惶中，还是有一种无法言传的踏实。如今，母亲远去多年了，赶不上车的梦竟越来越多了，但是，我知道，赶车的恐惧纵然挥之不去，我还是会带着母亲特有的基因，不停地赶车、赶车……

密林深处

车在高速公路上疾驰,窗外的田野徐徐映入眼帘,又向窗后缓缓褪去。精耕细作的土地,像一大片展开的毛毯,不知土下埋的是什么种子。这是早春,田野上空似乎弥漫着一种气息,似雾非雾,在离地面不远的地方攒集,升腾。路边,地头,是一排排白杨树,刚抽条,瘦瘦精精的,吸足了地里的养分,可着劲儿,直指又高又远的天空。远远望去,密密的白杨林,一层,掩着另一层,向更远的地方延伸。树林掩映的地方,有一两个小小的村落,三五十户的样子。一两片水塘,清清的,镜子一般,在赭色的土地里静静地卧着。水面上,游弋着一群群雪白的鹅鸭,长脖曲伸自如,或仰,或弯,说不出的舒适。

徐徐流动的画面,传达的一种熟悉的气息,如一股电流,瞬间漫洇全身。嗅着早春的气息,近乎贪婪,眼睛却向密林的深处望去,再望去。数十年光阴逆转,一幅幅画面纷至沓来,纸页鲜润,宛在昨日。隐隐看到,几十年前,密林深处,有一个村子,村子里住着一户人家,这户人家,每天早晨,屋子的门一开,扑扑啦啦放出的,是一群羽毛未丰的鸟儿,这群鸟儿,向着屋子外面遥远的蓝天,可着劲儿飞。

那时候,天特别的蓝,太阳特别的暖,树特别的绿,水特别的清。尤其是那一片片神秘的田野,四季变换着不同的颜色,向孩子们魔术般捧出永远吃不厌的东西。母亲,那会儿,是多么的年轻,多么的美丽啊，齐肩的短发，月白色的短袖褂，笔直的鼻梁，嘴角微微笑着，就那样，迈着轻盈的步子，如一只美丽的大鸟，从院子外面飞进来，对着围到身边的小鸟，摸摸这个的脑袋，拽拽那个的衣襟，几个轻轻的动作，让孩子们所有的期盼得到了满足，所有的委屈得到了化解。

动乱、饥馑的日子，风来了，雨来了，风雨飘摇下的小屋，母亲，以她坚实的翅膀遮蔽着六只幼雏，让鸟儿们吮吸着母亲的奶，母亲的血，母亲生命的汁液，一点点的，褪掉了软软的绒毛，扎上了硬硬的大翎，在小屋里，在院子里，在家门口，仰望着外面的蓝天，盘旋着，一点点地飞。最先褪掉了绒毛，生出大翎的那只鸟儿，在院子里，脚儿一顿，飞走了。鸟儿们一阵躁动。一只，又一只鸟儿，你看看我，我看看你，向着蓝天，向着远方，啾啾叫着，飞走了。

这些翅膀坚实的鸟儿们，带着母亲的基因，在广阔无边的蓝天尽情地游弋，盘旋、俯冲、升腾，如一朵朵绽开的礼花，羽毛丰满，华彩灿烂。时而，回到老屋上空盘旋，让那遮风避雨的老屋，在那个树林掩映的村庄，因着一片片美丽翅膀的掩映，辉煌如圣殿。

春去秋来，飞向蓝天的鸟儿们，累了，乏了，陆陆续续飞回来，飞到母亲翅膀底下，一次次地，想要再品一下母亲甘甜的汁液，一次次地，想让母亲再梳一下自己的羽毛，母亲，一天天地，耗尽了心力。终于，有一天，耗尽了生命汁液的母亲，羽化成仙，向着更加遥远深邃的天空飞走了……

这群已经长大的鸟儿，正带着新的幼雏，在蓝天里，迎着风雨雷电，一如当年母亲那样，奋力地飞。

一床旧棉胎

天热了。屋里的东西渐渐显得多起来。一些毛茸茸的靠垫也显得多余，床上的被子，更是换得勤快，厚的换薄的，最后变成了毛巾被。多下来的东西往哪儿放呢？一时，所有橱柜门都打开，塞啊塞。就这样，还剩下些物件没处塞。女儿抱怨着，妈，咱家旧东西太多了，要处理掉一批，不然，家里的空会变得越来越小的。妈，这么些用不上的旧东西不舍得扔，是心态老化的标志呢。想想，也是，夏天到了，不把屋子里收拾得清清爽爽，怎么行？

找了个空子，去翻拣一些确实用不着的东西。这一翻，还真不少。从大衣橱的柜子里，翻出了一大堆，堆在屋中央。柜子底部，还有东西，手一拽，拽出一床旧棉胎来。这床棉胎，表面用一层薄薄的纱布套着，原来的白色已经看不大出来了，透过纱布，能隐隐看到陈年的棉花发黄了。有些部位，还有些小小的洞，不知是虫子蛀的，还是年久朽了。

这床棉胎太眼熟了。它跟随我的年月，到今年刚好 30 年！30 年，说来很长，可伴随这床棉胎的情景，好像就发生在昨天。那是一个太阳红彤彤地高挂在遥远的天空的季节。我，一个 20 岁的苏北小姑娘，第一次出门远行。目的地，南京郊区的一所大专学校。去学什么呢？不知道，仅"公安"两个字，就带着我的思绪，驾着白云飞到遥远的天际去了。母亲忙了起来，为我准备行囊。一床厚厚实实的红细布面的棉花被子,按上去松松软软的。粉红色的大印花的床单,一朵很大的牡丹花,伸展着枝叶,正在盛开。脸盆脚盆、碗筷、洗漱用品、鞋子把一只尼龙网兜子塞得胀鼓鼓的。收拾停当了,母亲把这些东西朝我的肩膀上一放,被子压在脊梁上,尼龙兜子挂在胸前,顿时,身体变沉了。晃了晃,一使劲,站直了,走两步。母亲笑了,我也笑了。晓,就这样,行!

火车从连云港出发,经徐州中转,喷吐着浓烟继续南下。孪生妹妹在徐州下车了,她要到运河边一所古老的高校就读。拽着那套一模一样的行囊,她汇入到接站的人群中,隔着车窗,外面好像还传来了一声惊喜的呼喊,"嘿,刘佳!"夜幕渐渐降临了。车厢里朦胧的灯光亮起来。我捧着一本《重放的鲜花》文集,认真读着。一个厚重的男声响起来,你是出门上学的吧?嗯?抬起头来,望着这个中年人,我的眼神充满警惕。渐渐得,眼皮变得沉重起来。书掉在了地下。火车是什么时候进南京的?不知道。当人声喧沸起来。"南京到了!"报站的声音低沉地响起来,扩音器嗡嗡的,在深夜显出一股特别的韵味儿。

南京,在我脑海里,这个只在书本上读到的名字,如今,竟站在它的地面上了!从父亲的四十万字的回忆录里,后来,才知道,3岁的时候,我和妹妹随母亲去找父亲,曾来过南京。在懂事的岁月里,了解到父亲描述的南京,是路两边阔叶梧桐树架起的绿色长廊,是古老的不能再古老的各个城门,是当时让国人骄傲的长江大桥。我肩上挂着那套沉甸甸的行囊,随着潮水般的人流,在地下通道里朝前赶。那床厚被子,捆成了一卷,随着急促的步幅,在脊梁上晃动着,胸前的网兜子,由于装的东西太多,一直堆到下巴底下,连接两样东西的绳子,把肩膀勒得生疼。初秋的深夜有着沉沉的凉意,一出站,身上的白的确凉衬衣像一层薄纸,打了个冷战,起了一身鸡皮疙瘩。

几经周折,搭上了接站的卡车。简陋的集体宿舍门上,找到了自己的名字,紧张的神经顿时松弛下来。硬硬的木板床,红细花的厚被子铺展开了,一股新棉花的味道弥漫出来。陌生的城市,陌生的校园,第一次远行,都不算什么,因为,有母亲亲手缝制的新被子,伴我入梦。

回　城

考上大学那一年，正好也是全家从大茔洲村搬回县城那一年。那年，全家人的户口全部从农村拔出来了，彻底甩掉了农帽子，那份心情难以用语言形容。回城，全家人心头多少年的愿望，终于实现了。

在城里落脚的地方，叫五牌楼。这是一个大杂院。一共住了六家。有县府的司机、乡镇干部、车站职工、退休工人，据说还有一位分管农业的副县长。分给我家的房子位于院子东头，与县府一墙之隔。楼下一溜三间。朝南的那间有太阳，自然是父亲住，一床一桌一沙发。中间的那间放了一张大桌子，只能做过道，朝北的一间不见阳光，一床一桌就满了，这里是母亲带着小外孙睡的。楼上还有一间，因为楼顶是平的，冬凉夏热。平时不住人，待孩子们放假回来小住。就这样，全家人搬回了这个城里的家。那会儿，我们兄妹均在外地，平时不回来，只有到了假期，才如候鸟一般飞回家来团聚。

刚住进来那阵子，屋里屋外洋溢着欢乐。大哥从部队回来了，现在是文化馆的实力派编剧，正声名鹊起。大姐从铜山师范毕业，回县任教，正值芳华。二哥大学毕业后被省公安厅分配到溧阳教书，处在事业爱情双丰收阶段，三哥是北师大高材生，即将毕业。我们小姐俩正在上大学。那份荣耀，时时挂在父母，尤其是父亲的脸上。

我亲眼看到父亲好几次对着院子里的邻居，不无自豪地数说着几个孩子的出息，赢来邻居的啧啧称赞。看得多了，就向三哥"告状"，觉得父亲有点"炫"。于是，三哥还真的和父亲谈了一次，大意是，不要这样到处表扬自己的孩子，有一些人家的孩子也同样有出息，等等。几十年过去了，我对自己当年的举动有些后悔，父亲当时的行为，不外乎像庄稼人一样向同行夸耀自己庄稼的收成，享受成功的喜悦而已，我们，这些长成的庄稼，有什么权力剥夺农人丰收的喜悦呢？

父亲山东老家的亲戚、官河周宅子母亲老家的亲戚、大莒洲村的乡邻，都时不时的前来探看我们的父母，参观我们城里的新家，坐在一个叫沙发的位置，听我们的父亲大摆山海经。我儿时的小伙伴，有扛着18斤重的大西瓜来的，有挎着满篮子花生来的，都是喜滋滋的神情，说不出对"城里人"的艳羡。那阵子，屋子里常常发出哄堂的笑声。母亲的表情日渐祥和起来。夏天，看她坐在中间那间屋子的凳子上，扇着大芭蕉扇子，大口喝茶的情景，真是惬意得很呢。我们姊妹喜欢和母亲在小北屋里说些儿时趣事儿，不时笑得前张后哈，母亲的小外孙大毛，一天天长起来了，正处在咿呀学语的年龄，不时说出几个让大人喷饭的词儿，逗得大家笑声一片。父亲就从南屋走过来，摸摸这个的脑袋，再摸摸那个的脑袋，问，恁们笑什么？大家一时止住了笑声。父亲是威严的，与父亲的相处，远不像和母亲那样亲密无间。父亲便笑笑，发一句感慨，恁妈是个有福的人，现在成了一个白白胖胖的老妈妈。

生活，永远是风浪与平静交替进行。那段岁月，让母亲高兴的事情不少，添堵的事情也随之而来了。大哥的第一次婚姻亮了红灯。他从家里消失了，也不再回家过年，这一去就是八年。遗留在新浦的原配夫人和孩子，成了母亲心里永远的痛。大姐的第二次婚姻开始了，并去了遥远的舍庄乡下教书。母亲独自带着多病的外孙子，苦挣苦熬着每一个日子。

到家里串门的亲戚朋友越来越少了。除了节假日外，屋子里变得冷清起来。一向吃惯了新鲜鸡蛋和蔬菜的父亲,无奈在与县府一墙之隔的夹道里,放养了两只鸡,盘了个草窝,等着鸡下蛋来吃。为了怕鸡飞了,还在墙的顶端罩上了网子,顺势贴墙种了几颗葫芦苗,期待着葫芦藤爬满墙壁的盛景。父亲有个习惯,一大早,一定要喝开水泡茶。于是,母亲开门的第一件事儿,就是早早起来,烟熏火燎地生炉子。炉子生好了,炖上茶壶,一壶凉水迟迟不开,父亲不免有些抱怨。这里哪像在大莒洲,大锅灶用树枝子火一催,水就咕嘟咕嘟冒起泡来?

忙忙碌碌的日子,没有谁去关注过母亲心里是什么滋味。母亲在土地上操劳了大半生,那里有她事业的舞台,她生活的场域,离开了淳朴的乡邻,来到了这几间钢筋混凝土的水泥壳子里,面对着陌生的人群、街肆,真的连说句话的人都没有。她眉宇间的神情,渐渐落寞起来。孩子们天南海北的忙去了。即使在县城里工作的儿子,也很少回家。节日里,一群亲友推杯换盏后,常常摆开牌局,吆三喝五一番。那种在大莒洲一家人深夜畅谈的情景早就消失了。母亲的话越来越少,神情越来越沉郁。用妹妹的话说,她越来越固执地要到北乡去走亲戚,嫡亲的亲人不多了,有时更多的是远房的亲戚。

拆迁大潮来了。我家住了十几年的五牌楼大杂院也在其列。全家把东西搬到了新家,放假回来,我兴冲冲地进了新屋,参观了里里外外。没有看到母亲。一问,父亲说,恁妈这阵子老是呆在老屋里,不愿出来。到老屋去找母亲的时候,看到她坐在一堆旧物什中间,神情落寞,正在用菜刀刻一只苹果,动作很慢。她的头发,已经全白了。很多事情,要经过时间的沉淀,才能知道其中的意味。母亲,从清风明月的乡村,搬到了几户共用水池子的大杂院,现在,又搬进了装着防盗门的套房,意味着什么呢?

婚姻大事

一眨眼,我的婚姻已有二十多个年头了。当思维拉回到二十多年前的那个夏天的时候,有些细节,今天才悟到了它的滋味。那是一个阳光特别灿烂的夏天。知了在树上拼命地叫,蓬勃的树叶织出的浓密的阴凉,给每一个行人带来了歇脚的乐园。那会儿,我23岁,乌黑的长发扎成了一束马尾巴,带着一个面孔黝黑,身材瘦高的男青年回到了老家。意气风发的年龄,天真地认为,带一个男青年给大家看一看,参谋一下,这个人能不能当我的男友?三嫂子和妹妹来到车站,我兴冲冲地陪着瘦男走在前面,嫂子和妹妹走在后面,"真高!""挺黑的",她们的议论顺着风,隐隐飘过来。家里,对远道而来的他举行了隆重的欢迎仪式。后来,我才知道,家里,确实是把他当成了我未来的婚姻伴侣来考量的。在地方风俗里,这就叫"毛脚女婿上门了",我的单纯,无知无畏,却不知道,一个自认为是小小的举动,不亚于在我的传统而又现代的家庭里,掀起了一场小小的"风暴"。围绕他,在婚姻伴侣这个定位上,大家展开了一场激烈的争论。一切皆因他是一个未来将在距离我工作的学校40里外郊区上班的刑警,而且,这40里,中间还隔着浩浩长江。

那个夏天,一位老刑警队长的妻子跟我说,千万不要找刑警,日子没法过。那会儿,她正和老公闹离婚,山一样的家务压在她的身上。男的很少回家,偶尔回家,两人必然打架,她家门外,总是少不了摔碎的碗盆，扔出的拖鞋什么的。孩子像一只受惊的小鸟，长期送到娘家，跟着外婆生活。看着她的憔悴的脸，臃肿的身材，身着粉色连衣裙，束着高高马尾辫的我，像听广播里的小说联播。现在，这样一个矛盾因子，被我引到家里来了。大家的激烈讨论，基本分成了两种意见，一种观点是，这个恋爱不能谈。将来这罪可受不了。日子过得艰难不说，婚姻质量也难以保证。另一种观点是，人好就行。困难都是暂时的，隔一条江怕什么。我正处在"可上九天揽月"的年龄，听他们辩来辩去，便在潜意识里觉得，那些个困难，离我遥远得很，只要遇到个好人，还有什么困难不能解决的呢？

多年后，我才知道，母亲，当时对我是充满了担心的。母亲，十月怀胎，呕心沥血二十多年，把我抚养成人，多么希望女儿能过上安定、幸福的生活呀。可是，在那个对我来说，看山山美、喝水水甜的夏天，一切的议论都听不出其中的深意来。母亲，竟按下了她的沉沉的思虑，没有在我面前做出些许的表达。许多年后，一位兄长才在我的面前，掀开了当时母亲内心深处深深担忧的一页。五十四岁的母亲，在她过去的三十多年的婚姻生活里，乱世更替、世事变迁、饥饿、跑反、下放，在生存线上苦挣苦熬的每一个日子，几乎都是黄连水里泡过来的。特别是六零年，家中的购粮小本已被公社收去几天了，不能去食堂打饭，母亲和孩子靠下湖捯地瓜（从起完地瓜的大田里搜索残余）维持生活，那时，她的肚子里还怀着三哥。据父亲回忆，母亲和孩子们当时都饿得"皮枯筋绽"，在那个几乎断粮的日子里，三哥落生了。至今，难以想象出来，母亲是怎样带着一群饥饿的孩子们，在死亡线上苦苦挣扎活下来的。我长了二十多岁，很少听母亲讲起这些细节。幼小的时候，我天真地以为，母亲永远会是那么健康，永远会是那么开朗，永远会把我们家贫穷而又温馨的日子，过得那么有滋有味儿。

恋爱、成家、生子、上学，刑警家庭的生活，不再是小说联播，一个接一个的日子，辛苦而又平淡。母亲对我的婚姻从没说过什么。

我结婚的时候，她对男方家里没有提出任何要求，甚至没要一分钱的彩礼。她倾尽生命汁液养大的女儿，就这样，在母亲殷殷的注视下，走进了一个同样贫寒需要从头创业的家……

二十多年里，母亲来到我这个小家四次，还在我这儿过了一回春节。那是个特别寒冷的冬天，凛冽的寒风吹得人脸疼手麻。年三十晚上，古老的南京城，鞭炮齐鸣，一朵朵烟花带着尖利的哨音在深邃的夜空炸响，再盛开成各种五彩缤纷的图案，点缀着节日喧闹的气氛。家家这时候已经团团围桌坐着，吃起了年夜饭，刑警先生像往常一样忙于公务，迟迟没有回来，我骑着车子去市场买菜，菜价贵得出奇，芹菜要十五块钱一斤。母亲摘完了芹菜，在案板上切着肉，深深地看了我一眼，忧、爱尽在其中了。先生回来了，门一开，裹进来一阵寒风和尘土。孩子蹲在地上玩着小汽车，见他回来，没什么反应，只顾玩自己的。母亲又深深地看了孩子一眼，这孩子，咋和她爸也不亲了呢。先生自知晚归是对岳母的不敬，叫了声"妈，我回来晚了。"赶紧扎起围裙，下了厨房，一通烟熏火燎、煎炒烹炸，还做了道南京特色菜，咸肉冬瓜。桌上的盘碗一会儿就摆满了，昏黄的灯光下，饭菜热气腾腾。酒杯举起来了，母亲吃着简单的饭菜，神色安然，一句抱怨的话也没有说。一个刑警家庭的年夜饭，一样的程序，别样的不同。一生历尽苦难的母亲，以她常人难有的耐受力和大爱，扶着我这只婚姻家庭的小船，在人生的海洋里，迎着风浪，稳稳地，开起来……

传

一九九零年的春天,我毫不犹豫地乘火车回了老家。离分娩还有一个月,潜意识告诉我,"坐月子",只有回到自己的母亲身边,才能得到最好的照顾。这一回家不大紧,母亲着实忙开了。因为大姐的第二个孩子,也要在这个春天里出生。一下子要照顾两个孕妇,母亲的活儿像山一样压了下来。楼上的屋子拾掇好了,是给我住的,那里通风透气好。楼下的屋子也拾掇好了,是给大姐住的。母亲,再一次住进了小北屋。母亲拖着家里的那辆永久牌老自行车,沿着偏僻的羊肠小巷,出去进来,进来出去,小床买回来了、澡盆买回来了、奶瓶买回来了……,屋子里摆得满满当当,眼见得,母亲的皱纹渐渐深了起来。

一天下午,隐隐的,我感到肚子有点痛。这是临产的先兆。母亲赶紧喊来二嫂、妹妹,七手八脚,把我送进了医院。那阵子,大姐的二儿子已经落生了。母亲一天要为产妇办五六顿饭,忙得不可开交。我的肚子一痛,母亲的忙碌,又加上了新的砝码。可巧的是,痛归痛,但医生检查了,说是离生还有一阵子呢。我便在病床上候着,夜深了,一阵阵的腹痛竟挡不住沉沉的睡意,我睡着了。母亲来了,坐在床边攥着我的手,我能隐隐感到来自她手心的那份安稳。同病房的人都说,你家闺女刚才睡着了,肚子痛起来,就用手打着墙,嘴里一个劲地喊着"妈妈、妈妈"。大家笑了,一时又静下来。

医生来查房了，喊了起来，说这样不行，什么时候才能生下来？办法只有一个，让家里人搀着，在病房外的走廊里多走几圈，加大运动量，孩子下来的就快一些。那会儿，二嫂和妹妹，一左一右，架着我，在走廊里走啊走啊，一直走到天快亮了，才迎来了分娩的时刻……

在一阵轰鸣的鞭炮声里，二哥用平车把我拉回了简陋但却温馨的家。初为人母，我不免手忙脚乱。看着女儿那红嘟嘟的小脸蛋，软软的肢体，竟不知如何去抱，如何喂奶，连碰一下孩子，都怕碰坏了什么地方。母亲来了。她把一个烧得红通通的、旺旺的煤球炉子提到楼上来，又拿来一个大木盆，往盆里倒了些热水，屋里顿时热气腾腾，暖和起来。母亲两手把孩子抱起来，告诉我，要一手托着屁股，一手托着脑袋，这样孩子才会舒服。看我疑惑的样子，她把包裹着孩子的衣服脱下来，又把脖子窝里的一块纱布拿了下来，问这是干什么用的？我说不知道。那是生下孩子的当口，医生用来擦拭孩子身体用的，一时丢在孩子的抱被里，我便当成圣物了，不敢碰不敢拿。母亲笑了起来，说，孩子要带得泼辣些，怎么带怎么好。她把孩子捧在左手心里，用右手一把一把往孩子身上撩着热水，清洗着孩子幼小的身体，孩子舒服了，小嘴巴笑起来。母亲笑了，我也笑了。

一天、二天、三天……，在孩子生下来第十六天的时候，天渐渐热了起来。不知怎么的，孩子的头上，脸上，竟然出现了一些密密麻麻的小红点。我吓坏了，赶紧去查阅《婴幼儿护理一百问》，猜摸这是什么东西，母亲说不要紧，可能是天热了，穿得太多，捂着了。多喂点水，散散热，不要紧的。但我还是不放心，催着母亲抱孩子去医院里看看。母亲抱着孩子来到医院。那会儿，我是产妇，按照地方风俗，还不能出门，说是月子地里着了风寒，会落下病根来。母亲来到了医院，穿白大褂戴眼镜的医生，只看了一眼，就肯定地说，这是天疱疮，挂水治疗！说着，就手划拉了一张处方给母亲。母亲取来了药，一看那两个药水瓶子，比孩子的脑袋还大，急中生智，对医生说，这孩子得回家吃奶，吃完奶再回来挂吧。母亲三步并作两步把孩子抱了回来。对我说，不要打什么针了，白受些罪。这是捂出来的热毒，少穿点，会好起来的。院子里的老朱大姨也凑过来说，没什么事儿，就是热毒，捂的。我将信将疑，照着做了，果然，第二天，孩子脸上的红点子神奇地消失了。望望墙拐角那两个硕大的盐水瓶子，大家不免松一口气。

菜市上的洋花萝卜、荠菜渐渐多起来。孩子已能从床上用小指头牵着站起来。我在屋子里捂了个把月，终于可以出门了。那个阳光灿烂的早晨，我准备出门去菜市搞些采购。刚迈出门坎一步，母亲喊住了我，问，你要到哪里去？我说，天这么好，出去转转，散散心。母亲说，你现在孩子满月了，要出门，就得收拾一下头面，不能邋里邋遢，叫人笑话。这一说，不打紧，低头一看，可不是，我身上穿的那件褂子，因为天天给孩子喂奶，滴了不少奶渍，裤子也满是皱褶，头发还没好好梳一下呢，就要朝门外跑。我赶紧回来，翻出几件新衣服，好好打扮了一番，让母亲看得满意了，才一溜烟奔了菜场。那天，眯起眼来看鸟儿在蓝天上箭一样的飞过，阳光洒在我的头上、脸上、身上，清风徐来，空气里有一股潮渍渍、甜丝丝的味儿，心里不由得想，春天来了。

转眼开学了。我带孩子回外地上班。爱人工作忙，无法分担家务，我一个人磕磕绊绊，跌跌撞撞，又要上课，又要哺育孩子，一时忙得饭菜糊不上嘴。没有育儿经验，孩子带得娇惯了些，三天两头感冒，隔三差五到儿童医院去排队、挂水。转年春天，久旱逢甘霖，母亲来了。母亲没多说什么，推起了自行车，拿起了菜篮子，把家务包揽下来。南京的地形多丘陵，上来，下去，下去，再上来，路虽不远，可爬沟过坡，周折得很。母亲骑车去校门外几里外的菜场买菜，蹬车子蹬得浑身是汗，老寒腿也累犯了，夜夜用手捶着腿。看我抓起个塑料袋把讲稿一装就朝教室里跑，定定地说了一句，你是怎么做学问的！我心里一震，自己知道对待学问的态度，母亲已尽收眼底了。我女儿的棉裤堆在橱子里，母亲用手一摸，裤腿子里的棉花疙里疙瘩，揪成了一个个团子，就问，怎么回事儿？我说那是用洗衣机搅的。我不会拆洗，穿脏了就朝洗衣机里一扔，搅一搅，晒干了事。母亲说，这样一洗就不暖和了。她戴起老花镜，把我女儿的棉裤一条一条拆开来，在桌子上铺得平平整整的，把棉花重新弄松软了，再铺上去，一针一针缝补起来。煤球炉子上炖着排骨汤，热气袅袅，孩子围着茶几搭着积木，我趴在书本上梳理着上课的纲目，一身尘土的爱人回来了，抄起饭碗就朝嘴里扒饭，这份因着母亲才有的温馨，长久地浸润着我的心头……

迷　路

下班回到家，没看到母亲。想想老人家可能出去散步了，就没在意。可到了吃晚饭的时候，母亲还没回来。不免心里有点着急。人生地不熟的，母亲会去哪儿呢？我坐卧不宁，一心谛听着门外的动静，就盼着门铃忽然响起来，母亲熟悉的面容出现在门口。

天完全黑下来了，家家户户的窗户都透着昏黄的灯光，正是一家人围桌吃饭的时候。母亲刚从外地来到我这儿不久，对周围环境还不够熟悉，不会走得太远吧？

这里的环境，着实令人不放心，十几栋高楼，外观大同小异，楼下不远处的一条河，天天散发着龙须沟的气味。下班高峰时，车像火柴盒一般，一辆接一辆，似乎永远也看不到头，喇叭声响起来，一声，又一声，令人心烦，蝗虫一样的自行车，爬满了每一条大街小巷。从偏远的小镇来的母亲，能找到回家的路吗？

在我生活近三十年的这个城市，母亲一共来了四次，其间，我搬了四次家。第一次，分了一间被荒草环绕的平房。那间小屋，阴暗潮湿，终年不见阳光。母亲来了，是搭一辆便车来的，由于旅途遥远，她晕车了，一下车，几乎站不稳，定了定神，踩着门前蚂蚱乱蹦的荒草小径，来到家门口，一推门，就是一张大床。那间小屋，20来平米，用细铁丝穿起布帘子，在房间中间一拉，里面住我们小家，外间让母亲住。三四个人在屋里，就显得拥挤。家里一有客来，母亲就躲到门外的小厨房，就着厨房的台子，在报纸上练字。那会儿，母亲身体还好，早晨骑着自行车，帮我把孩子送到一公里外的幼儿园去，回来后，就到校门口的一个小公园去散步。那个公园是丘陵状的，长满了各种各样高大的树木，免费的。那些日子，母亲帮我哄孩子，买菜，还没有忘记买些鼠药，撒在床底下、厨房墙角边。看到慈祥的外婆从沙发背后用扫把畚箕扫出小兔子样的鼠尸，孩子拍着小手欢呼起来。母亲的生活有规律了，眼见的，眉宇渐渐疏朗起来。可是，老父亲在老家，还得有人照顾，这样，母亲只住了个把月，就回去了。

母亲再来时，已是8年之后。那阵子，我所住的这座城市，已经变成了大工地。所有能造楼的地方，机器都在彻夜轰鸣，开发商瞪着发红的眼睛，盯着城市的每一块空间，急于盖出一间间鸽子楼，再兑换成一堆堆钞票。那个小公园，也在大兴土木，成堆的建筑材料，堵住了上山的路，说是要建亭子，搞一批仿古建筑。母亲只好另找散步的地方去了。但是，我的单位恰在城郊结合部，周边到处都是岔路，盘根错节，如一段纠结不清的鸡肠子，加上路标不清，母亲出门，十次有九次迷路，但老人硬是凭着依稀的印象，一次次找了回来。日子久了，连孩子都知道，外婆不会走丢的。

但是，在那年夏天的某一个傍晚，母亲终于走丢了。以往，母亲一般会在晚饭前后回来，夏天，天黑的迟，七八点钟，天还亮花花的。这次不同，晚饭时间都过了，母亲还不见踪影。这一带治安不太好，想一想，我的心狂跳起来。"打110！"我果断地说。先生摸着下巴上不多的胡茬，背着手，在屋里走来走去，长期搞案子的人，似乎觉得这事还没到惊动110的时候。耐不住我的催促，他拿起电话，按了几个数字。母亲回来了。一个女警跟在母亲身后，喜喷喷的，我刚要上前表示感谢，她摆摆手，说母亲是自己回来的。原来母亲到学校的后门外去散步，在一个建筑工地里转了向，走来走去走不出那个大工地，正在急得一头汗时，车子到了，热情的女警一解释，母亲恍然大悟，原来工地就在校门外，母亲搞错了方向，所以转来转去并没有走远。母亲端着一茶缸子水，边喝边用毛巾不停地擦着汗，自嘲地笑着，老了老了，年轻时到乡里去开会，夜行十八里地，没觉得累过，现在就这两步路，竟难着了。

第三次搬家，我住进了楼房。我们给母亲安排了一小间房子，大家都拥有了属于自己的相对闭合的空间。但那套房子在三楼，母亲的腿脚不太好，腿部关节骨质增生得厉害，贴了不少杨氏膏药，还是没有明显好转。下楼不便，母亲散步渐渐少了起来。下班回来，母亲总是坐在那儿，手里拿着一本小人书。有时，盯着电视好像看得入神，问起母亲看什么，老人抬起头来，缓缓地说，现在的电视节目不好看，乱七八糟的，看不懂。整天忙着所谓大事的我，哪里有时间去体味母亲日渐疲倦的身心呢。有时，母亲扶着阳台，望着远处某个树林掩映的地方，嘴里会冒出一句"那是一处什么所在？"那口气，活像古代行军时吆马歇息的主帅。母亲年轻时听了不少古书，也许，那会儿，她的思绪又回到了意气风发的青年时代，想起夜行十八里地的岁月了吧？

终于熬到拥有一百平米房子的时候，母亲已经68岁了。老人家虽有腿疾，但听说乘电梯方便，还是惦着女儿，搭便车来了。环顾三间阳光灿烂的房间，长舒了一口气，定定地说，晓，你住到皇宫里了。这套房子，位于闹市区，是机关高校集中居住区，也是我所在城市最大的教师聚集区。可是，这栋位于21楼的房子，与所有高层建筑的房子一样，千人一面。母亲来到了这所谓城里，遇到的第一个难题，就是如何在这十几栋外观几乎一模一样的高楼群里，准确地找到要找的蓝天园1栋2105室。不知有多少回，母亲外出散步，摸到了蓝星园2栋2105，或者是蓝云园5栋2105。有时，母亲乘电梯来到某一个2105室的门口，用钥匙反复开门，却迟迟打不开，心里不由嘀咕起来，怪了，怎么就这一会儿，钥匙就不管用了呢？

门外有钥匙开锁的声音。一开门，喜出望外，母亲回来了！老人家气喘吁吁，进门往椅子上一坐，半晌说不出话来。原来，母亲这回真的迷路了，在十几栋高楼间，越走越迷糊，越走越找不到回来的路，直转到头晕眼花的时候，只好在路上拦了一辆马自达，让车主往蓝天园方向开。车主开口要五块，半路上，母亲摸摸口袋，钱不够，就对车主说，我只有三块钱，只能坐到这里了，就在这里下车吧。那车主竟就弃母亲而去，母亲就在这钢筋混凝土的"树林"里转啊，转啊，一直转到了现在……

梦

  我在一片早春的河堤上跑着,清风在耳边呼呼掠过。身边是一条长长的河流,在阳光的映衬下,亮花花的,水波像鱼肚儿一样,泛着星星点点的粼光。水在温柔地流着,一条游船开过来了,船上的人个个嘻着嘴巴,对着岸上的人招手。河岸,是一片片开阔地,平整如大操场。满是休闲的人群,大多穿着白色的短袖衫,是运动员的那种,有站的,有坐的,有溜旱冰的,还有些孩童在追逐打闹,都是一脸的阳光,一身的朝气,看人的神情,必是通体的爽利,才会有的那种舒心。一片草坡上,有野营的,就地铺着被子,一个刚醒来,正在看景,另一个还睡着,身上盖的,是那种小碎花的蓝花被子,被面好像被揉洗过多次了,隔着被面一按,能感受到里面软软的、暖暖的棉花来。一溜河堤,不高,也不低,两手撑着,身体一纵,刚好爬上去。就那么一个动作,登高望远的感觉来了。我在河堤上,跑啊,跑啊,两个脚底板与河堤湿润的土地交替摩擦着,快要飞起来了……

  有位兄长和我说过,梦,都是现实的关照。悟出来了,这个梦,又是关于母亲的。母亲,从我记事的时候起,走起路来,健步如飞。16岁就参加革命的她,夜行十八里地,到乡里去开会。一头齐耳的短发,清新爽利。夜露,朝阳,洒在她身上,脸上,从老辈子日出而作,日落而息的村窝子里走出来,迎接新生活,走进新世界,是怎样一种少年英气？

斗转星移，世事变迁。我的曾经青春焕发的母亲，在革命的年代、饥饿的年代、动乱的年代走过来，革命一生，操劳一生，养育的六个孩子，像一只只小鹰一样，带着母亲生命的汁液，向着遥远的蓝天，高高低低地飞走了。可是，大自然的规律是不可逆转的，最清楚母亲早年苦处的大姐对我说，母亲一生对自己身体的亏欠，在晚年的时候，终于来还账了。最先出现信号的，是她的腿。母亲是什么时候开始腿疼的？长期在外地上班的我，不知道。母亲，一生面对任何困难咬着牙扛的耐力，是常人少有的。

最初母亲到我这儿来小住的时候，已经53岁了。那会儿，她在帮我做家务，接送孩子的同时，还抽出空来练字、锻炼。每天，她骑着自行车把孩子送到幼儿园，就到校门外一座叫菊花台的小山上去散步，晨风、朝露、参天的古树，曲曲弯弯的山间小道，母亲在卸下一身的重负之后，在闲花野草之间，可以想象出那份眉眼的舒展。那次小住，约三月有余，待回老家时，大家都说，母亲给人的感觉，特别的神清气爽。又一次小住南京期间，大姐、妹妹来了。我们一群人热热闹闹去中山陵玩，在梅花山，母亲只走了一小段路，就找块大石头坐下了，问，还有多远？我们都笑起来，妈，你怎么总像佘老太君一样，喜欢端坐着？其实我们不知道，那会儿，母亲的腿疾已经发作了，出去爬了一回山，回来腿疼了好多天。在南京老年病医院里，拍出来的片子，可以看出腿关节变了形，膝关节处的骨质增生和骨刺隐隐可见。一种黏稠的中草药调和的杨氏膏药，此后成了母亲常年使用的解痛药，那种膏药，黏胶一般，糊在膝盖上，每次换药时，松节油擦，蜡烛火燎，还得配服一种胶囊。心里盼着，母亲快点好起来吧。子女们想尽了办法，甚至从黄山带来了干蚂蚁，说是泡酒喝可以缓解腿的风湿病，可母亲的腿病还是没见明显好转，走路也越来越困难了，一生好强的母亲，坐进了轮椅……

又一年春节到了，我开了一大包杨氏膏药带回去。母亲坐在轮椅里，表情凝重。那些个年月，儿女们的学业、家庭、孩子，多重主题，交叉进行，所谓繁忙，也似乎到了白热化。一个个来了，又走了，走了，又来了，都是匆匆的，谁能陪母亲多说说话？母亲的腿肿胀了，久久难消，皮肤又黑，又硬，小腿肚子像灌了铅似的，摸起来硬硬的。三哥蹲下来，用手抚摸着母亲的腿肚子，心痛地说不出话来。年三十晚上，大家都到齐了，一片欢腾，在饭店里订了几桌酒席。到包间去，要经过几级台阶，儿子、孙子，簇拥着，七手八脚，将母亲和轮椅一起抬起来，抬到了暖烘烘的包间里。此刻，母亲心里那种复杂的滋味儿，几人能解？

在母亲住院的日子里，儿女们想尽一切办法挽救老人的生命。放疗了一阵子后，母亲的病情似乎好转了。我陪夜的那天晚上，给母亲用热水擦了个澡，然后扶母亲在轮椅里坐定，推着轮椅出了医院，在医院周边的市场上转啊，转啊，想让住院已久的母亲，感受一下外面的生活气息，不想，回来后的当天夜里，母亲受了凉，又发起烧来……

母亲离开我们已经 8 个年头了。至今，仍然很难把那个夜行十八里地的母亲和坐在轮椅里的母亲联系起来。潜意识里，母亲是永远不会倒下来的。每当看到那些健步行走的老人，我会不由自主地想，我的母亲应该是这样的。那个在河堤上奔跑的，是我，也不是我，因为，母亲把生命传给了我，我正在带着母亲的精神，母亲的梦幻，在那个风景如画的河堤上奔跑…

而且，我依然坚信，我的一生历尽苦难的母亲，在鲜花盛开的天堂里，一定也如她少年时一样，健步如飞……

留下一点点

　　傍晚,下班回到家里,一开门,蓝猫"嗖"地一下窜过来,喉咙里打着呼噜,尾巴像旗杆一样树起来,向主人表达着亲热。女儿到外边找同学玩去了。我放下包,赶紧扎起围裙进了厨房。一阵门铃响,老公裹着一身寒气进来了,直喊饿。等做好的饭菜上桌时,他像个三天没吃饭的人,三口两口就把饭菜送下了肚,看他筷子如叉子一样举起来,三两筷子就扫尽了碟子,不免傻眼了,女儿回来吃啥?正思摸着,门铃响了。女儿像一颗白杨一样,树在门口,耳机子塞在耳朵里,还沉浸在音乐的节奏里。"妈,今晚吃啥子"。声音里充满了期待,是那种在外窜了一大圈子,回来急于大快朵颐的感觉。"你爸把菜吃光了。给你炒个鸡蛋怎么样?是用蒜苗炒,还是用韭菜炒?"我赶紧接上来,声音里不免有一丝讨好。看到光光的菜盘子,一丝不悦的神色出现在女儿脸上,一眼就能读得出来……

　　镜头有点似曾相识的感觉。逝去的岁月,像一张泛黄的幻灯片一样,在记忆这只鼠标的点击下,掀开了。冬天的一个中午,放学的时候。六七岁的我,一溜小跑,从村南边的小学里跑回家。任务是,回家拿笤帚,再返回到学校里去扫教室。由于跑得急,满脸通红,头上冒着汗,脊梁上汗珠子顺着脖颈子滑下来,凉凉的。肚子里,青蛙一样的咕咕声不停地叫起来。门一推,愣住了。香味儿弥漫了堂屋。母亲,年迈的舅奶奶,正在吃着热气腾腾的饭菜,大米干饭,寒菜红烧肉。大米干饭,糯糯的香味儿,在嘴里那种松软的感觉,久违了,还有寒菜,是冬天里才有的,深绿色的,叶边儿是细密的锯齿形的,红烧猪肉,何等稀罕的珍品。今天是什么节?她们看到我,愣了一下,母亲没说什么。"吃啊。"舅奶奶张开没有门牙的嘴,尴尬地笑着,说了一句,声音里似有点儿理亏的样子。一股子委屈劲儿从肚子里直冲到头顶上来,我狠狠地瞪了她们一眼,冲出门外,头也没回,"哐!"地一声,把门掼上了……

今天回味这两个镜头,竟有许多相似的地方。都是孩子的年龄,都理所当然地认为,大人应该把最好的东西留给自己。虽然潜意识里也知道,大人们只不过是先吃一口,最精华的一定还在自己的碗里。但是,一看到大人没有无条件地满足自己,便觉得受了莫大的委屈。是谁说的?母亲总是喜欢在吃鱼的时候,把鱼头夹在自己碗里,鱼肉肥美,刺儿少的、细腻的部分,一直成为孩子的特权,日子久了,孩子竟想当然地认为,母亲,母亲的母亲,就是爱吃鱼头,他(她)一直不知道,母亲,其实也是可以吃吃鱼肚子底的。相似的情节还有很多,熬好的鸡汤端上桌子了,大人们七手八脚地去拆那只整鸡,鸡大腿拆下来了,孩子的碗,是没有例外的存放处。孩子抓着那只鸡腿,歪着头,啃得起劲儿。大人们,吃着鸡头鸡爪子,还连连点着头说,香!香!一样的日子久了,即使年迈的母亲来到成年的子女家里,竟还有儿女一个劲地把鸡头鸡爪子朝母亲的碗里放,还一个劲儿地说,妈,记得小时候,你最爱啃鸡爪子了。

总觉得哪儿有不对劲的地方。是什么呢?咂摸来咂摸去,悟出来了。为人父母者,不要无保留地去爱自己的孩子。要有节制、有原则地去爱。一旦爱像脱了缰的野马一样,任性狂奔,后果就不那么美妙了。

爱,是要留下一点点的……

坚硬的温柔

星期天，全家人聚齐了。温馨像一片丝绒一样铺展开来，空气里弥漫着松松的、手按在棉花里的感觉。老公买菜回来了，围裙一扎，钻进厨房里忙活。大米在电饭锅里唱着歌，香菇炖鸡煨在锅里，香气，丝丝缕缕的飘出来。三个月大的蓝猫懒懒的，偎在我的怀里，两个前爪并拢在一起，打着呼噜，刚买回来十来天，终于和主人混熟了。怕惊扰了它，我便保持一个固定的姿势，腿坐麻了也不敢动一下。女儿瞄了一眼，嗔怪我对猫的溺爱，说这样就惯坏了。熏熏然的感觉让我有点迷醉。一切皆因我的另一半是搞案子的，在外忙乎的时间远在比在家里多，能休一个囫囵星期天，并能享受到他的服侍，真的算是难得了。

思绪浮动，又想起母亲来。为人妻、为人母，才越来越理解了母亲当年所经历的一切。那是什么时候的事儿？多日不归的父亲回来了。全家人欢聚一堂，那种其乐融融的感觉，真的很好。但父亲又要走了。那天，母亲和父亲发生了激烈的争执。我们兄妹尚小，还不能完全听明白大人说的话。但大体的意思也听懂了。母亲不想让父亲走，父亲坚持要走。母亲不肯松口，通红的脸紧绷着，反复说着一句话：“你敢走试试？”父亲笑着和母亲周旋着，“我们来谈一谈吧"。母亲拗不过，甩手出去了。父亲转身去推院里的车子。临走前，他写了一张纸条给我们小兄妹，说了一句，"等你妈回来把这张纸条拿给她看"。自行车铃声渐渐远去。父亲又走了。在我们幼小的心灵里，父亲，总是很神秘，不知他在外面忙什么，家里很少看到他的影子。但在脑海深处，隐隐感觉到，他忙的一定是什么了不得的大事。父亲刚离开，我们小兄妹就把脑袋凑在一起，纸条打开了，上面只写了一句话，"同志，不要感情冲动。"顿时纳闷了，母亲有名字，怎么成了"同志"呢？小兄妹你看看我，我看看你，不明白什么意思。不知谁喊了一句，"俺妈是有名字的，把'同志'这个词改一下，换成俺妈的名字才好"。大家吁了口气，都说对。橡皮找来了，对着纸条反复擦起来。是三哥，还是谁，拿起一只铅笔头，把"同志"一词，工工整整地换成了母亲的名字"更云"。由于橡皮擦得过于用力，纸条上竟擦了个窟窿。至于"更云"这两个字，字迹的稚嫩，想必母亲一眼就能看出来。母亲回来了，她看了下纸条，没说什么。一切像流水一样，又恢复了往日的平静……

母亲当年所承受的一切，儿时的我，懵懵懂懂的，知道的不多。那是一个饥饿、动乱的年代。一个母亲，带着六个孩子，下放到一个陌生的村落，怎么活下来的。直到今天，对于成年的我来说，仍然感觉是个谜。父亲，在当年，很少出现在家里。偶尔回来了，真的像过节一样。母亲会拿出珍藏了多日的面粉，把鸡蛋摊成皮子，韭菜切得碎碎的，再放上一些粉丝，虾皮，包饺子吃。父亲吃过了，会把我们小兄妹拢在一起，大谈"七侠五义""鹰爪铁布衫"。那白衣大侠展昭飞檐走壁的故事，在我的心里引起了无数的联想。

时局动荡，乱世来临，整个世界像喝醉了酒的精神病人一样癫狂起来。到处都是呼号游走的人群，到处都在开人山人海的批斗会。到后来，带着几分神秘色彩的父亲，几乎消失了。餐桌上，白米饭很少见了，多数时间是地瓜水、萝卜干，有一阵子，竟摆上了糠饼子。那些日子里，母亲吃饭从来不在餐桌上吃，她都是等孩子们吃过了，再来收拾一下，吃一点残渣，多数时间，盘碗都是光光的。母亲就只能喝一点刷锅的浑水。老公生死不明，家中几近断炊，大姓宗族还在想着点子挤兑我们这户外姓人家，雷雨之夜竟向我们的庇身之所——两间半屋顶上扔一些比碗口还大的石头。六个孩子的命牵在母亲一个人身上，濒临绝境的母亲，内心在经受着怎样的煎熬？那是一种在暴风雨来临之前，黑墨一样乌云翻滚的大海上，一只随着滔滔巨浪升沉起浮的小船，不知该驶向哪里的感觉吗？

父亲回来了。母亲看到父亲，像一只在暴风雨中飞倦了的鸟儿，在长途飞行之后，浑身透湿，翅膀再也无力煽动的时候，看到鸟巢的感觉。在短暂的相聚里，母亲和父亲说了什么，做了什么，我们这群毛孩子不得而知。在母亲和父亲发生激烈争执的时候，我们隐隐感觉到，父亲，就像天上的一朵云彩，只停留了短暂的一会儿，又要随风飘走了。母亲，就像一只倦鸟，待飞到窝巢里，打算歇息一会儿，梳理一下湿透的羽毛，却蓦然发现，这个期待能得到一丝温暖的窝巢，只是一种幻觉。起风了，小船又一次被抛向了浪尖，紧接着，随着一个大浪，打入了谷底。身疲力竭的母亲，驾着这只满载着自己骨血的小船，依然在波翻浪涌的海浪里漂泊……

母亲最后的日子，住在医院里。同病房有位中年女子，得了绝症，已到晚期。她有一个幸福的家庭，一双可爱的儿女。她的老公，一个高大温厚的男子，那些日子，进来，出去，对女子百般的温存。那女子被精心地服侍着，但有时想到病情，不免焦躁起来，抱怨着。男子不急不躁，只是一个劲儿地想法说着俏皮话儿，逗女子开心。母亲不无羡慕地对我说，"你看，他还喊她'小姐'呢"。在母亲的潜意识里，小姐，是怎样的一种尊贵，娇嫩？我的一生受尽苦难的母亲，从未享受过那种被捧在手心里的感觉……

母亲别怕

不知从什么时候起,母亲明显地衰老了。坐在那儿看电视,电视机开得很响,天气预报栏目,母亲是每晚一定要看的,播完了,我问母亲,明天是什么天气?母亲抬起头来,说,没听见。母亲起床很早,起来后,东边转转,西边转转,不知在忙什么。我看到母亲茫茫然的样子,故意问,妈,早饭烧好了吗?母亲听了,有点反感,发出"啧"的一声,是不耐烦的那种。在外面忙了一天回来,问母亲,妈,你中午吃啥来。母亲说,没吃。不想办。

母亲甚至开始怕黑。晚上,外面黑魆魆的,母亲出去上了趟厕所,突然急急忙忙跑进屋来,说,过去不怕黑,现在怎么有点害吓唬了。

母亲的活力在一天天消退。她的小屋里,堆的东西越来越杂乱。桌子上,摆满了各种各样的小物件。小闹钟、小耙子、小镜子,瓶瓶罐罐的,而要找的什么东西,一准不在里面。看着母亲琳琅满目的"杂货店",我心里不由得想,就是给母亲个天安门广场,她也准能在两个小时内把它摆满呢。过年了,母亲的小屋也该"出新"了,趁着母亲出门的当儿,我把母亲桌子上的东西,一股脑儿划拉下来,归了归类,排了排序,腾出了一大块空间,看着清爽点儿。清扫床底的时候,拐旯儿里,扫出来一双新保暖鞋,在塑料袋里装着,还没有拆封呢。母亲回来了,看着有些空荡的房间,没说什么,但神情明显不喜欢现在的样儿。

年三十,大家都回来了,母亲穿着袖口散了线头的棉毛衫。头几天女儿给母亲买来的新保暖内衣,不知又给母亲塞到哪个角落去了。

我隐隐感到,母亲老了,真的老了。母亲的话越来越少,很多时候,都是静静地坐在那儿。住院那阵子,母亲腿脚不好,上厕所要护士搀一下。我护理母亲那几天,搀过母亲多次,每次都要用使出浑身的力气,才能把母亲沉重的身体从床上托起来,扶下床,去找厕所。在费了好大力气才搀起母亲的那一瞬,我突然感到,母亲,在我印象里,山一样坚韧的母亲,就像一棵老树,渐渐地朽了。

母亲出院后的日子,坐在床边上,久久地坐着,一句话也不说。孩子们窜里窜外,玩得欢势。子女们在另一间小屋里,热烈讨论着什么创作的话题。忽然,母亲在外间喊了一声:"晓!",我出来,坐在母亲身边,握着母亲的手,妈,有事吗?母亲没有吱声。大家又都忙去了,一会儿,母亲忽又喊了一声:"玲!",大姐走过来,坐在母亲身边,妈,喊我做什么?母亲依旧一言不发。大姐说,母亲害怕孤单,孩子不在身边的时候,太冷清了,喊一声,看到孩子,心里踏实。

母亲,在最后的日子里,是那样的衰弱,那样的无力。只有当孩子们围在她的身边,回味起童年趣事时,她才会清醒起来,从喉咙深处发出朗朗的笑声。孩子们送来的饭食,一勺一勺地喂进母亲的嘴里,那时候的母亲,围着一条毛巾,就像一个乖乖的孩子。母亲躺在那儿,被子滑落了,女儿过来,给母亲掖一掖被角,母亲的神情显出少有的舒畅。

幼年的时候,我们这群小兄妹,在母亲出门的时候,就那么眼巴巴地等着,等到天黑,母亲从黑魆魆的夜幕中走回来了,惊喜得心都要从嗓子眼里跳出来。母亲可能什么都没有带回来。但是,看到母亲,我们幼小的心里安稳又踏实。

母亲是山,有山就有依靠,母亲是一切的泉源,有了母亲,在几乎断炊的年代里，我们这群孩子的生命就有了延续下去的活力，如今，母亲老了，我们像一棵棵瘦弱的树枝，吸吮着母亲这棵大树的生命汁液长起来了。大树虽然老去，但是，她的孩子们，已然长成参天大树……

挺起腰来，我想对天堂里的母亲说一声，母亲，别怕！

母亲的眼泪

母亲一生活了 76 岁，我很少见她流过泪。在那个艰辛的年代，无论是家中断炊、孩子生病、抑或是工作中天大的难题，都不能让她流出眼泪，更不要说她本身的病痛了。母亲不仅难得流泪，她的脸上还很少见到苦难感。六个孩子的母亲和逾千户移民村支书的角色集于一身，山样的责任和压力，她都深藏于心底。母亲眉眼疏朗，眼睛大而圆，脸庞是椭圆形的，额头比较宽，嗓门很亮，给人一种大气的感觉，尤其她笑起来，声音很爽脆，听了让人心情一振。

依稀记得遥远年代的某一天，村里开露天大会，村民们有的坐了小板凳，有些席地而坐，还有些顽皮的孩子爬在树上。这些平时散淡惯了的百姓们，纳鞋底的、打毛活的，东家长、西家短地交头接耳的，形态各异。母亲就是面对着这样一个会场，正在大声地给大家讲解上级某个会议的精神。阳光从树缝里打过来，稀稀拉拉地落在人们的肩上、脸上。母亲站在那儿，一句一句地讲着，声音已经有些嘶哑了，细密的汗珠顺着她的额角往下落。六七岁的我正在旁边玩耍，对母亲讲解的内容一句也听不懂。一个大叔悄悄对我说，晓，你回家去端碗水来给你妈喝。那时母亲也就三十多岁吧？面对着偌大的会场，黑压压的人群，她的心里会紧张吗？会散了。村民们三三两俩地散去。妈，你不害吓唬吗？幼小的我挤进去，拉着母亲的手，母亲爽脆的笑声又一次响起来。

日子连着日子。国家恢复高考制度以后，高考通知书，如培植已久的花儿，在这个虽然贫寒，但始终温馨又酷爱读书的家一朵接一朵盛开了。除了老大14岁便因文艺特长被部队特招外，其余五个个孩子纷纷走进了大学校园，天南海北，去放飞自己的梦想。那些年月里，母亲的笑声，时常感染着孩子们，那两间半简陋而又温馨的公屋里，弥漫着庄家人收割庄稼时才有的那种充实和快乐。五个孩子先后上大学，对一个家庭来说，将承担什么样的困难？今天任何一个家庭都难以想象。在那些东挪西借的岁月里，让每一个孩子顺利完成学业，这对于一生不愿求人的母亲来说，曾经承受了怎样的煎熬？但母亲给我的印象，从来都是祥静的。那些叫做沉静、淡定、从容的词汇，也很难准确形容她那种特有的气质。今天回想起来，我的脑海里更多响起的是她那爽脆的、听了让人很踏实的笑声。

小鹰们带着母亲的希冀，一只只飞走了。此后的许多日子里，忙于立业、成家，与母亲聚少离多，常常，母子、母女倾心交谈竟也成了一种奢望。"没来得及说话，又走了。"晚年被疾病缠身的母亲，坐在轮椅里，常常无奈地对着一个个来辞行的子女，说着这句今天我才越来越深知况味的话。

在母亲重病住院的日子里，孩子们都回来了，围在老人家床前，拉起了家常。那是老人生命历程最后的最快乐时光吧？作为她的女儿，我从外地回去照顾老人的日子里，聆听了老人家两次让我永远难以忘怀的笑声。一次是大哥到病房里来看母亲，他对着病床上的老母讲了许多小时候的趣事儿，那会儿，母亲朗朗的笑声响个不停，老人家忘掉了放疗带来的痛楚，沉浸在对快乐往事的回忆里。还有一次，是小女儿来病房给母亲送饭，看到母亲身上的被子滑落了，就细心地偎在床前，像照顾孩子那样，把老人的被子拉拉好，脖子底下的被子也轻轻拍熨帖了，嘴里还嘟囔着"要盖好，别冻着"之类的话。这时候，睡在床上的母亲变得很乖，挺享受女儿的服侍，张着缺牙的嘴巴，从喉咙里发出很舒服的笑声，母亲的要求是那么容易满足啊。

但是，母亲去世后，大姐告诉我，母亲曾在最后的岁月里，号啕痛哭过两回。这在我听来，简直难以置信。那个乐观的、总是伴随着朗朗笑声的母亲，为什么而流泪？大姐说，在我回外地上班的那一天，母亲在我走后，蒙着被子放声痛哭了很久。另一次，是一位兄长要远行，因为什么缘故不能与病床上的母亲告别，母亲听说了，从病床上爬起来，坚持要去见那个儿子一面，大家怕老人家病体虚弱受不了，七手八脚把老人拽住了。母亲又一次放声痛哭。母亲，在你最后的日子里，是什么让你如此泪水奔涌？难道你老人家已经知道，这一去就是母子的永别吗？

母亲，你一生受尽苦难，从不流泪，你的爽朗的笑声滋润着每一个儿女的身心，可是，在你最后的岁月里，我这个不肖的女儿却让你椎心痛哭。母亲，你把一生给了我们，却很少享受到一个老人多子多孙应该享受的清福。在你最后的日子里，你依然牵挂着远行的儿女，你为他们的未来依然揪心，哦，母亲，你的岁月已所剩无几，却还在为儿女流泪。母亲，儿女已经成年，你却依然放心不下。母亲，你一生为儿女奉献了全部，在你内心深处，唯独没有你自己。

母亲，在你不多的日子里，你为儿女流出的，是最后的生命汁液凝成的珍珠泪！

家有少年初长成

国庆的日子，太阳高高的挂在遥远的天上，深蓝的天空，有一两抹淡云，轻纱一般，缥缈着，似有若无，撩人遐思。

与妹一道，去拜见多日不见的大哥。虽已年过五旬，白发布满了额角，但博学多识的大哥依旧如深山卧虎，雄风不减，不仅滔滔不绝，还时时流露出些许激昂，不由你不随着他的思路，或激动、或感奋，或沉思。

大哥的儿子，一个14岁的少年，大眼，圆脸，正处于抽条期，浑身散发着青春少年特有的灵气。几个月没见，像挺拔的白杨一般，又长高了不少。这孩子，话不多，但眼睛会说话，只盯住你看一眼，所有的内容尽在其中了。大哥兴致勃勃，要这孩子拉小提琴给我们听。正上着初中呢，说是平时功课重，又住校，根本没有时间拉小提琴。就拉那首什么吧。大哥说了一首外国乐曲的名字。这个叫李闻雷的少年，推辞了一句，再不多言。琴谱翻开了。少年把小提琴斜放在肩上，坐在琴谱前的凳子上，稳稳地把琴弓朝琴上一放，开始了。在音乐响起的一刹那，我被这少年，以及他那特有的音乐声震住了。提琴传出的乐声，是那样娴熟，那样专业，好像不是一位14岁少年能够拉出来的。更奇怪的是，音乐里有一种东西，深深吸引了我，是什么呢，一时无法言传。他的表情是沉静的，眼神是凝重的，围绕音乐、提琴、提琴手，似有一股气场，使听者都屏住了呼吸。一曲终了,接下来,是《红色娘子军》《黄河》,一首比一首更有感染力,或柔情似水,或激情喷涌……

意蕴悠远的琴声,竟撩开了许多深埋我心底的画面。一幅隐去,另一幅又接踵而来,在琴声中交替浮现……

与母亲相伴的最后的日子里,感受她的温润的爱,如一股暖流,浸润着我漂泊在外的疲惫的心。残酷的是,假期满了,我必须返回单位去上班了。离别一刻,内心隐隐感到,这一去,或许就是母女永诀!内心,无法抑制的揪痛,攥着母亲的手,哽咽着,不忍、亦不愿离去。门外司机一再催促着。母亲躺在床上,捂着被子,无法看见她的悲、她的痛。10岁的闻雷站在奶奶床尾,把小提琴举在肩上,拉起了如泣如诉的《梁祝》。那时候的琴技,还是稚嫩的,但是琴声所传达的那种生离死别的情感,使我在泪流满面的一刻,从灵魂深处竟然升腾起一种近乎坚毅的情感,老人的生命在无法挽回的故去,新的生命在蓬蓬勃勃的生长,这就是家族生命神奇的延续……

对这位拉琴少年,还有另一种特殊的情感。大哥第一次婚姻破裂后,母亲善良的天性难以容忍这个儿子离开原配及尚在初中的女儿的行为。认为这是一种"抛弃"。即使大哥已经开始了他的第二段婚姻,但是母亲固执地认为,大哥欠她们娘俩太多。一向张扬艺术个性的大哥,竟然也就脚一跺,从此杳无踪影。这一僵持,就是数年。期间,闻雷,这个在争议中孕育的生命降生了。

一个冬天的早晨,我受失踪多年,不知从哪里冒出来的大哥之托,担起了在母亲面前当"说客"的重任。坐在母亲身边,我从家庭的团圆,孩子的成长,大哥的前途,多个方面,把一番道理正过来说,反过来说,反复强调的就是一句话,孙子都出来了,大团圆是最好的选择了。母亲始终一言不发。但我偷偷观察到,老人绷紧的嘴角似乎松弛了,表情也一点点缓和起来。母亲,内心在怎样的翻腾,这么多年了,儿子没有回家。谁能理解老人对长子那份复杂的情感?

我和大姐来到大哥的新家，看到了躺在小包被里的那个粉团样的娃娃。胖嘟嘟，圆滚滚的，眼睛又大又亮。大嫂把襁褓打开，又重新扎裹了一番，嘴里说着"看看，和你大哥小时候是不是一模样一样？"寒风里，我们雇了辆马自达，沿着青口河提。一路颠簸来到了五牌楼，那间拥挤而一直为大哥魂牵梦萦的家。母亲坐在茶几边的沙发上，大哥来到了母亲身边，坐下了。母子久别重逢，没有常见的寒暄。有好一阵子，他们什么都没有说。凝滞的空气里，大哥递给母亲一支烟，点着了。一缕烟雾飘起来，缭绕着，大哥说："我好几年没回家过年了……"，声音一阵哽咽。母亲缓缓地说："八年了……"

少年的琴声还在继续。我的眼前竟又叠现出了他的父亲，我的大哥，14岁拉琴的情景。那是遥远的七十年代。大哥作为一名多才多艺的少年，被部队文工团选中，带走了。一个深秋的日子，艳阳像今天一样，在高高的天空挂着。院子里晒满了玉米秸子。蚂蚱在其间上下窜蹦着。大姐惊喜的声音在院子里响起来："晓、燕，俺哥回来了！"一个身穿绿色解放军装的、器宇轩昂的青少年，坐在家里那张大桌子旁边。童年的我们，好像看到了电影里的解放军英雄从银幕上走下来，来到了我们这个简陋、拥挤、而又温暖的家。"晓、燕，还认得我吗？"，大哥意气风发的声音响起来。我们小姊妹俩异口同声地说："我以为是俺四舅！"大哥哈哈大笑起来，满屋子响起笑声。大哥耍魔术一般，从包里拿出一把小提琴，朝肩膀上一架，用手指把琴弦划了一遍，一阵奇怪的流水声响过，大哥把头发一甩，琴弓一落，一阵《打虎上山》的乐曲声山呼海啸而来，我们都听得呆了……

少年闻雷一曲拉毕，在我们的掌声中，并不多言。一脸的淡定。说要回学校，随即离去。在古书典籍环绕下的大哥缓缓讲起当年在部队的岁月。一个14岁的孩子，是怎么跟上部队那种紧张的节奏的？集合、排队、操练……，害怕早晨出操醒不过来，寒冷的冬天，半夜爬起来，冻得哆哆嗦嗦的，跑到空无一人的大街上，去看钟楼大挂钟的时间。洗衣服,半袋子洗衣粉倒在盆里,雪花样的泡沫一直涨到脖子底下。家里寄来 4 元钱,大笔一挥,洋洋洒洒写了一封长长的回信,随信还寄回来 10 元钱。母亲辗转来部队看儿子,只住了一夜就走了,因为,第二天,儿子又随部队出发了……

给天堂里母亲的一封信

母亲：

您在天堂过得好吗？从您离开儿女那一刻起，儿女们对您的思念就再也没有停止过。天冷了，想说，母亲，您穿得暖吗？艰苦的年代，您把每一片棉花都放进了孩子的棉衣，自己身上却从来没有穿过足够御寒的衣服。天热了，想说，母亲，天堂里不会有炎热的夏天吧？印象里，您是那么怕热，贫寒的家境买不起空调，连电扇都怕耗电太多而时开时停。您用毛巾一遍遍擦着汗，手脚不停地忙碌着，那把用旧布条补了又补的芭蕉扇，您也难得有空去扇上几下。春天到了，鲜花开遍了田野。想说，母亲，天堂里的鲜花一定更加争奇斗艳吧？儿时家乡那块叫"撅把子"的菜地，您带着孩子们把泥土翻开，播下各种菜籽，浇水、施肥、除虫、间苗、除草……在孩子幼小的心灵里，也播下了期待、播下了希望的种子。风儿吹过来了，那醉人的青草味儿、摇曳枝头的菜花儿、熏人的泥土气息、蓬勃繁茂的蔬菜，想必在天堂里也时时伴随着您吧？秋天到了，摆满餐桌的丰收果实，最想让您先吃上第一筷。多少岁月啊，孩子们、亲友们团团围桌坐着，而您却依然在忙里忙外……

闲暇、享受于您是很奢侈的东西。几乎所有的日子，您都在为孩子、为工作忙碌着。满头的汗、粗糙的手、花白的头发、深深的皱纹，成了晚年的您最为突出的特征。作为妻子，您可曾享受过几分丈夫的疼爱？常年艰苦生活的重压，山一样沉的工作责任，使您的性格不得不融进些许石头的品质，要在繁重的工作生活重压之下依然褒有女人的似水柔情，于您，是一道勉为其难的命题。也正因如此，您和父亲之间埋下了家庭与事业、刚性与柔性激烈冲突的种子。在您承受的一切几乎超出一个人的极限的时候，作为女人，您可曾从您早年冲破世俗偏见而勇敢为爱结合的丈夫那里得到过一句温存软语？作为母亲，在哺育六个孩子长大成人的艰巨工程中，您把自己的需求压抑到最低最低，却创造一切条件让每一个孩子的梦想都插上腾飞的翅膀。可是，在那些孩子们飞到天南海北去求学的时候，您甚至没有条件去他们就读的那些城市去浏览从未见过的风景，也从未因此去领略孩子们在学校里因突出成绩所赢取的本该属于您的那些尊重的目光。飞出鸟巢的孩子们，自以为翅膀已经足够坚硬，他们急于去更广更宽的天空翱翔，他们自以为有更大更强的事业要他们去开创，因而很少绕在您的膝下，与您一起吃几顿饭，哪怕是拉拉家常……母亲，您走了。您把自己的每一点每一滴都毫无保留地给了孩子，甚至是孩子的孩子，给了您一生追求的事业，母亲，您可曾想过，作为妻子，您也需要丈夫的疼爱、作为母亲，您也需要子女的孝顺，作为一生劳作的革命者，您也有权利要求国家的保护，可是，一切的一切都成为遗憾，您没有享受到应该享受的一切，就这样，您以有限的生命，承担了常人难以承受的负荷，您以生命的全部能量，创造了普通女人难以创造的成果，就这样，您没有给儿女留下任何负担，走了……

　　母亲，您知道吗？在您走的当天，年迈的父亲彻夜未眠，革命一生、豁达乐观的他，在极其艰苦的岁月里，从没流过泪，但是，那天，他流泪了。他向儿女说起当年艰苦的日子，家里断粮，当您向他求助的时候，他一介书生，束手无策，这深深地伤害了您，伤害了一个几乎处于绝境中的母亲，面对六个饥饿的孩子，向丈夫求助的最后的希望破灭了。父亲哽咽着对儿女说，不是不想，是实在想不出办法来。噢，母亲，我们活下来了，依靠父老乡亲们的接济活下来了，这也就是为什么您长期以来对那些依然贫困的父老乡亲们魂牵梦萦的原因吧？

母亲，您知道吗？在为您去革命英雄圣地——抗日山下葬的前夜，八十多岁的父亲彻夜未眠，他为您，这位相伴一生的妻子写了一首词，今天，在这里，女儿念给您听，让您知道，您早年深爱着的饱读诗书、正直博学的爱人，这位让您一生爱怨交织的伴侣，在晚年，是如何深深地思念着您：

依山傍水墓穴一间，花岗岩结构，大理石栏杆，门前大水库，阳光照九寰，相夫教子数十年，子女皆登文坛，作家四五六，教授一二三，生前贤妻良母，死后灵魂升天，生也安然，死也安然，地灵人杰风水地，荫子孙幸福，绵延万年……

女儿

2011年5月9日于母亲节次日

有娘的日子

有娘的日子,天空特别的蓝。抬起头来,望到了一面镜子。幽幽的蓝天深处,一行大雁舞动着翅膀,向着那一片遥远的蓝,翩翩的飞走了。一缕雁鸣,从天际传来,让大河滩上玩耍的孩子们仰起头来,向着天际那一溜黑点,呆望了许久,许久。

有娘的日子,河水是清的,清得能照见人影。一缕水草在水里摇曳,顺着河水流去的方向,纹路清晰,一些葵花子大小的虾子,在水草上跳来跳去,伸手去捞,倏地不见了,只留下了晶莹的幻觉。找一处浅水洼,拦起了堤坝,脚下的细沙在浅流的冲击下,一点点塌陷,循着雁鸣去看大雁时,刚刚围好的堤坝,被细流缓缓地冲垮,一条瓜子样的鱼儿,顺着细流,摇了下尾巴,悠悠地走了。

有娘的日子,空气特别的好。清晨起来,深深地呼吸一下,通身的畅快。菜园里,蓬蓬勃勃的绿叶中,方瓜的花儿开了一片,金黄色的喇叭花儿,那样的舒展,花蕊里几根细长的针须,鲜得要滴下露水,长长的蛛丝,从米豆架子上拉过来,攀住了一叶金色的花瓣,就那样,颤颤地定住了。

有娘的日子,饭特别的香。喝不厌的糊糊,吃不够的煎饼。一碗鸡蛋炖辣椒,一盘韭菜炒地蛋,一锅清汤地瓜水,都是那样的香,那样的甜。"锄头夹子""瓦屋拢",这些用地瓜面、高粱米做成的粗食,透着创造的智慧,吃起来,胜过了今天的鲍鱼海参。

  有娘的日子,心情特别的好。脚步轻快,眉飞色舞,嘴里成天哼着喜欢的歌儿。看花花美,看人人好。连满院子的鸡们,鸭们,鹅们,都用欢快的脚爪打着鼓点,呀呀欢叫,伴和着篱笆障子外小主人归来的一路欢歌,

  有娘的日子,心里特别的实。娘在,所有的苦,所有的累,都没有了。娘是山,坚实可靠,娘是树,遮风挡雨。娘是老师,告诉你一些人生的哲理,话不多,句句在理,娘是心理师,静静地听你诉说,临了,点一句,豁然开朗。娘是医生,头痛脑热,揽你入怀,暖暖地睡上一觉,奇迹般地好了,娘是人生导师,走在娘的视线里,朝前走,每一步都踏实。

  有娘的日子,知道了什么是家。家,是一处所在。要有屋子,要有床,要有锅台,要有桌凳,还要有几口缸,几只水瓢,几把饭帚。娘在,所有这一切都有了活力。因为有娘,生活的声音,生活的气息,生活的温情构成了一个实体的家。娘坐在那儿,喝着搪瓷缸子里的水,扇着一个用旧布条裹了边的芭蕉扇子,密密的汗珠子顺着她的脸颊淌下来。繁重的家务,总也忙不完,娘只有趁着喝口水的当儿,享受这难得的一刻闲暇。回家来,望见娘,心里熨帖了,娘在那儿,家就在那儿。

  娘走了。娘这一走,就是八个年头。八年了,抬头看天,雾蒙蒙的,大雁杳无踪影。低头看河,河水稠糊糊的,腐烂的水草发出腥臭的气息,瓜子样的米虾已是遥远的幻觉。娘走了,空气不再清洌,撅把子的菜园也化作了一股泥流。娘走了,纵是山珍海味,再也吃不出当年的香味,娘走了,每每想起来,心里止不住的揪痛。耳边不再有娘的叮咛,凌晨赶车,睡觉再也不会踏实。娘走了,那低矮的两间半公屋早已易主,当了十几年村干部,娘在那个村庄没有一间属于自己的小屋。

  娘走的日子,妹妹哭着说,我们没有娘了!八年了,这句话时时在我耳边响起。娘真的走了吗?八年来,娘的音容笑貌常常出现

在我梦里，娘的一切的一切，历经岁月流水的冲刷，没有淡化，相反，一些遥远的细节竟然变得越来越清晰。

娘，一直在我心里。

后　记

　　2010年，围绕乡村这个主题，展开了对土地、自然、母亲的系列回忆。记忆的闸门一旦打开，便如滔滔河水，一泻而下。一个强烈的感受是，文字，竟然能够复活那个年代。在文字钩织的画面里，母亲走来了，当年的乡邻走来了，那片土地、森林里的一切的生物都涌来了；那沉睡已久的乡村的声音，重又在耳边回响，那么鲜活，一切宛在昨日。

　　我又回到了童年。肩挎着花布缝的书包，走在乡间那条曲曲弯弯的土路上，路两边，是一眼望不到头的农田，郁郁葱葱的青草里，成群的蝴蝶在翻飞。我又回到了"两间半"，在那里，母亲笑声朗朗，正在和乡邻们交谈，炉子上，大铝锅子里的水，咕嘟咕嘟冒着热气。

　　文字漫涌到哪里，哪里一派生机，一派笑语喧哗。在这些文字里，一种近乎白杨生长的力量在我的骨骼里、血液里蔓延开来了。

　　支持我写下去的，是两位重量级的读者。一位是三哥李惊涛，在文学创作和文学评论上著述颇丰；一个是妹妹李洁冰，早已在小说创作领域闯出了一片天地。他们极其深厚的文学积淀，对我的每一篇文字认真阅读，不断地给以引导、鼓励；对于一些不足的地方予以补充，时有点睛之语。就这样，按照两位兄妹的指点，我一步一步地，向着一个想都不敢想的目标走来了。

这个目标,就是出一本书。出一本与我们三十多年前曾经生活过的那个乡村有关的书。在那片土地上,母亲度过了她事业最为辉煌的一段时期;在那片土地上,我度过了最为快乐的童年。在浓浓的亲情、乡情里,如一株小小的幼苗,在蓝天白云、清风明月的世界里,渐渐成长为一棵挺拔的白杨。

母亲给了我太多,那片土地给了我太多。回味过去,除了抖掉身上的尘埃外,还有一个很大的收获,知道了,自己从哪里来,应该到哪里去。

2016 年 3 月于南京